rowohlt
HUNDERT AUGEN

STEPHEN BUORO

ANDY AFRICA

ROMAN

Aus dem Englischen
von Volker Oldenburg

ROWOHLT HUNDERT AUGEN

Die Originalausgabe erschien 2023 unter dem Titel
«The Five Sorrowful Mysteries of Andy Africa»
bei Bloomsbury, London.

Die Arbeit des Übersetzers am vorliegenden Text wurde vom
Deutschen Übersetzerfonds gefördert im Rahmen des Programms
NEUSTART KULTUR der Beauftragten der Bundesregierung
für Kultur und Medien.

Deutsche Erstausgabe
Veröffentlicht im Rowohlt Verlag, Hamburg, Oktober 2023
Copyright © 2023 by Rowohlt Verlag GmbH, Hamburg
«The Five Sorrowful Mysteries of Andy Africa»
Copyright © 2023 by Stephen Buoro
Zitatnachweis von S. 106: «Bouncing in the Lord»
Copyright © Sambaz William Eke, verwendet mit freundlicher
Genehmigung von Sambaz Records International Ltd
Buchgestaltung Anja Sicka, Hamburg
Satz aus der Maecenas
bei Dörlemann Satz, Lemförde
Druck und Bindung GGP Media GmbH, Pößneck
ISBN 978-3-498-00261-9

✦

*für meine Mama
ihre fantastischen
Geheimnisse*

✦

halos
kreisen
um
die köpfe
aller
menschen afrikas
eines tages verschmelzen die halos zu planetenfeuer
dem
HXVX
nicht
standhält

DIE TODESANGST IM GARTEN

Definition:
Eine Permutation ist die
eineindeutige Abbildung einer
Menge auf sich selbst.

1

Dear White People,

ich liebe weiße Mädchen. Besonders blonde. Blonde, die einen Pferdeschwanz tragen und einmal in der Woche Zöpfe. Ist das ein Fetisch? Keine Ahnung. Ich bin mir einfach ziemlich sicher, dass ich mal ein weißes Mädchen heirate, ein blondes. Ob ich Schwarze Mädchen hässlich finde? Natürlich nicht. Das hieße ja, Mama wäre hässlich. Und das sagt niemand ungestraft.

Das Problem ist: Ich habe keine Ahnung, wie blonde Mädchen eigentlich sind. Ja, ich habe eine Million Hollywoodfilme auf illegalen DVDs gesehen. Mein Telefon ist eine Datenbank aus Blondtönen, weil ich an keinem Bild von einer Blonden vorbeikomme, ohne es runterzuladen. Ich habe genau zweiundsiebzig blonde Freundinnen auf Facebook. Und abends, wenn alle im Schlafexpress in Richtung Mars fliegen, suche ich auf Pornhub nach blonden Schamhaaren und lege Hand an usw.

Aber ich habe noch nie ein blondes Mädchen in echt gesehen. Das hier ist Afrika. Und der Blondenanteil beträgt hier 0,001 Prozent.

Ich hasse mich dafür, dass ich euch mein 64 000-Dollar-Geheimnis verrate. Meine Mama, müsst ihr wissen, ist dunkler, als ihr euch vorstellen könnt. Haut dunkel wie Brombeeren, Hände rau wie Schmirgelpapier, Küsse feucht und kühl wie Lipgloss. Zweimal wurde ihr der Bauch aufgeschnitten: das erste Mal, als Ydna sich weigerte, geboren zu werden, das zweite Mal bei meiner Geburt. Sie haben ihr den Bauch aufgeschnitten, damit ich diese verdammte Welt betreten konnte. Und sagen kann, dass ich auf Blonde stehe! Papa kenne ich nicht. Aber Mama hat mich, solange ich denken kann, mit Liebe überschüttet. Mir Ohrläppchen und Lider abgeschleckt. Und zum Dank sage ich, dass ich lieber Blonde mag. Obwohl ich noch nie einer begegnet bin!

Krass.

Ich meine, ich hasse mich nicht. Aber ihr versteht schon.

Ydna hasst es, wenn ich von blonden Mädchen rede, da bin ich mir sicher. Er kam zwei Jahre vor mir aus Mama. Wie eine Holzfigur. Der offene Mund stumm. Kein Herzschlag in seiner Brust. Ich weiß, dass ich und er irgendwie eins sind. Dass ich einen Blick auf diese Welt warf, sah, wie beschissen sie war, und wieder umkehrte. Jeden Tag fühle ich ihn, um mich, in mir. Seine Wut pulsiert in meinen Adern, sein Atem schäumt unter meiner Haut. Er muss so etwas wie meine andere Seite sein. Weil er mir Sachen über mich erzählt, die ich nicht hören will.

Ich stehe trotzdem auf Blonde. Jede Haarsträhne wie eine lange, süße Sonne. Haare wie Wellenkreise, die einander übers Wasser jagen. Ich schwöre, ich kann in jeder Strähne mein Gesicht sehen. An den meisten Abenden gehe ich hungrig ins Bett. Ich liege auf meiner abgeranzten Matte in unserem abgeranzten Wohnzimmer ohne Strom. Schiebe mit letzter Kraft die Hand in meine Unterhose und denke an blonde Mädchen. Eine friedliche Ruhe strömt dann von meinem Herzen durch meinen Bauch bis zu den Füßen. Und ich bin satt. Schlafe zufrieden ein. Wie ein Junge, der ein Dutzend Cheeseburger verdrückt hat, obwohl ich gar nicht weiß, wie die Dinger schmecken.

Ich schlafe in dem Bewusstsein ein, dass die Zukunft mir gehört.

Ein fünfzehnjähriger afrikanischer Ministrant und genialer Dichter, der auf Blonde steht, ist weder ein Krimineller noch ein Rassist noch ein Verräter.

Nur ein lieber, cooler, bedauernswerter afrikanischer Junge.

✛

Offenbar stellt Gott meine Schwäche für blonde Mädchen auf die Probe. Denn ausgerechnet jetzt, wo ich überall und immer von ihnen träume, sogar während der Messe, kommt Eileen nach Kontagora. Isaiah erzählt Mama und mir von ihr.

«Sie ist nicht aus Ikeja oder von der Obudu Ranch», sagt er, als wäre Mama und mir entgangen, dass ihr Name ausländisch klingt. «Sondern aus England. Aus Father McMahons Heimat. Sie ist nämlich seine älteste Nichte.»

Das ist typisch für Isaiah mit seinem glänzenden, rasierten Kopf und den dauerroten Augen: jede Menge überflüssige Informationen. Er ist Father McMahons Koch. Dauernd bettelt er beim Father um englische Chips, Zahnpasta, Sahne. Fragt ihn dauernd nach Schnee: «Schmeckt er süß wie Eiscreme? Lecken Hunde ihn auf?»

Er hängt mit übergeschlagenen Beinen in dem Plastikstuhl, den wir Gästen anbieten. Vor ihm auf dem Tisch steht unberührt ein Becher Wasser, eine Fliege umschwirrt den Becher, unschlüssig, weil keine Fanta drin ist. Ein leichter Schweißgeruch trennt Mama und mich. Wir sitzen auf dem Sofa, tun so, als würden wir die Täler und Schluchten darin nicht fühlen oder die Ameise nicht bemerken, die im Zickzack über die Armlehne läuft. Bei der Fußmatte macht sich eine ganze Ameisenflotte an einer toten Küchenschabe zu schaffen. Sie ziehen und treten. Rufen fluchend nach Verstärkung. Wenn Mama die Ameisen sieht oder, noch schlimmer, die Schabe, klatscht sie mir auf den Rücken, weil ich das Wohnzimmer nicht ordentlich gefegt habe.

Es ist Sonntag. Wir sind gerade zurück von der Messe, uns brennt von der brutzelnden gelben Sonne noch der Nacken. Mama hasst Sonntage. Da muss sie das Fotostudio schließen und verdient kein Geld. Weil jeder in der Stadt, sogar die Imame in unserer Straße, erwartet, dass sie den siebten Tag heiligt.

In unserem Viertel gibt es wie in den meisten Vierteln der Stadt Kirchen und Moscheen. Manche waren mal Läden und haben noch die alten Fenstergitter und Regale, andere sind in dunklen, stickigen ehemaligen Lagerhallen. Wir hören die Gemeinde der Soul-of-Christ-Church beim A-cappella-Gesang. Sie singen Bass und Sopran, rufen schreiend wie Almajirai die Erzengel Michael und Uriel an, das Himmelstor zu öffnen und Feuer herabzuschicken, Afrika mit Gottes Gnade zu überschütten. Bei ihnen wird weder geklatscht noch getanzt, und Musikinstrumente gibt es auch keine. Weil all das ins Höllenfeuer führt. Weil Christus und seine Jünger nicht geklatscht oder auf der Gitarre geklimpert haben, weil Gott nicht tanzt. Ich frage mich, ob Christus und seine Zwölf auch mit so hungrigen, hilflosen Stimmen a cappella gesungen haben, ob Christi Stimmlage Bass war und Judas' Falsett.

Wir hören Trommelwirbel und den Makossa-Chor, der vom apostolischen Glauben singt, die Leadsängerin stößt das «Devil shame on you» hervor wie eine Mutter, die ihren missratenen Sohn anspuckt, mit ihrem kalten Speichel all die verschwendete Liebe, all das verschwendete Herzblut

zurückfordert. Wir spüren die Ekstase der Backgroundsän-
ger, die Erregung der Gemeinde.

Isaiah fächelt sich mit dem Liedblättchen vom heutigen
Gottesdienst Luft zu. «Sie ist sehr weiß, müsst ihr wissen»,
sagt er und guckt dabei extra für uns mehrmals auf die rostige Armbanduhr, die Father McMahon ihm geschenkt hat.
«Total weiß, so wie Kreide. Ganz anders als Father McMahon, den unsere böse Sonne zum roten Mann gemacht hat.»

Er streicht den Kragen seines englischen Polohemds mit
dem London Eye auf der Brust glatt. Nimmt das Bein vom
Knie, beugt sich vor.

«Und sie hat langes Haar. Wie Weißgold. Im Ernst.»
Seine großen Augen glänzen, als könnte er ihre Haare
stehlen und reich damit werden. «Die Farbe heißt blond.
Oder Platin? Egal, sie ist jedenfalls ein gutes Mädchen. Wie
alle Weißen hat sie Geschenke aus England mitgebracht.
Stellt euch vor, meine Kleine hat ein Stoffkaninchen bekommen. Und ich dieses Hemd. Ein guter Mensch, ich sag's
euch. Wie alle Weißen.»

Sein Blick schnellt von mir zu seinem Nokia und wieder
zurück. Durchdringend. Die Augen röter denn je.

«Was guckst du mich so an, Junge?», sagt er. «Ich bin
nicht sie, weißt du?»

Mama lacht. Ihre vom Palmöl fleckigen Zähne blitzen
auf. «Da musst du dir keine Sorgen machen, Bro Isaiah.»
Sie klopft mir auf die Schulter. «Andrew mè heiratet mal
ein Mädchen, das so Schwarz ist wie ich. Nicht wahr, Andy?»

Sie zwinkert mir zu.

Ich ringe mir ein Lächeln ab. Aber das leichte Funkeln
in ihren Augen verrät mir, dass ihr Lachen nur Show ist,
dass sie nicht daran glaubt, dass ich mal ein Mädchen wie
sie heirate.

Mein Blick wandert. Das Schränkchen aus poliertem Holz. Darauf der Fernseher. Im Glas unsere verkleinerten Spiegelbilder. Daneben der Tischkalender mit dem Foto von Father Achis Priesterweihe – er zwischen schwebenden goldenen Kelchen, die Handflächen gottesfürchtig zusammengepresst wie eine Flamme. Dann: der Riss in der blauen Wand, das Kreuz mit dem bleichen Jesus, aus dessen Händen, Füßen und Seiten hellrotes Blut tropft.

Oft denke ich, dass Mama gar nicht meine richtige Mutter ist, weil ich so gar nichts von ihr habe. Ihre Haut sieht für mich so schwarz aus wie Kohle, meine mehr schokoladenfarben. Ihre Augen sind dunkelgrau, meine braun. Sie hat Grübchen, ich habe hohe Wangenknochen. Sie liebt es, in den Spiegel zu gucken und zu fotografieren; ich meide Spiegel und verstecke mich bei Gruppenfotos ganz hinten. Sie summt Lieder, ich höre weg. Ich checke in Filmen blonde Mädchen ab, sie befiehlt mir, jeden Film auszustellen, in dem auch nur ein blonder Junge auftaucht.

Vielleicht bin ich wie Papa. Verdammt, ich will endlich wissen, wer er ist.

seine staubigen füße
seine dröhnende stimme
seine hand auf meiner schulter

Aber Mama weigert sich standhaft, auch nur ein Wort über ihn zu verlieren.

Was soll's, es interessiert mich nicht, wen ich in ihrer Fantasie mal heirate. Die Unbekannte in der Gleichung ist, dass sich hier in Kontagora ein blondes Mädchen aufhält, sogar ein plantinblondes, wenn man Isaiah glauben soll. Eine Marilyn Monroe, die nicht weiß, wie es ist, wenn dir ständig Moskitos ins Ohr summen, dir das Blut raussaugen und rote Schwellungen auf der Haut hinterlassen. Eine Prinzessin Diana, die noch nie um Mitternacht vor Hunger aufgewacht ist. Eine Taylor Swift, die noch nie einen Stromausfall erlebt hat.

«Und sie ist sehr groß», fährt Isaiah fort. «Ich meine, richtig groß. Viel größer als unser Andy Boy, obwohl die beiden gleich alt sind. Sie ist so groß wie ihr Onkel. Sie sieht aus wie eine Sportlerin. Wie ein Model.»

Mama lässt mit einem lauten Plopp eine Kaugummiblase platzen, wie die Nutten, die vor ihrem Studio rumhängen. «Das liegt an dem vielen Gemüse, das die Weißen essen», sagt sie nickend. Sie klopft mir auf die Schulter. «Keine Sorge, Andrew mè. Eines Tages bist du so groß wie sie. Größer.»

Ich rücke ein Stück zur Seite, sinke in ein noch tieferes Tal. Ich wollte, sie hätte das nicht gesagt, das mit dem Gemüse, meine ich. Was für Gemüse meint sie überhaupt? Bei solchen Sprüchen denke ich sofort an Mama 2. Mama 2 würde nie so etwas sagen.

«Father McMahon gibt heute Abend ein riesiges Fest für sie. Mit Grillhühnchen, Sprite und so weiter. Und du sollst Fotos machen», sagt Isaiah zu Mama.

Ihre Miene hellt sich schlagartig auf. Obwohl Father McMahon wie alle Weißen einen Haufen Kameras besitzt, engagiert er sie für alle seine Veranstaltungen als Fotografin. Er handelt nicht mit ihr, wie wir Schwarzen es machen. Sie schlägt sogar jedes Mal dreitausend Naira oder so auf den Betrag drauf, den sie ihm für ihre Dienste in Rechnung stellt, und Father McMahon bezahlt trotzdem. «In seinem Land sind die Dinge nicht so billig», sagt sie dann lachend auf Ososo. «Außerdem sind die Weißen so reich, dass sie sich den Hintern mit Geld abwischen können.» Wenn ich nicht mit ihr lache, ernte ich jedes Mal einen strengen Blick und fake schnell ein Kichern.

Wenn sie in meinem Beisein eine Rechnung schreibt, gucke ich schnell woandershin. Sie hält den Stift ganz unten, mit höchster Konzentration, ihre Adern treten hervor, als würde sie eine Operation durchführen. Ihre Handschrift ähnelt, um ehrlich zu sein, den Fußabdrücken eines scharrenden Huhns, man kann sie kaum lesen. Mama 2 dagegen schreibt so leserlich und schön wie Hillary Clinton. Und trotzdem, wenn ich Mamas unbeholfene Schreibversuche sehe, ist da etwas, das mir den Atem nimmt, mir einen Stich in die Brust versetzt.

Isaiah steht auf. Auf dem Weg zur Tür schlägt er sich auf den glänzenden Schädel.

«Das Wichtigste hab ich mal wieder vergessen», sagt er. «Father McMahon lädt euch hungrige Messdiener zu Eileens Party ein.»

Mama zieht die Brauen hoch, weil er mich hungrig genannt hat, aber sie sagt nichts.

«Für euch Jungs gibt's Hühnerfüße, Cabin Biscuits und Super D. Komm in deinen besten Sachen, Andy. Am besten im Sonntagsanzug.»

Jetzt spiegeln sich nur noch Mama und ich im Fernseher. Sie gähnt, ihre Grübchen werden tiefer. Bis auf den Wrapper mit dem Muster aus tausend grünen, gelben, roten Quadraten, den sie sich um die Brust gewickelt hat und der ihr bis zu den Knien reicht, ist sie nackt. Sie gähnt noch mal. Der Knubbel, der das Tuch zusammenhält, löst sich.

Sie öffnet es – ich erhasche einen Blick auf den faltigen Ansatz ihrer Brüste, die traurig herunterhängen wie zwei leere Fäustlinge –, streicht es glatt, bindet es unter der Achsel zu einem neuen Knubbel. Ihr Unterrock schaut hervor. Sie schiebt ihn unter den Stoff. Sie hat an diesem Wochenende ihre beiden schwarzen BHs nicht gestopft. Das macht sie eigentlich fast jedes Wochenende, mit Nadel und weißem oder gelbem Garn. Keine Ahnung, warum sie nie schwarzes nimmt. Warum will sie unbedingt die Fäden sehen?

Ich stelle mir ständig ihr anderes Ich vor: Mama 2, die sie sein würde, wenn sie nicht auf diesem beschissenen Kontinent geboren wäre. Mama 2 muss ihre BHs nicht stopfen. Ihr Schrank ist voll damit. Sie trägt auch keine Wrapper, sondern Plisseekleider mit Blumenmuster in Grün oder Pfirsichgelb. Im Unterschied zu Mama, die den Finger zu Hilfe nimmt, wenn sie in der Bibel liest, und jedes Wort langsam und manchmal falsch mitspricht, ist Mama 2 Ärztin oder Anwältin, besitzt einen Range Rover, trägt eine Brille und liest jede Woche ein Buch. Sie wohnt in einer Großstadt in Amerika oder Europa, glaubt nicht an Geister, riecht nicht muffig oder nach Schweiß. Ihre Stimme ist ruhig und lustig, und manchmal benutzt sie Wörter mit vielen Silben oder Ausdrücke wie «gewissermaßen».

Mama hat ihr Kaugummi ausgekaut. Sie beugt sich vor, drückt es auf den Couchtisch, lehnt sich zurück, legt den Kopf auf die Sofalehne, schließt die Augen. Ihre Lippen sind voll, schwer, lebendig, wie schwarze Blütenblätter. Ihre Cornrows sind lang und dicht; graue Strähnen schauen aus der dunklen Masse hervor, wogen bei jeder Kopfbewegung wie Ähren im Wind.

Das ist meine Mama:

die göttin
die ich sein will
und nicht sein will

der keim
meiner
scham

die spirale
meiner
ängste

Ich will etwas zu ihr sagen. Mir fällt nichts ein. Ich verspüre ein merkwürdiges Bedürfnis, mit ihr zu reden, die
Verpflichtung, ihre Hand zu halten. Sie ist ganz nah. Nur
eine halbe Armlänge trennt uns. Ihre Adern quellen mir
entgegen. Ihr Atem pfeift in meinem Ohr. Und doch ist sie
so weit weg.

Je älter ich werde, desto weniger scheinen wir miteinander zu reden. Ich erinnere mich noch an die sonnengelben
Tage, als wir nach dem Regen zusammen Sandburgen
bauten ... duftende Blätter, glitzernde Steine ... als sie laut
auflachte, wenn ich sie an den Seiten kitzelte, kreischte,
ich solle aufhören, und doch wollte, dass ich weitermachte.
Die stillen Augenblicke, in denen sie mir mit wissendem
Lächeln in die Augen sah und mich mit ihren Grübchen
einsaugte ... in denen ich beim Kreisen um ihre Falten die
Wörter fand, die sie nicht aussprechen konnte: Wörter ohne
Schreibweise, ohne Sound.

In Zeiten wie diesen, im Epizentrum von langen Schwei-
gepausen wie diesen, denke ich an Ydna. Und vermisse ihn.
Versuche, die Zeit bis zu dem Moment zurückzuverfolgen,

als das Schweigen begann. Als es plötzlich da war. Wie ein Pilz, der aus dem Boden schießt. Einfach so.

✛

Wenn du jünger bist, bist du näher dran an der Welt der Ungeborenen, an der Welt der kürzlich Verstorbenen. Früher waren Ydna und ich ein und dasselbe. Bei Tag waren wir konzentrische Kreise, nachts Fraktale. Er war mein Kumpel, mein Schatten. Das war vor meinem achten Geburtstag. Er hatte lange, dünne Dreadlocks. Trug gerne gelbe Hemden mit blauem Kragen und roten Blumen vornedrauf. Ich spürte ihn überall. Seinen zischenden Atem an meinem Ohr, wenn ich den Abwasch erledigte oder Matheaufgaben löste, seinen Blick, der mich verfolgte, wenn ich mit anderen Kids aus dem Viertel Fußball spielte. Nachts flüsterten Ydna und ich im Dunkeln. Wir flüsterten, nachdem Mama und ich das *Ave-Maria* und *Unter deinem Schutz und Schirm* gebetet hatten, nachdem sie sich vergewissert hatte, dass ich unter ihrem alten Wrapper sicher vor den Moskitos war, die Augen geschlossen, mein Atem ruhig.

Ydna und ich unterhielten uns über Bäume, über den höchsten, den er im Traum erklommen hatte, über die Süßigkeiten, die Okey genascht hatte, über das kleine, obdachlose Mädchen mit den sandigen, verfilzten Haaren, das er einsam am Fluss hatte sitzen sehen. Ich erzählte ihm von meinen Vogelträumen und von meiner Angst vor Schlangen und Juju. Ich träumte ständig von Vögeln. Großen. Mit grünen Augen. Vögel, die weder sangen noch schrien. Warum habe ich nie von Schafen, Löwen oder Schlangen geträumt, sondern immer nur von Vögeln, Vögeln, die in Bäumen leben?

Ydna saß immer bei mir auf der Matte. Wir atmeten im selben Rhythmus. Er stützte den Kopf auf die Handfläche, sah mich aufmerksam an. Ich starrte an die regenfleckige Decke. Ich konnte die drachenförmigen Flecken im Dunkeln nicht sehen, aber ich stellte sie mir vor, machte sie lebendig. Seine Finger und Zehen waren still, seine Seele nahm jedes meiner Worte auf. Sein Atem roch nach Minze oder taubedeckten Blättern; mein Atem roch nach Eba und Egusi.

Jede Nacht flüsterten wir, bis die Hähne krähten.

Alles änderte sich, als ich acht wurde, als ich *Matrix* und *Superman* und *Spider-Man* sah und Ydna davon erzählte. Mauern und Berge und Schwarze Löcher wuchsen zwischen uns. Unüberwindbar. Zerstörerisch. Alles änderte sich, als ich Ydna erzählte, dass ich sein wollte wie Neo. Wie Clark Kent, wie Peter Parker. Dass ich anders sein wollte.

Dass ich weiß sein wollte.

Weil:

               nur weiße menschen

konnten

               die zeit einfrieren

konnten

               gedanken lesen &

               kugeln aufhalten

konnten

               fliegen

«Ydna, nur Weiße können fliegen!»

Er schwieg. Zeigte keine Reaktion. Ich wiederholte den Satz. Immer wieder, immer lauter. Eine Träne lief mir über die

Wange, an meinem Ohr hinunter. Und weiter, bis ich sie auf die Matte platschen hörte. Er sah nicht einmal weg, als ich mich zu ihm umdrehte, als ich seinen Zeh berührte. Ich wusste, dass die Berge zwischen uns größer geworden waren, weil er plötzlich aufstand und sagte, er sei müde, er müsse jetzt gehen, obwohl wir noch nicht mal eine Stunde geflüstert hatten.

Am nächsten Tag sah ich Ydna nicht.

Auch nicht am übernächsten.

Oder eine Woche später.

Die Regenzeit kam. Die Wasserfluten rochen nach Fisch. Sahen aus wie Fische, als sie vom Himmel prasselten, als sie stiegen, als sie davoneilten. Nachts auf meiner Matte starrte ich aus dem Fenster, suchte in jedem Regentropfen nach Ydna.

Mein Bruder. Der mir mit dem Zeh in die Seite stupste. Dessen Zähne im Dunkeln leuchteten, wenn er in das Brot biss, das ich jeden Tag für ihn aufhob. Ich hob weiter Brot für ihn auf, obwohl ich wusste, dass es am nächsten Morgen hart sein würde. Aber er sollte wenigstens frisches Brot haben. Mein Ydna liebte frisches Brot.

Meine Vogelträume hörten auf.

Einige Monate später kam er endlich. Es war Nacht. Ich lag auf meiner Matte, glühend heiß von der Malaria. Er kam, nachdem Mama in ihr Zimmer gegangen war, nachdem sie mich angefleht hatte, nicht zu sterben, nachdem sie Gebete zum heiligen Michael und zum heiligen Mulumba und zum seligen Tansi gestammelt hatte. Er kam ins Zimmer, dämpfte das Licht der Petroleumlampe, damit ich ihn besser sehen konnte. Er sagte nicht viel. Er sagte nur: «Na, Andy?», setzte sich auf das verschlissene Sofa (das hatte er noch nie gemacht), wackelte mit dem Fuß, schlug die Ferse immer wieder gegen das Sofa, sodass mir der Kopf noch mehr wehtat. Aber das machte mir nichts aus, im Gegenteil. Ich stand auf. Verscheuchte die Malaria.

«Wie geht's, Bro?», sagte ich.

«Gut», sagte er.

«Ich mag deine Dreads. Wirklich.»

«Okay.»

«Bist du auf den Baum geklettert?»

«Nein.»

«Warum nicht?»

Stille.

Ich spürte, wie er mit sich rang, ob er mit mir reden sollte. Seine Augen wehrten meine bittenden Blicke ab. Seine Augen: dunkel, wässrig, bewegt. In ihnen erspähte ich das komplizierteste Puzzle, das ich je gesehen hatte. Jeder Puzzlestein war mikroskopisch klein, formlos. Jeder enthielt Fische, Vögel, Berge, Satelliten, Lichtgeschwindigkeit, Lichtjahre, ein Lexikon voll Infos.

Aber ich war nicht darin.

Er beugte sich vor, räusperte sich, öffnete die großen Lippen. Dann stand er auf und ging. Seitdem habe ich ihn nicht mehr gesehen.

So oft will ich Ydna sagen, dass es nicht leicht ist zu leben. (Warum sonst hat er sich der Geburt verweigert und ist zurückgegangen?) Tod und Sterben sind einfach. Sogar langweilig. Das Leben ist schwer. Und sinnlos. Das Leben hebt Berge, ohne sie zu berühren, löscht Vulkane ohne einen einzigen Tropfen Spucke. Das Leben wacht auf und findet Haken in deinem Herzen. Wenn du sie entfernst, stirbst du. Wenn du sie stecken lässt, stirbst du auch. Am Ende bohrst du dir immer mehr Haken ins Herz, damit du am Leben bleibst.

Aber Ydna will nichts davon hören. Ich weiß, dass er auf taub schaltet, weil ich seine Gedanken belausche und in meinem Tagebuch festhalte. Er wirft mir vor, ich würde das Leben leben, das eigentlich ihm gehört. Behauptet, er wäre umgekehrt, um zu verschnaufen, um sich in Mamas Gebärmutter zu stärken, seine Muskeln für diese Welt zu stählen. Doch als er bereit war, als er in Mamas Gebärmutter spähte, stellte er fest, dass sie voll war, neun-Monate-voll. Also versuchte er, mich dorthin zurückzudrängen, woher ich gekommen war, damit seine Seele in meinen Körper schlüpfen und geboren werden konnte. Aber ich wehrte mich. Wegen unseres Kampfes konnte Mama mich nicht auf normalem Weg zur Welt bringen, mussten die Ärzte ihr den Bauch aufschneiden, um mein verfluchtes Ich zu holen. Wegen unseres Kampfes setzten die Nichtskönner ihre Schnitte an den falschen Stellen und zerstörten Mamas Organe, sodass sie jetzt weder Frau ist noch Mann.

Ich bin mir sicher, dass ich Ydna noch etwas bedeute. Und zwar, weil ich, seit ich daran denke, meine Finger in blondem Haar zu vergraben, seit ich über HXVX nachdenke, seit meine Mathelehrerin Zahrah aus der Sahara zurückgekehrt ist, mehrmals gespürt habe, dass er mich heimlich beobachtet. Er späht durch die Gardinen, tarnt sich als Windzug, damit ich ihn nicht bemerke. Seine Stimme sickert in meinen Kopf, wiederholt Gedichte und Redewendungen, gibt sie als Ohrwürmer aus. Oft will ich ihn deswegen zur Rede stellen. Aber ich lasse es. Ich habe Angst, ihn dadurch noch weiter von mir fortzutreiben. Von meinen Horizonten, von meinen abgeschlossenen beschränkten Intervallen.

✛

Ich bin am Brunnen unserer Siedlung, Wasser für Mama holen. Ich lasse den Guga hinunter, bis ich merke, dass er auf Wasser stößt, halte eine halbe Minute das Seil, damit er vollläuft. Über mir: Wolken wie Tänzerinnen an blauem Himmel. Keine Vögel. Das Sonnenlicht auf meinem Nacken wie ein Dampfbügeleisen. Die böse gelbe Sonne macht uns immer dunkler, anstatt unsere Haut mit ihrer Farbe anzumalen.

«Allahu akbar!», tönt der Gebetsruf von der Moschee hinter unserem Haus. Ein Hahn antwortet mit einem Kikeriki. Die kegelförmigen Lautsprecher anderer Moscheen in der Nähe gehen knisternd an. Grelles Pfeifen schneidet sich durch die Stille. «Allahu akbar! Allahu akbar. Ash-hadu alla ilaha illallah.»

In unserer Stadt gibt es an jeder Ecke eine Moschee. Tatsächlich ist Kontagora, wie fast der gesamte Norden, zu über siebzig Prozent muslimisch. Auf den Straßen laufen Frauen in wallenden Tschadors, Männer in Dschallabijas und mit Hulas. Junge Christinnen, die Hosen, kurze Röcke oder tief ausgeschnittene Oberteile tragen, werden von muslimischen Jugendlichen verfolgt, geschlagen, und ihnen wird die Kleidung zerschnitten. Mama und ich sind aus Ososo im Süden, wo die Leute überwiegend Christen sind und Mädchen ohne Probleme Hosen tragen können.

Ich ziehe den Guga hinauf, gieße das Wasser in einen blauen Eimer, auf dem ein Sticker mit *Chioma und Isaiah* klebt. Als der Eimer voll ist, decke ich den Brunnen mit einem Dachblech ab. Lege einen Autoreifen darauf – das Blech quietscht – und bringe den Eimer zu Mama.

Sie sitzt auf einem niedrigen Hocker vor dem Haus. Vor ihr brennt ein Kohlenfeuer, darauf ein Topf mit Egusi. Sie rührt mit der Schöpfkelle in der Suppe. Obwohl kein

Fleisch drin ist, obwohl die Suppe nur aus Egusi-Kernen, Wasserspinat, Maggi und Zwiebeln besteht, strömt dank ihrer Kochkünste der köstliche Duft von Pfeffersuppe aus dem Topf, den man sonst nur in Utia und bei Namensfeiern riecht. Während Mama unermüdlich weiterrührt, verkochen die Egusi-Kerne zu gelben Flecken wie Spiegeleier.

«Hol das Gari, Andrew mè», sagt sie.

Ich nehme die Plastikschüssel neben ihrem Fuß, gehe durchs Wohnzimmer in ihr Zimmer (Matratze, Spiegel, Cremes), das uns auch als Speisekammer dient, und öffne den Sack auf dem Boden. Ich nehme einen Mudu, fülle damit Gari aus dem Sack in die Schüssel. Mama macht Mittag- und Abendessen zusammen, damit sie nicht noch mal kochen muss, wenn wir von Eileens Party wiederkommen. Ich nehme die doppelte Menge Gari, gerade genug, dass wir beide zweimal satt werden. Slim oder Morocca hätten garantiert mehr genommen, für eine Extraportion. Aber ich will nicht riskieren, dass Mama sauer wird.

Manchmal dreht sie durch und geht völlig übertrieben in die Luft. Zum Beispiel an den wenigen Morgen, wenn ich so in meinem Gedankendickicht aus Ydna, blonden Mädchen oder Zahrah versunken bin, dass ich vergesse, sie mit «Guten Morgen, Mama» zu begrüßen. Oder wenn sie mich an den seltenen Tagen, an denen wir Strom haben, dabei erwischt, dass ich mir ansehe, wie Angelina Jolie in knallengen Catsuits Gräber plündert oder wie Richard Gere Julia Roberts aufs Klavier hebt und ihre Brust betatscht. Dann muss ich mich zur Strafe mit ihr aufs Sofa setzen. Sie greift mir in den Nacken, zwingt mich manchmal sogar auf ihren Schoß. Und dann weint sie. Erinnert mich immer wieder daran, dass ich ihr Leben gestohlen habe, dass der Kaiserschnitt sie kaputt gemacht hat.

«Andrew mè. Ich bin leer. Bin weder hier noch dort. Niemand will mich.»

Einmal, vor Jahren, war ich so blöd zu antworten: «Ich will dich, Mama.» Sie gab mir eine Ohrfeige. Stieß mich von ihrem Schoß, sodass ich kopfüber aufs Sofa fiel.

Hatte ich sie an ihre Männer erinnert? Ich weiß, dass sie mehr als einmal verheiratet war, aber wie oft, will sie mir nicht sagen. Wenn mir der Gedanke durch den Kopf schießt, dass Mama mit zwei, drei, vielleicht sogar vier Männern zusammen war, weiß ich meistens nicht, wohin mit mir. Wenn die Bilder von ihren Händen auf Mamas Körper aufblitzen, will ich irgendwohin springen, irgendwo hinein, einfach weg. Um mich davon abzuhalten, brülle ich meine verfluchten Neuronen an, sie sollen die Fresse halten, sich an all das erinnern, was Mama für mich getan hat, an die vielen schlaflosen Nächte, die sie im Studio verbringt, an die Beleidigungen, die angepisste Kunden ihr entgegenschleudern.

Wenn ich Beef mit Mama habe, wende ich mich in meinem Tagebuch an Ydna. Er sorgt dafür, dass ich mich wieder mit ihr versöhne. Erzählt mir etwas Lustiges über sie, das ich noch nicht weiß, zum Beispiel, wie sie ihre Zahnlücke bekommen hat. Manchmal schwindelt er mich sogar an. Er sagt, die meisten Mütter würden nicht von ihren Kindern träumen, Mama dagegen träume oft von mir. Ich weiß, dass das gelogen ist. Aber ich glaube ihm.

Ich stelle mich neben sie, warte, dass sie mir das Gari abnimmt. Slim oder Morocco hätten ihren Mamas die Schüssel vor die Füße geworfen und wären wieder ins Wohnzimmer gestürzt, um weiter auf ihren Telefonen zu zocken. Aber das traue ich mich nicht. Mama legt die Kelle auf einen Teller, nimmt mir die Schüssel ab.

«Ògbò, Andrew mè», sagt sie.

Manchmal tut Mama mir leid, und ich wünsche mir, dass sie asap jemanden findet. Einige ihrer männlichen Kunden tuscheln über ihre «schönen Beine» und ihren «geilen Arsch», aber keiner scheint daran interessiert zu sein, einen Schritt weiterzugehen. Nur drei haben in den letzten fünf Jahren mehr von ihr gewollt. Die ersten beiden lösten sich nach wenigen Tagen wieder in Luft auf. Aber während ihrer Super Bowls mit Mama schenkten sie ihr Ohrringe, Panties oder zu kleine Schuhe. Von morgens bis abends setzte sie ein falsches Lächeln auf, trug Lidschatten, roten Lippenstift und figurbetonte Kleider, um wie Ende zwanzig auszusehen. Doch als die Männer weg waren, wurde sie wieder zu der seufzenden, ungeschminkten, angegrauten Frau, die sie ist.

Nur Mr Cosmas war anders. Er war Fotograf wie Mama. Seine Frau war einige Jahre zuvor gestorben. Er kam oft in ihr Studio, und Mama und er unterhielten sich stundenlang über Objektive, Kamerazubehör und die Vorzüge von Film gegenüber der digitalen Fotografie. Er sagte, Mama wäre die beste Fotografin, der er je begegnet sei.

Aus irgendeinem Grund lehnte es Mama ab, sich für ihn zu schminken, die Haare zu färben oder enge Kleider anzuziehen. Mr Cosmas besuchte sie trotzdem weiter. Sie aßen zusammen Popcorn, erzählten sich Witze, und Mama lachte viel und sah tatsächlich aus wie ein Mädchen in den Zwanzigern. Sie roch nicht mehr muffig, in ihrem Essen tauchten spektakuläre neue Aromen auf, und abends sang sie Whitney Houston. Wochen später, Mr Cosmas war noch immer nicht verschwunden, lud sie ihn zu uns nach Hause ein. Er schenkte mir Bücher und Fußballtrikots, wir redeten über Messi und Ronaldo.

Alles änderte sich an dem Abend, als sie ihn mit in ihr Schlafzimmer nahm. Es dauerte höchstens fünf Minuten. Er kam aus dem Zimmer, verließ das Haus, und seitdem habe ich ihn nicht mehr gesehen.

In den ersten Tagen nach Mr Cosmas' Abgang ging Mama nicht in ihr Studio. Sie blieb den ganzen Tag im Bett, und ich machte Feuer, kochte Frühstück und Abendessen, brachte es ihr ans Bett. Ein paarmal fragte ich sie, was zwischen ihnen vorgefallen war, aber natürlich erzählte sie mir nichts. Vielleicht hatte sie ihm von dem verpfuschten Kaiserschnitt erzählt.

Mama gibt getrocknete Chilis in die Suppe. Rührt im Uhrzeigersinn, dann andersrum. Sie lächelt mich an.

«Riecht total lecker, Ma», sage ich.

«Danke», sagt sie.

«Ich wünschte, ich könnte so gut kochen wie du.»

«Wirklich? Willst du nicht versuchen, noch besser zu sein?»

«Aber Ma, ich will doch kein Profikoch werden.»

«Darum geht es nicht.»

«Sondern?»

«Du musst ein toller Koch werden, damit du Fatima, oder welches Mädchen du auch immer heiratest, mit schmackhaftem Essen verwöhnen kannst.»

«Sehr witzig, Ma.»

«Findest du? Mir wäre es nun mal lieber, du bist der Koch in der Familie. Und nicht deine Frau.»

«Wirklich?»

«Natürlich. Wir Frauen sind keine Dienerinnen oder Sklavinnen mehr. Die Zeiten sind vorbei.»

«Aber kochen ist doch keine Sklavenarbeit.»

«Du bist kein Mädchen. Du kannst das nicht verstehen.»

«Aber für Mr Cosmas hast du diese Dinge auch getan.»

«Was für Dinge?»

«Du hast für ihn gekocht. Sogar ein paarmal seine Sachen gewaschen.»

«Das ist was anderes.»

«Wieso ist das was anderes?»

Sie seufzt. Ich weiß, dass jetzt eine Minipredigt kommt. Bei aller Schweigsamkeit lässt sie keine Gelegenheit aus, mütterliche Lebensweisheiten von sich zu geben.

«In Wahrheit, Andrew mè, sind die Frauen meiner Generation immer noch Sklavinnen. Leider. Wir können nichts dagegen tun. Entweder wir entscheiden uns, Sklavinnen zu sein, oder wir entscheiden uns, nicht zu existieren. Das ist die einzige Wahl, die wir haben. Das Schlimmste ist, wir müssen Sklavinnen sein, um Liebe zu bekommen. Sosehr wir uns auch anstrengen: Ohne Liebe können wir nicht leben. Wenn wir lieben, fühlen wir uns weniger wie Sklavinnen.» Sie gibt eine Kelle Wasser in den Topf. «Eure Generation ist anders. Ihr habt Computer, Smartphones. Ihr geht zur Schule. Heute müssen sich zwei junge Leute nicht mehr persönlich begegnen, um sich ineinander zu verlieben. Mädchen können alle möglichen Männer kennenlernen und sich den aussuchen, den sie haben wollen. Wenn es in eurer Generation trotzdem weiter so viel Gewalt gibt wie in unserer, ist die Menschheit nicht mehr zu retten.»

Eine junge Hausa klopft ans Tor. «Assalamu alaikum.» Unser Tor ist eigentlich nur eine winzige Eisentür, die Klopfgeräusche verstärkt, statt die Hühner draußen zu halten. Aber das Mädchen hämmert nicht dagegen wie die meisten anderen. Sie zählt ihre Waren auf: frische Tomaten, Kuka, Busheshen Kubewa. Ich kann sie nicht sehen, aber ich fühle die Ungeduld in ihrer Stimme, den sehnlichen Wunsch, ihre Sachen asap loszuwerden. Wenn sie bei Einbruch der Dunkelheit mit unverkaufter Ware nach Hause kommt, versohlt ihre Mama ihr den Hintern, weil sie gebummelt und an nicht genug Türen geklopft hat.

«Allah ya kawo kasuwa», sagt Mama.

«Amin», murmelt das Mädchen enttäuscht und geht weiter.

«Also, Mama ...», sage ich.

«Was?», sagt sie.

«Was ist mit Mr Cosmas?»

«Was soll mit ihm sein?»

«Ich wollte nur wissen, ob du noch von ihm hörst.»

Sie schweigt. Ich weiß, dass sie nichts sagen wird. Und fühle mich mies, weil ich in ihren Wunden stochere.

«Nein.» Sie steht auf. «Ich habe nichts von ihm gehört.»

Sie kocht Wasser auf, gießt es in einen großen Mörser, gibt das Gari dazu, deckt den Mörser für fünf Minuten zu, summt dabei *Into Your Sanctuary*, nickt, zupft mir ein Staubkorn aus dem Haar, stampft die Gari-Wasser-Mischung zu Eba, schneidet es in ovale Küchlein, wickelt sie in Folie, legt sie in den Wärmebehälter, schickt mich los, um Mörser und Stößel abzuwaschen. Ich meckere nicht, obwohl Eba an Oberflächen, besonders an Holz, haftet wie Sekundenkleber.

Wir gehen zum Essen ins Wohnzimmer. Die Tür steht so weit offen, wie es die Scharniere zulassen. Die sanft wehende cremefarbene Gardine taucht den Raum abwechselnd in Licht und Schatten. Mama setzt sich auf den Fußboden, stellt die Edelstahlschalen mit Eba und Egusi zwischen die gespreizten Beine. Sie isst gerne auf dem Fußboden. Das erinnert sie an ihre Kindheit, als die Welt sich noch normal drehte, sagt sie. Dass Essen besser schmeckt, je näher man der Erde ist.

Sie taucht den Finger in die gelbe Suppe. Führt ihn zum Mund. Lässt ihn dort eine geschlagene Minute verweilen. Sie nickt. Bittet mich, ihr aus dem Tonkrug Trinkwasser zu holen.

Ich gehe in ihr Zimmer. Hole das Wasser. Im Juni sind nur Dinge, die man in Tongefäßen aufbewahrt, sicher vor der Wahnsinnshitze.

Sie trinkt von dem kalten Wasser. «Danke.»

Ich setze mich aufs Sofa, versinke in einem Tal älter und tiefer als Mamas Grübchen. Ich stelle meine Schalen auf den Couchtisch, fange an zu essen. Ich lasse mir Zeit. Rolle das Eba zu kleinen Bällchen. Kaue geräuschlos, weil Mama mir zusieht. Verscheuche eine Fliege. Stelle mir vor, wie Pizza schmeckt. Wie in Tomaten und Curry getunktes Brot? Überlege, ob ich Pommes mit Ketchup mögen würde, ob es zwischen Lasagne und Käsemakkaroni überhaupt einen Unterschied gibt. Nach ein paar Bissen lobe ich das Essen.

«Schmeckt großartig, Ma.»

Aber das genügt nicht. Ich muss ausführen, wieso und weshalb. *So* lobt man Mamas Küche. Also füge ich hinzu:

«Mir gefällt, dass die Zwiebeln und der Wasserspinat noch leicht roh sind. Das gibt dem Egusi eine superangenehme Würze. Und die Konsistenz ist so cremig!»

Mama grinst. «Abi? Danke, Andrew mè. Guten Appetit.»

Sie zeigt ihre Zahnlücke, die ihr ein alter Baba für zweihundert Naira gemacht hat. Ydna sagt, die Zahnlücke lässt sie jünger wirken, verleiht ihr ein sexy Lächeln. Da ist irgendwie was dran, obwohl ich jedem, der es wagt, Mama sexy zu nennen, mich eingeschlossen, eine reinhauen würde.

Einmal hat Mama das Essen versaut. Ich kam so genervt aus der Schule, dass ich ihr, als ich mich hinsetzte und probierte, die Wahrheit sagte, die *ganze* Wahrheit: Die Suppe sei versalzen und wässrig wie ein Fluss, und Fleisch wäre auch keins drin.

Mama sah mich nur an. Ein langes, lautes, wütendes Starren. Ich erblickte ihre Kindheit darin, als sie barfuß, nur mit einem Wrapper bekleidet, in den Wald ging, sich auf dem Rückweg mit einem Stapel Brennholz auf dem Kopf die Schienbeine zerschrammte und die Zehen blutig stieß; die zahllosen Morgen, an denen sie aus der Schule gejagt wurde, weil sie das Schulgeld nicht zahlen konnte oder einfach weil sie ein Mädchen war. Sie strich sich die Cornrows glatt, ohne den Blick von mir abzuwenden. Während ich mit stockendem Atem dasaß, außerstande zu blinzeln, außerstande, ihrem Blick auszuweichen, betete ich zu sämtlichen Heiligen, dass Mama mich nie wieder so ansehen würde.

Mama lächelt zufrieden über mein kulinarisches Urteil. «Andrew mè, ich glaube, es ist Zeit, dass du das eine oder andere über Mamas Beruf lernst. Ein paar Stunden im Studio nach Schulschluss? Abgemacht? Du bist ja jetzt erwachsen.»

Früher habe ich sie oft im Studio besucht. Half ihr beim Putzen, machte Besorgungen. Aber vor ungefähr zwei Jahren erteilte sie mir Hausverbot.

Ihr Studio befindet sich in einem kleinen Ladengeschäft in der Sharp Corner Road, kurz vor der scharfen Kurve, die schon viele das Leben gekostet hat. *Glory Bright Photos* steht in schwarzer Kursivschrift über der Glastür. In der Tür hängen Fotos, die Kunden nicht bezahlen wollten: halbnackte, heulende Babys auf Sofas, tanzende Mamas in Bubas und mit Geles, Neubauten mit in der Sonne leuchtenden, bunten Dächern. Die Kids von den staatlichen Schulen bleiben auf dem Heimweg oft davor stehen, kratzen sich die sandigen Haare, die schorfige Kopfhaut.

Gegenüber dem Studio ist das Queens Palace Guest Inn, eines der größten Bordelle in unserer Stadt. Fünfzehnjährige Mädchen und fünfzigjährige Frauen stolzieren in winzigen Miniröcken und BHs umher, rufen Jungs und alten Männern zwischen hupenden Autos und Motorrädern auf Pidgin zu: «Bobo, you no wan fuck?» Weder unserer korrupten Polizei noch unseren heiligen Scharia-Gerichten noch unseren frommen Geistlichen gelingt es, dieses Sodom zu schließen. Das Queens Palace ist völlig anders als jedes Bordell, das ihr kennt, falls ihr schon mal in einem gewesen seid. Durch eine graue Metalltür gelangt man in einen großen Hof mit Zimmern zu allen Seiten. Jedes Zimmer hat nur ein winziges Fenster, um die Sünden zu verbergen. Tropfende Kondome quellen aus den Mülltonnen. Die schweren Parfüms der Nutten betäuben deinen Geruchssinn.

In Mamas Studio liegt ein roter Teppich, darauf steht alles, was sie braucht: Lampen, Blitze, Sofa, Hocker, Klappstuhl. Von der Decke hängen weiße, schwarze und rote Vorhänge, die bei Aufnahmen als Hintergrund dienen. Dahinter befindet sich die Tür zur Dunkelkammer, in der sie früher Schwarzweißfotos entwickelt hat. Seit dem Tod der Schwarzweißfotografie lässt sie ihre Fotos bei Bob Shege in der Lagos Road (brausender Verkehr, Shop an Shop) entwickeln, die in ihrem Labor die knackigsten Farbabzüge der Stadt machen.

Mama erteilte mir Studioverbot, weil eines Nachmittags, als ich nach der Schule schläfrig aufs Mittagessen wartete, eine Nutte so Mitte zwanzig hereinkam, um sich fotografieren zu lassen. Sie trug Stöckelschuhe, Sport-BH, Strumpfhose, aber kein Höschen. Während Mama das Licht setzte und den besten Hintergrund auswählte, bewegte sich die Nutte in meine Richtung. Sie tippte geistesabwesend auf ihrem Huawei. Bei jedem Schritt zwinkerte mir ihre Pussy zu.

Als sie meinen Blick bemerkte, lachte sie auf und rief auf Pidgin: «You dey look my vajajay.» Sie drehte sich prustend zu Mama um. «Dein Junge will ficken. Er will ficken. Ich helf ihm dabei.»

Sie schlug Mama einen Tauschhandel vor: Für drei Fotos würde sie mir eine Stunde ihrer Zeit schenken. «Ich kenn mich aus mit dem Entjungfern von Jungs.»

Mama bat sie, zu gehen.

Die Nutte lachte: «War doch nur'n Witz, Mann.»

Mama blieb standhaft.

«Ich geh nirgends hin. Bis ich meine Fotos hab.»

Mama forderte sie erneut auf zu gehen und nannte sie Satan.

Die Nutte verpasste Mama eine Ohrfeige.

Mama ließ die Kamera fallen. Die Adern an ihren Armen und ihrem Hals quollen hervor, als sie die Nutte mit geballter Kraft packte und nach draußen stieß, wo beide zu Boden gingen und sich im Sand wälzten.

Männer scharten sich um sie.

Die Nutte stand auf. Zerriss Mamas Kleid. Ihren BH. Mamas Brüste sprangen heraus.

zwei
schlaffe
sonnen

zwei

schwarze

sonnen

Die Männer pfiffen. Glotzten lüstern.

Ich stand einfach da. Wie angewurzelt. Nutzlos. Ein halber Mann.

Mama stand auf. Bedeckte sich mit den sandigen Händen. Ging zurück zum Studio. Als sie bei der Tür war, sprang die Nutte nach vorne und schlug ihr auf den Hintern. Nannte sie Prostituierte. Rief, dass sie mit ihrem dicken Arsch dreimal so viel verdienen könnte wie mit dem Studio.

Die Männer lachten.

Ich konnte sie an diesem Tag nicht ansehen.

Auch nicht am nächsten.

Oder in den Wochen danach.

ich

trat

ins

dunkel

sie

stürzte

ins

dun-

k

e

l

Ein Abgrund tat sich in meiner Kehle auf. Ich konnte nicht mehr mit ihr reden. Meine Wörter fielen schreiend ins Nichts. Das Nichtgesagte rüttelte mich nachts aus dem Schlaf. Ich rang nach Atem. Fand bloß kreischende Stille.

Nach dem Gebet wünschte ich ihr nur guten Morgen und, wenn ich aus der Schule kam, guten Abend.

Sie sah ihre Füße an, wenn sie mit einem mürrischen «Wie geht es dir?» antwortete, ohne meinen Namen zu sagen. Sie starrte auf ihren Teller, wenn sie mich bat, ihr Wasser zu holen, wenn sie sich bedankte.

Eines Nachts wachte ich keuchend auf der kalten Matte auf. Merkwürdige, heisere Laute drangen aus ihrem Zimmer. Sie weinte.

2

Mama will etwas sagen, aber sie lässt es. Sie lächelt. Diese Grübchen machen mich fertig. Diese Grübchen, die zu Augen werden. Wenn sie lächelt, hat sie vier Augen. Zwei oben, zwei unten. Zwei glänzende, zwei dunkle. Voll, hohl. Ihre Grübchen sind:

ein

tunnel

der mir

für immer verschlossen bleibt

Mein Samsung piept. Eine Nachricht von Morocca:

    was geht, werdna. slim und ich holen dich asap
    ab. wir müssen das weiße chick auschecken. wette
    dein schwanz tropft schon wegen ihr. c ya

Mama und ich waschen uns in einer großen Schüssel die Hände. Trocknen sie an einem Handtuch ab. Ich bringe Schüssel und Schalen in den kleinen Raum, in dem wir Töpfe, Teller und kaputtes Zeug wie mein Fahrrad aufbewahren. Spinnweben zittern an der Decke. Ein dicker Gecko klebt an der unverputzten Wand, den Schwanz geschwungen zu einem C.

Mama hat mir das Rad vor acht Jahren geschenkt, nach

meiner Erstkommunion. Die Schulleiter der Model und der Muazu School hatten sie engagiert, um Fotos bei den Abifeiern zu machen, ein Job, für den andere Fotografen einen Haufen Schmiergeld hinlegen müssen. Ich nahm sie zum Dank nicht mal in den Arm. Ich stieg einfach aufs Rad und heizte wie ein Wahnsinniger durchs Viertel. Sprang über Pissebäche aus Badezimmern und Toiletten. Wich Plastiktüten und gluckenden Hennen aus. Riss die Hände nach oben, schrie Wörter, die nur ich verstand. Bolzende Kids blieben stehen. Sie sahen mir zu, die Hände in die Hüften gestemmt, die nackten Oberkörper glänzend von Schweiß, ihre Blicke tödliche Avada Kedravas. Das war mir egal, weil:

> der wind
> pfiff mir versprechen
> ins ohr

Fünf Minuten später humpelte ich nach Hause zu Mama, mit blutenden Händen und Knien. Mehrere Speichen waren unter dem Gelächter der Nachbarschaftskinder gebrochen. Sie streckten mir die schmutzigen Zungen raus, meckerten wie geile Ziegenböcke, dass ich mir hoffentlich alle Zähne ausgeschlagen hätte.

Ydna kam aus dem Lachen gar nicht mehr raus, als ich ihm davon erzählte. Jede Nacht wollte er die neusten Fahrradabenteuer hören, ob ich gestürzt war, wie viele blaue Flecken ich mir schon geholt hatte. Ich beschrieb ihm die neuen Stunts, die ich mir beigebracht hatte. Erzählte ihm, dass ich jetzt freihändig rückwärtsfahren konnte. Dass ich zu einem fliegenden Vogel wurde, wenn ich meinen Lieblingstrick machte: nur auf dem Hinterrad zu fahren, das Vorderrad hoch über meinem Kopf. «Cool», sagte er.

Eines Nachmittags ritzte ich mit einem Schlüssel seinen Namen ins hintere Schutzblech. Als Slim und Morocca es sahen, löcherten sie mich, ihnen zu verraten, was das Wort bedeutet. Sie überließen mir sogar ihr Popcorn. Ich aß es ganz langsam, um sie auf die Folter zu spannen, leckte mir genüsslich die Lippen, lachte sie aus. Als es ihnen zu blöd wurde und sie mir Schläge androhten, erzählte ich ihnen, dass es sich um ein Geheimnis zwischen mir und jemand anderem handelte. «Hast du etwa 'ne Freundin?», fragten sie, neidisch, weil ich vor ihnen die hüpfenden Dinger an einem Babe anfassen durfte. Als ich Ydna davon erzählte, von seinem Namen auf dem Schutzblech, sprang er lachend durchs Zimmer, zog mich an den Ohren, den Haaren, an der Nase, duckte sich vor meinen Schlägen weg. Ich hatte ihn noch nie so übermütig, so glücklich erlebt.

Sein Name ist auf dem Schutzblech nicht mehr zu sehen. Ich muss erst den Staub und die Spinnweben wegwischen. Das Rad lehnt an der Wand. Platte Reifen. Zerfetzter Sattel. Verstaubte Reflektoren. Es gehört jetzt den Spinnen. Sie benutzen es pausenlos, spinnen sich von Netz zu Netz. Sie nehmen alles in Beschlag, überdauern alles, saugen aus den Dingen die darin verborgenen Erinnerungen. Unvorstellbar, dass ich mal auf so einem winzigen Rad gefahren bin.

Als Schüssel und Schalen abgespült sind, gehe ich zurück, bleibe in der Tür zum Wohnzimmer stehen. Mama sitzt noch auf dem Boden, auf dem Schoß ein aufgeschlagenes Fotoalbum. Als sie mich bemerkt, blättert sie schnell die Seite um, die sie sich angesehen hat. Die Seite mit meinen Kinderfotos. Ich stehend in T-Shirt und Jeans, im Hintergrund Big Ben. Ich sitzend, barfuß, obenrum nackt, mit ihrer Rubinkette um den Hals, mein Afro ein federnder Garten, mein Finger zeigt auf die Kamera, auf sie, auf dich.

Sie überblättert schnell das Foto von ihrer Mama, das sie vor vielen Jahren gemacht hat. Eine zerbrechliche Frau auf einem Hocker, mit Spitzenbluse und Gele, auf dem Schoß eine Handtasche. Sie blickt in die Kamera, ledrige Haut, Mona-Lisa-Lächeln, hellwache Augen, in denen sich das Blitzlicht spiegelt.

Mama entscheidet sich für die Fotos ihrer Geschwister und Cousinen. Ich kenne ihre Namen und weiß, in welchen Städten sie wohnen, aber ich bin ihnen nie begegnet. Auch ihre Mama habe ich nie kennengelernt. Mama ist nie mit mir in Ososo, unserer Heimatstadt, gewesen, wo ihr Großvater angeblich ein stattliches zweistöckiges Haus gebaut hat. Dort hatte sie mehrere Fehlgeburten, verbrachte die meiste Zeit im Bett und dachte daran, sich etwas anzutun. Eines Morgens, behauptet sie, als sie ganz kurz davor war, sei ich ihr im Geiste erschienen. Ich hätte gesagt, sie soll sich die Tränen abwischen, dass alles gut werde, dass ich bald bei ihr sein würde.

Sie erzählt oft und gerne von dem Haus. Es hat über zwanzig Zimmer, sagt sie, eine Holztreppe und im Obergeschoss hölzerne Stützbalken. Weil es damals noch keinen Beton gab, verwendete man in Ososo für mehrstöckige Häuser Okpakpaholz:

«Unsere Väter haben sogar riesige Brücken aus Okpakpa gebaut. Die Brücken konnten Pick-ups tragen. Sogar zwei Lastwagen. Nebeneinander.»

Spätestens bei der Lastwagengeschichte kommen mir immer Zweifel. Sie könnte auch behaupten, dass Okpakpaholz Zauberkräfte hat oder unser Vibranium ist. Das wäre der bessere Weg, um eine Lüge wahrer, bekömmlicher zu machen.

Aber das Abgedrehteste, was sie mir über das Haus meines Urgroßvaters erzählt hat, ist die Geschichte mit den Gräbern. Sie behauptet, im Haus befänden sich über fünfzig Gräber. Die meiner Urgroßeltern und ihrer Geschwister. Die meines Großvaters, seiner Geschwister, Cousins und Cousinen. Das Grab von Ydna. In Ososo, sagt sie, gebe es keinen Friedhof.

«Die Toten werden in ihren Wohn- oder Schlafzimmern begraben, und wenn alle Zimmer voll sind, in den Vorgärten. Die Angehörigen graben ein tiefes Loch in den Fußboden und betten sie darin zur letzten Ruhe. Das Grab wird zementiert. Solange der Zement noch feucht ist, werden die Namen und Lebensdaten hineingeschrieben. Das ist das einzige Zeichen, dass dort jemand liegt. In Ososo sitzen, schlafen und essen wir jeden Tag auf Gräbern.»

Das ist einfach nur insane. Wenn sie von den Gräbern erzählt, werfe ich ab und zu ein «Wirklich?» oder «Ernsthaft?» dazwischen. Obwohl sie die Details jedes Mal verändert, widerspricht sie sich nie. Die Geschichte ist jedes Mal neu und alt, frisch und abgegriffen, wie ein altes Buch.

Oft frage ich mich, wo genau Ydna begraben ist. Ob er im Wohnzimmer oder im Vorgarten liegt. Ob neben seinem Kopf eine Blume wächst.

«Früher gab es mal einen Friedhof», erzählt Mama dann irgendwann. «Aber es wurden nur wenige Leute dort beerdigt. Nur solche, deren Geister bei Nacht zu Kerzenflammen wurden. Die durch den Ort streiften und die Arbeiter erschreckten, die von den Farmen kamen. Leute, deren Geister mit Messern und Töpfen warfen, die jede Nacht ihre Familien aufweckten.»

Hin und wieder hält sie inne, sieht mich eindringlich an, beobachtet meine Reaktion. «Weil kaum jemand auf dem Friedhof liegt», fährt sie schließlich fort, «hat die Stadt daraus einen Marktplatz gemacht. Einen Marktplatz! Mit Ständen aus Okpakpa und Stroh, wo die Ososos gelbes Gari, Fisch und Palmöl verkaufen, wo –» Dann verstummt sie mitten im Satz und schüttelt seufzend den Kopf. «Warum glaubst du mir nie?»

Wenn ich sie bitte, mit mir nach Ososo zu fahren, tut sie jedes Mal so, als hätte sie mich nicht gehört, oder wechselt das Thema.

Genau wie früher, wenn ich sie nach Papa fragte. Das war sogar noch schlimmer. Sie verstummte, wenn ich sie bedrängte, wich meinem Blick aus, obwohl wir eben noch zusammen gelacht und uns gegenseitig aufgezogen hatten. Sie kaute Kaugummi, obwohl sie gar keinen im Mund hatte. Log oder kam mit irgendwelchen durchsichtigen Ausreden, aber ich glaubte ihr nie.

Eines Abends, ein paar Wochen, nachdem sie mir das Fahrrad geschenkt hatte, lag ich ihr wieder wegen Papa in den Ohren.

Sie verstummte.

«Wer ist er, Mama?»

Sie kaute auf dem nicht vorhandenen Kaugummi herum.

«Wo ist er?»

Sie lachte leise. Schlug die Beine übereinander. Verstummte wieder.

«Wann lerne ich ihn endlich kennen?»

Sie seufzte.

Dann stand sie auf, ging in ihr Zimmer. Legte meine Klamotten zusammen, packte sie in meine Ghana-Must-Go-Tasche, zog den Reißverschluss zu. Sie schleppte die Tasche ins Wohnzimmer. Nahm meine Hand, ohne mich anzusehen.

«Komm», sagte sie.

«Wo wollen wir denn hin?», sagte ich.

Wir gingen zum Tor. Sie ließ meine Hand los. Warf mir die Tasche vor die Füße. Öffnete das Tor.

Sie drehte sich um, ging zurück zum Haus. Ihre Flip-Flops machten klatschende Geräusche.

«Mama!», schluchzte ich.

«Geh und such deinen Papa», sagte sie.

Sie ging hinein, schloss die Tür hinter sich ab.

Es wurde schon dunkel. Ein Stern durchstach den Himmel, zwinkerte mir zu.

Ich bin in ihrem Zimmer. Öffne die Ghana Must Go, hole mein Jordan-T-Shirt und die Jeans heraus. Werfe mich in Schale. Zwänge mich in meine Adidas. Das sind die einzigen Designer-Klamotten, die ich habe. Ich trage sie nur an besonderen Sonntagen, zum Beispiel wenn ich Ministrantendienst habe. Obwohl ich Spiegel nicht ausstehen kann, gucke ich in Mamas runden Wandspiegel. Ich befühle mein einziges Barthaar am Kinn. Lächle. Keine Ahnung, warum. Vielleicht, weil ich hoffe, dass Eileen in Ohnmacht fällt, wenn sie meine breiten Schultern in dem Jordan-T-Shirt sieht, wenn sie mir in die braunen Augen guckt. Nicht mal Zahrah kann meinen Augen widerstehen. Einmal hielt sie mitten im Unterricht inne und sagte laut: «Andrew Aziza, hör auf, mich so anzusehen!» Die ganze Klasse drehte sich kichernd zu mir um, im Glauben, ich hätte meine Seele an sie verloren, wäre in meiner Boxershorts gekommen.

Ich höre Slim und Morocca in der Ferne lachen und streiten. Ich schließe die Ghana Must Go, stelle sie vorsichtig neben den Gari-Sack in die Ecke, gehe ins Wohnzimmer.

«Deine Freunde sind da», sagt Mama in dem kühlen Ton, den sie anschlägt, wenn sie von meinen Droogs spricht. Sie steht auf, klappt das Album zu, verzieht sich in ihr Zimmer.

Slim und Morocca klopfen ans Tor, greifen über den niedrigen Zaun, lösen den Riegel, kommen zum Haus. Ich gehe nach draußen, um sie zu begrüßen.

«Was geht, Scads?» Ich gebe ihnen die Faust.

«Alles klar, Werdna?»

«Cool, Alter. Bei euch?»

«Cool.»

«Fresher Look, Bro», sagt Morocca.

«Perfekt, um Eileen abzuschleppen», sagt Slim.

«Danke, Jungs», sage ich.

Die beiden sehen genauso chic aus. Slim: rotes Louis-Vuitton-T-Shirt, Armani-Jeans, rote Nikes. Morocca: Versace-T-Shirt, am Kragen eine Prada-Sonnenbrille, D&G-Jeans mit hüpfender Metallkette an der Seite, schwarze Stiefel.

Aber alle Sachen, auch mein Jordans und die Adidas, kommen aus Charity-Shops in L. A. und London und werden in Extraabteilungen unserer Klamottenläden verkauft.

«Kommt rein.»

Meine Droogs schauen sich im Wohnzimmer um, als wären sie nicht schon eine Milliarde Male hier gewesen. Slims Blick wandert zu unserem Röhrenfernseher mit der Delle, dem Kruzifix, dem Riss daneben. Morocca mustert die Schluchten in unserem Sofa, den weißen Plastikstuhl, den stellenweise eingerissenen Plastikteppich.

Ich bemühe mich, woanders hinzusehen.

Morocca setzt sich auf den Plastikstuhl, Slim und ich nehmen das Sofa.

«Es ist so fucking heiß draußen», sagt Slim.

«Wie das Arschloch des Teufels», sagt Morocca.

Wir lachen.

«Woher weißt du das?», sagt Slim.

«Woher weiß ich was?», sagt Morocca.

«Das mit dem Arschloch des Teufels.»

«Keine Ahnung. Ich weiß es eben.»

«Aber ich weiß es. Weil du der Teufel persönlich bist.»

«Fuck off.»

Wir lachen.

Ich zeige auf den geblümten Vorhang, der das Wohnzimmer von Mamas Zimmer trennt, und gebe ihnen wortlos zu verstehen, dass sie auf ihre Ausdrucksweise achten sollen, weil die Königin zu Hause ist und wie immer lauscht.

Sie schlagen mit gespieltem Entsetzen die Hände vor den Mund.

Mama kann Morocca wegen des Skorpiontattoos auf seinem Bizeps nicht leiden, das er sich mit ihren Nähnadeln und heißem Cashewöl gestochen hat. Sie kann ihn nicht leiden, weil er in der Igbo Hall Rap-Konzerte veranstaltet, bei denen dreizehnjährige Mädchen ihre Hintern an erwachsenen Typen reiben, und weil er selber dort auftritt. Sie verabscheut ihn für jedes Schimpfwort, das er benutzt, für jede Hip-Hop-Zeile, die er rappt. Warum sie Slim nicht leiden kann, weiß ich nicht. Mit der hellen Haut und dem rasierten Schädel sieht er nett und unschuldig aus, ganz anders als Morocca, der eine Flattop-Frisur und im linken Ohr einen Ring trägt, dessen Haut dunkler ist als seine Stiefel. Vielleicht hat sie durch das ständige Lauschen zwei und zwei zusammengezählt und weiß Bescheid über Slims Zeichnungen von Männern mit riesenhaften Schwänzen, die sich in einem *Avatar*-ähnlichen irdischen Garten der Lüste gegenseitig ficken.

Ich hole ihnen Wasser. Morocca leert den Edelstahlbecher bis zur Hälfte, reicht ihn weiter an Slim. Als Slim ausgetrunken hat, stelle ich den Becher zurück ins Regal und sage Mama, dass ich mit Michael und Thomas zur Party gehe. Sie grummelt ein Okay.

✚

Das ist mein Viertel: einzelne Häuser wie Punkte, die nach Osten Westen Norden Süden zeigen. Keine Gehwege. Keine Blumen. Keine Mülltonnen.

Eine Henne und ihre vier Küken scharren und picken im Staub nach Körnern. Sie finden nichts. Sie erblicken eine Ameisenkolonne, die weißes Futter transportiert. Die Hühner fressen die Ameisen und ihre Beute. Neben ihnen knabbert eine Ziege trockenes, krautiges Gras. Sie würdigen sie keines Blickes.

Ein Stück weiter sieht ein Hund träge ein paar Jungs beim Fußballspielen zu, beobachtet, wie sie über schmale Bäche springen, die nach Pisse und Küchenabfällen stinken. Die Jungs spielen barfuß, mit bloßem Oberkörper. Einer tritt gegen einen Stein. Er schreit auf, Blut quillt aus seinem Zeh. Ein anderer stürmt mit dem Ball im Zickzack an seinen Freunden vorbei, schneller, immer schneller, unaufhaltsam. Er rutscht auf einer Plastiktüte aus (die liegen überall) und knallt mit den Zähnen auf den Boden. Die anderen Kids lachen und spielen weiter, als wäre nichts gewesen. Der Gestürzte rappelt sich auf, bevor die anderen ihn als Mädchen beschimpfen, und spielt weiter, humpelt, ohne hinzusehen, mit der Hand am schmerzenden Mund über einen Pissebach. Als er es satthat, so zu tun, als wäre alles okay, verdrückt er sich unauffällig nach Hause, ein unverputzter Bau mit nur einem Zimmer, halb aus Beton, halb aus Lehm. Er keucht, schwitzt. Taucht einen Becher in den Tontopf, trinkt, füllt nach, trinkt. Das Wasser: undefinierbar gelb wie Tee, an der Oberfläche eine zuckende Larve.

Jungs und Mädchen kommen aus ihren Ein- oder Zweizimmerhäusern. Der Trubel lenkt die Aufmerksamkeit des Hundes auf die Henne mit ihren Küken und die Ziege. Er springt auf. Jagt sie. Die Ziege sucht das Weite, ohne sich umzusehen. Die Henne hält die Stellung, befiehlt ihren Küken in ihrer Geheimsprache abzuhauen, spreizt die Flügel und droht dem Hund mit gesträubtem Gefieder, ihm die Wunden aufzuhacken, wenn er noch einen Schritt macht. Er bleibt stehen. Kläfft. Die Henne spaziert davon. Ein Fußballspieler nimmt einen Stein und wirft ihn nach dem Hund. Er trifft eine wunde Stelle. Der Hund läuft jaulend heim. Zu einem der nach Süden Norden Westen Osten zeigenden Häuser.

Wir, die Scadvengers, schlendern zu Eileens Party. Ich, Werdna, in der Mitte: Dichter und Superheld. Zu meiner Linken Morocca der Sandgott: Rapper der Superklasse; zu meiner Rechten Slim T: Black Picasso.

Mädchen checken uns aus: Mädchen mit Tschador und ohne Tschador.

Morocca setzt die Sonnenbrille auf.

«Diese Scheißhitze, Mann.»

«Arschloch des Teufels.»

«Jo.»

Motorräder brausen vorbei. Hupen, obwohl die Straße frei ist.

Wir gehen weiter. Vorbei an Hausa-Männern auf Matten, die sich über Boko Haram, Kafirai und die Wahlen unterhalten. Aus einem kleinen Transistorradio tönen Nachrichten, niemand hört zu. Einer erzählt, dass vor einer Stunde ein Christ auf dem Markt den Propheten Mohammed beleidigt hat; alle wahren Muslime müssten sich jetzt erheben, bevor die Christen in Kontagora die Oberhand gewinnen.

Vorbei an einem Dogonyarobaum mit einem trichterförmigen Lautsprecher in der Krone. Darunter sitzt auf einer Matte ein alter Mann mit Mikro und rezitiert aus dem Hadith. Ein kleines Mädchen mit Hijab kommt zu ihm. Er fragt sie, was er für sie tun könne. Sie sagt: «Mama na tace ka yi mata addu'a», und gibt ihm einen zerknitterten Zwanziger. Er betet für das Mädchen und seine Mama, die das Gebet, wo immer sie gerade ist, hoffentlich über den Lautsprecher hört.

Vorbei an Ständen mit verpackten Lebensmitteln: Yale Biscuits und Cowbell-Milchpulver, Trinkwasser und Coca-Cola, Zigaretten und Gras. In den Schachteln und Flaschen spiegelt sich die gelbe Sonne. Vorbei an einem Mai-Shayi-Imbiss, wo es gebratene Instantnudeln mit Ei gibt und Tee zum Abkühlen von hoch oben aus einem Becher in einen anderen gegossen wird, ohne dass ein Tropfen danebengeht. Vorbei an Mädchen, die auf Holzfeuern Kosai frittieren und mit ihren Kunden scherzen, an Frauen ohne Kundschaft, die auf Kohlenfeuern Maiskolben rösten, an einem alten Gurmispieler ohne Geld in seiner Pappschachtel.

Wir unterhalten uns über den neuen *Star Wars*-Trailer. Slim glaubt, es wird der bislang beste Teil. Morocca ist anderer Meinung. Er sagt, der Film wäre total scheiße, sogar der neue Droide, der spricht wie eine Eidechse.

«Können Eidechsen überhaupt sprechen?», sagt Slim.

«Wusstest du das nicht?», antwortet Morocca.

«Ach, fuck you.»

Wir lachen.

Ich weiß nicht, auf wessen Seite ich mich stellen soll, weil ich den Trailer noch nicht gesehen habe. Mit Zahrah oder Fatima rede ich nicht gerne über *Star Wars*. Sie kapieren einfach nicht, wie cool die X-Wing-Fighter, wie lustig die Droiden sind. Nicht mal die Macht interessiert sie, ein besonderes Energiefeld, das alles miteinander verbindet, Leute in Amerika, Europa und bei uns auf diesem beschissenen Kontinent. Sie scheißen darauf, weil all das «nicht afrikanisch» ist. Stattdessen sehen sie Dinge, die gar nicht da sind, zum Beispiel, dass es in einer so großen und fernen Galaxie nur zwei oder drei Schwarze gibt, «und kein Einziger ist Afrikaner».

Wir sind auf der Model School Road. Körniger Asphalt, hier und da ein parkender Sattelschlepper, weniger Läden. Ein Stück weiter, kurz vor der Biegung, wo die Piste zum Friedhof abzweigt, wohnt Zahrah. Die Häuser – zwei Zimmer, drei Zimmer – sind verputzt. Manche ganz, andere teilweise gestrichen. Grün, gelb. Die Flecken an den Mauern sehen aus wie lepröse Hände und Füße. Es gibt auch Kreide- und Kohlezeichnungen: eine auf Dollarzeichen tanzende Micky Maus. Eine Frau, die mit ihrem Mann knutscht, während ihr Baby kommt. Kreischende Monster mit drei Köpfen und rausgestreckten Zungen. Offene Rinnsteine, von Fliegen übersät, trennen die Haustüren von der Straße.

«Hast du das Babe gesehen, Werdna?», sagt Morocca.

«Welches Babe?», sage ich.

«Ist eben an uns vorbei.»

«Ah.» Ich widerstehe der Versuchung, mich umzudrehen.

«Dieser Arsch, Mann. Wie Gummi.»

«Ernsthaft?»

«Ernsthaft.»

«Was soll's, ich bin nicht so der Arsch-Typ», sage ich.

«Ja klar, Werdna», sagt Morocca. «Denk dir mal was Neues aus.»

«Ist aber so, Bro.»

«Und warum glotzt du dann dauernd rüber zu Nicki und Bey?»

«Weil ich sie mag?»

«*Ich* mag den da», sagt Slim.

Auf der anderen Straßenseite kommt uns ein Typ entgegen. Er trägt Adidas und Prada, im linken Ohr hat er einen Ring.

«Und er ist schwul», sagt Slim.

«Woher weißt du das?»

«Gaydar.»

«Ha!»

Ich würde gern das Thema wechseln, aber ich weiß nicht, was ich sagen soll. Ich will nicht über Eileen mit ihnen reden. Mir ihre Witze über ihre Haare, Lippen, den Akzent anhören.

Hinter uns nähert sich langsam ein Motorrad mit zwei Männern darauf. Sie haben geflochtene Bärte, Ungesagtes liegt schwer in den zerknitterten Gesichtern. Der Hintermann hat etwas auf dem Schoß, das aussieht wie ein Holzstamm, eingerollt in eine Matte.

Ich weiß, was in der Matte ist.

Ich schließe die Augen. Rote Welt. Dort will ich hin. Und bleiben.

Als ich mir sicher bin, dass die Männer vorbei sind, mache ich die Augen wieder auf. Die Welt: verschwommen, ein durchscheinendes Gelb. Der Wind streicht mir über Gesicht und Arme, rau, immer rauer, bis meine Haut juckt.

Erst als ich mich ergebe, als mein Blick zu den beiden Männern schnellt, ist die Welt wieder klar:

babyfüße
schauen
aus der matte

Das alles geschieht innerhalb von fünf Sekunden, fünf Nano-Unendlichkeiten. Meine Droogs bekommen nichts mit.

Vielleicht lag Ydna auch in so einer Matte.

«Ich mag diese Straße nicht», sage ich.

«Wieso nicht?», fragt Slim.

«Keine Ahnung.»

«Wegen der Leichen?», sagt Morocca.

«Oder der Geister?», sagt Slim.

«Wahrscheinlich», sage ich.

Hier auf der Model School Road hat Slim uns sein Geständnis zugeflüstert.

Slim, Morocca und ich kennen uns seit der ersten Klasse auf der St.-Michael's-Grundschule, die von Bischof Timothy Carroll von der Afrikamission gegründet wurde. Slim war damals noch dünner als heute, knochig, der Größte. Mama hat uns zusammen fotografiert; mein Abzug steckt in meinem A.-E.-Housman-Gedichtband. Wir waren Zwerge. Winzig. Laut. Verzaubert. In den Pausen machten wir Salto rückwärts und Karate. Brachen uns Zähne aus. Blut lief aus unseren Nasen. Tropfte auf unsere gelb-weiß karierten Schuluniformen. Mein Blut auf ihre, ihres auf meine.

In der fünften Klasse fassten wir uns auf dem Nachhauseweg von der Schule gegenseitig an die Pimmel. Im Gebüsch, wo uns niemand sah.

«Dein Schwanz ist echt riesig, Andy», sagte Slim lachend und duckte sich, als ich zum Schlag ausholte, weil er mich einfach so angefasst hatte. Irgendetwas war nicht richtig daran, dass ein anderer Junge mich dort anfasste.

«Meiner ist größer!», rief Morocca.

«Halt die Klappe, Mikey. Andy hat den Größten. Eine kleine Schlange!»

Dann erzählte uns Morocca, dass in der Nacht zuvor etwas Milchiges aus seinem Pimmel gekommen war. Dass er das schrecklich fand. Aber auch geil. Und dass er im Traum seine Sitznachbarin Patience gesehen hatte. Und während ich meine Füße anstarrte, erzählte ich, dass mir das Gleiche passiert war. Allerdings hatte ich in meinem Traum nicht meine Sitznachbarin Abidemi gesehen. Sondern Rose. Rose aus *Titanic*.

Nur Slim sagte nie etwas. Das fiel uns gar nicht auf, bis er uns sein Geständnis zuflüsterte.

Als es heraus war, setzte ich mein strahlendstes Lächeln auf. Ich klopfte ihm auf die Schulter. Zwang mich, meine Hand eine Weile dort liegen zu lassen. Jede Sekunde eine glühend heiße Ewigkeit.

Dabei rief ich mir jeden Moment ins Gedächtnis, den wir zusammen verbracht hatten. Jedes Händeschütteln. Jede Berührung seines Halses, seiner Haare, seines Pimmels. Die Male, die wir stehen geblieben waren, um ins Gebüsch zu pinkeln. Hatte er etwas dabei empfunden? Machte ihm das die Sache noch schwerer? Konnte ich mir wirklich zu hundert Prozent sicher sein, dass ich nicht so war wie er?

Während meine Hand auf seiner Schulter brutzelte, wurde sein Geständnis zum hallenden Echo. Jedes einzelne war lauter, kam schneller, nahm Form an wie ein sich blähender Luftballon. Es verwandelte sich in sirrende Peitschen, hämmernde Stöcke. In Hilfeschreie. Ekenes Schreie, als die wütende Menge ihn zu Boden warf und ihm ins Gesicht trat, als sie «Dan daudu» brüllten und mit Stöcken auf ihn einschlugen. In Slims Schreie, als mein Verstand Ekene aus dem Bild herausschnitt und Slim einfügte. Ich hörte seine Schreie: «Rette mich, Werdna!», sah, wie ich aus Angst vor der Spucke und den Schlägen einfach wegging.

Vor Jahren, noch vor Slims Geständnis, fassten wir hier den Beschluss, Afrikas erste Superhelden zu werden. Wir hatten gerade *Iron Man*, *Captain America* und *The Avengers* als Raubkopien gesehen. Wir legten die linke Hand aufs Herz, hoben die rechte zum Himmel. Gelobten feierlich:

Alle korrupten Anführer zu töten
Afrika vor der Sonne abzuschirmen
Jedes afrikanische Kind täglich mit Hühnchen und Eiscreme zu versorgen

Wir gaben uns neue Namen, neue Identitäten, eine neue Zukunft. Und lachten.

✦

Obwohl Morocca mit sechzehn schon eine zweijährige Tochter hat, redet er davon, wie cool es wäre, Eileen zu daten. Mit ihr nach England zu gehen und in London zu leben, einer Stadt ohne Stromausfälle. Unter ihren bewundernden Blicken in Pubs zu rappen. Weiße Frauen stehen nun mal auf Typen, die Musik machen, sagt er. Das hat er auf Reddit gelesen.

Wir nicken.

Slim sagt, ein Mädchen wie Eileen könnte ihn hetero machen. Das «hetero» flüstert er.

Wir lachen.

«Ernsthaft, Bro», sagt er, «aus welchem Grund sollte ein Mädchen wie Eileen auf Typen wie dich stehen? Wie uns?»

«Ich nenn dir einen», sagt Morocca.

«Und der wäre?»

«Unsere Schwänze», sagt Morocca. «Sie sind groß. Fett. Sie sind kleine Löwen.»

Wir lachen.

«Das ist ein bescheuerter Mythos, Bro», sagt Slim. «Wissenschaftlich nicht erwiesen.»

«Behauptet welche Wissenschaft? Die Schwanzwissenschaft?», sagt Morocca. «Haben die Wissenschaftsdudes jeden schwarzen Schwanz gemessen?»

«Das brauchen sie gar nicht, Idiot.»

«Dann hätten sie wenigstens meinen messen sollen. Der ist ein Nashorn.»

«Der ist ein verdammter Tausendfüßler, also halt die Klappe.»

Wir sind gleich bei Zahrahs Haus. Aber vorher müssen wir an Oga Oliver vorbei.

Er sitzt wie immer auf einem niedrigen Hocker vor dem Haus. Er trägt ein braunes Unterhemd, das mal weiß war, eine rostige Brille, deren Rand mal golden war, schwarze Shorts, die mal grau waren. Fliegen essen aus dem leeren Becher neben seinen Füßen. Heute ist er einigermaßen sauber, das Gesicht frisch rasiert, die Wangen übersät mit roten Punkten. Wir tun so, als würden wir ihn nicht sehen, als hätten wir keine Gewissensbisse, weil wir ihn früher oft verspottet haben.

Vor vielen Jahren versuchte Oga Oliver durch die Sahara nach Europa zu kommen. In Libyen, als er den Knoblauch und die Spaghetti bolognese aus Italien beinahe riechen konnte, wurde er gekidnappt. Die Libyer legten ihn in Ketten, peitschten ihn aus, zwangen ihn, wie ein zweibeiniger Esel auf ihren Feldern zu schuften. Seit seiner Rückkehr oder, besser gesagt, seit seiner Flucht aus der Gefangenschaft hat er kein Wort mehr gesagt. Bis auf eines: «Wasser». Das ist das einzige Wort in seinem Mund. Die einzige Sprache, die sein wirres Hirn kennt. Wenn man ihm einen guten Morgen wünscht, sagt er: «Wasser!» Wenn man ihn fragt: «Wie heißt du, Oga Oliver?», sagt er: «Wasser!» Fragt man: «Auf welchem Planeten sind wir?», antwortet er: «Wasser!»

Als wir an ihm vorbeigehen, das bohrende schlechte Gewissen mit jedem Schritt nachlässt, drehe ich mich um. Unsere Blicke treffen sich. Er steht auf. Hebt die linke Hand. Zeigt auf mich. «Wasser», murmelt er. «Wasser.»

DIE GEISSELUNG

Satz: Eine Permutation
mit ungerader Ordnung
ist stets gerade.

3

Hey, Andy?

Hey, Ydna! Lange her!

Wie geht's?

Gut, Mann. Bis auf die fucking Hitze.

Klar.

Ich bin gerade auf dem Weg zu Eileens Party. Vielleicht schau ich noch kurz bei Zahrah vorbei.

Okay. Wie geht's Mama?

Ich glaube, langsam wieder besser.

Was soll das heißen?

Es geht ihr gut, Ydna. Das ist die Hauptsache.

Okay.

Sie will sogar, dass ich wieder ins Studio komme.

Super. Freust du dich nicht?

Doch, schon.

Tust du nicht.

Doch.

Und wieso nicht?

Kann ich nicht genau sagen.

Glaubst du, sie hat dir noch nicht verziehen?

Was verziehen, Ydna?

Du weißt, was ich meine.

Können wir über was anderes reden? Wenn's dir nichts ausmacht?

...

...

...

Ich muss dir etwas sagen, Ydna.

Was denn?

Irgendwas stimmt nicht.

Was meinst du?

Es ist schon lange da. Tief in mir drin. Ich sehe es. Und im nächsten Moment entwischt es mir wie ein Fisch.

Aber du fühlst es.

Ja. So wie ich dich fühle.

Hmm.

Und ich glaube, es verändert alles.

Zum Beispiel?

Zum Beispiel Mama und mich. Dich und mich.

Okay.

Es hat uns beide schon verändert, Ydna.

Reden wir nicht darüber, Andy.

Das müssen wir aber, Bro.

Müssen wir nicht.

Doch. Wir sind nicht mehr eins.

...

Sag was, Ydna.

...

Warum machst du das, Ydna?

Was?

Mich alleine lassen.

Andy, ich tue wirklich, was ich kann. Eigentlich sollten wir gar nicht miteinander reden. Reden wir überhaupt? Oder fakest du das bloß?

Nein, Ydna. Wir reden.

Nein.

Weil uns etwas verbindet.

Was macht dich da so sicher?

Du fühlst es, Bro. In deinem Herzen, in deiner Seele. Ich fühle es auch.

Ist das ein Gedicht?

Kann sein. Sehr witzig.

...

Noch da, Ydna?

Ja?

Du fehlst mir.

...

Ich – ich hab dich lieb.

...

Sag was.

...

Sag etwas, Ydna.

...

Ydna!

...

✚

Als meine Droogs und ich an Zahrahs Haus vorbeigehen, ruft eine Stimme hinter uns:

«Andy Africa!»

Die Stimme ist hoch, leicht spöttisch. Wie es aussieht, hat jeder einen Spitznamen für mich: Andy, Andiza, Andrew mè, Werdna ... Mit den meisten kann ich leben, aber wer mich Andy Africa nennt, den kreuzige ich, verbal zumindest. Dieser Name weckt nur beschissene Erinnerungen.

Meine Droogs und ich drehen uns um: Es ist Fatima. Sie lächelt, ihr gelber Hijab bauscht sich im Wind auf. Ich lächle zurück. Wir gehen zu ihr.

«Hey, Fatee», sage ich. «Wie geht's dir?»

«Gut, gut», sagt sie.

«Hi, Fatee», sagt Slim.

«Na, wie läuft's, Schönste?», sagt Morocca.

Sie lächelt. «Ausgezeichnet.»

Fatima ist wahrscheinlich die klügste Jugendliche, die ich kenne. Sie ist kein vorlauter Smartass wie ich. Obwohl sie fast alles von Shakespeare gelesen hat und Dante-Verse auswendig kann, wirft sie nicht mit Zitaten um sich, wie ich es machen würde. Wir beide haben bei mehreren Wettbewerben Preise für unsere Schule gewonnen und sind die einzigen Mitglieder in Zahrahs Club der Begabten. Jeden Tag treffen wir uns in der letzten Stunde vor der Mittagspause in ihrem Büro und diskutieren über Permutationen und Frantz Fanon, wobei neuerdings die meiste Zeit für Zahrahs Exkurse über den Anifuturismus draufgeht.

Fatima trägt ein Batikkleid, auf ihrer Nase thront ein roter Pickel. Sie hat helle Haut, und ihre Augen sind zwei große, glänzende, schwarze Perlen, in denen sich dein ganzer Körper spiegelt. Wenn sie lächelt – schokoladenbraune, kelchblattförmige Lippen –, hast du das Gefühl, du wirst mit sanften Windungen umsponnen wie von einem impressionistischen Gemälde. Sie weicht meinen Blicken aus, guckt schnell zu meinen Droogs, dann wieder zu mir.

«Ich versuche seit einer Minute, euch anzurufen», sagt sie. Ihre klangvolle Stimme erzeugt Farben in mir wie Cellomusik.

«Sorry, haben wir nicht gehört», sage ich.

«Wir haben über die unerträgliche Leichtigkeit des Seins nachgedacht», sagt Slim, um auf intellektuell zu machen.

«Und darüber, wie wir am schnellsten reich werden», sagt Morocca.

Wir lachen.

«Dann geht ihr also zur Party?»

«Jup.»

«Habt ihr gehört, was heute Nachmittag auf dem Markt passiert ist?»

«Was denn, Fatee?»

«Ein Christ hat den Propheten beleidigt. Die aufgebrachte Menge hat ihn fast gelyncht. Jetzt planen ein paar Leute für heute Abend eine Protestkundgebung. Das sind Fanatiker. Hoffentlich drehen die nicht durch. Ihr solltet also lieber vorsichtig sein. Ihr wisst ja, wie schnell solche Proteste in Gewalt umschlagen.»

«Mach dir wegen uns mal keine Sorgen, Fatee», sagt Slim.

«Wir sind Superhelden», sagt Morocca.

Wir lachen.

«Vertrau uns», sage ich.

«Okay. Aber passt trotzdem auf», sagt sie.

Ich bemühe mich, nicht an die letzten Ausschreitungen vor zwei Jahren zu denken. Wegen mir hätte der Mob Mama fast mit Macheten zerfleischt.

«Gehst du nicht auf die Party?», frage ich Fatee. «Ich habe gehört, Zahrahs Stück wird aufgeführt.»

«Ich werd's wahrscheinlich nicht schaffen», sagt sie. «Wegen meiner Mutter. Sie will reden.»

Fatima wohnt schon seit Wochen bei Zahrah. Ihr Hijab verbirgt eine blasse Narbe, die sich von ihrem Ohr bis zum Hals zieht. Vor ihrem Einzug bei Zahrah kam sie manchmal mit aufgesprungenen Lippen, schmutzigen Strümpfen und ungebügelter Uniform in die Schule. In den Pausen setzten wir uns hinten in den Klassenraum, sie krempelte die Ärmel hoch oder zog die Strümpfe aus und zeigte mir die neusten Wunden: lange, dünne, nässende Schnitte an ihren Armen. Brandrote Schwellungen an den Füßen, an denen sie immer wieder kratzte. Ich rieb ihre Wunden mit Sheabutter ein, strich mit kreisenden Bewegungen über ihren heißen, glitschigen, pulsierenden Körper, ganz vorsichtig, wenn sie vor Schmerz aufstöhnte.

Es begann damit, dass ihre Mutter, eine Alhaja, sie an den Ohren zog, sie ohrfeigte oder anspuckte, wenn Fatima sich am Esstisch bekreuzigte.

Dann schüttete sie ihr kochendes Wasser über die Beine, wenn Fatima sich weigerte, ihren knöchellangen Tschador zu tragen.

Verprügelte sie mit der Hundeleine, als sie Fatima beim Lesen von *The Portable Atheist* erwischte.

Manchmal wehrte sich Fatima. Beim letzten Mal schlug sie den Topf mit glühend heißer Tomatensoße weg, den ihre Mutter ihr entgegenschleudern wollte. Soße spritzte heraus und besudelte Gesicht, Haare und Brüste ihrer Mutter mit Kunstblut.

Ein Motorrad saust wild hupend vorbei. Auf dem Rücksitz türmen sich unbefestigt Reissäcke. Keiner fällt herunter. Zwei Mädchen, auf den Köpfen Tabletts mit gekochten Erdnüssen, bleiben stehen, um uns ihre Ware anzubieten. Sie sind in unserem Alter, tragen lange, ausgeblichene Ankara-Kleider und Tschadors und sind eindeutig ungebildet. Sie reden nur mit meinen Droogs und mir, würdigen Fatima keines Blickes, obwohl sie die Reichste von uns ist. Morocca sagt auf Englisch nein, danke. Sie verstehen ihn nicht. Fatima sagt freundlich: «Mun gode.» Die Mädchen taxieren sie, verdrehen die Augen, weil ihr Hijab nicht lang genug ist, zischen «Kafiri» und gehen weiter.

Moroccas Blick fährt am Spitzensaum von Fatimas Hijab entlang, der ihre Brüste bedeckt. Einmal schwor er mit erhobener Hand, dass sie die besten Titten von allen Mädchen und Lehrerinnen an unserer Schule hätte.

Er tippt Slim auf die Schulter. Raunt ihm etwas zu. Beide lachen.

«Wieso lacht ihr?» fragt Fatee.

«Ach, nichts», sagt Slim. «Wir freuen uns bloß.»

«Worüber?»

«Über dich und Andy», sagt Morocca.

«Ihr seid so ein schönes Paar», sagt Slim.

«Absolut. Zwei süße Superbrains.»

«Der eine gut aussehend, die andere schön.»

«Er schokoladenbraun, sie hellbraun.»

«Wir müssen sie asap verheiraten.» Slim wendet sich an Morocca. «Hast du einen Ring dabei?»

Wir lachen, ich am kürzesten, sie am längsten. Als sie verstummt, leuchten ihre Wangen, und sie lächelt scheu.

Ich denke oft daran, Fatee zu heiraten, aber sobald dieser Gedanke auftaucht, würge ich ihn ab. Er schleicht sich immer an, wenn ich mir im Fernsehen mit dem Daumen auf der Rückspultaste blonde Mädchen ansehe: Sie und ich am Strand, ihr Kopf in meinem Schoß, meine Finger in ihrem Haar. Sie und ich aneinandergeschmiegt, meine Hand unter ihrer Kleidung, unsere Nasen berühren sich. Sie und ich beim Zungenkuss, ihr Mund schmeckt nach Erdbeeren, ihre großen Augen ziehen mich in ihre Fantasiewelten.

Aber irgendetwas daran fühlt sich immer falsch an. Keine Ahnung, warum. Es muss dieses ES sein, das ES, von dem ich Ydna erzählt habe. Wenn ich an sie denke, quälen mich Zweifel, und ich habe das Gefühl, dass ich für etwas anderes bestimmt bin, etwas Glanzvolles, Pulsierendes, Umwerfendes ... Geschmeidiges, Luftiges, Wogendes ...

Blaues, Eisiges, etwas mit Flügeln. Ich mag sie unheimlich gerne und möchte sie lieben, aber ES erlaubt es nicht. Und dafür hasse ich mich. Weil sie die einzige meiner Freundinnen ist, von der ich träume. Sie ist der einzige Mensch in meinem Alter, der mich versteht, wenn ich sage, dass *Hamlet*, *Blade Runner* und «Bohemian Rhapsody» im Grunde dasselbe sind. Außerdem habe ich sie ein paarmal dabei erwischt, als sie mich in den Stunden mit Zahrah unbewusst angestarrt hat.

Ydna hätte sie gemocht. Da bin ich mir sicher, warum, weiß ich nicht. Er wäre wie sie der Meinung, dass es etwas ausmacht, dass in *Star Wars* nicht ein Afrikaner vorkommt. Dass krauses und gewelltes Haar gleich, sogar dasselbe sind. Dass meine Droogs und ich weniger Adidas und mehr Batik tragen sollten. Meistens werde ich das Gefühl nicht los, dass ich sie lieben würde, wenn ES mich nicht permutiert hätte, wenn ich nicht Andy, sondern Ydna wäre, wenn es HXVX nie gegeben hätte ...

Morocca zeigt Slim auf seinem Samsung Galaxy eine WhatsApp-Nachricht. Sie kichern mit großen Augen. Wahrscheinlich hat Morocca eine Sugar-Mummy am Haken oder so.

«Ich war nur schnell neues Guthaben holen», sagt Fatee zu mir. «Komm doch kurz mit rein und sag Zahrah hallo.»

«Ein andermal», sage ich. «Wir sind spät dran.»

Sie guckt auf ihre Apple-Watch. «Ihr habt noch eine Stunde.»

«Ja, aber –»

«Du musst unbedingt mit Zahrah reden.»

«Warum?»

«Weißt du, dass sie in den Ferien in Ososo war?»

«Echt?»

Zahrah ist wie Mama und ich aus Ososo. Vor ihrer Reise in die Sahara ist sie nie dorthin gefahren, aber seit ihrer Rückkehr fährt sie regelmäßig.

«Cool», sage ich. «Hat sie alle Berge, Felsen und Wasserfälle gesehen?»

«Ja», sagt Fatee. «Und die Schlafzimmergräber.» Sie lacht. Fatima ist eine Hausa-Fulani aus Sokoto. Dass man die Toten in ihren Schlafzimmern beerdigt, ist in ihrer Kultur unvorstellbar.

Ich verziehe das Gesicht. Verteidige meine Kultur, obwohl ich mich nicht mit ihr verbunden fühle. Erkläre ihr, dass die Toten bei uns hohes Ansehen genießen würden, besonders tote Angehörige. Darum hängen wir an ihnen, auch nachdem sie uns verlassen haben.

«Ja, das verstehe ich», sagt sie. «Ein bisschen merkwürdig ist es trotzdem.»

«Stimmt.»

«Zahrah hat etwas für dich.»

«Noch einen Beweis für den Satz von Cayley? Nein, danke.»

«Nein.» Sie lacht. «Etwas, worüber du dich sehr freuen wirst.»

«Und was?»

«Einen Brief.»

«Von wem?»

«Deiner Großmutter.»

«Ernsthaft?»

Ich überlege kurz, warum Grandma mir schreiben sollte, aber mir fällt nicht ein überzeugender Grund ein. Mama und Grandma müssen mega Beef haben. Wahrscheinlich wegen mir. Darum spricht Mama nie über sie, erwähnt nie ihren Namen, wenn sie über ihre Kindheit spricht, was nur selten vorkommt. Das heißt, wenn Grandma mir schreibt, muss irgendetwas passiert sein.

✦

Meine Droogs sagen, ich soll ihnen texten, wenn ich bei Zahrah fertig bin. Bei ihrem letzten Besuch bei Zahrah hatten sie solchen Schiss, dass sie beschlossen haben, bei einem ihrer Bros in der Gegend vorbeizuschauen.

Die meisten Leute in unserer Stadt nennen Zahrah Suleiman eine Hexe. Sie ziehen auf dem Markt über sie her, zeigen auf sie und zischen Beleidigungen, wenn sie ihr auf der Straße begegnen, verlangen von unserer Schuldirektorin Sister Lakefield, sie rauszuschmeißen. Sie nennen sie Hexe, weil sie keinen Bock haben, sich auf Zahrahs Gedankenwelt einzulassen. Manchmal kann ich es ihnen nicht verdenken.

Zahrahs Wohnzimmer: keine Stühle. Keine Tische. Kein Fernseher.

Von der Decke hängen in Form eines gleichschenkligen Dreiecks drei gelbe Glühbirnen.

Rote Kerzen flackern auf dem Fußboden.

Büsten und Skulpturen säumen die Wände. Sie sind aus Holz, tiefschwarz, mit aufgerissenen, schreienden Mündern. Manche haben Schnurrhaare, anderen hängt die Zunge raus, wieder andere haben dreieckige Köpfe wie Monster. Eine mit einem trapezförmigen Kopf streckt mir den Zeigefinger entgegen. An der Spitze blinkt eine rote LED, die leeren Augen haben die Form Afrikas.

Das ist ihr eigentlicher Tempel, Tempel null. Tempel eins ist ihr Büro, Tempel zwei ist in Ososo.

«Fühl dich wie zu Hause, Andy», sagt Fatima.

Der Terrazzoboden ist mit Formeln in geschwungener weißer Schrift übersät. In der Mitte des Raumes steht in Gold, in dem sich die Glühbirnen darüber spiegeln: $e^{i\pi} + 1 = 0$.

Aus der Küche duftet es nach Ziegenfleisch, Knoblauch und Zwiebeln.

Eine Frau in ihren Dreißigern kommt aus der Küche, schließt die Tür hinter sich, geht zu der Figur mit dem Trapezkopf. Sie bückt sich, berührt das rote Licht, steckt ein paar gerollte Geldscheine in die Afrika-Augen, lächelt Fatima und mir zu und verlässt das Haus. Ich kenne sie: Sie ist Anwältin beim JDPC.

An der Wand gegenüber der Tür hängt ein *Guernica*-großes Gemälde. Es stellt IQ City dar, den Ballungsraum, der Afrika im Jahr 2*xyz* sein wird. Die roten Wolkenkratzer sind Götterstatuen, manche halten Anch-Symbole, andere schwenken Blitze. Die Hauptstadt ist Sahara. Die heiligen Seen schmiegen sich in konzentrischen Kreisen um die Stadt, darin schwimmen, baden und ficken Millionen Pilger. An den leuchtenden Stränden tummeln sich küssende, lachende, tanzende Menschen, manche jonglieren mit Feuer, andere streicheln Löwen. Darüber fliegt Zahrah in einem goldenen Bikini durch die Stadt.

Fatima und ich gehen in die Küche.

«Andy Africa!», ruft Zahrah. «Yay! Schön, dich zu sehen!»

Sie steht mit roter Schürze über einem roten Kleid am Gasherd, rührt in einen Topf mit Jollof-Reis. Es duftet köstlich.

«Guten Tag, Aunty Zahrah», sage ich.

Sie legt die Kelle auf einen Teller, eilt auf mich zu, umarmt mich. Geht auf die Zehenspitzen, küsst mich auf die

Stirn. Sie sieht mich an: große, wässrige Augen, die vor Freude kleine Wellen schlagen.

Über ihrem Afro, der oben rot gefärbt ist, trägt sie einen geblümten Schal. Ihre Unterarme sind tätowiert. Auf dem linken steht: *Jeder Afrikaner ist Hexe, Zauberer oder Superheld*, und auf dem linken: *Über dem Kopf jedes Afrikaners kreist ein Halo.*

Seit ihrer Rückkehr aus der Sahara trägt sie fast nur noch Rot. Rote Lederjacke. Wallende rote Ankara- oder Dashiki-Kleider. Rote Gladiatorsandalen mit hohen Absätzen. Ihre Creolen sind mit Steinen, Zickzackmustern und winzigen Flammen verziert. Sie ist immer in Eile (ich mag schnelle Frauen!), lächelt immer, und ihre Wangen haben tiefe Grübchen. Wenn sie lacht, schwingen ihre Creolen wie Pendel, und dir bleibt nichts anderes übrig, als mitzulachen, egal, was du von ihr hältst.

«Andy Africa!», wiederholt sie mit der Hand auf der Brust. «Ich habe den ganzen Tag an dich gedacht.»

«Er wäre vorbeigegangen», sagt Fatima, «wenn ich ihn nicht abgefangen hätte.»

«Stimmt das, Andy?» fragt Zahrah.

«Ich – ich ... ich dachte, ich wäre ...» Dafür werde ich Fatima später grillen.

«Bist du noch sauer?» Zahras große Augen durchleuchten mein Gesicht nach Anzeichen von Feindseligkeit.

Ich spiele den Ahnungslosen. «Weswegen?»

«Wegen deines neuen Namens», sagt sie.

Die beiden lachen.

«N – nein, ich bin nicht sauer.»

Vor drei Wochen hat Zahrah mich Andy Africa getauft.

«Gut. Das ist so ein schöner Name. Ich wünschte, jemand würde mich Zahrah Africa nennen.»

«Oder mich», sagt Fatima. «Fatee Africa.»

«Aber du bist der Glückliche, Andy», sagt Zahrah. «Dein Name passt perfekt dazu. *Aziza. Africa.* Beide beginnen und enden mit dem ersten Vokal des Alphabets und haben den dritten Vokal in der Mitte. Eins und Drei sind ganz besondere, sehr bedeutungsvolle Zahlen. Du hast bestimmt mächtige Vorfahren.»

Muss ich mich bei ihr bedanken? Ich will einfach nur den Brief von Grandma.

Zahrah erzählt lachend, dass sie heute Morgen auf dem Markt von fünf Hunden verfolgt wurde. Die Besitzer haben sie wegen ihrer roten Aufmachung auf sie gehetzt. Die Hunde jagten sie. Vorbei an von Fliegen belagerten Fleischständen. An Käfigen mit kreischenden Hühnern. Zahrah rannte und rannte. Warf den Hunden das eingekaufte Fleisch und den gekauften Honig hin, um sie zu besänftigen. Aber sie knurrten und kläfften und wurden nur noch schneller.

Dann blieb Zahrah abrupt stehen, drehte sich um und sang ein Schlaflied. Die Hunde jaulten, dann wurde ihnen langweilig, und sie verschwanden. Die Leute sprachen von Hexerei, wichen zurück, schnipsten mit den Fingern, murmelten «Feuer des Heiligen Geistes» oder «Allah ya tsare». Ein Gemüsehändler weigerte sich sogar, ihr Tomaten zu verkaufen.

Sie lacht darüber, dass viele Afrikaner sie auf Facebook als Hexe oder bekiffte Spinnerin bezeichnen. Dass ihre Seite ständig gemeldet wird, damit Facebook ihr den Account sperrt, dass viele Weiße (inzwischen über tausend) ihr folgen.

«Leider», sagt sie, «schätzen Weiße das, was wir haben, mehr wert als wir. Darum sind sie uns immer voraus.»

Das hat sie auch an dem Morgen gesagt, als sie mich Andy Africa taufte.

Jeden Morgen stellen wir uns nach Klassen und Geschlechtern getrennt auf dem Versammlungsplatz unserer Schule auf. Die eingeteilte Lehrkraft steht oben auf dem Podium. Dahinter hängt unser Emblem, eine Taube, die Feuer in ein aufgeschlagenes Buch speit. Wir singen Lieder wie «Colours of the Day» oder «All the Earth», während die Morgensonne unsere Gesangsbücher in oranges Licht taucht. Wir sprechen das Gebet des Tages, singen die Nationalhymne, geloben, treu unserem Land zu dienen, und wünschen den Lehrerinnen und Lehrern guten Morgen. Danach verliest die Lehrkraft auf dem Podium die Mitteilungen («Verspätungen werden immer mehr zu einem ernsthaften Problem ...» oder «Jeder Junge und jedes Mädchen, die zusammen auf der Schultoilette erwischt werden, bekommt ...») und löst anschließend die Versammlung auf. Dann gehen wir in unsere Klassenzimmer, singen dabei bescheuerte Lieder wie «Thread the Needle» oder «We are H.A.P.P.Y».

In der Woche, als sie mich Andy Africa taufte, leitete Zahrah die Morgenversammlung. Sie nannte ihre Woche «Anifuturistische Woche», druckte Plakate und heftete sie an jede Pinnwand in der Schule. Auf den Plakaten waren Kinder mit sehr dunkler Haut zu sehen, die durch die Luft flogen, über Wasser gingen oder mit Feuer jonglierten. In ihren Sprechblasen stand: «Du bist Hexe, Zauberer oder Superheld!» «Schwarz sein heißt kompromisslos sein!» «Du bist cool!»

Meistens dauert die Morgenversammlung dreißig Minuten. Bei Zahrah dauerte sie eine ganze Stunde. Sie brachte ein Whiteboard aus ihrem Büro mit und stellte es aufs

Podium. Schrieb Quantenformeln und Jahreszahlen aus der Zeit v. Chr. darauf. Sprach darüber, dass die Zukunft der Zivilisation in Afrika liegt. Dass sie das leider erst sehr spät in ihrem Leben herausgefunden hätte (dabei ist sie erst dreißig). Sie zeichnete zweidimensionale Formen und Strichfiguren auf das Whiteboard. Erläuterte den Anifuturismus als Fusion von Animismus und Afrofuturismus. Sagte, dass wir Afrikaner kein Licht und keine Ruhe finden würden, solange wir nicht unser animistisches und futuristisches Erbe annehmen. Dass der Animismus (der Glaube, dass Gott in unbelebten Gegenständen und in unseren Vorfahren wirkt) in Wahrheit futuristisch sei.

«Animismus ist nichts Primitives», sagte sie. «Wären wir alle Animisten, gäbe es heute keinen Klimawandel.»

Am dritten Tag der Woche hatten alle (bis auf Fatima, Bro Magnus und ein paar Dementoren) keinen Bock mehr auf Anifuturismus. Aber niemand in der dreihundertköpfigen Versammlung traute sich, Zahrah die Stirn zu bieten. Das konnte nur unsere Direktorin Sister Lakefield, aber die war in Rom, bei einem Treffen ihres Ordens.

Zahrah war nicht zu bremsen. Sie verteilte Flugblätter und Artikel aus Wissenschaftszeitschriften. Sprach sogar über meine Theorie von HXVX, ohne meinen Namen zu nennen. Sie hatte die Theorie in einem meiner Gedichte entdeckt, sie ausformuliert und zu ihrer anifuturistischen Bibel hinzugefügt.

In meinem Gedicht ist HXVX ein Wesen von planetarischer Größe. Es schwebt über uns, verdunkelt mit seinem Schatten unseren Kontinent. Seine Millionen Tentakel:

beobachten uns

füttern uns mit stücken
seiner kranken seele
damit wir feuer machen

und in die flammen gehen

unter schallendem gelächter

die hitze, den hunger, gestern

vergessen

HXVX ist wie JHWH ein Tetragramm; die Abkürzung für den Fluch Afrikas. Mathematisch formuliert:

$$HXVX = (Sauron + Thanos)^\infty = der\ Fluch\ (Afrikas),$$
$$wobei\ \infty\ für\ Unendlichkeit\ steht.$$

HXVX ist fucking riesig und absolut unbezwingbar. Ernsthaft. Wegen HXVX ist die Sahara hier und nicht in Europa, deswegen leiden wir am meisten unter der beschissenen Sonne. Mit seinen unendlich vielen Tentakeln steuert es *ausnahmslos alles* auf diesem Kontinent: welches Wasser wir trinken, wer vom Auto überfahren wird, jede Synapse, die unsere Nervenzellen ausbilden. Unsere Geburt, die Schattierung unserer Haut und unser Tod wird von seiner Hand bestimmt. So langsam komme ich zu der Überzeugung, dass nicht mal Gott HXVX besiegen kann. Ich meine, wo sollte er anfangen? Die einzige Möglichkeit besteht also darin, seinem Radius zu entkommen, von diesem beschissenen Kontinent zu fliehen. Da HXVX und der Fluch gleich sind, könnte man sogar von Synonymen sprechen und sagen: *mein verfluchtes Leben = mein HXVX-Leben.*

Während wir auf dem Versammlungsplatz gähnten, seufzten und uns die Augen rieben, fuhr Zahrah unermüdlich fort. «Jedes afrikanische Kind ist eine Hexe, ein Zauberer, ein Superheld», sagte sie. «Ja. Die Kraft ist vorhanden. Sie glüht unter der Schwarzen Haut. Nur das Schwarze Pigment hält sie zurück.» Sie legte eine Kunstpause ein, zeigte zum Himmel, zum Schultor. «Aber die, vor allem HXVX, wollen verhindern, dass wir das durchschauen.»

Sie beschrieb HXVX als ein Konstrukt, das für alles Negative steht, was Afrika widerfahren ist: Sklaverei, Kolonialismus, Gewaltherrschaft, Kleptokratie, Xenozentrismus. Sogar Fatima gähnte inzwischen, trat von einem Bein aufs andere.

«Wir leben schon so lange auf diesem Kontinent, dass wir vergessen haben, was er in Wirklichkeit ist. Unsere alten Mütter haben das nie vergessen. Weil sie es in den Steinen rochen. Es im Rauch ihrer Opfergaben sahen. Sie erkannten Afrikas wahre Seele. Als den Puls des Lebens.» Sie hielt inne, um ihre Worte wirken zu lassen. «Heute ist Afrika durch unsere Schuld, durch unsere gemeinsame Sache mit HXVX zum Herz der Finsternis geworden. Wir, wir allein sind dafür verantwortlich. Ihr und ich. Weil wir Afrika im Stich gelassen haben. Nicht mehr an es geglaubt haben.»

Ich weiß nicht, warum, aber auf einmal reichte es mir. Ich meldete mich und sagte: «Verzeihung, Aunty Zahrah. Ich habe eine Frage.»

Sie überging mich.

Ich hob die Hand höher, rief lauter. «Verzeihung!»

Sie schwieg einen langen Moment mit ausdrucksloser Miene. Ich hatte getan, was kein Lehrer sich herausnehmen durfte: es gewagt, sie zu unterbrechen und anzuzweifeln. Sie sei meine zweite Mama, sagten ihre Augen, und wenn ich wirklich etwas einzuwenden hätte, hätte ich gefälligst bis nach der Versammlung warten sollen, um die Sache unter vier Augen mit ihr zu klären. Sie sah mich eiskalt an, als hätte ich mich in HXVX verwandelt, mit Tentakeln und allem.

«Ja, Andrew Aziza?» Sie verschränkte die Arme.

«Afrika hat uns als Konstrukt und als Kontinent im Stich gelassen», sagte ich laut. «Warum sollen wir dann an es glauben?»

Kaum war die Frage draußen, merkte ich, wie dumm sie war und wie bescheuert ich mich anhörte.

Alle lachten. Sogar Slim und Morocca, die im Stehen schliefen, wachten auf.

Hatte ES mich so weit getrieben?

«Komm nach vorne, Andrew Aziza», sagte Zahrah.

Slim und Morocca pfiffen.

«Jetzt muss Andy dran glauben», flüsterte Okey.

Die dreihundertköpfige Versammlung war still.

Ich stieg die Stufen zum Podium hinauf.

Sie forderte mich auf, mich hinzuknien, mit dem Gesicht zum Schulgebäude. «Schließ die Augen. Hebe die Hände zum Himmel. Unsere Ahnen sollen sie sehen.»

Sie nahm ein großes Blatt Papier, schrieb etwas darauf und wies mich an, es hochzuhalten. Dann befahl sie mir, die Augen zu öffnen und mir meine Schande anzusehen. *Andy Africa* stand in Fettschrift auf dem Papier. Sie gab Bro Magnus ein Zeichen. Er trat mit der Reitpeitsche vor.

«Geben Sie ihm zwölf Schläge», sagte sie.

die schläge kamen

wie kakteen, wie haken, wie nägel

eine träne
tropfte
aus
meinem
auge

in den sand
und

der sand schrie auf

Am Abend lag ich auf Mamas Schoß, und sie massierte mir mit einem nassen, heißen Handtuch den Rücken. Sie rieb die Striemen mit Sheabutter ein, knetete mich durch, ohne auf mein Stöhnen zu hören.

«Wer hat dir das angetan?», fragte sie.

«Zahrah», sagte ich.

Sie seufzte.

Bei jedem anderen wäre sie am nächsten Tag in die Schule gestürmt. Sie hätte der verantwortlichen Person mit den Fäusten gedroht, auf den Tisch gespuckt, von Sister Lakefield verlangt, sie oder ihn rauszuschmeißen. Aber Mama unternahm nichts. Zahrah und sie hatten sowieso schon mega Beef, von dem beide mir nichts erzählen wollten.

✚

Obwohl ich sage, dass ich schon zu Mittag gegessen habe, besteht Zahrah darauf, dass ich mitesse, da ich schon zu lange nicht mehr in den Genuss ihrer Kochkunst gekommen wäre. Sie fragt wieder, ob ich noch sauer sei. Natürlich sage ich nein.

Mit der Fußspitze zeichne ich eine der Zahlen auf dem Boden nach: $6{,}02 \times 10^{23}$:

die wut
in
einem
mol
meines blutes

Zahrah häuft einen Turm aus gelb-rotem Jollof-Reis auf einen großen Teller. Gebratene Fleischstücke hängen an den Seiten wie Bergsteiger. «Wir essen alle von einem Teller», sagt sie. «Beim Anifuturismus geht es ums gemeinsame Essen. Es geht um das tiefe Zusammengehörigkeitsgefühl unserer Vorfahren.»

Fatima trägt den Reisturm ins Wohnzimmer. Ich folge ihr mit einem Teller Kopfsalat, Kohl und Tomaten, stelle ihn auf den Boden, setze mich zu ihr. Sie nimmt den Hijab ab, legt ihn gefaltet neben sich.

Zahrahs Telefon klingelt. Wir hören sie mit ihrem Vater sprechen. Anscheinend hat ihr Verlobter ihm irgendein tolles Geschenk gemacht.

Während wir warten, unterhalten Fatee und ich uns lachend über Zahrahs bevorstehende Hochzeit, über ihren Plan, Maskentänzer zu engagieren. Fatees Stimme klingt voll und wohltuend wie eine Schultermassage.

Wieder einmal wünsche ich mir, zwischen uns wäre

etwas im Gange. Dass ich in dieser Sekunde ihre Hand nehmen und küssen könnte. Unsere Gespräche sind unschlagbar – hinterher fühle ich mich wacher, klüger, strotze vor Energie. In der Schule diskutieren wir auf langen Spaziergängen über Schwarze Löcher, Geschichte, unseren Kontinent. Manchmal reden wir sogar über die Liebe. Alle, selbst meine Droogs, finden, dass wir das perfekte Paar wären. Trotzdem weigere ich mich, den ersten Schritt zu machen. Ehrlich gesagt, lege ich auf unseren Spaziergängen nicht mal mehr den Arm um sie. Das ist ihr garantiert aufgefallen.

Zahrah kommt mit Besteck, Bechern, Wasser und Orangensaft. Sie setzt sich hin, verteilt die Löffel. Bevor wir zulangen, schneidet sie an der saftigsten Stelle in den Turm, wirft Reis und ein Stück Fleisch auf den Boden. «Für unsere Ahnen», sagt sie. «Gestern, heute …»

Fatima kichert. «Amin», sagt sie.

Zahrah spritzt Orangensaft auf den Boden. «Für unsere Ahnen», sagt sie. «Morgen.»

Fatima kichert wieder. «Amin.»

Es ist schwachsinnig, Essen und Trinken auf Matheformeln zu werfen, einen blitzsauberen Boden dreckig zu machen. Mama würde ins Sofa boxen, wenn sie das sähe. Sie würde sich über die Sauerei aufregen, darüber schimpfen, dass Zahrah ein so saftiges Stück Fleisch wegwirft, wo doch so viele Kinder auf den Straßen nichts zu essen haben.

Zahrah sieht mich ernst an.

«Sehr traurig, dass wir Afrikaner die Kraft von Symbolen, von Gesten vergessen haben», sagt sie. «Natürlich steigen die Götter nicht vom Himmel herab, um diesen Reis zu essen. Diese einfache Handlung schickt unsere Herzen zu ihnen in den Himmel.»

Ich frage mich, wie Fatima es bei Zahrah aushält, ob all die Minivorträge ihr schon das Hirn gegrillt haben. Manchmal tut Zahrah mir leid, und ich denke, dass Fatima und ich ihr als Publikum nicht genügen, dass wir zu ungebildet sind, dass es besser für sie wäre, an der Uni zu unterrichten. Obwohl Zahrah ihr Studium als Beste ihres Jahrgangs abgeschlossen und etliche Abhandlungen über Permutationen veröffentlicht hat (die Fatima und ich lesen müssen, obwohl wir meistens nicht ein Wort verstehen), zeigt keine Universität in Nigeria Interesse an ihr. Alle ihre Bewerbungen wurden abgelehnt, weil sie weder Sohn noch Tochter eines Gouverneurs kennt, weil ihr das Geld fehlt, einen Dekan oder Kanzler zu bestechen, weil sie kein Mann ist. Also versucht sie, Fatima und mich zu intellektuell ebenbürtigen Kollegen zu erziehen. Sie verlangt, dass wir uns durch Artikel über Permutationen ackern und alternative Beweise für interessante Sätze liefern, drängt uns, *Ulysses* und *Die Brüder Karamasow* zu lesen und Aufsätze darüber zu schreiben. Seit neustem entwickeln sich ihre Forschungen allerdings in eine merkwürdige Richtung. Sie will anhand von Ergebnissen aus der Permutationstheorie beweisen, dass Black Power thermodynamisch ist. Das ist komplett hirnrissig. Sie hat Fatima und mir die Manuskripte gezeigt und auch die Absagebriefe der Wissenschaftsjournale. Die sind das Thema beim Essen.

«Diese Gutachter», sagt sie kauend, «haben doch keine Ahnung. Die sehen nur, was direkt vor ihre Nase ist. Typisch Fachidioten. Glaubt mir, die haben noch nie von William Shakespeare gehört.»

Wir lachen, obwohl ich mir sicher bin, dass ihre Artikel aus guten Gründen abgelehnt wurden.

Irgendwie mache ich mir Sorgen, dass Zahrah uns zu

sehr beeinflusst. Weil Fatima uns gerade von ihrem neusten Projekt erzählt: Sie will einen neuen Satz herleiten, der eine Aussage darüber trifft, inwieweit das Konstrukt von Black Power den Urknall geprägt hat.

Zahrah klatscht sie begeistert ab. «Yay! Good girl. Weiter so.» Sie wendet sich zu mir. «Was hast du für mich, Andy?»

«Ich – ich ...» Ich google in meinen Hippocampus nach allen geschwollenen Wörtern, die ich kenne. «Ich denke in die gleiche Richtung wie Fatee. Aber ich beleuchte die Dualität von Black Power ... als Welle und als Teilchen ... ihre Quantenstruktur und so weiter. Dabei geht es mir besonders um ihre philosophischen Implikationen ... ihre Ontologie ...»

«Yay!» Zahrah klatscht mich ab, ihre Augen funkeln. «Spannend.»

«Danke.»

«Wird das ein Gedicht oder ein wissenschaftlicher Artikel?»

«Weiß ich noch nicht so genau.»

«Kein Problem. Letzten Endes sind Lyrik und Mathematik faktisch dasselbe. Der Weg zur Wahrheit.»

Zahrah und Fatima gießen sich Orangensaft ein.

Sogar Zahras Finger- und Fußnägel sind rot lackiert. Was Okorie, ihr Verlobter, wohl von ihrem Rotfimmel hält? Vielleicht findet er gerade das so scharf an ihr. Aliens aufgepasst: Liebe kann so weird sein!

Ich bin Okorie ein paarmal begegnet. Er ist ein toller Typ. Groß, ganz tiefe Stimme (wie ich!), und er fährt einen Jaguar. Er hat mit einem Rhodes-Stipendium in Oxford studiert. Jetzt lehrt er Mathe an der University of Warwick und an der African University of Science and Technology in Abuja. Die beiden haben sich vor ein paar Wochen verlobt und wollen in zwei Monaten heiraten. Er beklagt sich

ständig über die horrormäßigen Zustände an den nigerianischen Universitäten, und Zahrah ermahnt ihn ständig,
sich mit seinem Aktivismus an der Uni zurückzuhalten,
weil Mordanschläge, falls er das vergessen habe, in diesem
Drecksland keine Seltenheit seien.

«Ich hab gehört, du bist in Ososo gewesen», sage ich zu
Zahrah.

«Ja, das stimmt», sagt sie. «Eine weite Reise.»

«Wow.»

«Fatee hat's dir erzählt, oder? Diesmal bin ich ganz still
und heimlich gefahren. Ein britisches Magazin hat mich
beauftragt, einen Artikel über den Anifuturismus zu
schreiben.»

Sie sagt, sie sei einem spannenden, neuen Thema auf der
Spur: dass die Seele den Körper permutiert. Dass die Seelen
eines Elternpaars gespalten und auf ihre Kinder verteilt
werden. Dass Kinder sich eine Seele mit ihren ungeborenen
Geschwistern teilen, ein geistiges Zwillingsdasein führen.

Ich hebe den Blick, betrachte die geriffelten Augen-
brauen, die hüpfenden Ohrringe. Weiß sie etwa von Ydna?

Wahrscheinlich nur Zufall.

Sie sagt, sie schreibt den Artikel eher aus der Perspektive
der Skeptikerin. Dass sie, seit sie denken kann, Geschichten von Leuten gehört hat, die nach ihrem Tod weit weg
von ihrem Wohnort gezogen sind, um ein neues Leben anzufangen.

«Übrigens hat es hier kürzlich auch so einen Fall gegeben», sagt sie.

«Ernsthaft?», sage ich.

«Ja. Gleich um die Ecke gibt es einen Laden. Wie sich
herausgestellt hat, war der Inhaber vor Jahren in Niger
gestorben. Vergangene Woche waren seine Frau und seine

Kinder in Kantagora und entdeckten ihn zufällig in seinem Laden. Als er sie kommen sah, sprang er aus dem Fenster und ergriff die Flucht. Seitdem hat ihn niemand mehr gesehen. Der Emir ließ den Laden schließlich beschlagnahmen und schenkte ihn einer seiner Ehefrauen.»

Wir lachen, Fatimas Orangensaft schwappt über. Zahrahs Lachen verstummt. Das sei überhaupt nicht lustig, sagt sie.

Fatimas iPhone vibriert: Ihre Mutter wartet zu Hause.

«Danke, Aunty Zahrah», sagt sie. «Ich muss los.» Sie hebt den Hijab auf und verlässt das Zimmer.

«Ich habe deine Großmutter kennengelernt, Andy.» Zahrah trinkt einen Schluck Wasser.

«Wirklich?» Ich beuge mich vor.

«Ja. Eine reizende Frau.»

«Wie ist sie so?»

«Alt natürlich. Und groß. Größer als deine Mama.»

«Ist sie wie Mama?»

Zahrah zögert kurz. «Du bist ihr schon mal begegnet, Andy.»

«Bin ich nicht.»

«Doch.»

«Nein.»

«Sie war vor ein paar Monaten hier. Um dich zu sehen.»

«Aunty Zahrah, du –»

«Sie war sogar in der Schule. Sie stand vor meinem Büro. Als wir uns drinnen unterhielten – du, Fatima, und ich.»

«Ich erinnere mich an keine alte Frau ...»

«Aber sie war da. Das versichere ich dir.»

«Und warum hast du nichts gesagt? Oder sie mir vorgestellt?»

«Damals wusste ich noch nicht, wer sie ist.»

alte frau
mit altem stock
blickt verstohlen
in ein büro
auf mich

«Außerdem», sagt Zahrah, «ist sie dir und deinen Freunden
auf dem Nachhauseweg gefolgt.»

«Was, wirklich?»

«Ja. Sie war sogar mit euch in dem Laden, in den ihr
unterwegs gegangen seid. Sie hat euch Schokoladenkekse
gekauft.»

«Daran erinnere ich mich ...»

Dunkel.

Vor Monaten sind Slim, Morocca und ich in einem
Laden gewesen, um Wasser und Schokokekse zu kaufen.
Der Inhaber gab uns die Kekse, und wir wollten gerade die
Packung aufreißen, als wir merkten, dass wir nicht genug
Geld dabeihatten. Eine große Frau hinter uns bot an, die
Kekse zu bezahlen. Sie trug eine rote Lederhandtasche
und hatte für ihr Alter eine sehr gerade Haltung. In der
Hand hielt sie einen Stock, der ihr nicht als Stütze diente,
sondern wie ironisches Beiwerk wirkte. Wir bedankten uns
und schwirrten ab, ohne sie weiter zu beachten.

Mama sagt oft, Blutsverwandtschaft kann man riechen.
Dass du, sogar in einem fernen Land, einen fremden Menschen sofort als Verwandten erkennst. Du spürst eine Kraft,
die dich zu ihm oder ihr hinzieht, ein Kribbeln unter der
Haut, das dich an etwas erinnert. Ich frage mich, ob das
wirklich stimmt. Ob ich Grandma deswegen nicht erkannt
habe, weil es überall in der Stadt nach Mama riecht.

Fatima kommt in Ankara-Kleid und schwarzem Hijab

aus ihrem Zimmer. Eine dicke Tasche hängt über ihrer Schulter.

«Bis später», sagt sie. «Danke, Aunty Zahrah.»

«Bis später, Fatee», sagt Zahrah. «Mach's gut.»

«Tschüss, Andy Africa», ruft sie lachend.

«Tschüss, Fatee», sage ich. Meine Stimme klingt ausdruckslos.

Fatima schleicht mit hängenden Schultern zur Tür hinaus.

«Aber warum?», sage ich zu Zahrah. «Warum hat sie nichts gesagt?»

«Was gesagt?» Zahrah sammelt Reiskörner vom Boden auf, wirft sie auf den Teller.

«Sie hätte sich doch vorstellen können oder so.»

«Hätte sie. Aber so einfach ist das nicht, Andy.»

«Wie meinst du das?»

«Ich weiß es nicht.»

«Du verschweigst mir etwas.»

Ihre kugelrunden Augen strahlen mich an.

«Bitte, Andy», sagt sie. «Du bist wie ein Sohn für mich. Oder zumindest wie ein kleiner Bruder.» Sie legt mir die Hand auf die Wange. Sie ist warm. «Das würde ich nie tun.»

«Okay», sage ich.

Trotzdem fühle ich, dass sie mir etwas verheimlicht. Obwohl sie endlose Monologe abhält, hat sie doch etwas Verschlossenes. Niemand weiß, warum sie in der Sahara war. Sie weicht immer aus, wenn Fatima und ich danach fragen. «Darüber will ich nicht reden», sagt sie dann. «Das war die dunkelste Zeit meines Lebens. Nicht mal meine Mutter oder ihre Mutter haben so gelitten.» Fatima und ich vermuten, dass es irgendwas mit einem Baby zu tun hat.

«Deine Großmutter hat dir einen Brief geschrieben», sagt

Zahrah. «Das heißt, sie hat ihn mir auf Ososo diktiert, und ich habe ihn ins Englische übersetzt. Moment.»

Sie geht barfuß in ihr Zimmer.

Der Gott mit dem trapezförmigen Kopf ruft mich. Seine Afrika-Augen sehen aus, als würden daraus pausenlos heiße Tränen laufen, die nie auf den Boden tropfen. Es ist bestimmt megabeschissen, ein Gott zu sein, der ohne Ende heult.

Auf einmal will ich schreien.

Aber ich kann einfach nicht. Mit dem Finger schreibe ich *ES* auf den Boden. Es bleibt kurz stehen. Dann verschwindet es langsam. Wie alles.

Zahrah kommt mit einem Briefumschlag zurück.

«Ich muss mich für die Party umziehen», sagt sie.

Sie stellt den Teller mit den Reisresten auf das Tablett. Dann die leeren Flaschen. Dann die Becher und das Besteck.

«Danke», sage ich.

«Wofür?»

«Das Essen.»

«Ach, du bist wirklich ein Schatz, Andy.»

Sie geht in die Küche. Leert das Tablett, kommt zurück, verschwindet in ihrem Zimmer.

Ganz langsam öffne ich den Umschlag.

Andrew mè,

Wie geht es dir?

Ich denke an dich. Immerzu. Ich habe sogar gelernt, wie man deinen Namen schreibt. Es ist das einzige Wort, das ich schreiben kann. Er sieht hübsch aus, wenn ich ihn mir ansehe.

Andrew mè, verzeih mir, aber ich konnte dich nicht ansprechen. Ich konnte die vielen Grenzen nicht überschreiten. Ich war innerlich zu schwach. Je länger ich dich beobachtete, desto mehr wollte ich es. Verzeih mir.

Deine Mama gehört zu den wunderbarsten Menschen, die ich kenne. Sie hat Dinge für dich getan, dich ich für mein eigenes Kind nicht tun konnte. Dennoch sind wir in einigen grundlegenden Dingen unterschiedlicher Meinung. Zum Beispiel sollte sie deinen Papa nicht länger von dir fernhalten, auch wenn sie ihre Gründe dafür hat. Ich weiß, er hat ihr sehr wehgetan. Aber sie muss ihm vergeben. Und du musst ihr vergeben. Ihr drei müsst euch in die Arme nehmen und irgendwie wieder eine Familie sein. Deswegen bin ich zu ihr nach Kantagora gefahren. Und ich hoffe, dass ich bald wieder mit ihr darüber sprechen kann. Aber du, Andrew mè, darfst nicht aufhören, sie zu lieben. Du bist sie, sie ist du, ich bin sie, ich bin du. Wir sind eine Kette. Nur zusammen können wir uns drehen. Wenn wir uns trennen, sind wir wertlos. Nutzlos. Reif für die Mülldeponie. Bitte habe noch ein wenig Geduld, wir tun alles, um deine Mutter dazu zu bewegen, sich von der Vergangenheit zu lösen und deinen Vater in dein Leben zu lassen. Er kann es kaum erwarten, dich zu sehen, dich in seine Arme zu schließen, und er hat fest versprochen, dich ganz bald zu besuchen.

Wenn ich an dich denke, hüpft mein Herz. Dann bin ich glücklich. Und singe. Singst du gerne? Haben dir die Kekse geschmeckt?

Ich singe ein Lied für dich, das meine Mutter mir früher oft vorgesungen hat. (Ich habe Zahrah gebeten, es sehr sorgfältig zu übersetzen.)

Ọmọ e werọ	*Ein Kind, süß*
Abi shi sugar	*wie Zucker*
Osono yiwọ	*Es gibt so viel Leiden*
Aki kunọ yin ugi	*Lege es in einen Korb*
Oghọghọ ọgbọ kpọ sé	*Und er ächzt unter der Last, läuft über*

Evesho dobọ obia ọmọ	*Gott hilf uns, dass wir uns*
re enerhe ọmọ	*seiner Früchte erfreuen*
Osono mi minẹ uvu ma	*Die Dornen in meinem Schoß*
chi nẹ samina	*werde ich nie vergessen*
Debi kpedi bia bia o	*Aber am Tag deiner Geburt wurdest du geboren*

Wir sehen uns bald wieder.

Deine Grandma Aziza

Wut glüht in meinen Augen.

Mama ... Ihr Geruch ... Ihr muffiger Gute-Nacht-träum-süß-Geruch.

Ihre Geheimnisse, ihre Lügen ...

Zahrah hat etwas auf die Rückseite geschrieben:

Ich habe beim Schreiben, beim Übersetzen dieser Zeilen geweint. Und ich musste an Ydna denken. Ja, ich weiß von ihm. Das ist sicher alles sehr verwirrend für dich ... Du sollst wissen, dass du nie alleine bist, Andy. Du hast immer Ydna. Und wisse auch, dass die meisten Afrikaner einen Ydna haben. Hoffentlich hilft dir das. Z.

4

Plakatieren verboten steht überall fett am Zaun unserer Kirche. Dennoch flattern daran Hunderte Zettel mit fingierten Jobangeboten. *Stopp!* steht auf einem. *Verdiene 100k in zwei Tagen!* Eigentlich sollte jedem klar sein, dass diese Angebote fake sind. Viele Leute bewerben sich trotzdem und zahlen zigtausend Naira an Vermittlungsgebühren. Wie bescheuert kann man bitte sein?

Slim, Morocca und ich gehen durchs Tor aufs Kirchengelände.

Das ist unsere Kathedrale: keine Kuppeln. Keine Türme. Nur ein großer, flacher Bungalow. Oben gelb gestrichen, unten braun. Dort, wo die Farbe abblättert, starren uns Risse entgegen.

Vertrocknete gelbe Büsche umgeben die Kirche, nur beim Hintereingang steht einer in voller Blüte: eine Oase, eine Heiligengestalt, eine Fackel in der Nacht. Drinnen fliegt eine Hummel unermüdlich gegen eine staubige Fensterscheibe.

Die Sonne ist sanft und orange. Eine Wolkenhand schiebt sich langsam davor.

Laub knirscht unter unseren Sohlen. Es ist kühl im Schatten der pfeifenden Gmelina-Bäume. Gefallene Samen riechen nach süßem Urin.

Bevor ich bei Zahrah aufgebrochen bin, habe ich ihr jede Menge Fragen gestellt. Woher sie von Ydna weiß. Wann ich endlich meinen Vater kennenlerne. Warum sie mir das mit Grandma verschwiegen hat. Statt zu antworten, sagte sie nur, ich soll mit Mama reden, Mama würde mir alles erklären.

«Ich war unheimlich traurig, als ich von Ydna erfuhr», sagte sie. «Das erinnerte mich an meine eigene ... Daran, dass sie mich verlassen hat. Mich in die Sahara geschickt hat. Ich glaube, ich nenne sie ab jetzt Harhaz.»

Meine Droogs wollen wissen, warum ich so down bin, warum ich nicht über ihre Witze lache, ob bei Zahrah irgendwas vorgefallen sei. Ich sage, dass alles in Ordnung ist, dass wir weitermüssen, weil wir sonst zu spät kommen. Sie versuchen mich aufzuheitern, kitzeln mich an den Seiten, klopfen mir auf den Rücken. Morocca scherzt, dass Zahrah wahnsinnig verknallt in mich sei, das würde er daran erkennen, wie sie mich anguckt und so. Dass ich, wenn ich meine kostbare Jungfräulichkeit loswerden will, einfach mal nachts bei ihr vorbeischauen soll. Sie wird mir garantiert einen harten Tittenfick geben. Ich pruste los, verpasse ihm eine.

«Ich mach dich kalt, Alter», sage ich.

Wir gehen lachend weiter.

Mein Telefon klingelt. Ich ziehe es aus meiner Jeans.

Mama.

Mein Herz macht einen Ruck. Ich warte kurz. Atme tief durch.

Ich nehme den Anruf an. Musik tönt aus der Muschel. Leute rufen, lachen.

«Andrew mè», sagt sie.

Ich weiß nicht, ob ich «Ja» oder «Ja, Ma» sagen soll, in Anbetracht der Tatsache, dass sie mir aus purem Egoismus meinen Vater vorenthält.

«Ja?», sage ich auf Ososo.

Pause. Bestimmt hat sie gemerkt, dass ich das «Ma» weggelassen habe. Sie merkt alles.

«Dir geht es doch gut, oder?», sagt sie. «Wo bist du?»

«Ich bin bei der Kirche. Auf dem Weg zum Pfarrhaus.»

«Gut. Ich hatte schon Angst, du bist noch unterwegs. Dann hätte ich dich wieder nach Hause geschickt.»

Kommt Papa etwa zur Party? Will sie verhindern, dass wir uns begegnen?

Sie sagt, dass es in der Stadt zu Ausschreitungen gekommen wäre. Ein Mitglied unserer Gemeinde habe in betrunkenem Zustand den Propheten Mohammed beleidigt und eine Tasbih verbrannt. Daraufhin seien Muslime durch die Straße gezogen, hätten Schaufenster eingeschmissen und Autoreifen angezündet. Die Polizei sei eingeschritten, und die Lage habe sich vorläufig beruhigt.

«Trotzdem, diesen Leuten kann man nicht trauen», sagt sie. «Also dann. Bis später!»

Sie legt auf, bevor ich etwas sagen kann. Typisch Mama. Immer drauf aus, Freiminuten zu sparen.

Bei den letzten Ausschreitungen wurden Kirchen und von Christen geführte Läden gestürmt, geplündert und angezündet. Frauen und Kinder wurden mit Macheten angegriffen. Ich war mit Slim und Morocca auf einer Party. Mama lief zwischen dem Geschrei und den «Allahu akbar»-Rufen durch die Dunkelheit, um mich zu suchen. Männer verfolgten sie, schlugen sie, griffen ihr an die Brüste. Um ihr Leben zu retten, verleugnete sie ihre Religion. Verleugnete Christus. Rief, die Bibel sei Schwindel und böse, obwohl sie täglich den 23. Psalm und den Rosenkranz betet. Sie schrie, so laut sie konnte: «La ilaha illallah! Muhammadur rasulullah!» Die Männer lachten sie aus.

Ich erzähle meinen Droogs von dem Anruf. Morocca checkt sein Telefon. Er hat eine Nachricht mit einer Warnung wegen der Krawalle. Wir gehen weiter in der Hoffnung, dass die Kirche verschont bleibt, dass die Polizei es schafft, die Randalierer in Schach zu halten.

Slim schüttelt lächelnd den Kopf.

«Was grinst du so blöd?»

«Ich denke gerade an was», sagt er.

«Und das ist?», sagt Morocca.

«Ich wünschte, Eileen hätte einen Zwillingsbruder. Dann könnte ich auch rummachen.»

«Und 'ne Zwillingsschwester», sagt Morocca. «Dann kommen wir alle zum Zug.»

Wir lachen.

Wir gehen an einer Gruppe Indischer Mastbäume vorbei. Das Pfarrhaus steht ganz im Osten des Geländes, eine Gehminute von hier.

«Sind wir nicht bescheuert?», sagt Slim.

«Warum?», sagt Morocca.

«Wir schwärmen für Leute, die unerreichbar für uns sind.»

«Lass den Scheiß, Alter», sagt Morocca. «Das hatten wir doch schon. Und ich hab dir das Gegenargument geliefert.»

«Bullshit. Welches denn bitte?»

«Unsere Schwänze.»

«Ach, wirklich?»

«Weil sie kleine Löwen sind. Und jedes weiße Chick mal beißen will.»

«Beiß mit deiner Python 'ne Ratte, Morocca», sagt Slim. «Glaub mir, Eileen schüttelt dir höchstens die Hand.»

Ich will das Thema wechseln. Mir fällt keins ein.

Wir hören den Kinderchor, er singt «Lord of the Dance».

Morocca schwingt den flachen Schwarzen Hintern im Rhythmus der Musik. Nach links, nach rechts. Vor, zurück.

Wir lachen.

Und dann erstarren wir. Weil wir durch die Flammenbäume das Pfarrhaus sehen. Weil jemand auf der Veranda steht, der nicht hierhergehört.

Die Zeit bremst. Sekunden dehnen sich aus.

Zwischen zwei beliebigen Zahlen liegen Unendlichkeiten. In Sekunden verbergen sich Jahrtausende. Lebewesen werden geboren, sterben, werden wiedergeboren. Die Welt endet und beginnt immer wieder neu. Blinzele, und die Welt, die du siehst, ist eine andere.

Ein blondes Mädchen steht an der Tür. In einem pfirsichgelben Kleid und Sandalen. Sie winkt lächelnd ein paar Kindern zu.

Platinblondes Haar. Gewellt. Bis zur Taille. Jede Strähne eine lange, süße Sonne.

Die Wolkenhand löst sich von der orangefarbenen Sonne. Warmes Licht breitet sich aus. Eileen schaut nach oben:

Ode an Eileen

wenn sie
zur sonne blickt

sieht sie sich selbst

lächelt sich zu
schönheit vor einem spiegel

Ode an den Schrei

alle
afrikaner

s
c
h
r
e
i
e
n

zur
sonne

zu
hxvx

wenn
sie

einen weißen
menschen
sehen

Die Zeit schrumpft.

Wir gehen weiter. Schweigend. Ohne einander anzusehen. Ohne sie anzusehen. Den Blick starr auf die Flammenbäume gerichtet. Ihre blutenden Blüten. Manche geformt wie blutende Herzen.

Wir kommen zur Treppe. Der Kinderchor ist jetzt sehr laut. Anscheinend kommt der Gesang aus dem Garten.

Wir gehen auf sie zu.

Sie lächelt. Grüne Augen. Wie Wiesen im Wind.

Ein Ring leuchtet in ihrer Nase. Auch ihre Kette leuchtet.

Sie scheint sich um uns zu drehen, uns einzuhüllen. Alles andere löst sich auf. Selbst wenn ich den Blick abwende, sehe ich nur Platin. Wirbelnd. Glitzernd. Grell.

Sie lächelt mich an.

Etwas perlt in mir.

Ich lächle zurück.

«Hi», sage ich.

«Hallo», sagt sie.

«Du bist sicher Eileen.»

Ein zartes Funkeln.

«Ja, das stimmt», sagt sie lachend.

«Ich bin Andy.»

«Ah, hallo, Andy.»

Ihr «Ah» und ihr «Hallo» schlagen eine Saite in mir an.

«Schön, dich kennenzulernen, Eileen.»

«Gleichfalls, Andy.»

... Ihre Stimme bewegt sich wellenförmig auf-ab-auf, verwandelt Wörter in Musik ...

Sie gibt mir die Hand. Eine rosa Skulptur. Soll ich sie küssen oder schütteln?

Ich schüttle sie. Halte sie eine Sekunde länger. Sie ist seidig, wie ein feuchtes Blütenblatt.

«Und das sind Tom und Mike.» Ich zeige auf meine Droogs.

Irgendwie klinge ich merkwürdig, die Stimme tiefer und so. Britischer? Und wieso habe ich die Namen meiner Droogs abgekürzt? Das habe ich noch nie gemacht.

«Hi, Tom. Hi, Mike», sagt sie und gibt ihnen die Hand.

«Hey, Eileen», sagt Slim.

«Hi, hübsche Eileen», sagt Morocca. «Wie geht's?»

Sie lacht. «Sehr gut, danke.»

Ich finde es scheiße von Morocca, dass er sie hübsch nennt, diese Ehre nicht mir überlässt. Aber ich mache mir nicht viel daraus. Weil ihr Blick immer wieder zu mir zurückkehrt, obwohl sie ihn und Slim ansieht.

... Wenn sie lacht, formen ihre Lippen ein rosiges O ...

«Freut mich, euch kennenzulernen.»

«Danke.»

«Freut uns auch.»

«Cool.»

«Super.»

... Mit jedem Blinzeln strahlen ihre Augen intensiver ...

«Wie gefällt's dir so in Kontagora?», sage ich mit fettem Cockney-Akzent.

«Wie bitte?», sagt sie.

Leicht beschämt wiederhole ich die Frage, langsamer diesmal, bemüht, lockerer zu klingen, normaler.

«Ah», sagt sie. «Sehr gut. Es ist natürlich anders als London. Aber toll.»

«Ja?», sage ich. «Wie meinst du das?»

«Die Stimmung hier gefällt mir. Alle sind nett, fröhlich und lachen viel ... Und die Landschaft ist einfach wunderschön.»

«Findest du echt?»

«Ja. Und ich mag die Kultur. Farbenfrohe Kleider. Coole Wörter und Namen.»

«Super.»

«Was bedeutet ‹ya ki ke›?», sagt sie. «Habe ich das richtig ausgesprochen?»

«Ja», sage ich, obwohl das nicht stimmt.

«Das heißt: ‹Wie geht es dir?›», sagt Slim.

«Ah, interessant.»

«Cool.»

«Super.»

«Du stehst anscheinend auf Kunst», sagt Morocca.

«Ja», sagt sie. «Sehr.»

«Weißt du, dass ich Rapper bin?», sagt Morocca. «Wie Kanye West. Und Andy ist Dichter.»

Sie wendet sich mir zu. «Wirklich? Du schreibst Gedichte?»

«Ja», sage ich. «Manchmal.»

«Ich liebe Lyrik», sagt sie.

«Echt?»

«Ja, Emily Dickinson, die Brontës, besonders Charlotte, Seamus Heaney, Sylvia Plath ...»

«Ausgezeichneter Geschmack», sage ich. «Die mag ich auch sehr.» Eigentlich mag ich nur Dickinson und Plath.

Morocca ist geknickt, dass Eileen sich null für seine Rapmusik interessiert.

«Andys Gedicht hat beim Wettbewerb unseres Bundesstaates den ersten Preis gewonnen», sagt Slim. «Es wurde überall im Land in den Zeitungen abgedruckt.»

«Wow, mega», sagt sie. «Richtig gut. Glückwunsch.»

«Danke», sage ich.

Eileen erzählt, dass sie sich nie getraut hat, selbst Gedichte zu schreiben, obwohl sie jede Menge auswendig kann. Ich frage sie, warum nicht. Sie sagt, dass sie mit Sicherheit nur Mist oder höchstens eine Neuauflage ihrer Lieblingsgedichte zustande bringen würde. Ich erwidere, dass sie keine Angst vor der Wiederholung haben darf, dass alle gute Kunst mit Nachahmung anfängt.

«Da hast du recht», sagt sie leise. «Absolut.»

Echt verrückt, Mann, wir reden jetzt schon über Lyrik!

Ich möchte den Stein an ihrer Kette halten. Mit den Fingern darüberstreichen. Ihre Moleküle von den Rändern reiben.

Wir sehen uns an. Sekunden dehnen sich aus. Meine Droogs verziehen sich. Ich finde mich auf ihrer Wiese wieder. Sie schwebt über mir. Ruft mich. Macht, dass ich zu ihr hinaufgleite.

«Ich würde gerne ein paar von deinen Gedichten lesen», sagt sie. «Wenn du nichts dagegen hast.»

«Danke», sage ich. «Das ist wirklich nett von dir.»

«Ich habe mir vorgenommen, jede Menge afrikanische Lyrik zu lesen, während ich hier bin.»

«Super Plan», sage ich und hoffe gleichzeitig, dass sie mich nicht um Empfehlungen bittet. Viele kann ich ihr nicht geben.

Plötzlich bemerke ich hinter uns den Vorsitzenden unseres Kirchenrats mit Frau und Kindern. An der Treppe hat sich eine kleine Schar von Leuten versammelt, die Eileen begrüßen möchte und zur Party will.

Eileen erklärt uns, dass die Party gerade erst begonnen hat. Wir sollen durch die Tür im Wohnzimmer in den Garten gehen, sie werde gleich nachkommen.

«Bis gleich», sagt sie. Und dann zu mir: «Liest du mir irgendwann ein paar von deinen Gedichten vor?»

«Na klar. Bis gleich, Eileen.»

Sie geht zur Treppe, leuchtend, umgeben von einem flackernden Halo. Sie begrüßt die Gäste, gibt jedem die Hand, umarmt die Frauen. Hockt sich hin, lässt sich von den Kindern in die platinblonden Strähnen der Macht fassen. Die Kinder kichern.

«Es ist ganz weich!», rufen sie. «Wie Wasser!»

Die Eltern ermahnen sie, Eileen in Ruhe zu lassen. Dass sie ihr Haar durcheinanderbringen, es schmutzig machen.

Sie kommt sich bestimmt unheimlich seltsam vor: wie ein vom Himmel herabgestiegener Engel, eine außerirdische Prinzessin, die auf der Erde gelandet ist, ein gestrandeter Fisch.

Morocca zieht mich am Arm. Ich folge ihm und Slim ins Wohnzimmer, mit dem Gefühl, dass alles Licht von mir weicht.

Im Garten sehe ich alles in Platinfarben: Die vielen Leute, die fröhlich lachend auf Plastikstühlen im Kreis sitzen. Den Kinderchor in der Mitte, der zu Panam Percy Pauls «African Way» hüpft, die Hüften schwenkt, sich im Kreis dreht. Die Kinder sind klein, zwischen fünf und zwölf, und tragen weiße Hemden, Hosen und Handschuhe. Sie strecken die Arme nach oben, wenn Panam vom Himmel singt, gehen beim Wort «Erde» auf die Knie. Das Publikum klatscht begeistert mit. In den hinteren Reihen steigen Kinder auf ihre Stühle, damit sie besser sehen können.

Mama kommt mit der Kamera um den Hals. Sie wogt auf ihrem Busen wie eine dritte Brust.

Wut brodelt in meinem Blut. Da steht also die Mauer zwischen meinem Papa und mir. Ich will sie hassen, losbrüllen, spucken, irgendwas kaputtschlagen. Aber Grandmas Worte klingen mir in den Ohren: *Du darfst nicht aufhören, sie zu lieben; du bist sie, sie ist du; wir sind eine Kette.* Und wenn ich an Mamas Geruch denke, schwindet die Wut, Stück für Stück.

Mama hockt sich vor den tanzenden Chor. Guckt durch den Sucher. Dreht rechts, links, rechts am Objektiv. Sie lächelt. Klick, klick. Geht auf die Knie, beugt sich vor, lächelt wieder. Klick, klick. Blitz!

Sie trägt ein rot-schwarzes Batikkleid, ein geblümter Schal bedeckt die graumelierten Cornrows. Sie steht auf. Dreht sich abrupt um. Sieht zu mir herüber.

Ich sterbe.

Ich stehe zwischen gleichaltrigen und älteren Kids. Aber Mamas Blick findet mich. Sie lächelt mir zu. Zeigt ihre Zahnlücke. Keine Ahnung, was ihre Grübchen ausdrücken. Ich wehre mich, kämpfe mit aller Kraft dagegen an. Vergeblich.

Ich lächele zurück.

Ein Windhauch geht durch den Garten. Blühende Pflanzen erwachen. Erfüllen unsere Blicke mit Feuerrot-, Rosa- und Pfirsichtönen. Flammenbäume wiegen die blutenden Herzen. Bougainvilleen klettern. Winzige Rosen blinzeln.

Mama geht zum Ehrentisch. Er ist mit Spitze und Ballons in den Regenbogenfarben dekoriert, und es stehen Flaschen mit alkoholfreiem Sekt und Five-Alive-Saft in Tetrapacks darauf. Dort sitzt das Who is Who unserer Kirche. In der Mitte Father McMahon, Sister Lakefield und Elder Paschal, der Vorsitzende des Kirchenrats. Zwischen McMahon und Lakefield steht ein blumengeschmückter Thron für Eileen.

Mama knipst sie. Bückt sich, lächelt, macht noch ein Foto von den beiden.

Ich kann es auf den Tod nicht ausstehen, wenn Mama sich beim Fotografieren vor anderen Leuten bückt. Das ist, als hätte sie akzeptiert, wer sie ist, wer wir sind: Leute, die buckeln, buckeln müssen, die zum Buckeln verurteilt sind.

Father McMahon bezahlt ihr zwanzigtausend für den Abend, plus Auslagen wie Fahrt- und Laborkosten. Davon will sie zwei neue Wrapper kaufen, ein paar Klamotten für mich und die Speisekammer auffüllen.

Ich wünschte, wir könnten unter vier Augen reden. Aber das kann ich vergessen, solange sie bei der Arbeit ist. «Später, zu Hause», würde sie sagen. Ich muss also bis nach der Party warten.

Sie begibt sich wieder in die Menge. Verschwindet zwischen Frangipanibäumen.

Der Kinderchor wirbelt herum und stoppt auf den Zehenspitzen wie Michael Jackson.

«Bravo, Junge!», ruft ein Mann in Rot.

Chief Onu, den alle nur Mai Gemu nennen (obwohl er gar keinen Bart trägt), erhebt sich von seinem Platz neben Elder Paschal. Er trägt ein langes schwarzes Hemd und eine Kette mit roten Perlen, die aussehen wie Ziegenhörner. Er wird Mai Gemu genannt, weil er unheimlich reich ist, weil er mit seinem Autoteileladen in der Lagos Road täglich mindestens fünf Millionen scheffelt. Es heißt, er habe drei Leute umgebracht, darunter seinen Erstgeborenen, und ihr Blut, ihre Geschlechtsteile und Seelen den bösen Geistern in seinem Dorf geopfert. Außerdem soll er unter dem Vordach seines Ladens drei lebende Schildkröten begraben haben. Angeblich verursachen die bösen Geister und die Schildkröten überall in der Stadt Unfälle und Pannen und wecken in Autofahrern ein unwiderstehliches Verlangen nach Ersatzteilen, wenn sie an seinem Laden vorbeifahren.

Er schreitet auf den tanzenden Chor zu. Männer rufen ihm zu: «Mai Gemu, Mai Gemu!» Seine Schultern werden breiter. Er hebt den Stab zum Publikum, als wäre Fußball-

WM. Die Leute jubeln. Lichtreflexe spiegeln sich in dem blankpolierten Stab, als er ihn zu allen Seiten schwingt.

«Mai Gemu!»

Er gelangt zum Chor, greift in sein Hemd, zieht ein dickes Bündel glänzender Zwanzignairascheine frisch von der Zentralbank heraus. Der Tanz der Kinder wird wilder, das Publikum hält vor Spannung den Atem an. Plötzlich wirft er den Kindern das Geld zu. Grüne Geldscheine regnen auf sie nieder. Sie vergessen ihre Schritte, prallen zusammen, ein Kind schlägt der Länge nach hin.

Das Publikum springt johlend auf.

Mama erscheint, hält das Spektakel mit der Kamera fest.

Mai Gemu bekommt einen Tanzanfall. Er wackelt mit dem riesigen Hinterteil, klammert sich an seinen Stab wie an eine Pole-Dance-Stange. Seine Bewegungen harmonieren nicht mit dem Chor; die Kinder tanzen im westlichen Stil, er führt einen Stammestanz auf. Er zuckt mit den Schultern, beugt langsam, ganz langsam die Knie, bis er in der Hocke sitzt.

Das Publikum rast.

Mai Gemus Freunde stürmen herbei, um mitzumachen. Der MC ruft das Publikum auf, sich anzuschließen. Heute sei der Tag des Herrn, sagt er, der Tag unseres Priesters. «Heute Abend wird der Himmel herabfallen. Wer einmal tanzt, betet zweimal.»

Das Publikum strömt in die Mitte und beginnt zu tanzen. Bald machen alle mit, nur Father McMahon und Sister Lakefield sitzen noch an ihrem Tisch. Sie zögern eine Weile. Dann stehen sie auf und gehen verlegen Richtung Tanzfläche. Sie bleiben am Rand stehen, unschlüssig, ob sie den wilden Stammestanz nachmachen sollen oder sich lieber mit den langsamen, kontrollierten Bewegungen westlicher

Art begnügen. Sie entscheiden sich dafür, unbeholfen mit den Armen und Beinen zu schlackern. Niemand scheint im Taumel den kleinen Chorjungen zu bemerken, der sich schnell einen herabgeregneten Geldschein in die Hosentasche stopft.

Ich halte an der Hintertür Ausschau nach Eileen. Frage mich, wo sie so lange bleibt. Bin supergespannt darauf zu sehen, wie sie tanzt.

Mr Calculator, der Kassenwart unserer Kirche, drängt sich mit einem Plastikkorb durch die Menge. Sein Afro ist riesig wie eine Melone. Er sammelt die Geldscheine auf, wirft sie in den Korb. Bestimmt ist er in Versuchung, ein paar einzustecken, aber er widersteht, überzeugt sich davon, dass das Geld Gott gehört, auch wenn Father McMahon es später ausgibt.

Der DJ legt einen Praise-and-Worship-Song auf.

Bouncing in the Lord
I am bouncing in the Lord every day
Bounce! Bounce! Bounce! ...

Die Leute brüllen, hüpfen im Rhythmus, stoßen zusammen. Father McMahon und Sister Lakefield sind völlig verloren. Sie stehen mit den Händen in den Hüften da, starren hilflos auf die fremdartigen Tanzbewegungen. Sister Lakefield errötet. Sie sieht mich und winkt, als wäre ich der Helikopter, der sie aus diesem Weirdoland retten kann.

Ich winde mich durch die wirbelnde, hüpfende Menge. Überall riecht es penetrant nach Schweiß, Kampfer, billigem Parfüm.

Ich komme an Slim und Morocca vorbei. Sie stehen mit verschränkten Armen bei einem Ixorabusch, lästern leise, wie bescheuert und primitiv sie die Tanzerei und die Musik finden, dass sie sich um hundert Jahre zurückversetzt fühlen.

«Was hast du vor, Bro?», sagen sie.

«Nichts Besonderes», sage ich. «Bin gleich wieder da.»

Father McMahon und Sister Lakefield wirken wie ein altes weißes Ehepaar, er in den Sechzigern, sie ein paar Jahre jünger, beide grau, faltig und bebrillt. Er trägt eine Jeans mit eingestecktem weißem Hemd, sie ein knielanges blaues Blümchenkleid. Sie sind die ersten Weißen, denen ich je begegnet bin. Father McMahon hat mich nämlich getauft. Er bestand darauf, dass Mama mich Andrew nennt, nach dem Bruder des Typen, der das Christentum gegründet hat, weil ich am Andreastag geboren bin. Er sagte, dass aus mir mal ein so bedeutender Mann wie der heilige Andreas werden würde. Dass Mama sich keine Sorgen machen und auf Gott vertrauen solle.

Dass ich ihr Leben verändern würde.

Eigentlich hatte Mama einen anderen Namen für mich vorgesehen, Akpamè (meine Lampe) oder Omokhafè (ein Kind ist zu Hause), aber als sie das mit dem bedeutenden Mann hörte, ließ sie sich widerwillig auf Andrew ein. Weil sich Andrew bis heute zu grob und fremd auf ihre Zunge anfühlt, nennt sie mich Andrew mè, mein Andrew.

Wenn ich Mamas Leben verändert habe, dann nur zum Schlechteren, da bin ich mir sicher.

kinder
sind der fluch
aller dinge

«Hallo, Andy», sagt Sister Lakefield.

Auf-ab-auf-Akzent. Lange, schmale Nase. Der Klang ihrer Sprache lässt sich nicht imitieren.

Ich wollte, ich könnte auch so reden.

«Guten Abend, Sister. Guten Abend, Father.»

«'n Abend, Andy», sagt Father McMahon.

Bei jeder Unterhaltung mit den beiden verpasst mir ihr Akzent einen sanften Stoß, der mich ermahnt, so bald wie möglich abzuhauen.

«Amüsierst du dich gut?», fragt Sister Lakefield.

«Ja, Sister.»

«Hast du Eileen schon kennengelernt?»

«Ja, Father. Sie ist sehr ... nett.»

Ich wollte hübsch oder schön sagen, aber das habe ich mir verkniffen, weil Männer es nicht mögen, wenn andere Männer ihre Frauen anhimmeln.

Wenn ich mit Father McMahon und Sister Lakefield zusammen bin, fühle ich mich frei wie ein fliegender Vogel. Ich fühle mich, als hätte ich diesen Kontinent im Grunde schon verlassen. Dazu kommt das Pulsieren in meinen Adern, das wohltuende Gefühl zu wachsen und von Stärke, das sich einstellt, wenn andere mich mit den beiden reden sehen. Da ist dieses besondere Funkeln in ihren Augen, der sehnliche Wunsch, an meiner Stelle zu sein. Das haut mich jedes Mal um.

«Wie geht es mit dem Buch voran?», frage ich Father McMahon. Er sieht in letzter Zeit ziemlich unrasiert und übernächtigt aus.

«Gut so weit, Andy. Abgesehen davon, dass es längst fertig sein sollte und mein Lektor sauer ist.»

Father McMahon schreibt ein Buch über seine archäologischen Funde entlang des Niger und über die verblüffenden

Übereinstimmungen zwischen den Schöpfungsgeschichten einiger nordnigerianischer Stämme und dem 1. Buch Mose. Ich besuche ihn manchmal an den Wochenenden, und dann reden wir stundenlang über Darwin (dass seine Theorie das 1. Buch Mose nicht widerlegt) oder über Georges Lemaître (dass der Glaube die Vernunft leiten und stärken kann). An manchen Abenden beobachten wir im Garten durch sein Teleskop Alpha Scorpii und Proxima Centauri b, fragen uns, ob es da draußen noch anderes Leben gibt und wenn ja, ob es intelligente Wesen sind und ob sie wissen, dass Gott existiert, dass er nicht nur die Erde erschaffen hat, sondern alle Planeten. Es ist Father McMahons größter Wunsch (abgesehen davon, in den Himmel zu kommen!), in tausend Jahren in irgendeiner Form wiedergeboren zu werden und zu sehen, was aus der Schöpfung geworden ist.

Plötzlich verstummt die Musik. Und ich weiß auch, warum. Ich drehe mich zur Hintertür. Da steht die Platinkönigin in einem pfirsichfarbenen Kleid, grazil mit angewinkeltem Bein. Sie staunt, dass sich alle in Einheimische verwandelt haben, ins Paradies zurückgekehrt sind, vor allem ihr Onkel und die steife Sister Lakefield.

Unser MC, der dickbäuchige Chief OZ, spricht ins Mikro. Echo wirbelt durch den Garten wie eine Sprungfeder.

«Praise the Lord!», ruft er, «Praise the Lord o!»

«Halleluja o!», antwortet die Menge atemlos.

Chief OZ verkündet, dass der Moment gekommen sei, auf den wir alle warten, der «triumphale Einzug unseres ganz besonderen Ehrengasts». Mr Calculator schubst Gäste zur Seite, stößt Drohungen aus und schafft es innerhalb von dreißig Sekunden, einen freien Weg von der Tür bis zu Eileens Thron am Ehrentisch zu bahnen.

Der DJ spielt «Gloria in excelsis Deo».

Hey, Ydna.
Was geht, Andy?
Passiert das gerade wirklich?
Glaub schon, Alter.

«Und jetzt», sagt Chief OZ, «Brüder und Schwestern ... ein herzliches Willkommen ... für unseren Gast aus London, UK ... Eileen Catherine Grosvenor!»

Männer und Frauen klatschen Beifall. Jungs pfeifen. Mädchen kreischen. Alle singen «Gloria in excelsis Deo», als wäre Palmsonntag, als wäre Eileen Christus persönlich.

Eileen errötet, zögert einen Moment. Dann geht sie den Weg durch die Menge, der sich hinter ihr schließt.

Alle Jungs und Männer hören im Geiste jetzt hundert pro quietschende Matratzen. Das Rosa in ihren Mündern lechzt nach den rosa Stellen von Eileens Körper, das Schwarz zwischen ihren Beinen sehnt sich danach, von ihrem wallenden Platin eingehüllt und gebleicht zu werden. Die Frauen verfluchen wahrscheinlich die Sonne, wünschen sich, sie könnten die Zeit zurückdrehen, stellen sich Sci-Fi-Tricks vor, um auszusehen wie sie.

Ydna?
Ja, Bro?
Ich will wegsehen.
Dann tu's.
Aber ich kann nicht!
Doch, du kannst. Ernsthaft, Alter. Du kannst alles.

Mädchen streichen Eileen mit staunenden Gesichtern übers Haar. Sie fragen sich, ob das viele Haar echt, natürlich ist, warum sie nicht so viel Glück hatten, ob das Universum und die Schöpfung gerecht sind. Die älteren tragen rote oder dunkelblonde Perücken, entweder heimische aus Plastik (spottbillig) oder Importware aus Brasilien (sauteuer). Andere haben sich die Haare mit Chemie geglättet oder blonde Extensions eingeflochten.

Mama steht mit der Kamera am Ende des Weges.

Die Platinkönigin schreitet von flackerndem Licht umstrahlt zu ihrem Thron. Nimmt darauf Platz. Der Jubel erreicht seinen Höhepunkt.

Ydna, glaubst du wirklich, es stimmt?
Was?
Du weißt schon. Das mit ihnen und uns.

...

Antworte mir, Ydna. Sag mir die Wahrheit. Stimmt es? Sind sie und wir ... gleich? Ich meine, auf einer Stufe?

...

Ydna. Rede mit mir. Ydna!

Die Leute kehren langsam auf ihre Plätze zurück. Ich stelle mich zu einer Gruppe Gleichaltriger unter einen Flammenbaum. Ein paar kenne ich, aber ich sage nichts. Meistens reden wir sowieso aneinander vorbei. Sie checken meine Anspielungen auf *Dune* oder Tarantino nicht, und ich interessiere mich null für ihr Gelaber über das neuste Musikvideo von Tiwa Savage (dass sie darin nackt getanzt hat) oder den neusten Tonto-Dikeh-Film (dass ihre Haut immer weißer wird).

Drei engelhafte kleine Mädchen in weißen Spitzenkleidern stehen in der Mitte. Sie singen Eileen ein Willkommenslied.

E für einzigartig
I für imposant
L für –

Meine Droogs schleppen unseren Klassenkameraden Okey an. Moroccas Arm liegt um Okeys Taille, Slim streichelt ihm den kahlen, glänzenden Schädel. Okey hat die größten Augen, die ich je gesehen habe, ernsthaft. Sie sind riesig wie die von WALL-E. Wenn du eins aufs Maul haben oder sehen willst, wie groß seine Augen wirklich sind, nenn ihn einfach WALL-E. Meine Jungs sind total aufgedreht, und ich will unbedingt wissen, warum sie ihn hätscheln wie eine Freundin.

«Was geht, Scads?», sage ich. «Alles klar, Okey?» Es juckt mir in den Fingern, ihn WALL-E zu nennen.

«Okey, Junge», sagt Morocca, «erzähl Andy, was du uns eben erzählt hast.»

Okey kichert wie eine Ratte und leckt sich die Unterlippe. Er fühlt sich wie ein Promi.

«Mach schon, Okey» bettelt Slim.

«Mann ey, nervt mich nicht», sagt Okey lachend.

«Bitte, Okey», sagt Morocca.

«Na gut», sagt Okey zu mir. «Ich mach's kurz: Mein Onkel und ich gehen bald ins Ausland. Nach Spanien.»

«Wirklich?», sage ich. Ich bin mir sicher, dass er lügt. Was das Lügen angeht, ist er ein echter Einstein. Obwohl sein Großvater sein Leben lang Putzmann war und schon lange tot ist, behauptet Okey, dass ihm ein Maschinenbaubetrieb in Abuja gehört, der Satelliten herstellt. Okey verarscht alle Lehrer, eingeschlossen Zahrah, indem er die abgedrehtesten Entschuldigungen erfindet, warum er die Schule geschwänzt oder seine Hausaufgaben nicht gemacht hat. Letztes Mal behauptete er, sein Großvater hätte in einer merkwürdigen Nachricht von einem nigerianischen Satelliten seinen Namen und die Koordinaten unserer Schule entdeckt. Daraufhin hätte er Okey geraten, so lange nicht zur Schule zu gehen, bis die Nachricht vollständig entschlüsselt sei.

«Ernsthaft, Okey?», sage ich.

Er nickt mit großspuriger Miene wie ein Superstar.

«Cool», sage ich, obwohl ich ihm kein Wort glaube.

«Andy», sagt Morocca, «frag ihn, wie er nach Spanien kommen will.»

«Wie kommst du nach Spanien, Okey?»

Okey wirft Morocca einen giftigen Blick zu, dann lächelt er.

«Wann geht dein Flug, Okey?», frage ich.

Meine Droogs prusten los und zeigen auf mich, als wären mir plötzlich ein Dutzend Antennen aus dem Kopf gewachsen. Sie lachen sich eine volle Minute lang kaputt. Ein Kirchenältester blickt grimmig zu uns hinüber.

«Ist ja gut, Scads», rufe ich. «Dann fährst du übers Meer? Mit dem Schiff?»

Meine Droogs lachen noch lauter. Als sie sich endlich beruhigt haben, erklärt Morocca, dass Okey auf dem dritten (oder besser gesagt, dem ersten) Verkehrsweg reist: über Land.

«Was, ernsthaft?» Plötzlich bin ich selber ganz aufgeregt. «Ist das wahr, Okey?»

Okey antwortet mit seinem großspurigen Nicken.

«Verdammt», sage ich. «Dann fahrt ihr durch die Sahara?»

«Ja», sagt Okey. «Spricht was dagegen?»

«Das ist saugefährlich, Alter!»

Okey zischt: «Ist vielleicht 'ne Nummer zu groß für dich, Andy. Mein Onkel und ich fahren jedenfalls durch die Scheißwüste nach Spanien.»

«Aber warum ausgerechnet durch die Wüste? Du weißt doch, was mit Oga Oliver passiert ist.»

«Du redest wie eine Pussy, Andy.»

Bei anderer Gelegenheit hätte ich ihm dafür eins auf sein freches Maul gegeben. Aber jetzt bin ich viel zu gut drauf, um mich darüber zu ärgern.

«Ich sag dir mal was, Andy», sagt Okey. «Zwei von meinen Cousins und ein Onkel sind in Spanien. Und die sind auch durch die Wüste. Die sind nicht wie Oga Oliver, Bro, die sind smart, die haben's drauf. Denen geht's dort richtig gut, Mann. Die essen lauter leckere Sachen. Ficken alle möglichen Frauen.»

«Wow», sage ich. Meine Droogs und ich sehen ihn skeptisch an.

«Viele, die die Wüstenroute nehmen, kommen durch, Mann. Nur die Feiglinge nicht. Mein Onkel und ich gehen auf jeden Fall. Wir halten es in diesem Mumu-Land nicht mehr aus.»

Langes Schweigen. Meine Droogs und ich stieren Okey an, wünschen uns, wir könnten trotz der Gefahren mit ihm tauschen. Wir wissen, dass sein Leben, wenn er durchkommt, das Gegenteil von unserem sein wird. Er grinst uns an, ein hochnäsiges Grinsen, voll Mitleid mit unseren unglücklichen Seelen.

Der Kindergesang wird lauter:

Willkommen, Miss Eileen,
Wir heißen Sie willkommen

Eileen kichert. Holt ihr iPhone raus. Fotografiert die Mädchen.

«Andy», sagt Okey, «ich hab gehört, du und Morocca seid in das unschuldige weiße Mädchen verknallt!» Er lacht. «Im Ernst? Glaubt ihr echt, das weiße Mädchen will irgendwas mit euch zu tun haben? Ich geb euch 'nen Rat: Wenn ihr weiße Pussy schmecken wollt, seht zu, dass ihr bald hier abhaut. Mit dem Chick verschwendet ihr bloß eure Zeit.»

Wir glotzen ihn an, kein bisschen sauer über seine boshaften Bemerkungen.

Er schüttelt den Kopf. «Ich lass euch Mumu-Jungs in diesem Mumu-Land zurück!», sagt er, als wäre es unsere Schuld, das wir hier festsitzen. «Wetten, ich schmecke vor euch weiße Pussy?»

Ich entschuldige mich, um aufs Klo zu gehen. Als ich wieder beim Flammenbaum bin, sind meine Droogs und Okey verschwunden.

Ein Mädchen mit Perücke mustert mich. Ich beachte sie nicht. Mein Blick wandert zum Ehrentisch, verweilt auf der Platinkönigin. Sie studiert das Programm, ihr Nasenring zwinkert mir zu.

Ich habe ernsthaft keine Ahnung, was mit mir los ist. Das Mädchen guckt mich ganz sicher immer noch an. Um ehrlich zu sein, ist sie ziemlich hübsch. Was hindert mich daran, ihren Blick zu erwidern, sie anzusprechen, mir ihre Nummer zu holen? Liegt es an der Perücke? Und warum bin ich der Einzige, der auf Perücken achtet?

Ich behalte den Tisch im Auge. Greife zum Telefon, tue so, als würde ich eine lebenswichtige Nachricht von meinen Homies lesen. Ganz langsam entferne ich mich vom Flammenbaum, stelle mich ein paar Meter weiter unter den nächsten Flammenbaum zu ein paar älteren Jungs. Die meisten kenne ich nicht. Ich schaue mich um: Oui, ich bin vor dem Mädchen sicher; oui, ich habe freie Sicht auf den Tisch.

Chief OZ tippt ans Mikro, sagt, es ist Zeit, einen Trinkspruch auszusprechen und Kolanüsse zu brechen. Kirchendiener bringen Unterteller mit Kolanüssen an den Ehrentisch. Füllen roten Sekt in Gläser. Stellen die Gläser vorsichtig vor die Stargäste. Den anderen Gästen knallen sie unreife Auberginen und halbvolle Pappbecher mit Orangensaft hin.

Chief OZ übergibt das Mikro an Mai Gemu, damit er die Kolanüsse segnet. Mai Gemu räuspert sich, tippt ein paarmal ans Mikro, bis sich ein Pfeifen durch den Garten schneidet. Er betet für Eileens Gesundheit, dass sie ihren Aufenthalt genießt, dass die Saat, die Father McMahon und andere Weiße in diesem Land gesetzt haben, aufgeht und bis hinauf zu den Sternen sprießt. Er betet für die anwesenden Männer (die Frauen übergeht er), bittet Gott, alle Himmelsfenster zu öffnen und ihre Geschäfte zu segnen, besonders sein eigenes, denn wer das Gebet spricht, soll sich selbst nicht vergessen. Leute grinsen, rufen «Amen».

Chief OZ bittet die Gäste, sich für den Toast zu erheben. Alle stehen auf. Er geht in die Mitte, hebt das Glas zur Abendsonne.

«J», sagt er ins Mikro.

«J», antwortet die Menge.

«E», sagt er.

«E.»

«S.»

«S.»

«U.»

«U.»

«S!»

«S!»

«Jesus!», ruft er.

Jubelnder Applaus.

Eileen, Father McMahon und Sister Lakefield machen verwirrte Gesichter. Erst als die anderen am Tisch miteinander anstoßen, begreifen sie, dass der Trinkspruch schon erfolgt ist. Sie lächeln, dann lassen auch sie die Gläser klingen.

Eileen probiert den Sekt. Das Leben weicht aus ihrem Gesicht, kehrt zurück. Ihre Wiesenaugen sind grüner, die Wangen noch prallere Ballons, die Lippen röter. Sie wirft einen Blick auf die Kolanuss auf ihrem Teller. Ihre Nase zuckt. Sie blickt wieder zum Publikum, das Lächeln frischer, die Kolanuss vergessen.

Ihr Onkel beißt in die Kolanuss und legt sie zurück auf den Teller. Sister Lakefield bricht ein winziges Stückchen ab. Wirft es sich in den Mund. Verzieht das Gesicht. Lächelt schnell, bevor es zu spät ist.

Die Leute stoßen mit ihren Pappbechern an. Saft schwappt über, spritzt auf Kleidung. Sie trinken. Lächeln. Beißen in ihre Auberginen. Lachen.

Isaiahs Frau Chioma schiebt einen Teewagen mit einer dreistöckigen Torte zum Ehrentisch. Darauf sind zwei Figuren wie auf einer Hochzeitstorte. Die eine ist ein blondes Mädchen in einem pfirsichfarbenen Kleid, die andere ein weißer Mann in weißer Soutane.

Während das Publikum sich wieder hinsetzt, verkündet Chief OZ, dass wir heute doppelt feiern, erstens, um Eileen in unserer Gemeinde zu empfangen, und zweitens, um den neununddreißigsten Jahrestag von Father McMahons Ankunft in Nigeria und Afrika zu begehen. Er bittet Father McMahon um eine Ansprache.

Die Leute rufen, klatschen, pfeifen.

Father McMahon kommt nach vorne und nimmt das Mikro. Der Wind spielt mit seinem glatten, graumelierten Haar.

«Vielen Dank, Ozoemenam», sagt er, wobei er OZ' Namen auf der ersten statt auf der zweiten Silbe betont. «Vielen Dank, dass ihr alle hier seid. Dieser Tag ist ein unwahrscheinlich aufregendes Erlebnis, und ich bin mir sicher, Eileen hat bis jetzt jede Minute genossen.» Das «Eileen» kommt ihm so leicht über die Lippen, als gehörte er zum Club der Auserwählten, denen es im Blut steckt, ihren Namen richtig auszusprechen. «Leider habe ich euch etwas Trauriges mitzuteilen. Aber zuerst möchte ich euch sagen, dass ich mir keine schönere Zeit hätte vorstellen können als die letzten neununddreißig Jahre. Es kommt mir vor, als wäre ich erst gestern in Lagos an Land gegangen. Als hätte das alles erst gestern begonnen.»

5

Ich habe mir oft den Kopf darüber zerbrochen, warum Father McMahon das echte Leben in England – Kartoffeln, glatte Straßen, neun Grad Celsius – gegen diesen beschissenen, verfluchten Kontinent mit Gari, Schlaglöchern und vierzig Grad Hitze eingetauscht hat. Was gibt es hier für ihn außer Grauen und sengenden Tod? Ich habe ihn mehrmals (indirekt) danach gefragt. Er hatte nie eine befriedigende Antwort darauf. Ich wünschte, er würde es in seiner Rede erklären, aber diese Frage scheint ihn gar nicht zu interessieren.

«Als ich die nigerianische Küste sah», sagt er, «war ich sofort in Afrika verliebt.»

Die Leute johlen, klatschen Beifall.

Er erzählt von den vielen Stunden, die er damit verbracht hat, die Schönheit dieses Landes in sich aufzunehmen. Von dem ganz besonderen Gelb der afrikanischen Sonne, das er so liebt. Dem wohltuenden Grün der Blätter, wenn sie das Sonnenlicht absorbieren und zurückwerfen. Von den Wirbelstürmen, die ganz plötzlich aus den Bäumen auftauchen, wie ein Strudel aus Staub, Blättern und Schmutz über das Land fegen und dann wieder in den Bäumen verschwinden. Von den Geräuschen des Waldes bei Nacht, dem Summen und Zirpen unendlich vieler Geschöpfe, die man weder bei Tag noch mit der Taschenlampe sehen kann. In Afrika, sagt er, könne er in jedem Moment den Geist Gottes hören und riechen.

Die Leute klatschen, pfeifen.

Er sagt das alles, obwohl seine Haut sonnenverbrannt und rot, faltig und müde ist. Hätte er all die Jahre in England verbracht, sähe er mit Sicherheit jünger aus, seine Haare wären weniger grau, und seine Augen und Wangen würden strahlen.

Vielleicht weiß er selber nicht so genau, was ihn hergebracht hat. Vielleicht sind Weiße so gelangweilt von ihrem bequemen Leben, dass sie die Gefahr suchen, um ihrem Leben einen Sinn zu geben. Darum klettern sie ohne Sicherung auf Berge. Darum begeben sie sich in einen realen Horrorfilm wie Afrika. Oder was wollen die Weißen sonst hier?

«Vor allem aber», fährt er fort, «durfte ich in meiner Zeit hier mein Kreuz tragen und mich an den Weg Christi erinnern.»

Er erzählt, dass die Militärregierung Schmiergeld forderte, als Father Tom Beckett und er damals an Land gingen. Als sie die Zahlung ablehnten, beschlagnahmten die Soldaten die Container mit den Pick-ups und sackten die zigtausend Pfund an Spendengeldern ein, die sie daheim gesammelt hatten, um im nigerianischen Hinterland Kirchen zu bauen. Als sie bei ihren Superioren in Ibadan eintrafen, hatten sie kaum mehr als ihre Bibeln.

«Aber es kam noch schlimmer: In der dritten Woche nach unserer Ankunft in der Missionsstation starb mein bester Freund Father Tom an Malaria ... Tom und ich wurden am selben Tag in Yarmouth geboren. Wir wuchsen in derselben Straße auf. Wurden zusammen zum Priester geweiht. Wir hatten gehofft, gemeinsam alt zu werden ... Wie viele Missionare konnte Father Tom die Früchte seiner Arbeit nicht mehr erleben. Er war immer fleißiger als ich. Optimistischer. Er hatte sogar den heutigen Tag vorhergesehen, trotz all meiner Zweifel.»

Er geht zum Ehrentisch. Nimmt sein halbleeres Glas. Prostet dem Publikum zu.

«Auf Father Tom Beckett», sagt er. «Danke für dein Leben, für deine Freundschaft. Ruhe in Christi Frieden.»

Er trinkt.

Unbehagliche Stille.

Die Gäste am Ehrentisch stehen auf. Dann das gesamte Publikum.

Es wird geklatscht. Kräftig, lange. Wer noch Sekt oder Orangensaft hat, trinkt auf Father Beckett.

Eileen nippt an ihrem Glas. Guckt in meine Richtung. Sieht woandershin.

Seltsamerweise klatsche ich mit.

Die Leute setzen sich wieder hin. Father McMahon fährt fort.

Er erzählt, dass einige traditionelle Herrscher die wunderbaren Worte des Evangeliums zurückgewiesen hätten. Dass sie ihm für den Bau seiner Kirchen nur stillgelegte Friedhöfe oder Leprakolonien überließen. Einmal, in einem heidnischen Dorf in der Nähe von Shafaci sei er sogar mit Steinen beworfen und davongejagt worden. Um den König von Tudun Masara dazu zu bringen, Christus anzunehmen, hätte er mit ihm gekochte Schlange frühstücken und braunes Wasser aus einem Tümpel trinken müssen.

«Aber das Licht des Evangeliums lässt sich nicht verstecken und ist niemals fern. Die Menschen kamen in Scharen, um mich zu sehen und den erlösenden Worten unseres Heilands zu lauschen.»

Diese Leute kamen mit Sicherheit nur, um seine sonnenhelle Haut zu sehen. Weil sie ihn für eine Göttergestalt hielten. Bestimmt kannten sie auch die Gerüchte von den Wunderbrunnen und von den Kliniken, die er in Dörfern gebaut hatte, deren Bewohner jeden Sonntag brav in seinen besonderen, mit Kerzen, weißen Tüchern und goldenen Bechern gefüllten Schrein kamen.

«In meinen neununddreißig Jahren habe ich vierzehn Gemeinden und vierunddreißig Missionsstationen gegründet.»

Das Publikum applaudiert. Ein paar Leute am Ehrentisch erheben sich.

«Aber die Welt verändert sich rasend schnell, besonders in meiner Heimat. Männer heiraten Männer. Kinder werden im Mutterleib getötet. Die Kirchen sind leer, oder es sitzen nur Menschen meines Alters darin. Sie werden geschlossen oder zu Museen und Cafés umgewandelt. Junge Männer folgen nicht mehr Christi Ruf ins Priesteramt. Das hat nicht einmal Father Tom vorhergesehen. Aber es gibt keine Zweifel mehr. Die Zukunft Christi liegt in Afrika. Und so werde ich im Herzen immer ein Afrikaner sein.»

Stille. Stechend, ekelhaft. Sogar die Babys im Publikum scheinen diese Ironie der Geschichte zu verstehen.

Father McMahon räuspert sich und verkündet, dass dieses sein letztes Jahr in Nigeria und Afrika sein wird. Dass er vor Kurzem berufen wurde, seine Heimatgemeinde in Great Yarmouth zu leiten, die schon seit fünf Jahren keinen Priester mehr hat.

Wieder Stille. Diesmal bitter. Erfüllt von unterdrückten Schreien.

Father McMahon übergibt das Mikro an Chief OZ und kehrt auf seinen Platz zurück. Niemand klatscht.

Schließlich fängt ein Baby an zu weinen.

✦

Eileen unterhält sich mit Sister Lakefield. Ab und zu hebt sie die Hand grazil an ihr Platin. Streicht es zurück. Lässt es noch heller leuchten. Ihr Ohr liegt frei. Blassrosa. Zwei silberglänzende Ohrringe.

Sie lacht. Hahaha. Weil sie meine Raumzeit kontrolliert, lache ich auch. Hahahaha.

Ich hätte gerne ihre Nummer. Ich wünschte, mein Finger könnte sich durch das Nirwana ihrer Haare schlängeln. Bis zu ihrem Ohr. Damit sie die Stimmen in meinem Blut hört, die ihren Namen singen.

eileen, eileen
eiqueen

kern

radioaktiver
ekstase

Zeit fürs Theater. Ich halte Ausschau nach Zahrah. Vergeblich. Sie ist die Regisseurin des Stücks, das der Kinderchor gleich aufführt. Sister Lakefield hat sie gebeten, mit den Kindern ein paar dem festlichen Anlass gebührende Szenen über die Missionarstätigkeit einzustudieren. Zahrah hat ihr etwas Heiteres versprochen, mit thematischem Bezug und ohne anifuturistische Thesen. Wie ich Zahrah kenne, hat sie trotzdem ein paar von ihren Ideen in das Stück geschmuggelt, da bin ich mir sicher.

Ein weiß gekleidetes Mädchen schlendert zum Ehrentisch, um das Stück anzukündigen.

«Guten Abend, Father, Sister und Eileen, liebe Eltern. Wir führen jetzt ein Stück auf. Es heißt ‹Farben›. Während der Vorstellung soll Gottes Segen auf euch ruhen. Danke schön.»

Sie macht einen Knicks.

Sister Lakefield setzt sich gerade hin, bereit einzuschreiten, wenn es zu verrückt wird.

Erste Szene: In der Bühnenmitte sitzen sechs Kinder im Halbkreis. Sie sind nur mit Unterhosen bekleidet, ihre Haare sind sandig, die Körper mit Wunden bedeckt. Sie beten zu den Götterfiguren in ihrer Mitte. Ihr Anführer schlägt einen Gong. Wirft mit Muschelgeld, ruft Amadioha, Ogun und Adikoriko an. «Rettet uns, rettet uns. Erhöret uns, erhöret uns!»

Ein Junge in weißer Soutane und ein Mädchen in Ordenstracht betreten die Bühne. Sie tragen blonde Perücken, ihre Haut ist mit Kreide geweißt. Sie reden miteinander. Mit ihren näselnden Stimmen klingen sie wie aufgeregte Vögel.

Das Publikum lacht. Eileen kichert. Sister Lakefield seufzt erleichtert, Father McMahon grinst.

Der Junge und das Mädchen, unser Father McMahon und unsere Sister Lakefield, gehen zu den Heiden in der Mitte. Predigen das Evangelium.

«Nehmt den einen wahren Gott, den allmächtigen Vater an, der Himmel und Erde, das Sichtbare und das Unsichtbare erschaffen hat. Nehmt seinen Sohn Jesus Christus an, der am Kreuz für eure Sünden gestorben ist.»

Nach der Predigt stellen sich drei halbnackte Heidenkinder zu Father McMahon und Sister Lakefield. Zwei wunderschöne Engel in weißen Gewändern fliegen auf die Bühne. Sie nehmen Father McMahon, Sister Lakefield und die bekehrten Heiden mit in den Himmel. Der DJ spielt «Gloria in excelsis Deo».

Das Publikum klatscht jubelnd Beifall.

Plötzlich springt ein großer Teufel auf die Bühne. Er hat riesige, gebogene Hörner, seine Haut ist mit Holzkohle geschwärzt. Er zieht eine lange Peitsche aus dem Kaftan und schlägt auf die verbliebenen Heiden ein, besonders auf den Anführer. Treibt sie von der Bühne. In die Hölle.

Das Publikum springt klatschend und pfeifend auf.

«Yeah!», ruft ein pickliger Junge.

«Geschieht ihnen recht!», sagt eine hoch aufgeschossene Frau.

«Richtig so!»

Zweite Szene: In der Bühnenmitte sitzen sechs Kinder auf bequemen Stühlen. Sie tragen blonde Perücken, Anzüge und Abendkleider, weiße Kreide leuchtet auf ihrer Haut. Sie schlagen die Beine übereinander. Ziehen an ihren Zigarren. Trinken Bier. Zocken auf ihren Smartphones.

Ein Schwarzer Junge in weißer Soutane (Father Achi?) geht schüchtern auf sie zu, erzählt ihnen vom Evangelium. Er bittet sie, Christus als ihren Herrn und Erlöser anzunehmen.

Sie hören nicht hin. «Hau ab», sagt einer mit einem schrägen britischen Akzent, der wie das Meckern einer Ziege klingt.

Sister Lakefield sitzt jetzt auf der Stuhlkante.

Als Father Achi sich umdreht, stürmt der gehörnte schwarze Teufel auf die Bühne. Er zückt die Peitsche, schlägt auf Father Achi ein. Packt ihn und zerrt ihn in die Hölle.

Die beiden wunderschönen Engel fliegen auf die Bühne. Sie winken die sechs Männer und Frauen zu sich und führen sie in den Himmel. Der DJ spielt «Gloria in excelsis Deo».

Das Publikum ist sprachlos.

Father McMahon und Sister Lakefield starren die Tischplatte an. Eileen tippt auf ihrem iPhone, beißt sich auf die Lippe, tut ganz unbeteiligt.

Elder Paschal steht auf, fingert nervös an seinem langen Bart. Er bricht das Stück ab. Aber es ist schon vorbei.

Zahrah ist nirgends zu sehen.

Die Zumunta Mata, der Verein nordnigerianischer Katholikinnen, füllen die Mitte. Rund dreißig Frauen singen in fünf Reihen ein Loblied, schwingen dazu ihre Körper. Sie heben die Hände himmelwärts zu Gott. Führen sie hinunter an ihre Herzen. Schwenken die Hüften, wackeln mit den schweren Hintern.

Mun ba ka yabo Allah, ya Allah
Mun ba ka babban yabo

Die Instrumentalistinnen, drei ältere Frauen, sitzen ein paar Meter dahinter. Eine spielt Trommel, die zweite Udu, die dritte einen großen Gong. Die Gongspielerin hat es drauf. Sie lässt den Schlägel mit geschlossenen Augen über das Instrument tanzen, taucht ganz in die Musik ein. Ihre Rhythmen durchkreuzen das Zusammenspiel ihrer Kolleginnen, geben ihm Fleisch und Blut.

Mama kommt und macht Fotos. Die Zumunta haben sie schon oft eingeladen, ihrem Verein beizutreten. Sie hat immer abgelehnt mit der Begründung, sie sei nun mal eine waschechte Südnigerianerin, auch wenn sie schon so lange im Norden lebe. Sie ist natürlich Mitglied bei CWO, dem katholischen Frauenverband, wo man Tipps bekommt, wie man den Ehemann glücklich macht, den sie nicht hat, und eine Familie gründet wie die von Jesus, Maria und Josef.

Wieder einmal wünsche ich mir, ich hätte einen Papa. Ich wünsche mir, Mama würde mir irgendetwas über ihn erzählen, nur eine Sache. Ob er groß ist und gut aussieht. Ob er nachts davon träumt, das Meer zu überqueren. Ob er sich je gewünscht hat, Mama wäre blond.

Mama geht zum Ehrentisch und knipst Father McMahon, Eileen und Sister Lakefield. Seit der Aufführung ziehen sie finstere Gesichter, besonders Father McMahon. Ihr Missfallen breitet sich im Garten aus wie ein übler Geruch. Sogar die Sonne geht schneller unter. Bald muss Mr Calculator die Scheinwerfer anmachen.

Father McMahons Miene wird ein bisschen heller, als die Zumunta über ihn singen.

Father Pete, Allah ya aiko ka
Don ka maishemu yaransa
Muna godiya da aikinka

Eine hält sich die Nase zu und stößt einen gellenden Schrei aus:

«Errrrirrrrirrrrriii!»

Father McMahon lächelt, nickt den Frauen zu, winkt. Eileen flüstert ihm etwas zu. Sister Lakefield hört mit und schmunzelt.

Die Stimmung bessert sich. Leute seufzen erleichtert, setzen sich gerade hin. Ich verlagere das Gewicht von einem Bein aufs andere.

Die Frauen tanzen mit einem großen Schritt nach vorne und einem kleinen zurück auf den Ehrentisch zu, schwingen die Hüften, lassen die mütterlichen Brüste wackeln. Die Musikerinnen steigern das Tempo. Die Frauen werden schneller, bewegen ausladend die Oberkörper, kreisen mit den Hintern, bis sich fast ihre Wrapper lösen. Die markerschütternden Schreie tun mir in den Ohren weh.

Das Publikum brüllt. Mai Gemu springt auf, stürmt in die Mitte, wirft den Zumunta ein Bündel Zehnnairascheine hin, fängt an zu tanzen.

Leute strömen von allen Seiten herbei, tanzen mit. Nach einer Weile erheben sich auch Father McMahon und Sister Lakefield zögerlich von ihren Stühlen. Eileen wirkt verunsichert. Die beiden müssen ihr gut zureden. Father McMahon nimmt ihre Hand. Applaus bricht los, als sie sich unter die Tanzenden mischen.

Ich habe eine Idee. Das ist meine Chance. Okey soll mit seinen Sticheleien zur Hölle fahren.

Ich stürze mich tanzend in die Menge, meine Kompassnadel fest auf Eileen und Father McMahon gerichtet.

Leute schwingen die Oberkörper, wirbeln herum, springen hoch, boxen in die Luft. Der Schweißgeruch nimmt zu.

Father McMahon und Sister Lakefield bewegen sich so ungelenk wie vorhin. Eileen steht leicht verschämt herum. Dann beginnt sie, ihre Landsleute nachzuahmen, nur dass ihre Bewegungen fließend und kraftvoll sind, elegant wie die eines Seevogels. Die beiden sehen ihr begeistert zu, staunen über ihre ungeahnten Talente. Sie dreht sich ausgelassen. Lacht. Hält das iPhone hoch, streckt die Zunge raus, macht ein Selfie, mit Father McMahon, Sister Lakefield und dem verrückten Treiben im Hintergrund.

«Hi, Andy!» Father McMahon winkt mich zu sich.

Ich schiebe mich durchs Gedränge, das Keuchen, den Schweiß, die Gerüche.

Eileen sieht mich. Lächelt. Ein echtes britisches Lächeln, wie eine Blüte, die sich öffnet.

Mein Herz macht einen Sprung. Breitet die Flügel aus, verlässt meinen Körper. Flattert nach links, nach rechts wie ein Vogeljunges.

«Andy, hey!», sagt sie.

Sie hat sich meinen Namen gemerkt! Gloria!

«Hey, Eileen», sage ich.

«Amüsierst du dich?», fragt Father McMahon.

«Sehr, Father. Ein großartiges Fest.»

«Fein.»

«Super.»

Sie riecht nach Datteln. Oder Mandeln? Ihre Stimme ist süßer als beides. Im Licht der Dämmerung wirkt sie wie ein Geschöpf aus einer anderen Welt. Wie eine Meerjungfrau in einem Traum. Sie strahlt, hüllt mich ein in ihr Licht. Sie lächelt, und ihr Platinhaar fluoresziert.

Hinter ihr spricht Sister Lakefield ernst mit Bro Magnus über Zahrahs Stück. Dass dieser Vorfall absolut untragbar sei, dass das Konsequenzen haben wird.

Eileen sagt etwas. Ihre Worte gehen im tosenden Partylärm unter.

«Wie bitte?», sage ich.

«Die Fotografin. Sie ist deine Mutter, oder?»

Ich erstarre. Hat sie etwa mit Mama gesprochen? Ihr Englisch gehört, ihre Zahnlücke bemerkt? Ihre schmirgelpapierraue Hand geschüttelt, die brombeerfarbene Haut berührt?

Schlagartig wird mir ihre Gegensätzlichkeit bewusst. Eileen ist die Seite, Mama die Schrift darauf.

«J-ja», sage ich.

«Ah, schön», sagt sie.

«Aber ... aber wie ...?»

Meine Stimme klingt verändert. Wieder britisch? Das gefällt mir. Aber wieso fühle ich mich schuldig?

«Aber was?», fragt sie.

«Woher weißt du das?»

«Rate mal!»

«Wir – wir sehen uns nicht ähnlich, also ...»

«Hmm. Na ja. Da bin ich mir nicht so sicher.»

«Ah, ich weiß! Father Pete hat es dir gesagt!»

Sie ergibt sich mit erhobenen Händen. «Erwischt!»

Father McMahon dreht sich um, als er seinen Namen hört.

«Ich habe sie vorhin kennengelernt», sagt sie. «Sie war total nett.»

Ich frage mich, ob Mama wirklich so nett ist, wenn man bedenkt, was sie alles vor mir verheimlicht. Soll Liebe nicht sein wie Salz, rein, stark, vollkommen?

«Danke, Eileen», sage ich.

«Deine Mutter ist eine fantastische Fotografin», sagt Father McMahon. «Die beste der Stadt.»

«Oh, vielen Dank, Father.»

Mein Telefon vibriert in der Hosentasche. Was soll's. Ich interessiere mich nur für meine Eiqueen, für ihre buschigen Brauen, die zucken, wenn sie blinzelt und mich anstrahlt.

Sister Lakefield stellt sich zu uns.

«Habe ich etwas verpasst?», fragt sie.

«Wir unterhalten uns gerade über Andys Mutter.»

«Ach. Leider war es mir bis jetzt nicht vergönnt, sie näher kennenzulernen. Nach allem, was man hört, ist sie eine ausgesprochen tüchtige Frau.»

«Allerdings.»

Ich wünschte, sie würden nicht länger über Mama reden. Ich mag es nicht, wenn ich sie zusammen mit Father McMahon oder Sister Lakefield sehe. Dann fällt mir oft erst recht auf, wie schlecht ihr Englisch ist. Manchmal verwechselt sie «I» und «me», benutzt die Vergangenheits- statt die Gegenwartsform.

Father McMahon erkundigt sich bei Eileen nach irgendwelchen Geschenken. Sie sagt, sie habe sie nirgends gesehen, dass Isaiah wahrscheinlich vergessen hat, sie aus ihrem Zimmer zu holen.

Ich angle mein Telefon an Grandmas Brief vorbei aus der Hosentasche. Eine Message von Fatima:

```
Alles okay bei dir, Andy? Die Lage in der Stadt
spitzt sich zu. Pass auf dich auf.
```

Fuck. Hoffentlich dringen die Randalierer nicht bis zur Kirche vor. Hoffentlich alarmiert Elder Paschal die Armee, damit sie uns beschützt, falls es der Polizei nicht gelingt, die Krawalle niederzuschlagen. Das hat er beim letzten Mal auch gemacht. Das Problem ist nur, der neue Befehlshaber ist Muslim und könnte sich weigern.

Ich will gerade eine Antwort tippen, als Father McMahon zu mir sagt:

«Andy, würdest du mit Eileen die Geschenke holen? Sie liegen in ihrem Zimmer. Im Garten Eden.»

«Klar», sage ich, ohne zu zögern, stecke das Telefon ein, schubse Fatee aus meinen Gedanken.

Das ist DIE Gelegenheit. Mit Eileen alleine zu sein. Mich von ihrem Blütenlächeln töten und zu neuem Leben erwecken zu lassen. An ihre Nummer zu kommen. Eine solche Bombenchance kommt vielleicht einmal in tausend Jahren!

Eileen und ich ziehen los. Ich gehe bewusst langsam, bis

sie mich überholt. Ein Herr lässt der Dame immer den Vortritt, oder?

Der Garten Eden liegt westlich vom Pfarrhaus. Er heißt so wegen der Rosen, Cashewbäume und des Springbrunnens. Ich wollte, es gäbe auch einen Apfelbaum. Damit Eileen mir davon zu essen geben kann. Etwas von ihr – ihr Speichel, ihre Fingerabdrücke auf der Frucht – in mich hineingelangt.

Wir gehen durch die Hintertür ins Wohnzimmer. Kommen vorne auf der Veranda heraus. Gehen die Stufen zum Vorgarten hinunter. Insekten summen, flüstern einander zu, dass Eileen naht.

Sie verlangsamt ihren Schritt, bis ich zu ihr aufschließe. Ihre Hand ruft mich. Von der Seite sieht sie aus wie ein C. Leer. Unvollständig. Ich will sie halten, drücken, die Leere füllen.

«Und, Andy?», sagt sie.

«Ja, Eileen?»

«Wovon handeln deine Gedichte?»

Schockfrage.

«Vom Leben?», sage ich. «Vom Tod?»

Eigentlich wollte ich «von der Liebe» sagen.

«Cool.»

Aber sie wirkt nicht beeindruckt.

«Und von meinem Bruder Ydna.»

«Ach. Ist er auch hier?»

«Ich habe ihn nie kennengelernt. Er ist tot zur Welt gekommen.»

Sie bleibt stehen. Ihre Wiesenaugen streicheln mich mit grünem Mitgefühl.

«Das tut mir so leid, Andy.»

Wir stehen unter einem Flammenbaum. Ein trockenes,

blutrotes Blütenblatt landet auf ihrer Schulter. Gleitet herunter.

«Danke, Eileen.»

Ich habe keine Ahnung, warum ich ihr von Ydna erzähle. Nicht einmal Fatima oder meine Droogs wissen von ihm.

«Ich vermisse ihn», sage ich. «Ständig.»

«Ja. Ich weiß genau, was du meinst. Meine Freundin Sophie ist letzten Winter gestorben. Ich träume auch ständig von ihr.»

«Oh. Das tut mir sehr leid.»

«Danke, *mate.*»

Sie hat mich *mate* genannt! Gloria in excelsis!

«Ich habe eine Serie mit zehn Gedichten über Ydna geschrieben. Sie sind auf meinem Blog.»

«Du hast einen Blog? Cool.»

«Danke.»

«Schau ich mir an.»

«Das ist nett von dir. Danke!»

Hoffentlich hinterlässt sie einen Kommentar, dann habe ich ihre Mailadresse.

Wir kommen zu dem grauen Tor, das in den Garten führt. Ich presche vor und reiße es auf, als würde sie eine Waffe auf mich richten. Und das tut sie: Ihre grünen Augen killen den Schwarzen Punkt in meiner Seele.

«Danke.»

Rauschendes Wasser vom Brunnen. Ein Vogel gurrt. Eine schwarze Katze huscht vorbei, Blätter rascheln.

Rote und weiße Rosen starren uns an. Reglos. Vor uns eine Gruppe Cashewbäume.

Ich wollte, die Cashews trügen Früchte. Damit ich eine pflücken, hineinbeißen, den Rest meiner Königin der radioaktiven Ekstase geben kann. Und uns die Augen aufgehen ...

Zu unserer Linken ist ein kleines Haus, in der Ferne der Gemeindesaal. Sie zieht einen Schlüssel aus der Tasche und führt mich zu dem Häuschen.

Eine merkwürdige Angst steigt in mir auf. Mir wird bewusst, dass sie und ich gleich alleine in einem geschlossenen Raum sein werden.

Mein Herz rast. Mein Puls hämmert in meinen Ohren.

Bitte, Gott, lass mich nichts Dummes machen. Bitte, Gott, lass mich gar nichts machen ...

«Willkommen in meiner kleinen Hütte!»

Wir gehen hinein.

«Sehr hübsch», sage ich. «Goldene Vorhänge, glänzende Kronleuchter. Bist du das auf dem Foto?»

Sie lächelt. «Du hast gute Augen.»

Ich gehe zu dem gerahmten Foto im Regal. Sie ist jünger auf dem Bild, das Haar sogar noch üppiger, britisches Lächeln, blitzende Frontzähne. Daneben steht ein zweites Foto. Sie zwischen einem weißen Paar mittleren Alters.

«Und das sind deine Eltern?»

«Ja. Mum und Dad. Sie machen gerade Urlaub in Kenia.»

«Sehr cool.»

«Ja.»

Ich frage mich, ob ihre Eltern mich mögen würden. Besitzt ihr Vater eine Waffe? Hat ihre Mutter Schwarze Freunde?

Mama kann es sich nicht leisten, mich anständig zu ernähren, geschweige denn, Urlaub im Ausland mit mir zu machen. Für Mama wäre das die absurdeste Idee der Welt: Sie und ich lassen uns treiben, schmeißen mit Geld um uns, wohnen in einem ultracoolen Hotel, als hätten wir kein Zuhause und nichts zu tun. Bestimmt beschäftigen Eileens Eltern eine Frau wie sie, die Fotos von ihnen macht, ihre

Wäsche wäscht, ihnen die Schuhe putzt. Ich will mir nicht einmal vorstellen, dass Mama für Eileens Eltern arbeitet, dass sie mich bittet, dafür zu sorgen, dass keine Kuhscheiße an den Sohlen von Eileens Sandalen klebt.

Scham und schlechtes Gewissen krallen sich in meinen Bauch. Ich scheuche beides weg, lasse den Blick weiter über das Regal wandern.

«Schöne Bücher», sage ich. «Dante. Camus. Ist das Proust? Der soll schwierig zu lesen sein.»

«Total.» Sie nickt ernst. «Wenn du am Ende eines Satzes ankommst, hast du den Anfang schon wieder vergessen.»

«Wirklich?»

Viele der Bücher sind auf Französisch. Saint-Exupéry, Hugo, Verlaine.

«Sprichst du Französisch?»

«Ja.» Sie setzt sich aufs Sofa. «Ich war neun Monate in Paris.»

Ich drehe mich voll Bewunderung zu ihr um. Zum ersten Mal stehe ich jemandem gegenüber, der das Leben lebt, das ich leben sollte, der all die leckeren Dinge isst und die Orte besucht, nach denen ich mich in schlaflosen Nächten sehne. Ich habe mich immer gefragt, warum meine Seele, mein Bewusstsein oder was auch immer all die Körper auf der anderen Seite des Meers – Körper mit einer Zukunft, schöne Körper – zurückgewiesen, sich ausgerechnet für diese verfluchte Hülle auf diesem verfluchten Kontinent entschieden hat. Das war der erste und größte Fehler meines Lebens.

Seufzend wende ich mich wieder dem Regal zu.

«Und das hier sind deutsche Romane? Günter Grass?»

«Ich spreche auch Deutsch.»

«Fuck. Du bist wirklich cool.»

«Danke. Ich will später mal Übersetzerin werden.»

«Super Idee.»

«Mmh.»

Von all diesen Büchern habe ich schon gehört, aber die meisten sehe ich zum ersten Mal. In unserer Schulbücherei stehen nur Kinderbücher – alles Spenden aus dem Ausland. Unsere Stadt besitzt trotz ihrer dreihunderttausend Einwohner nicht mal ein Bücherregal, während in Großbritannien garantiert jedes Fünf-Seelen-Dorf über eine fett bestückte Bibliothek verfügt.

«Ist das Kafka? Im deutschen Original? *Die Verwandlung* ...»

«Ja, *The Metamorphosis*.»

«Gott, ich liebe Kafka. Und besonders dieses hier.»

«Ich auch!»

«*One fine morning, when Gregor Samsa woke from uneasy dreams ...*»

Sie lächelt. «*... he found himself transformed in his bed ...*»

«*... into a monstrous vermin.*»

Wir lachen.

«Der beste Anfang ever!»

«Ja», sagt sie. «Im Original ist er noch besser.»

«Alles ist besser im Original.»

«Stimmt.»

«Du hast echt tolle Bücher, Eileen.»

Eines Tages nenne ich sie nur noch Ei oder Leen. *Eye lean. I lean.*

«Danke, ja. Ehrlich gesagt habe ich viele meiner Lieblingsbücher zu Hause gelassen. Damit Onkel Pete sich nicht aufregt.»

«Wie? Welche Lieblingsbücher?»

«Die über Atheismus.»

136

«Wow.»

«Er glaubt, dass ich noch bete. Er hat gerade erst mitbekommen, dass ich nicht mehr zur Kommunion gehe.»

Ich will etwas sagen. Aber ich weiß nicht, was.

Die Bücher riechen plötzlich intensiver. Mein Magen knurrt.

Ich blicke kurz zum Fenster, dann zurück zu ihr.

«Dann – dann bist du Atheistin?»

«So was in der Art, ja.»

Sie ist wahrscheinlich die erste Atheistin, der ich begegne. In Nigeria bist du entweder Christ oder Muslim. Alles andere (traditionelle Religionen, Eckankar) ist verpönt. Aber an gar nichts zu glauben? Irgendwie schockiert es mich, dass sie das einfach so raushaut. Ein Schwarzes Mädchen würde etwas so Persönliches für sich behalten.

«Aber – aber warum?», sage ich.

«Warum was?»

Aus irgendeinem Grund bringe ich die Frage nicht über die Lippen.

«Warum ich nicht mehr an Gott glaube?»

«Ja.»

«Keine Ahnung. Ich sehe einfach keinen Sinn darin. Wozu brauchen wir einen Gott?»

Als Messdiener müsste ich mir jetzt die Kleider zerreißen. Aber ich lächele.

«Hmm. Warum lächelst du, Andy?»

«Du hast gut reden, Eileen.»

«Wieso?»

«In England oder in Europa braucht man keinen Gott.»

«Warum nicht?»

«Weil dort alles funktioniert. Im Unterschied zu hier.»

Sie verschränkt die Arme, nickt. «Ja, das sehe ich ein ...»

Ich erzähle ihr, dass bei uns jeder lernt, an Gott zu glauben. Dass das unsere einzige Möglichkeit ist zu überleben. Weil unser ganzes Dasein aus Unsicherheiten besteht. Und nur eine Superkraft wie Gott diese Unsicherheiten beherrschen kann. Wenn du das Haus verlässt, betest du, dass bei deiner Rückkehr Strom da ist, hoffst, dass die Sonne dich nicht zu schlimm verbrennt. Draußen betest du, dass du nicht vom Auto überfahren wirst, weil die Straßen voll mit Schlaglöchern sind und die Fahrer keinen Führerschein haben. Wenn dich eins erwischt, betest du, dass die Ärzte nicht gerade streiken, dass die Krankenhäuser alles Nötige für die Behandlung haben. Wenn du stirbst, betest du, dass es deiner Familie gelingt, diesem Kreislauf zu entkommen. Du weißt, dass sie es – wie du – nicht schaffen werden, dass dein Gebet nicht erhört wird. Aber du betest trotzdem.

«Das Leben in Afrika ist wie ein langes Gebet», sage ich.

«Das ist traurig», sagt sie. «Wirklich sehr traurig.»

Langes Schweigen.

Eine Motte fliegt um den Kronleuchter. Dreht eine Runde, setzt sich. Dreht eine Runde, setzt sich. Ein Ritual zur Selbstbetäubung.

Aus dem Garten sickert Musik herein, lauter, leiser, wie ein Pendel. Leute kreischen, lachen, singen. Und auf einmal ist mir alles klar.

Ich will ihr sagen, dass unser Hang, ständig zu singen und zu tanzen, sie nicht zu der Annahme verleiten lassen darf, wir wären ein glückliches Volk. Weil wir das nicht sind. Wir sind ein Volk der Masken. Wir singen, tanzen und lachen, um zu vergessen. Um die Augen vor dem ganzen Horror zu verschließen. Um uns das Glück zu holen, das wir uns nicht leisten können. Und manchmal klappt das sogar.

Aber ich sage nichts.

«Entschuldigst du mich kurz?», sagt sie.

Sie steht auf. Langsam. Als trüge sie die Last des ganzen Kontinents. Als gäbe es nichts, was uns retten könnte. Sie geht ins Schlafzimmer, macht die Tür hinter sich zu.

Eine andere Eileen betritt das Zimmer. Eine wandelnde, atmende Rose. Sündhaft rote Lippen, verruchter, durchdringender Blick. Sie hat ihr Platin gebürstet, Lippen und Wimpern nachgeschminkt. Sie lächelt.

Ich sterbe.

Ich will sie küssen.

Jeder Schwarze Punkt auf meiner Haut will sie. Sich zu ihr hinstrecken. Wie eine Pflanze zur Sonne.

Wenn ich nur verstehen könnte, warum es Farben gibt. Warum die Welt aus Gegensätzen bestehen muss. Warum auf eine weiße Seite Schwarz gehört. Erst wenn ich das durchschaut habe, wende ich den Blick von ihr ab.

«Alles in Ordnung, Andy?»

wir segeln
um die britischen inseln

der wind
auf deiner stirn

ich löffle eis
in deinen mund
du leckst, lachst
ja, andy, ja

«Andy, was ist denn?»

> ich schmelze
> > dich
> in mir
> und schmelze
> > mich
> in dir

«Du bist wunderschön», sage ich.

«Was?»

«Du bis das Schönste auf der ganzen Welt.»

Anscheinend versteht sie mich nicht. Ich mich auch nicht.

Auf einmal ist sie ganz blass. Die Augen doppelt so groß, als hätte ich sie Teufel genannt, als könnte sie mich mit dem grünen Feuer darin verschlingen, mich zur Strafe für immer in Ketten legen. Sie will etwas sagen. Lässt es. Streicht ihr Platin glatt, verschwindet im Schlafzimmer.

> gott
> > was
> > > habe
> > > > ich
> > > > > getan
> > > > > > gott?

Eileen kommt zurück. Sieht mich. Erschrickt.

Sie sagt, ich könne jetzt gehen. Bedankt sich.

6

Leute singen, tanzen, feiern, stoßen an, checken Telefone, quatschen, lachen, umarmen sich.

Ich stehe mit verschränkten Armen unter dem Flammenbaum. Es ist fast dunkel. Das Licht der Scheinwerfer kreischt in meinen Augen. Ich kann nichts dagegen tun.

Ich will heulen. Aber ich will nicht aussehen wie ein Baby.

«Ich bin ein Mann», sage ich. «Ein Mann. Ein Mann. Ein Mann!»

Eileen und Father McMahon unterhalten sich mit Elder Paschal und seiner Frau. Alle haben ein Glas in der Hand, lachen. Eileens Gesicht zeigt in meine Richtung. Sie sieht mich nicht an.

Mr Calculator und Chioma verteilen die Plüscheinhörner und Actionfiguren, die Eileen aus London mitgebracht hat, an kleine Kinder oder deren Mamas. Ein paar Kids in meinem Alter wollen sich die tollen Sachen aus Europa nicht entgehen lassen und halten die Hände auf. Mr Calculator lässt sie mit einem barschen «Nein» abblitzen. Eileen hat die Geschenke mit Chioma in den Garten gebracht. Ich frage mich, wie sie ihrem Onkel das erklärt hat.

Ja, ich habe mich täuschen lassen. Von ihrem Lächeln. Der sanften Stimme, dem melodischen Akzent. Von der Art, wie sie meinen Namen ausgesprochen hat. Ich habe mir eingebildet, ich wäre unwiderstehlich, obwohl sich nichts verändert hat. Obwohl ich noch derselbe bin. Alles immer noch ALLES bedeutet. Farben. Gegensätze. Was unsere Eltern aus uns gemacht haben. Die Flüche, die wir nicht aufheben können.

Vielleicht hasst sie mich gar nicht. Vielleicht kam meine Bemerkung einfach zu plötzlich, zu früh, weil mein Blut Purzelbäume schlug.

Während ich in der Menge Ausschau nach meinen Droogs halte, guckt sie flüchtig zu mir rüber. Eine Zehntelsekunde lang. Hat sie mich angesehen oder irgendetwas anderes? War das Wut in ihren Augen oder einfach nur Mitleid?

✛

Mama ist überall. Die Kamera vorm Gesicht wie ein neu gewachsenes Organ. Gebeugt. In der Hocke. Auf den Knien. Klick, klick. Blitz:

Mai Gemu und seine Frau beim Tanzen.
Der Kinderchor. Ein falsch singender Junge. Ein Mädchen mit laufender Nase. Der Augenblick, als es sich umdreht und ihn auffordert, still zu sein.
Eileen und Father McMahon, lachend.
Eileen und Sister Lakefield, beide mit sanftem Lächeln.
Eileen mit einem weinenden Mädchen in den Armen.

Klick, klick. Blitz.

Mama lacht.
Sie bittet die Leute, enger zusammenzurücken. Still zu halten. Sich nicht zu rühren. Du hockst dich vor die anderen. Gut so. Prima. So bleiben, so bleiben. Klick, klick. Blitz.

Wunderbar!

Einmal, als wir zusammen Suya aßen, erzählte sie, dass einer ihrer Ex-Männer ihr das Fotografieren beigebracht hatte. Sie hat ihre Offenheit schon tausendmal bereut. Weil ich sie seitdem ständig nach ihm frage. Ob er heute noch als Fotograf arbeitet. Ob er mein Papa ist.

Klick, klick. Blitz.

Bald wird es Zeit für Eileens Rede. Danach wird die Torte angeschnitten. Der DJ legt Awilo und Flavour auf. Leute tanzen mit vollen Bechern oder Chicken Wings in der Hand. Cola und Limo schwappen über, Fett tropft.

Mama amüsiert sich über lustige Posen. Ihr heiteres Lachen schallt durch den Garten, übertönt die Musik. Ich wünschte, sie würde sich ein bisschen zurückhalten. Das ständige Hahaha nervt und wirkt so, als wäre sie glücklich, als wäre alles in Ordnung.

Die Tür geht auf. Zahrah betritt den Garten. In Begleitung eines Mannes. Er ist klein, untersetzt, mit hellbrauner Haut, glatzköpfig.

Mama hat drei Mädchen vor der Linse. Bevor sie den Auslöser drückt, dreht sie sich um, entdeckt Zahrah und den Mann. Die Kamera fällt ihr aus den Händen.

Sie stürmt auf die beiden zu. Noch nie habe ich Mama so schnell laufen sehen.

«Wo willst du denn hin?», rufen die drei Mädchen ihr nach. «Mach ein Foto von uns!»

Mama ist bei Zahrah und dem Mann. Sie sagt aufgeregt etwas auf Ososo. Was, kann ich wegen der lauten Musik nicht hören.

Morocca steht neben mir, liest etwas auf seinem Telefon.

«Die Lage wird brenzlig, Mann», sagt er. «Der Mob könnte bald hier sein.»

Ein paar Leute telefonieren beunruhigt. Eine Frau schleppt ihre Zwillinge aus dem Garten. Aber die meisten Gäste sind wegen der Kaserne um die Ecke relativ entspannt. Der Mob wäre schön blöd, unsere Kirche anzugreifen.

«Bin gleich wieder da», sage ich.

Ich drängle mich durch die tanzende Menge, bis ich nah genug dran bin, um Mama und den Mann zu verstehen. Das Gespräch ist hitzig. Mama stößt den Zeigefinger in die Luft, ihr linker Ohrring ist weg.

«Du hast hier nichts verloren!», faucht sie ihn an.

«Das ist ja wohl nicht dein Fest, oder?», sagt der Mann auf Ososo.

«Habe ich dir nicht ausdrücklich gesagt, du sollst dich aus unserem Leben raushalten?»

«Aus dem Weg, Frau.»

«Hau ab. Lass uns in Ruhe.»

«Ich gehe nirgends hin.»

«Du Monster. Ich will dich nicht mehr sehen. Nie mehr!»

«Diesmal kommst du damit nicht durch.»

«Geh einfach. Verschwinde.»

«Ich muss ihn sehen.»

«Niemals.»

«Ich muss.»

«Verpiss dich.»

«Er gehört zu mir.»

Mama ohrfeigt ihn.

«Du Monster! Was fällt dir ein? Wie kannst du es wagen, das zu behaupten?»

Ihre Lippen beben, werden hässlich. Ihre Cornrows sehen auf einmal aus wie Hörner.

Der Mann hält sich die Wange. Er wendet sich an Zahrah.

«Wo ist er? Zeig ihn mir!»

«Du Verräterin!», sagt Mama heiser zu Zahrah. «Du willst meine Freundin sein? Und hintergehst mich so?»

«Zeig ihn mir. Ich nehme ihn mit nach Hause.»

Mama schreit.

Laut.

Die Party stockt.

Mama keucht, fuchtelt mit den Armen. Die Welt kippt aus dem Gleichgewicht.

Sie fordert den Mann auf Englisch auf zu gehen. Abzuhauen. Zu verschwinden.

Alle Augen richten sich auf die beiden. Father McMahons. Sister Lakefields. Eileens.

Das ist mir egal.

Ich gehe zu meiner Mama. Lege den Arm um sie. Ihr muffiger Geruch. Warm. Vertraut. Erinnerungen an ihre Muttermilch. An die Zeit, als wir Sandburgen bauten, unsere Grübchen gezählt haben.

Sie beruhigt sich. Drückt mich. Schweißgeruch.

«Andrew mè», flüstert sie. «Sag ihm, er soll gehen. Bitte.»

«Ist er das?», fragt der Mann Zahrah auf Englisch.

Zahrah schweigt mit unbewegter Miene.

Eine Menschentraube bildet sich um uns. Kinder starren Mama an, als wäre sie ein menschgewordenes Rätsel.

«Bist du Andrew?», fragt der Mann auf Ososo.

«Ja?», antworte ich, ebenfalls auf Ososo.

«Ich bin dein Vater», sagt er. «Ich bin hier, um dich mit nach Hause zu nehmen.»

«Was haben Sie gesagt?»

«Ich bin dein Vater. Sie – Gloria – ist eine furchtbare Mutter, eine niederträchtige Frau. Sie hat mich fünfzehn Jahre von dir ferngehalten. Fünfzehn Jahre! Nur wegen einer kleinen Meinungsverschiedenheit.»

Meine Hand fällt von Mamas Taille. Ich rücke von ihr weg, von ihrem warmen Gute-Nacht-schlaf-schön-Geruch.

«Und das kann ich dir auch beweisen!», sagt der Mann. «Du musst mit deiner Großmutter reden. Mit deinen Onkeln und Tanten. Alle kennen die Wahrheit.»

Ich sehe den Mann an, der behauptet, mein Vater zu sein. Die großen Augen. Das Rosa in seinem Mund. Den Pickel auf seiner Unterlippe. Breites, kantiges Gesicht. Scharfe Züge. Ich weiß nicht, ob ich mich darin erkenne. Ob sein Geruch auch meiner ist.

Ich will mich zu Mama umdrehen.

ich unter ihrem alten wrapper
ihr lachen
ihre schlaffen brüste, wenn sie sich über mich beugt

Aber ich blicke zu Boden.

Eine Kröte kriecht vorbei. Einfaches kleines Leben. Ohne Sorgen über eine Mama oder einen Papa, ohne Sehnsucht, das Meer zu überqueren. Nur Gras und Wasser, Ameisen und Fliegen. Geboren werden und sterben.

Das Bewusstsein ist ein Albtraum.

Ich sehe Mama an.

Sie wischt sich die Augen. Tränen laufen ihr über die Wangen. Das zerraufte Haar, der halb runtergerutschte Schal verleihen ihr etwas Kühnes. Unerschrockenes. Als wäre sie bereit, die Welt in Stücke zu reißen, mich in ihren Beutel zu stopfen.

abends tränen
morgens tränen

rausgeworfenes geld
versäumter schlaf

die brüste
leer

und du willst
immer noch
meine mama sein?

Fernes Geschrei. Trommeln. Sprechgesänge. Die Gesänge
werden lauter, formen sich zu Wörtern. Sie kommen aus
der Stadt. Der Mob bewegt sich auf die Kirche zu.

Alle wenden sich Richtung Tor. Der DJ macht die Musik
aus.

Den Leuten stockt der Atem.

«Allahu akbar! Allahu akbar!», skandiert der Mob.

Sie schlagen mit Metall ans Tor. Wahrscheinlich Macheten.

«Ku bude mu kashe ku!»

«Bude! Bude!»

«Ihr habt's alle verdient zu sterben!»

«Ungläubige!»

«Kafirai.»

«Sünder.»

«Aufmachen! Aufmachen!»

Niemand rührt sich.

Sie werfen Steine aufs Gelände. Dachblech kreischt. Glas
splittert. Zwei Steine fliegen über das Haus in den Garten.
Einer verfehlt einen kleinen Jungen um Haaresbreite. Der

andere kracht mitten in die unberührte Torte, als hätte der Werfer darauf gezielt. Die beiden oberen Etagen stürzen in sich zusammen. Die Figuren von Eileen und Father McMahon fallen zu Boden. Im Zufall steckt immer Präzision.

Das lässt alle aufschrecken. Frauen rufen ihre Kinder, Männer ihre Frauen. Zahrah und der Mann weichen einem Stein aus. Mama und ich laufen zu einem Frangipanibaum. Ein paar Leute rennen zur Hintertür.

Eileen flüchtet sich in Father McMahons Arme.

«Stopp!», ruft Elder Paschal.

Er sagt, dass wir die Ruhe bewahren sollen. Dass die Stadt brenne. Dass es zu gefährlich sei, das Kirchengelände zu verlassen, denn sie seien überall. Überall! Wir sollen leise durch die Hintertür in den Garten Eden gehen und uns im Gemeindesaal verstecken. Dort wären wir bis zum Eintreffen von Polizei und Armee sicher. Beide wären alarmiert und auf dem Weg. Der Zaun sei mit elektrischem Stacheldraht gesichert und die Angreifer würden eine Weile brauchen, um aufs Gelände zu gelangen.

Er wiederholt seine Anweisungen, bis wir uns entscheiden, ihm zu glauben. Mit betont ruhiger Stimme erinnert er uns daran, dass es während eines Tumults kaum einen sichereren Ort gebe als den Gemeindesaal. Bei den letzten Ausschreitungen hätten sich Scharen von Christen dorthin geflüchtet.

Wir laufen zur Hintertür. Durchs Wohnzimmer. Hinaus in den Vordergarten.

Mama und ich halten uns an den Händen.

Der Mond scheint. Hell. Sichelförmig. Er wirkt gelangweilt, unbeeindruckt vom Geschrei.

Sterne blinken. Der Himmel ist schwarz bis auf einen einzelnen blauen Pinselstrich.

«Ungläubige!»

«Kafirai!»

Sie stoßen gegen den Zaun.

Wir rennen zum Tor des Garten Eden. Blätter knirschen unter unseren Sohlen. Grillen zirpen, Kinder heulen.

Nur Eileens Häuschen und der Gemeindesaal in der Ferne spenden ein wenig Licht. Bäume und Sträucher wirken wie Ungeheuer mit gezogenen Waffen.

Mr Calculator sagt, dass wir uns beeilen sollen.

«Was gibt's da zu gucken? Wollt ihr etwa sterben?»

Mama zerrt mich weiter.

Im Gemeindesaal verstecken sich die Leute unter Tischen und Stühlen. Beten zum Erzengel Michael. Sprechen den 23. Psalm.

Der Herr ist mein Hirte, nichts wird mir fehlen.
Er lässt mich lagern auf grünen Auen ...

Mama und ich kriechen unter einen Tisch zur Familie Kayode. Mrs Kayode unterbricht ihr Gebet zum heiligen Schutzengel, wendet uns das Gesicht zu. Sie starrt uns an wie Fremde, als wäre sie nie unser Gast gewesen, hätte nie unsere Cola getrunken. Ihr Blick sagt, dass wir uns verziehen sollen, bevor der Mob auf ihre Kinder aufmerksam wird.

«Geht es dir gut?», frage ich Mama.

«Ja, Andrew mè», sagt sie. «Dir auch?»

«Ja, alles okay.»

«‹Ja, alles okay?›»

«Ja.»

«So sprichst du mit mir?»

«Was meinst du?»

Sie schüttelt den Kopf. «Andrew mè. Andrew mè ...»

Ich habe ihr ohne «Ma» oder «Mama» geantwortet. Ich könnte es jetzt tun. Nur eine Silbe, zwei.

Ich schließe die Augen. Wie können zwei so simple Wörter so viel bedeuten? Wir hören ein dumpfes, schweres Geräusch. Die Gebete verstummen, Leute halten den Atem an. Wir wissen, was passiert ist.

Die Angreifer stürmen fluchend und schreiend auf das Gelände, dringen in die Kirche ein.

Glas splittert.

Holz bricht.

Das Donnern ewigen Feuers.

Rauch in unseren Nasen.

Im Saal geht das Licht aus. Im Garten auch.

Leute schreien panisch auf. Beruhigen sich wieder.

Elder Paschal versichert uns aus seiner Ecke, dass die Soldaten unterwegs seien. Dass wir gleich die Lastwagen, die Panzerfahrzeuge hören würden. Seine Stimme ist zittrig und wenig überzeugend.

Ein Mann flüstert, dass Father McMahon den Kommandanten der Kaserne schmieren musste, damit er Soldaten schickt. Fünfzigtausend pro Mann. Dass der Kommandant uns vielleicht gar nicht helfen werde, weil er selber Muslim ist.

«Unser Land wird mit Klebeband zusammengehalten», sagt der Mann. «Wann wird Gott uns retten?»

Wieder Stille. Abgesehen von dem Geschrei aus der Kirche. Abgesehen von den Grillen, die den Himmel anrufen.

✝

Eine Stunde später. Totenstille. Die Zerstörungswut der Angreifer scheint befriedigt. Sogar die Grillen sind erschöpft.

Ein Mann flüstert, dass die Kirche brennt. Dass der Mob Bänke, Altar und Tabernakel in Stücke geschlagen und angezündet hat. Die Polizei und die Soldaten kommen nicht. Wir müssen die ganze Nacht auf die mobilen Einsatzkräfte aus dem 350 Kilometer entfernten Abuja warten.

«Das war's», sagt er. «Sogar Father Pete hat aufgegeben. Er weint schon die ganze Nacht.»

Im Garten, ganz in unserer Nähe, ertönt ein lauter Pfiff.

«Kommt! Sie sind hier! Die Kafirai sind alle hier!»

«Kafirai su na nam! Ku zo mu kashe su!»

«Ku zo. Ku zo!»

«Ihu!»

«Allahu akbar. Allahu akbar!»

Krachende Geräusche in der Dunkelheit.

Macheten schlagen auf Tische.

Leute kriechen aus ihren Verstecken, stoßen sich die Köpfe an Stühlen und Wänden.

Schreie. Wimmern. Kreischende Kinder.

«Vater, in deine Hände lege ich meinen Geist ... In deine Hände lege ich ... In deine ...»

«Rauskommen, alle», rufen sie. «Glaubt nicht, wir können euch da unten nicht sehen.»

Taschenlampen blitzen auf. Leuchten unter die Tische.

Ich nehme Mamas Hand. Wir kriechen zum anderen Ende des Saals. Mit der freien Hand taste ich nach einem der Fenster, unter denen ich immer im Ministrantenunterricht sitze. Ich finde eines. Stoße es auf. Spähe hinaus.

Niemand zu sehen. Ich flüstere Mama zu, sie soll zuerst springen. Sie sagt Nein, ich soll zuerst. Bitte! Dass sie gleich da sind, dass ich mich in Sicherheit bringen soll.

Wir streiten uns kurz.

«Geh», sagt sie. «Bitte! Sie kommen!»

Ich steige aufs Fensterbrett, springe ins Gras.

Mama ist nicht schnell genug, das lange Kleid behindert sie. Schließlich schafft sie es aufs Fensterbrett. Plötzlich taucht ein Mann hinter ihr auf.

«Kafiri», knurrt er höhnisch.

Mama schreit.

Ein Schlaggeräusch.

Blut.

Die Welt steht still.

DIE DORNEN-KRÖNUNG

Satz: Die Inverse jeder geraden
Permutation ist gerade …

Die Inverse jeder ungeraden
Permutation ist ungerade.

7

Sieben Wochen.

Und alles ist anders.
Und alles ist wie immer.

Ich.
Mama und ich.
Stadt. Kirche.

Father McMahon beendet am improvisierten Altar seine Predigt. Der Altar ist ein von Sonne und Regen ausgeblichener Holztisch, der seit dem letzten Basar vergessen auf dem Gelände herumstand. Vor dem Überfall war er Okeys und Lindas Liebeslager. Er stieß sie auf die Platte, spielte an ihren Nippeln, fummelte an ihrem Höschen. Sie kreischte lachend, er solle aufhören, ließ seine Hände aber trotzdem weiterwandern. Jetzt steht der Tisch mit einem weißen Spitzentuch darüber in der Mitte des Chors. Brot und Wein werden darauf zu Leib und Blut Christi.

Meine Droogs und ich sitzen im Chor, Morocca neben mir, Slim schräg gegenüber. Wir tragen cremefarbene Talare und weiße Chorhemden, pressen gottesfürchtig die Hände zusammen: Die Hände, mit denen wir uns nachts anfassen. Die Hände, mit denen Morocca bei seinen Rap-Konzerten Patience und andere Mädchen betatscht. Jetzt sind sie geweiht. Zeigen zum Himmel wie heilige Flammen. Nach der Messe kehren sie an ihren alten Platz zurück.

Früher war der Chor prachtvoll. An der Wand dahinter war ein großes Bleiglasfenster, gestiftet von einem anonymen Spender aus Italien. Gläubige kamen wegen des Fensters extra aus Abuja und dem fernen Port Harcourt. Es zeigte einen gut aussehenden Jesus mit Ziegenbart, der uns auf der Fahrt in den Himmel mit durchbohrten Händen segnet, uns zum Abschied winkt, mit seinem Macholächeln sagt: bis bald. Die Glasstücke glitzerten und blinkten wie ein Kaleidoskop. Grün. Gelb. Blau. Kraftvoll. Magisch. Wandelten bei jeder Drehung des Kopfes ihre Gestalt. Schenkten uns einen flüchtigen Einblick in die Wunder des Himmels.

Um das Fenster war ein Fresko. Darauf waren mit Schwarzen Figuren Szenen aus der Bibel dargestellt. Adam und Eva, die in Eden splitternackt Äpfel snacken. Christus, der die Toten auferstehen lässt. Mit coolem Grinsen über blaues Wasser geht. Am Jüngsten Tag auf einen gigantischen siebenköpfigen Drachen springt und seine zehn Hörner zerschlägt, um uns zu zeigen, dass wir sogar die verführerischste aller Sünden bezwingen können.

Jetzt hat das Fenster ein Ozonloch. Durch das Loch sieht man in der Ferne das schwarze, ausgebrannte Pfarrhaus. Über dem Fresko hat sich ein riesiger Rußdrache zusammengerollt. Wenn ich zu dem Loch und dem Drachen hinsehe, tönen mir «Allahu akbar»-Rufe in den Ohren. Durchbohrt mich Mamas Schrei. Und ich schrecke zusammen.

Sieben Wochen.

Ich will unter den Kirchgängern nach Mama suchen. Ich verbiete es mir. Ich weiß, was mich erwartet. All das, was ich nicht ändern kann.

«Wir müssen in dieser schwierigen Zeit unbeirrt an unserem Glauben festhalten», sagt Father McMahon mit unverändert britischem Akzent. «Wir müssen uns darauf besinnen, dass die Kirche auf dem Blut von Märtyrern erbaut wurde.»

Stille. Liedblättchen rascheln. Scharrende Sohlen. Der Geruch von unsichtbarem Rauch.

Die Dachbleche hängen durch, kreischen bei jedem Windstoß, drohen, uns auf die Köpfe zu fallen. Die Eisenträger sind verbogen und schwarz wie die Wände.

«Und das werden wir», sagt Father McMahon. «Wir werden siegen. Wir werden siegen durch Christus unseren Herrn.»

«Amen», flüstern die Gläubigen, als fürchteten sie, die muslimischen Angreifer würden sie hören und mit ihren Macheten zurückkommen.

Die Kirche ist erstaunlich voll. Ich hätte erwartet, dass nur wenige kommen, nachdem in der Nacht des 12. Juni elf Leute getötet und zwei Dutzend verletzt wurden. Aber eintausend von uns sitzen dicht gedrängt zwischen den bröckelnden Mauern. Tausend stumme arme hungrige unbeugsame Seelen.

Wir werden siegen.

Father McMahon spricht das Schlussgebet, und wir erheben uns. Er betet für Frieden. Für die verstorbenen Gemeindemitglieder. Besonders für die Familien Okeke und Oghene. Maman Ibrahim. Hilary Adekunle.

«Wir danken dir auch für das Leben vieler anderer», sagt er, «Simon Ibeh, Musa Yakuba und Gloria Aziza. Hilf ihnen bei ihrer Genesung. Lass all deine Liebe auf sie strahlen.»

Ich will mich zu Mama umdrehen. Aber ich beherrsche mich.

Er segnet uns: Vater, Sohn und Heiliger Geist.

«Gehet hin in Frieden», sagt er.

«Dank sei Gott, dem Herrn», sagen wir.

Der Chor stimmt ein Lied an. Ohne Schlagzeug. Ohne Keyboard. Nur ängstliche, hungrige Stimmen.

Gib mir Liebe ins Herz, lass mich leuchten,
gib mir Liebe ins Herz, bet' ich.

Ich gehe in die Mitte des Chores. Nehme das Prozessionskreuz vom Ständer. Verbeuge mich, gehe die Stufen hinunter, warte. Slim und Morocca nehmen synchron die Kerzenhalter, zünden ihre Kerzen an, verbeugen sich und schreiten durch den Chor zu mir. Father McMahon küsst den Altar und stellt sich zu uns. Wir verbeugen uns und beginnen den Auszug.

Mama sitzt neben der dritten Reihe im Mittelgang. Ich bemühe mich, den Blick stur geradeaus zu richten. Trotzdem spüre ich, dass sie mich anstarrt. Mein Gesicht absucht. Meinen inneren Kampf sieht. Ich weiß, ich soll sie ansehen. Schreien. Dass ich sie lieb habe. Dass ich sie so liebe, wie sie ist. Dass sich nichts verändert hat.

Ich wehre mich. Versuche, stark zu bleiben.

Aber eine Kraft zieht mich. Regen auf Sand.

Ich gucke zur Seite.

Unsere Blicke treffen sich.

Sie sitzt in ihrem Rollstuhl. In einem Batikkleid.

Alle anderen stehen, lassen sich von ihren Füßen tragen. Aber Mama sitzt, klammert sich an die Armlehnen ihres Stuhls. Wie die Königin, die sie nicht ist. Die Königin, die sie nie sein wird.

✚

Sie spricht nicht mehr mit mir. Seit sie nach sechs Tagen aus dem Koma aufgewacht ist, redet sie mit allen und jedem: mit den Ärzten und Schwestern über den riesigen Blitz auf ihrem Rücken. Mit Aunty Lizzy, ihrer jüngeren Schwester, über irgendwelche toten Onkel und Tanten. Mit meinen Droogs über ihre Eltern. Sogar mit Zahrah, der Frau, die sie angeblich hintergangen hat, quatscht sie stundenlang über ihren Verlobten und die Vorteile einer Großfamilie. Nur mit mir spricht sie kein Wort. Sie wendet den Blick ab, wenn ich ins Zimmer komme. Lässt mich nur ganz kurz ihre Hand halten und zieht sie dann weg. Antwortet nicht, wenn ich sie frage, ob sie Schmerzen hat, ob sie etwas braucht.

Dass sie jedes Mal die Hand wegzieht, regt mich besonders auf. Als gehörte ich nicht mehr zu ihr. Als käme ein Körper auch ohne Hände und Füße aus. Und ich könnte jedes Mal auf ihr Bett oder den Rollstuhl einschlagen, wenn sie mit Schweigen auf meine Versprechen reagiert. Dass ich immer bei ihr bleibe, sie immer beschützen werde. Dass wir das schon irgendwie schaffen werden. Zusammen. Ihr Schweigen bewirkt, dass ich wie jemand klinge, der sich in die eigene Tasche lügt. Wie ein Schwindler. Ein dummes Kind.

Wenn ich bei ihr bin, kreischen meine Neuronen wie Autohupen. Das Schweigen macht ihre Stimmen umso überzeugender. Wach endlich auf, du Idiot, sagen sie. Die Frau ist erledigt, checkst du das nicht? Sie konnte nie einen Stift richtig halten, jetzt kann sie nicht mal mehr aufstehen. Jedes Kleinkind kann das. Willst du dein Leben lang Babysitter spielen? Du solltest dich asap vom Acker machen, bei deinen Droogs einziehen, bevor es zu spät ist. Seien wir doch ehrlich, ihr Leben ist verflucht. Mach dein eigenes nicht noch schlimmer.

Das ist die Strafe des Universums, von HXVX, von was auch immer, da bin ich mir sicher. Es lässt mich dafür büßen, dass ich sie dauernd mit Mama 2 vergleiche. Aus reinem Spott hat es eine hilflose Frau aus ihr gemacht, die noch weniger meinem Ideal entspricht, noch weniger Mama 2 ähnelt.

Die Machete des Angreifers hat ihre Wirbelsäule verletzt. Kein Krankenhaus im Land kann ihr helfen, hat der Arzt gesagt. Dass unsere Operationssäle Flickschustereien sind, wo seriöse Medizin unmöglich ist. Wie schon im Krankenhaus schläft sie zu Hause nur auf dem Bauch. Als würde sie permanent zu einer unbarmherzigen Superkraft beten, die trotz ihres Flehens und ihres Stöhnens nichts tut, um sie zu retten.

Als der Arzt ihr erklärte, dass sie wahrscheinlich nie wieder laufen kann, riss sie sich die Schläuche aus den Händen. Sie setzte sich mit schmerzverzerrtem Gesicht im Bett auf. Zog mit den Händen die Füße über die Bettkante, stellte sie auf den Boden und fiel der Länge nach hin. Aber sie gab nicht auf. Sie zog die gefühllosen Beine zu sich heran. Drückte sich auf die Knie, versuchte aufzustehen, landete wieder auf dem Gesicht. Sie probierte es wieder und wieder, unter furchtbarem Stöhnen. Keine Schwester, kein Arzt konnte sie aufhalten. Auch nicht Zahrah. Oder Aunty Lizzy. Alle weinten, flehten sie an, aufzuhören. Sie würde sich noch umbringen, sagten sie, sie solle an ihren Sohn denken. Überall war Blut. Es tropfte von ihrem Rücken, lief ihr aus der Nase. Aber Mama hörte nicht auf.

«Sag deiner Mama, sie soll das sein lassen!», rief eine Schwester. «Weine und bitte sie darum.»

Aber ich schwieg. Ich bekam kein Wort heraus. Meine Augen wurden noch trockener.

Es war nicht das einzige Mal, dass ich nicht weinte. Ich hatte nicht mal geweint, als der Angreifer zuschlug, als sie aufschrie und aus dem Fenster stürzte. Sogar als wir sie ins Krankenhaus brachten, blieben meine Augen trocken. Und auch in den sechs verschwommenen Tagen, als sie mit Sauerstoffmaske auf dem Gesicht starr im Bett lag, mit aufgesprungenen Lippen, geschwollenem Gesicht und unrasierten Achseln. Ich weinte nicht, wenn Aunty Lizzy und ich sie wuschen. Nicht eine winzige Träne in meinen bösen Augen.

Vielleicht spricht sie nicht mehr mit mir, weil sie mir meine Härte, meine Sturheit nicht verzeihen kann. Welcher Sohn würde nicht weinen, wenn seine Mutter – sein einziger Elternteil – unter solchen Qualen leidet? Welcher Sohn wäre nicht bereit, seiner Mutter die Schmerzen abzunehmen, ihr seine Beine zu geben, sie zu seiner olympischen Heldin zu machen?

Nachts wälze ich mich deswegen im Bett. Laufe durchs Haus, reibe ihre beiden Goldmedaillen blank, ohne eine Antwort zu finden. Sie hat die Medaillen als Schülerin gewonnen, im 100-Meter-Lauf. Früher hat sie oft damit angegeben, behauptet, sie wäre trotz der ersten grauen Haare immer noch schneller als ich.

Ich habe Ydna um Rat gefragt. Aber er tut so, als wäre er nicht da, und antwortet nicht. Er ist immer auf ihrer Seite. Als stünde er ihr näher als mir. Als könnte ein Fuß dem Herzen näher sein als der andere.

Ganz sicher hat ihr Schweigen nichts damit zu tun, dass sie nicht über meinen Papa reden will. Auch nicht damit, dass ich sie, kurz bevor die Machete auf sie niedersauste, nicht «Mama» genannt habe.

Bestimmt ist es wegen Eileen.

Bestimmt ist mein Verlangen nach ihr mit dem Fluch beladen. Und Mama ist zu meinem Lamm geworden.

Bestimmt schweigt sie, weil sie weiß, dass ich diese Version nicht will, die sie jetzt ist. Dass ich meine alte Mama wiederhaben will. Meine Mama mit dem muffigen Geruch und den fleckigen Zähnen. Die ein bisschen zu scharf aufs Geld war und unsere weißen Priester betrogen hat. Die durch die Gegend schwirrte, immer in Eile war, die mit dem Leben kämpfte und es sich zurechtbog, sich mit der Nutte prügelte, die mich entjungfern wollte, den Mann ohrfeigte, der behauptete, mein Vater zu sein. Ich will das Original zurück. Nicht diese hilflose Kopie. Bestimmt hat sie es in meinen Augen gesehen, als sie aus dem Koma aufwachte, und das verzeiht sie mir nicht.

Die Sakristei. Es riecht nach Kerzen und Weihrauch. Gelbes Licht sickert durch die Fenster. Kelche und Monstranzen leuchten golden in Glasvitrinen. Messgewänder hängen steif in Schränken.

Wir sprechen das Gebet nach der Messe, das gerahmt an der Wand hängt.

Herr Jesus Christus,
du hast uns zum Dienst am Altar gerufen ...

Die Sakristei ist der einzige Teil der Kirche, der vom Überfall verschont wurde. Die Tür stand während des Höllengemetzels offen, aber nicht ein Stück Glas ging zu Bruch. Wahrscheinlich waren diese Psychos abgestoßen von den heiligen Gegenständen.

Vielleicht gibt es ja doch einen Gott. Hin und wieder duldet er ein Sakrileg, um unsere Skepsis anzuheizen. Er lässt zu, dass wir seinen Tempel niederreißen und vor seiner Nase sündigen. Aber wie jedes vernünftige Wesen weiß er, wann er sich selbst schützen muss.

Am Ende des Gebets segnet uns Father McMahon mit dem Kreuzzeichen und verneigt sich. «Ich danke euch», sagt er.

Wir verneigen uns. «Danke, Father.»

Ich drücke das Kreuz in den Halter. Meine Droogs und ich warten, dass er sich umzieht. Er nimmt die Brille ab, zieht das Messgewand aus. Setzt die Brille wieder auf, löst das Zingulum, wirft mir einen kurzen Blick zu. Dieses Funkeln in seinen blauen Augen. Voll guter Ratschläge, aber auch Verachtung. Er weiß es. Bestimmt hat Eileen ihm erzählt, dass ich sie morgen in Abuja besuche, dass wir so was wie beste Freunde geworden sind. Er legt die Stola ab, schenkt mir ein merkwürdiges Lächeln, verlässt die Sakristei.

«Was geht, Dawgs?», sage ich.

«Alles cool, Mann», sagt Slim.

«Sauhungrig», gähnt Morocca. «In meinem Scheißmagen hausen todsicher Vampirwürmer.»

«Klar, was sonst?», lacht Slim.

Typisch Morocca. Er flucht sogar in Jesus' Maschinenraum. Hat keine Angst vor Blitzen oder sonst was. Was Gott angeht, schwankt er wie ich zwischen den Extremen.

Heute ist er im Good-boy-Modus. Keine Ohrringe, keine Ketten. Dafür sind seine Lippen so dick und dunkel, als hätte er drei fette Blunts geraucht. Slims Lippen sind dünn und mädchenhaft. Sein Gesicht ist grau, als hätte er heute Morgen vergessen, sich einzucremen.

«Warum hat der Alte dich so angesehen, Andy?», fragt Slim.

«Wetten, er weiß Bescheid?», sagt Morocca.

«Woher denn?», sagt Slim.

Morocca glotzt ihn an. «Vielleicht, weil er Gotts Homeboy ist? Der Heilige Geist spricht in seinen Träumen zu ihm!»

Wir lachen.

«Sei still», sagt Slim. «Weißt du nicht, wo wir hier sind, Idiot?»

«Zimmer 101?»

«Pass auf, was du sagst. Ich will nicht, dass der Heilige Geist mir mit seinem Feuer den Arsch abfackelt.»

Morocca gähnt laut. Wie der Hai, der er ist.

«Scheißhungrig», sagt er.

«Vielleicht hast du deswegen ausnahmsweise mal keinen Ständer», sagt Slim.

Morocca nickt ernst und ahmt Father McMahon nach. «Nicht Fleisch und Blut haben dir das offenbart, mein Junge.»

Wir lachen.

Er geht zu einem Schrank, öffnet ihn, nimmt eine große Dose mit Hostien heraus.

«Wie David in der Wildnis», sagt er.

Er bringt mir die Dose, damit ich mich an den ungeweihten Hostien bediene. Er kommt immer zuerst zu mir. Nicht, weil ich der Größte oder Älteste bin. Sondern weil die Tat in Ordnung geht, wenn ich zuerst esse.

Ich nehme zwei Oblaten. Schiebe sie mir in den Mund. Alt. Slim nimmt fünf. Morocca greift sich mindestens ein Dutzend heraus und zwängt sie sich in sein großes Maul. Wir sehen lachend zu, wie er kämpft, hoffen, dass er an den trockenen Hostien erstickt, damit er uns nie wieder dazu verleitet, an diesem heiligsten aller Orte zu sündigen.

Morocca zieht Chorhemd und Talar aus. Er trägt heute lange Ärmel, wahrscheinlich wegen seiner Tattoos. Ich will ihn fragen, warum er überhaupt in die Kirche geht und ministriert, wenn er am Ende nur Witze reißt und uns zwingt, Hostien zu essen. Seine Eltern und Geschwister gehen nie zur Messe. Sie haben immer irgendwelchen Familienbeef. Seine Brüder machen ständig schmutzige Geschäfte. Zocken im Netz Weiße ab. Verticken in der Stadt gefälschte Regierungsaufträge. Alle sind wie Morocca schon Vater.

Ich sage ihm, dass ich Serena, seine zweijährige Tochter, in der Kirche gesehen habe, mit ihrer Mutter Patience. Dass Serena rasend schnell wächst und wunderhübsch ist.

«Schön», sagt er und geht zum Fenster. Dieses Wort benutzt er sonst nie. Ich soll eindeutig das Thema wechseln.

Schweigen.

Draußen gehen Leute vorbei. Father McMahon verabschiedet sie mit: «Gott segne euch.» Ein kleiner Junge betritt durch den Vorhang die Sakristei. Seine Mutter zieht ihn zurück, sagt lachend, er sei noch zu klein. Schade, dass er mal so enden wird wie wir, in der Sakristei Hostien isst, zwischen Monstranzen über Schwänze und Titten redet.

«Bald hast du deine eigene Serena», sagt Morocca mit boshaftem Grinsen. «Mit Eileen.»

Ich weiß nicht, wie ich darauf reagieren soll. Ich dachte, das Thema wäre durch. Ich bücke mich, um meine festgeknoteten Schnürsenkel neu zu binden.

«Ich bin schon gespannt, was für Haare, welche Hautfarbe sie haben wird», fährt er fort.

Ich will ihm sagen, dass er die Klappe halten soll. Ich lasse es.

Ich drücke den Gedanken weg, sobald er sich in mein Bewusstsein schiebt. So wie jetzt. *Weg. Weg. Weg.* Den Gedanken daran, was aus Eileen und mir werden könnte. An die Kinder, die wir zusammen ... *Weg. Weg. Weg.*

«Ich habe deine Mutter gesehen», sagt Slim, um mich zu retten. «Sie sieht wirklich gut aus, Andy.»

«Ja, danke», sage ich knapp, weil ich über Mama auch nicht reden will.

Ich muss gleich los. Zu ihr. Die Leute sind mit ihren Genesungswünschen sicher langsam durch. Ich will nicht dabei sein, wenn sie in ihre Taschen oder Geldbörsen greifen. Ein dickes Bündel Scheine rausziehen, ihr einen oder zwei in die Hand drücken. Als wäre sie eine von Gott verfluchte Bettlerin, die auf der Welt ist, um zu leiden. Als hätte sie früher nicht jede Gelegenheit genutzt, um Geld zu verdienen, mit der Kamera um den Hals wie eine wogende dritte Brust.

Ich versuche an Eileen zu denken. Sie mir in Abuja vorzustellen. Hat die Sonne schon ihre Haut verbrannt?

Sie hat Kontagora am Tag nach dem Überfall verlassen, weil ihre Eltern sich vor Vergeltungsangriffen fürchteten. Vor ihrer Abreise kam sie mit Blumen und einer Genesungskarte für Mama ins Krankenhaus. Wir – ich, meine Droogs, Fatima (die sie gründlich musterte) und Zahrah – saßen auf dem nach Desinfektionsmittel stinkenden Gang vor dem OP. Sie kam in Begleitung von Father McMahon und einem Polizisten, der mit einem uralten Gewehr, an dessen Lauf ein roter Stofffetzen hing, den Flur abschritt. Die Krankenschwestern nannten sie «Ma» oder «Madam». Ich saß vornübergebeugt auf meinem Stuhl, zeichnete mit Blicken die Muster im Terrazzoboden nach, entwarf Zukunftsversionen für Mama und mich, als Morocca mir zuflüsterte, Eileen sei da.

Ich stand mit zitternden Knien auf. Und da war sie. In einem grünen Kleid. Sie gab mir die Blumen mit der Karte. Umarmte mich. Und wir standen eine Weile friedlich zusammen, jeder Augenblick eine Regenbogenewigkeit.

Sie sagte, sie würde nach Abuja umziehen. Dass wir uns hoffentlich bald wiedersehen würden. Ärzte, Schwestern und Besucher glotzten mich im Vorbeigehen an, fassungslos, dass es dem einheimischen Jungen gelungen war, die Aufmerksamkeit der weißen Schönheit zu erringen.

Am nächsten Tag las sie auf meinem Blog meine Gedichte und hinterließ einen langen, begeisterten Kommentar. «Das Anrührendste, was ich seit Langem gelesen habe!», schrieb sie. «Die ungewöhnliche Liebe zwischen den beiden Brüdern zerreißt einem das Herz.» Über den Kommentar kam ich an ihre Mailadresse und schrieb ihr sofort eine Dankesnachricht mit einem Schwung tanzender Ausrufezeichen. Seitdem sind wir zusammen. Sozusagen. Tag und Nacht chatten unsere Avatare über Bücher. Erinnerung. Zeit. Über die Liebe.

Slim und ich ziehen Chorhemd und Talar aus, hängen alles in den Schrank. Morocca sagt, dass der Honda für morgen startklar ist. Er hat ihn gestern in die Werkstatt gebracht. Öl gewechselt, die Rücklichter repariert, Kühlwasser nachgefüllt.

«Du musst noch ein bisschen Kohle drauflegen, Andy», sagt er. «Schließlich brechen wir nur wegen dir früher auf.»

Zahrah heiratet nächste Woche, und meine Droogs und ich fahren zur Feier nach Abuja. Serena, Patience und Fatima sollen uns begleiten. Eigentlich sollten wir erst drei Tage vor der Hochzeit kommen, aber ich habe meine Droogs überredet, früher zu fahren. Eileen fährt nächste Woche zu ihren Eltern nach Niger, die dort zu Ebola forschen, und ich will möglichst viel Zeit mit ihr verbringen, solange sie noch in Nigeria ist. Weil wir uns danach vielleicht nie wiedersehen.

«Und, was willst du mit Eileen machen?», fragt Morocca grinsend. «Sie ficken?»

«Halt die Klappe», sage ich.

«In der Hölle wartet ein Thron auf dich, Morocca», sagt Slim.

Wir lachen.

«Ich fasse es immer noch nicht, dass Zahrah so schnell heiratet», sage ich.

«Ich auch nicht.»

«Wusste gar nicht, dass sie die Ehe so feiert.»

«Aber sie hat echt Glück, Mann.»

«Stimmt.»

«Ich wünschte, ihr Verlobter würde *mich* heiraten», sagt Slim. «Dann könnte ich jeden Tag in einem seiner mega Schlitten rumfahren.»

Morocca und ich lachen verlegen. Es wäre es uns lieber, er hätte uns nicht an sein Geständnis erinnert.

Ich bin Okorie, Zahrahs Verlobtem, in den letzten Wochen zweimal begegnet. Beide Male kam er mit Zahrah in seinem Jaguar, um Mama im Krankenhaus zu besuchen. Beim ersten Besuch erzählten sie Mama, wie sie sich kennengelernt haben. Das war vor zwei Jahren, auf einem Afrofuturismus-Kongress in Lagos. Sie gerieten in einer Diskussionsrunde heftig aneinander, und danach konnte er die Augen nicht mehr von ihr lassen. Monatelang bat er sie, mit ihm auszugehen. Sie gab ihm immer wieder einen Korb.

Aber sosehr sie sich auch wehrte, sie musste ständig an ihn denken, träumte sogar von ihm ... die Traumromanze des Jahrzehnts also.

Okories Englisch ist ein bisschen weird: Mal klingt er wie Father McMahon, dann wieder wie wir. Zahrah und er waren vor Kurzem in Dubai, zum Hochzeits-Shopping.

Wir unterhalten uns über Okories Mercedes und Audi, spekulieren über sein Vermögen. Reden über die Hochzeit, überlegen, ob Zahrah wohl ein rotes Brautkleid trägt, ob es eine anifuturistische Trauung werden wird. Rätseln, warum Okorie trotz der Millionen weißer Mädchen, die er in England kennt und vielleicht gefickt hat, ausgerechnet unsere Zahrah heiratet.

«Die Liebe ist wie Trampolinspringen», sagt Morocca. «Absolut sinnfrei.»

Beim Verlassen der Sakristei klingelt Moroccas Telefon. Draußen ist es still – Father McMahon hat die Gläubigen verabschiedet und ist nach Hause gegangen.

«Fuck, eine von diesen komischen Nummern», sagt Morocca. «Ausländisch.»

Wenn du in diesem Land von einer komischen Nummer angerufen wirst, musst du dir gut überlegen, ob du rangehst. Weil es unzählige Geschichten über Leute gibt, die im Schlaf gestorben sind, nachdem sie Anrufe von komischen Nummern angenommen haben.

Morocca geht trotzdem ran.

«Hallo? Wer ist da?»

Sekunden später beginnt er zu hyperventilieren.

«What the fuck», keucht er. «What the fuck!»

«Wer ist dran?», fragen Slim und ich.

«What the fuck. Unfassbar.»

«Jetzt sag schon!»

«Es ist WALL-E! Er ist in Spanien!»

«Fuck.»

«Verdammt!»

Slim und ich sagen noch hundertmal «Fuck» und «verdammt», scheren uns wie Morocca einen verdammten Scheiß um die Kelche und Monstranzen. Wenn Gott Okey nicht daran gehindert hat, die Wüste zu durchqueren, ist es ausgesprochen fraglich, dass es ihn überhaupt gibt.

Morocca stellt auf Lautsprecher. Okey sprudelt in seinem schrägen Mix aus Pidgin und Englisch drauflos. Er sagt, dass sein Onkel und er in einem coolen Zimmer wohnen, bis die Einwanderungsbehörde über ihre Asylanträge entscheidet. «Die behandeln uns hier wie Könige. Ich sag's euch, Leute, wir kriegen drei, sogar vier richtige Mahlzeiten am Tag. Es kommt immer Wasser aus dem Hahn, und das Licht hat noch nicht ein Mal geflackert. So was hab ich noch nie erlebt, seit ich aus meiner Mama gekommen bin, ernsthaft. Das war die beste Entscheidung meines Lebens.»

Kein Wort kommt aus unseren verfluchten Mündern. Sogar Morocca ist totenstill.

Als Okey mit dem Versprechen auflegt, sich wieder zu melden, starren wir einander stumm an. Starren auf die Monstranzen in den Regalen, die plötzlich allen Glanz verloren haben. Auf den Zementboden. Auf die Ameise, die unter dem Vorhang in die Sakristei krabbelt.

Nur Elder Paschal und seine Frau stehen bei Mama. Die anderen Leute, die noch in der Kirche sind, unterhalten sich leise in Zweier- und Dreiergrüppchen. Finger aus Sonnenlicht zeigen durch die Kirchenfenster. Mamas glänzender

Rollstuhl erinnert mich daran, in meiner Brust einen Platz für ihn zu schaffen, einen Platz, den er nicht verdient. Elder Paschal bekreuzigt Mamas Stirn. Greift in sein Gewand, zieht ein gerolltes Bündel Scheine heraus, gibt ihr zwei. Sie sagt danke, Sir. Gott segne Sie, Sir. Ohne jede Emotion. Und doch zerbricht ihre Stimme Glas in mir.

Die Paschals sehen mich. Beide sind grauhaarig und leicht krumm.

«Ach, Andy.» Mrs Paschal richtet ihren Wrapper.

«Schönen Sonntag, Sir. Schönen Sonntag, Ma», sage ich.

«Du machst das gut mit deiner Mutter», sagt sie.

«Der Herr ist mit dir, mein Sohn», sagt Elder Paschal. «Alle Tage.»

Der Herr, dessen Hostie (und Sohn) ich in seiner Sakristei esse; der Herr, an dessen Existenz ich eigentlich nicht glaube.

Ich lächle. «Danke, Sir. Danke, Ma.»

Mist, falsche Reihenfolge.

Die Paschals verabschieden sich. Gehen zum Ausgang. Nehmen ihren Minzgeruch mit.

Ich bin mit Mama alleine. Und das Schweigen beginnt.

Ihre Cornrows schauen unter dem Kopftuch hervor. Ihr Haar ist schwärzer als früher. Das Gesicht weniger faltig. Die Augen größer, das Weiße wässriger, die Lider geschwollen und fast starr.

Sie sieht mich an. Ihre Lippen öffnen sich.

Sag etwas, Mama.
Nenn mich bescheuert.
Sag, ich bin ein Idiot.
Nenn mich undankbar.

Aber sie schweigt.

Eine Begrüßung will aus mir heraus. Ich dränge sie zurück, schlucke sie runter.

Ich trete hinter den Rollstuhl, lege die Hände zitternd auf die Griffe.

Man würde denken, dass an ihren Beinen irgendetwas anders ist. Dass sie verdreht sind, lange Narben aufweisen, in Schienen stecken. Aber es sind dieselben Beine wie in unserem alten Leben. Die Beine, auf denen sie von Zimmer zu Zimmer lief, von unserem Haus zum Studio. Die weit ausgestreckt waren, wenn sie am Feuer saß und Egusi für uns kochte.

Ich schiebe sie durchs Hauptschiff nach draußen.

Gelbe Sonne. Rauschende Gmelinabäume. Ein kühler Wind.

Aber es liegt ein schwacher Rauchgeruch darin. Einmal kurz Luft anhalten, und er ist dahin. Schreie tönen im Rauschen der Bäume. Das Schluchzen der Toten. Die Klagen derer, die noch geboren werden sollten.

Am Nachmittag, als Mama aus dem Krankenhaus entlassen wurde, konnte ich endlich um sie weinen. An diesem Tag sah ich sie zum ersten Mal im Rollstuhl.

Ich saß in Zahrahs Wohnzimmer – unserem Wohnzimmer. Zahrah hatte Aunty Lizzy und mich dazu überredet, bei ihr einzuziehen, weil in ihrer Gegend weniger Muslime wohnen. Ich saß im Schneidersitz zwischen Zahrahs Formeln, chattete per E-Mail mit Eileen. Wir unterhielten uns über die Liebe. Darüber, dass sie willkürlich ist. Entropisch. Irrational. Zufällig. Zwei absolut unähnliche Elemente x und y aus verschiedenen Mengen, die zusammenaddiert eins ergeben und eine Differenz von null aufweisen, die im Grunde Hälften einer Sache sind.

Draußen hupte ein Transporter. Ich stand auf, ging mit ans Display geheftetem Blick zum Fenster. Lachte über eine witzige Bemerkung von Eileen. Antwortete mit einem Riesenschwall Emojis. Hatte zum ersten Mal das Gefühl, dass unsere Beziehung der Krabbelphase entwachsen war.

Draußen stiegen Zahrah und der Fahrer aus dem weißen Transporter. Der Fahrer öffnete die Seitentür. Hob ihn heraus. Den Rollstuhl. Stellte ihn auf die Straße – das Sonnenlicht brach sich auf dem Metall. Der beißende Geruch von Stahl schrie mich an, mir anzusehen, was ich getan hatte.

Zahrahs Telefon klingelte. Sie ging ran, bat den Anrufer, nicht sauer zu sein, sie sei schon unterwegs.

Zu zweit hievten sie Mama aus dem Wagen. Setzten sie in den Stuhl. Mamas Gesicht zuckte ein paarmal, sonst zeigte es keine Regung.

Der Geruch wurde stärker. Ich roch den Rauch darin. Ekelhaft. Hörte einzelne Schreie. Der Rollstuhl blendete meine Augen.

Der Fahrer schloss die Seitentür. Stieg wieder ein.

Zahrah und Mama blieben allein auf der Straße zurück. Mama hob die Hand, um die Augen vor der Sonne zu schützen. Zahrahs Telefon klingelte wieder. Sie zischte leise.

«Andy», rief sie. «Ich hab's eilig. Hilf mir, deine Mama ins Haus zu schieben.»

Ich rührte mich nicht. Konnte mich nicht rühren. Weil es mir in diesem Augenblick wie Schuppen von den Augen fiel. Die ganze brutale Wahrheit.

«Andy!»

Mama wird für immer ein Kind sein.

«Andy!»

Für immer!

Mama ließ die Hand sinken, Hass züngelte in ihren Augen.

Der Rollstuhl zu grell. Der Geruch zu ekelhaft.

«Worauf wartest du, Andy? Warum hast du dein Telefon fallen lassen?»

Steh auf, Mama.

Steh auf!

«Steh auf, Mama!», schrie ich.

Und die Welt blieb stehen.

Zahrah und Mama starrten mich an. Passanten murmelten. Eine Ziege musterte mich im Vorbeigehen.

8

Schwitzend und matt schiebe ich Mama in ihr Zimmer. Der Weg von der Kirche zu Zahrahs Haus war wegen der Sandlöcher in unseren steinigen, unbefestigten Straßen mühsam und hat noch länger gedauert, weil ich sie zu ihrem Studio gerollt hatte. Es ist schwarz, dunkler als unsere Haut, und stinkt nach faulen Eiern. Das Dach ist weg. Wenn man die eingedellten Wände berührt, rieselt schwarzes Zeug heraus, die Glastür liegt in tausend Scherben unter dem Vordach. Ruß hat aus dem Schriftzug *Glory Bright Photos* ein Wort gemacht, das nur Dämonen verstehen. Den Geschäften nebenan und dem Bordell gegenüber – alle von Christen geführt – ist es ähnlich ergangen. Aber anders als bei ihnen ist in Mamas Studio nichts mehr zu retten. Alles ist verkohlt, zusammengeschmolzen, Müll. Kameras und Blitzstative. Möbel und Hintergründe. Negative. Alles nur noch unkenntliche Erinnerung.

Aunty Lizzy hat Mamas Mittagessen auf ein Tischchen neben ihr Bett gestellt. Mama rollt darauf zu, hebt die Deckel von den Edelstahltellern. Yamsporridge und Fischragout – der Fischgeruch schlägt mir entgegen. Sie starrt auf die silberne Klingel daneben. Wendet den Blick zum Fenster. Draußen spielen drei Mädchen Tsallake, hüpfen mit glänzenden Knöpfen auf den Handrücken durch die Felder, die sie in Sand gezeichnet haben. Mama sieht ihnen zu, als würde sie gerne mitspielen.

Seit den Ausschreitungen brennt die beschissene Sonne pausenlos. Manchmal ziehen abends und morgens Wolken auf, und ein böiger Wind wirbelt Papier und Plastiktüten durch die Luft, aber es fällt immer noch kein Regen, obwohl wir Juli haben. Eigentlich sollte es um diese Jahreszeit schwere Regenfälle geben, die aufgeweichten Straßen müssten überschwemmt sein, unter jeder Dachtraufe sollten große Schüsseln stehen, um Trinkwasser aufzufangen. Nachts sollten in den Teichen Ochsenfrösche quaken, ihren Liebsten Geschichten aus früheren Leben erzählen, die uns in einen ruhigen, traumlosen Schlaf lullen. Es regnet fast überall, sogar in Sokoto, wo man die Sahara förmlich riechen kann. Der Mais und die Erdnüsse, die unsere Bauern im Mai und im Juni gepflanzt haben, sind dürre gelbe Fähnchen, überwuchert von kräftigem, grünem Unkraut. Viele in unserer Stadt – vor allem Leute, die von den Krawallen betroffen sind – behaupten, dass die zweiundzwanzig Opfer jener Nacht von Gott im Himmel Gerechtigkeit fordern und mit ihrem vergossenen Blut unseren Regen zurückhalten. Da fragt man sich natürlich, ob der Gott da oben – falls es ihn gibt – ein gerechter Gott ist und warum er die Heiligen genauso hart bestraft wie die Sünder, die er, nebenbei bemerkt, nicht mal am Sündigen hindert. Oder ist dieser Gott in Wirklichkeit HXVX, das die Krawalle inszeniert hat, um das Blut der Getöteten zu trinken, und jetzt zum Dessert unseren Regen stiehlt? (Kleiner Tipp: *dessert – s = desert. Wüste.*)

Seit Mamas Rückkehr aus dem Krankenhaus schiebe ich sie bereitwillig überallhin. Sie klingelt, ich bin da. Ich frage mich, wie sie zurechtkommt, wenn ich morgen nach Abuja fahre. Ich habe es ihr noch nicht mal erzählt. Aber Aunty Lizzy hat es, da bin ich mir sicher, wahrscheinlich lachend. Die Frau lacht pausenlos, ein lautes, falsches Lachen, das nicht von Herzen kommt, sondern von einem geheimen Ort, den sie vielleicht nicht mal selber kennt.

Mein Telefon klingelt. Ein Videoanruf von Zahrah.

«Yay, Andy Africa», lacht sie. «Wie geht's?»

«Hallo, Aunty Zahrah», sage ich.

Sie sieht gut aus. Enges Oberteil mit Spitzeneinsatz, wie immer rot. Auch ihre Frisur ist toll. Sie hat sich lange, dünne Zöpfe geflochten, sie ordentlich zusammengerafft und auf dem Kopf zu einem großen, glänzenden Donut gewickelt. Der oberste Zopf ist rot gefärbt. Typisch Zahrah.

Sie erkundigt sich nach Mama, nach meiner Fahrt morgen. Sagt, dass Kelani, der Mann, der auf Eileens Party behauptet hat, mein Vater zu sein, heute Abend vorbeikommt. Dass er mit Mama und mir sprechen will. Ich habe Zahrah nach ihm ausgehorcht, sie gefragt, woher sie ihn kennt, warum sie ihn zur Party mitgenommen hat. Sie antwortete, sie seien sich in Ososo begegnet, mehr wollte sie nicht sagen. «Sprich mit deiner Mama. Sie wird dir alles erklären.»

Er war einmal bei Mama im Krankenhaus, am Tag nach den Krawallen. Er saß mir gegenüber, starrte ohne ein Fünkchen Mitleid in seinen bösen Augen Mama an, die mit versteinerter Miene im Bett lag. Ich wollte ihm eine reinhauen, ihn an der bescheuerten Glatze packen. Er sagte nicht viel, blieb auch nicht lange. Zwischendurch sah er mich an, als wäre ich ein Haustier, das ihm gefiel, unschlüssig, ob er mich kaufen sollte, weil ich eines Tages vielleicht tollwütig werden und ihm in den Schwarzen Plattarsch beißen würde. Er legte Geld auf Mamas Nachttisch und ging. Seitdem habe ich nichts mehr von ihm gehört. Jedenfalls ist er ganz sicher nicht mein Vater. Unmöglich. Ich wäre lieber vaterlos, als so einen Zombie zum Papa zu haben.

«Hmm», macht Zahrah. «Ich habe gerade eins von deinen neuen Gedichten gelesen, Andy.»

«Welches?»

«Das, in dem du Afrika als Computersimulation beschreibst.»

«Ah, das mag ich sehr.»

Sie beugt sich vor. «Hmmm ... Manchmal frage ich mich wirklich, woher du deine Ideen nimmst ... Du behauptest also, HXVX habe diese Simulation erzeugt und / oder beute sie für seine Zwecke aus.»

«Ganz genau.»

Wie sonst erklärt man, dass wir trotz Sonne und Hunger dauernd lachen und tanzen, den Widerspruch zwischen den vielen Morden und der Korruption auf der einen Seite und den Kirchen und Moscheen an jeder Straßenecke auf der anderen? Wie sonst erklärt man den Blitz auf Mamas Rücken?

«Die Idee ist toll, das gebe ich zu», sagt Zahrah, «auch wenn ich sie ziemlich beunruhigend finde. Ich lese es noch mal und schreib dir ein paar Anmerkungen dazu.»

Ich frage nach ihrem Anifuturismusartikel in der britischen Zeitschrift. Sie sagt, dass die Reaktionen gemischt ausgefallen sind (das wundert mich nicht!). Ein Leser hat sie eine Hungerautorin genannt und versprochen, sie finanziell zu unterstützen, wenn sie schwört, nie mehr zu schreiben. Sie lacht; ich lache mit. Sie erzählt, dass sie sich jetzt mit Quanten-Anifuturismus beschäftigt, weil das der beste Weg sei, um grundlegende Thesen der anifuturistischen Lehre zu belegen. Dazu hat sie Nick Herberts Idee des «Quantenanismus» weiterentwickelt. Nach Herbert, fährt sie fort, sei alles im Universum sowohl ein Quant als auch ein animistisches System. Ergo lässt sich mit der Quantentheorie das Bewusstsein (und sogar das Leben) «unbelebter» Gegenstände sichtbar machen und mathematisch beweisen. Bislang fehlten dazu die erforderlichen mathematischen und theoretischen Voraussetzungen. Aber mit dem Anifuturismus und seiner Konfiguration der Permutationstheorie sei es möglich nachzuweisen, dass zwischen Quantenmechanik und Animismus ein zentraler Isomorphismus besteht. Wenn das gelingt, wäre das der endgültige Durchbruch, um das Bewusstsein zu verstehen und den Beweis für das Leben «unbelebter» Gegenstände zu erbringen.

«Und weißt du was, Andy? Ich habe gerade den Preprint eines revolutionären Beitrags von Hummels und Adegoke gelesen, in dem sie genau das machen! Sie haben mit der anifuturistischen Theorie den Beweis erbracht, an dem ich seit Monaten sitze. Genial, oder?»

Das interessiert mich so was von gar nicht, aber ich nicke brav. «Total genial, wirklich.»

Sie erkundigt sich wieder nach Mama. Ich sage, dass sie bei mir ist, und gebe Mama das Telefon. Sie nimmt es, ohne sich zu bedanken, und redet mit Zahrah auf Ososo. Zahrah erkundigt sich mehrere Male, ob es ihr gut gehe, ob sie etwas brauche.

«Mi só, Zahrah», sagt Mama und lächelt ein bisschen. «Mir geht es wirklich gut. Ich bin nur ab und zu ein bisschen müde. Wahrscheinlich wegen der Sonne. Aber mir fehlt nichts. Bald kann ich viele Sachen wieder alleine machen. Ohne Hilfe. Mal sehen, was noch von mir übrig ist.»

«Das freut mich sehr, Aunty mè», sagt Zahrah. «Schöne Grüße von Okorie.»

«Geht es ihm gut?»

«Wunderbar, danke. Er kann unseren großen Tag kaum noch erwarten!»

Eine Weile ist Mama still.

«Wie schade, dass ich nicht dabei sein kann», sagt sie.

«Ja, das ist es wirklich. Wir haben so viel darüber geredet, uns so darauf gefreut.»

✙

In Zahrahs Wohnzimmer stehen jetzt Stühle, zwei einfache weiße Plastikstühle. Zahrah hat sie für Mamas Besuch gekauft, nachdem Aunty Lizzy sie beschimpft und Mama und mich aufgefordert hatte, unsere Sachen zu packen und auszuziehen. Auch einen Plasmafernseher hat Zahrah gekauft. Stühle und Fernseher stehen in der langweiligsten Ecke des Zimmers, wo nur wenige Formeln auf dem Boden und keine Götterfiguren an den Wänden sind. Wenn Zahrah noch hier wohnen würde, wäre sie ganz sicher hart geblieben. Sie hätte auf uns eingeredet, unser physisches Ich an das Abbild in der Geisterwelt anzupassen. Das bescheidene Leben unserer Urahnen zu führen, deren Verbundenheit mit den Steinen und dem Universum noch unberührt war von den technischen Erfindungen des kolonialen Westens. Uns erklärt, dass wir durch dieses Opfer spirituell wachsen und im Einklang mit der Natur leben würden.

Aber sie gab sich nicht viel Mühe. Wahrscheinlich, weil sie schon nach Abuja abgezischt war, um mit Okorie in seinem riesigen, zweistöckigen Haus zu leben. Ganz sicher macht sie daraus den größten anifuturistischen Tempel auf dem ganzen Kontinent und füllt sogar die Flure mit abgedrehten Figuren.

Über einem Stuhl hängt ein Hijab, auf dem anderen liegen Bücher über Permutationen und Atheismus. Zwei habe ich flüchtig durchgeblättert: *Patterns in Permutations and*

Words von Sergey Kitaev, *Der blinde Uhrmacher* von Richard Dawkins. Fatima muss da sein. Sie kommt gelegentlich vorbei und übernachtet in Zahrahs altem Zimmer. Aunty Lizzy platzt jedes Mal herein, wenn ich mit Fatee darin bin. Sie lacht, denkt sich absurde Ausreden für die Störung aus. Einmal stürmte sie herein und behauptete, sie hätte den Schatten einer Ratte ins Zimmer huschen sehen. Weil Ratten ganz wild auf Papier seien, habe sie sich vergewissern wollen, dass Zahrahs Lehrbüchern nichts passiert, dabei sind Zahrah und ihre Bücher ihr scheißegal. Schon lustig, wie tief sie sinkt, um Fatee und mich am Ficken zu hindern. Sie weiß nicht, dass sie sich in dem Punkt keine Sorgen machen muss, dass ich mich, obwohl ich Fatee scharf finde, beherrschen kann, weil sie weder grüne Augen noch einen platinblonden Pferdeschwanz hat.

Aunty Lizzy pfeift in der Küche. Der Duft von gebratenen Kochbananen zieht ins Wohnzimmer. Mein Magen meldet sich. Aber zuerst muss ich die teuren Nikes ausziehen, damit sie nicht dreckig werden oder nach Banane miefen. Okorie hat sie mir aus Dubai mitgebracht. Er nannte sie «Gute-Laune-Stuff», zum Trost für das mit Mama.

Als ich mich auf mein Zimmer zubewege, ruft Aunty Lizzy aus der Küche nach Fatee. Die Frau ist einfach unfassbar laut. Ich wette, man würde sie in einem vollen Stadion flüstern hören.

«Ich warte!», ruft sie.

Die Tür zu meinem Zimmer geht auf, und Fatee kommt mit gesenktem Blick heraus.

«Hey, Fatee», sage ich mit tiefer, irrsinnig charmanter Stimme und hoffe, dass sie meine neuen Nikes sieht.

«Hi, Andy», sagt sie, ohne aufzublicken.

Sie begrüßt mich nie einfach nur mit Andy. Sie ist die

einzige andere Person im Universum, die mich mit diesem ultrabeschissenen Kunstnamen – Andy Africa – anreden darf, und die einzige, die ihm einen samtigen Touch verleiht.

«Wie geht's, Fatee? Alles gut bei dir?»

Ich mag ihre langärmlige Ankara-Bluse und die schwarze Hose.

«Ja, ja, alles bestens.» Sie zwingt sich zu einem Lächeln. Es ist schwer wie ihre Lider. «Ich war kurz in deinem Zimmer, um die hier zu holen.» Sie hält mir die Schale hin, die ich gestern Abend für meine Cornflakes genommen und dann einfach vergessen habe. Ihre Hände zittern, als hätte ich sie beim Klauen erwischt.

«Aunty Lizzy braucht sie», fügt sie hinzu.

«Ah, okay. Sorry, dass ich sie nicht abgewaschen habe.»

«Kein Problem.»

«Geht es dir wirklich gut? Du siehst –»

«Ja, alles okay. Die Sonne ist heute einfach schrecklich heiß.»

«Stimmt», sage ich und frage mich, warum jeder alles auf die unschuldige Sonne schiebt. Ist sie überhaupt unschuldig? Oder lässt sie sich von HXVX missbrauchen?

Fatee trägt kein Kopftuch. Ihre Haare sind zu Cornrows geflochten, die ihr über Rücken und Schultern fallen. Sie sind ungleichmäßig, und ein, zwei haben sich leicht gelöst, als hätte sie daran gezogen oder sich am Kopf gekratzt.

Sie weicht meinem Blick aus, als hätte ich sie irgendwie verletzt. Als wollte sie sich noch ein bisschen in ihrem Schmerz suhlen. Das ist nicht die Fatee, die scheu lächelt, wenn sie mich sieht. Deren Augen zwei große, offene Spiegel sind, die mit mir spielen. Meistens erkenne ich darin verborgene Freude, ein heimliches Ja! Ich bin mir sicher, dass dieses Ja! nicht auftaucht, wenn sie mit anderen zusammen ist, auch nicht mit ihrer besten Freundin Zahrah.

«Ganz sicher, Fatee? Kann ich etwas für dich tun?»

«Mir geht's gut, ehrlich», sagt sie, und ein Hauch der schüchternen Freude kommt zu ihr zurück.

«Okay. Bock auf einen Film?»

«Klar.»

«Ich hab gestern was Geiles gefunden.»

«Wieder eine Raubkopie?», sagt sie lächelnd.

«Ja. Leider. Eine Sammlung mit allen Aronofsky-Filmen. Krass, oder?»

«Cool.»

«Zahrah würde ausrasten.»

«Stimmt.»

Obwohl Zahrah vom Fernsehen nichts hält, guckt sie auf ihrem Laptop oder auf dem Fernseher in ihrem Zimmer jede Menge Filme. Sie sagt, dass sie nicht gegen das Kino an sich ist, dass man aus Filmen ungeheuer viel lernen kann. Man muss sie jedoch im afrikanischen Kontext beurteilen und darf sie nicht über oder neben unsere Götter, unsere Kultur und unser Leben stellen.

Fatee und ich gehen in die Küche.

«Guten Tag, Aunty», sage ich zu Aunty Lizzy.

«Andy, Andy», sagt sie. «Der größte Junge der Stadt.»

Diesen Scheiß sagt sie ständig, und mir fällt nie eine passende Antwort darauf ein. Entweder zwinge ich mich zu einem Lächeln, oder ich lache begeistert über den tollen Witz, wenn mir nach Theaterspielen ist. Heute habe ich keine Lust, darauf zu reagieren, erst recht nicht nach dem, was sie gestern Abend gesagt hat.

Sie ist groß, größer als Mama, so groß wie ich. Sie ist so dunkel wie Mama, aber ihre Brombeerhaut ist strahlender und straffer als die der meisten Frauen, die ich kenne. Sie trägt gerne Tanktops und Shorts, um ihre trainierten Oberarme und Schenkel zu zeigen, als wäre sie Lupita Nyong'o oder so. Irgendwann werde ich mich dafür hassen, aber ich finde sie schöner als Mama. Vielleicht liegt es an ihrer Jugend; vielleicht sah Mama, als sie in ihrem Alter war, sogar noch besser aus. Was soll's, sie ist jedenfalls völlig anders als Mama. Sie ist extrem laut, extrem herrisch und lässt außer sich niemanden zu Wort kommen. Manchmal redet sie mit Mama, als wäre Mama nicht ihre ältere Schwester, sondern ein zehnjähriges Kind. Manchmal schnauzt sie sie sogar an. Wenn sie das tut, klammere ich mich an den Stuhl, damit ich nicht aufspringe und ihr ins Gesicht schnippe.

Kein Wunder, dass Aunty Lizzy und Zahrah oft aneinandergeraten sind. Sie haben sich über Geld, Essen und Religion gestritten, und Aunty Lizzy hat Zahrah unzählige Male als Hexe beschimpft. Vielleicht ist Zahrah deswegen nach Abuja abgehauen, und wir dürfen uns jetzt alleine mit ihr rumschlagen.

Aunty Lizzy kam sofort nach Kontagora, als Zahrah ihr am Telefon das mit Mama mitteilte. Sie blieb drei Tage und drei Nächte im Krankenhaus, wartete darauf, ohne sich zwischendurch frisch zu machen, dass Mama aus dem Koma aufwachte. Zahrah, Fatee und ich mussten sie förmlich anbetteln, nach Hause zu gehen, zu duschen und zu schlafen.

«Und, Andy?», sagt Aunty Lizzy. «Wie war die Messe? So nennt ihr Katholiken das doch, oder? Klingt wie eine Verkaufsschau.»

Typisch Aunty Lizzy. Sie labert einfach extrem viel Unsinn.

Fatee wäscht die Schale ab, dann stellt sie sie zum Trocknen ins Abtropfgestell und sieht uns beiden zu.

«Die Messe war cool», sage ich.

«Cool? Hältst du das für die richtige Beschreibung für den Bund zwischen Gott und den Menschen?»

Ich bin heute null in Lizzy-Stimmung.

«Die Messe war sehr bewegend, spirituell und anregend», sage ich.

«Okay. Benutz ruhig alle schlauen englischen Wörter, die du kennst. Das bringt Zahrah euch doch bei, abi? Aber hast du auch für deine Mama gebetet?»

Der Aunty-Lizzy-Klassiker: geschickt ein totes Gespräch wiederbeleben.

«Ja, hab ich. Ich war heute sogar Ministrant und habe die Hostienschale gehalten.»

«Cool», sagt sie, als wäre sie wegen dieses Wortes nicht gerade über mich hergefallen. «Wie schmecken diese weißen Dinger eigentlich? Ihr Katholiken seid so unglaublich weiß.»

Gott, geht mir die Frau auf die Nerven.

Sie besucht eine Pfingstkirche, deren Namen ich vergessen habe. Der Gottesdienst ist samstags. Sie behaupten, das sei der echte Feiertag. Dass wir Katholiken falsche Christen seien. Uns einbilden, wir könnten uns die Wahrheit nach Belieben zurechtbiegen, weil wir weltweit Milliarden Anhänger hätten. Gestern kam sie mit einer Plastikpuppe aus der Kirche, die sie einen «geistlichen Wächter» nannte. Sie hat Riesenaugen, ein großes gemaltes Kreuz auf dem Gesicht und soll böse Geister abschrecken. Sie hat die Puppe ins Wohnzimmer gehängt, direkt über den Fernseher. Sie glaubt, dass in Zahrahs anifuturistischen Figuren lauter böse Geister hausen, die verhindern, dass Mama wieder ganz gesund wird. Außerdem behauptet sie, dass die außergewöhnlich schnellen Fortschritte, die Mama im Krankenhaus gemacht hat, seit dem Einzug bei Zahrah fast zum Stillstand gekommen seien.

Ich bin immer noch verletzt wegen der gemeinen Dinge, die sie mir in den paar Tagen, als ich nicht bei Mama im Krankenhaus war, an den Kopf geworfen hat. Aber am meisten hat mich getroffen, was sie gestern Abend gesagt hat, als ich mir in der Küche meine Cornflakes machte.

Sie fragte mich, ob ich Mama verziehen hätte, dass sie meinen Papa, Kelani, von mir ferngehalten hat. Die Frage kam wie aus dem Nichts – wir hatten uns gerade über ihre Fischteiche und Welse in Kaduna unterhalten. Als ich mich gefangen hatte, sagte ich, dass Kelani ganz bestimmt nicht mein Papa ist, dass wir nichts gemeinsam haben, uns nicht mal ähnlich sehen, und dass ich Mama glaube, weil sie mich in solchen Sachen nicht belügt. Aunty Lizzy legte ihre Hand auf meine Schulter und sagte, dass es schwer für mich sein muss, erwachsen zu werden.

«Du musst ihn akzeptieren, Andy», sagte sie.

«Und warum?», fragte ich.

«Er ist dein Vater. Dein richtiger Vater. Ein Junge braucht seinen Papa», sagte sie, als wäre ich ein Kleinkind, das den Reißverschluss an seiner Hose nicht findet. «Ohne deinen Papa wird nie ein richtiger Mann aus dir.»

«Bitte was?!» Ihre Hand fühlte sich auf meiner Schulter an wie eine Nacktschnecke. Ich schob sie weg.

Sie wiederholte es noch mal.

«Er ist dein richtiger Papa, Andy. Deine Mutter hat ihn aus Egoismus vor dir versteckt, wegen einer Meinungsverschiedenheit. Glaube mir, ich bin auf deiner Seite. Es ist meine Pflicht, dich zu beschützen, auch vor deiner Mutter. Ja, das ist nicht leicht. Aber du musst versuchen, Kelani anzunehmen. Tust du es nicht, wirst du später sehr unglücklich sein, glaub mir. Du bist noch zu jung, um zu ermessen, was du versäumt hast.»

«Kannst du bitte damit aufhören?»

«Andy», sagte sie ganz sanft. «Ich verstehe, wie schwer das für dich sein muss. Keine Ahnung, wie ich mit dieser Situation fertig geworden wäre. Ich wäre wahrscheinlich durchgedreht. Ich meine, wie hätte ich damit leben sollen, dass meine eigene Mutter so grausam ist, mir den Vater vorzuenthalten?»

«Sei still!»

«Es tut mir leid, Andy. So leid. Bitte weine nicht. Du sollst wissen, dass ich –»

«Sei still. Sei endlich still!»

Und ich warf die Packung mit den Cornflakes nach ihr.

Jetzt, als ich mir Essen nehme, fragt sie mich, ob es mir wieder besser geht, als würde sie das irgendwie interessieren. «Du hast dich nämlich noch nicht für dein Verhalten von gestern Abend entschuldigt. Ich wollte nur helfen.»

Ich reagiere nicht. Nehme wortlos die Teller mit Porridge, Fischragout und Bananen und verziehe mich ins Wohnzimmer. Ich fühle mich schlecht, weil ich Fatee mit ihr alleine lasse.

Ich setze mich vor den Fernseher, balanciere die Teller auf den Knien. Zahrah wäre stolz auf mich. Sie würde sagen, dass ich trotz ihrer Abwesenheit meinen anifuturistischen Wurzeln treu bleibe.

Aunty Lizzys Worte von gestern gehen mir nicht mehr aus dem Kopf. Auch nicht Grandmas Brief. Was, wenn ich wirklich Kelanis Sohn bin? Vielleicht hat Mama sich von ihm getrennt, bevor ihm klar wurde, dass sie schwanger war. Vielleicht hat er ihr etwas Schreckliches angetan, das sie ihm nicht verzeihen kann.

Nein. Wenn er wirklich mein Vater wäre, wäre bei unserer ersten Begegnung irgendwas mit mir passiert. Irgendetwas wäre in mir hochgekommen. Aufgewacht. Hätte sich gestreckt und nach fünfzehn Jahren die Augen geöffnet. Wäre in dem Moment aus mir herausgeflogen, als ich ihn sah.

Aber da war nichts.

Null.

Nada.

✚

Fatee sitzt neben mir auf dem Fußboden. Es ist Ramadan, und sie darf erst nach Sonnenuntergang essen und trinken. Sie tut mir leid, wegen ihrer trockenen Lippen, den trägen Handbewegungen, den Schatten in ihren Augen. Ich frage mich, ob die Schatten vom Fasten, von etwas anderem oder von beidem kommen.

Auf die eine oder andere Weise nimmt die ganze Stadt am Ramadan teil. Um drei Uhr morgens ziehen muslimische Kinder von Haus zu Haus, schlagen auf leere Plastikkanister, singen: «A tashi!», und reißen alle aus ihren *Legend-of-Zelda*-Träumen. Unsere muslimischen Nachbarn stehen auf, essen sich satt, erzählen sich Geschichten und lachen, während der Mond wie ein platinfarbenes C durchs Fenster lugt. Wenn um fünf der Ruf zur Salāt ertönt, ist Schluss mit Essen. Viele legen sich nach dem Gebet wieder hin und schlafen bis Mittag, sodass die Geschäfte erst am Nachmittag öffnen. Während des Ramadan sind Muslime richtig cool. Sie grüßen auf der Straße mit «Assalamu alaikum», geben den Bettlern Almosen und bescheißen dich nicht, wenn du bei ihnen einkaufst.

Die Moschee hinter unserem Haus ruft zum Gebet. Die Lautsprecher anderer Moscheen in der Umgebung springen knisternd an. Aus allen Richtungen tönen Pfeifgeräusche.

Fatee geht in Zahras Zimmer, kommt mit einem Gebetsteppich und einem Plastikkessel zurück. Sie nimmt den Kessel zur rituellen Waschung mit nach draußen. Ein paar Minuten später schlurft sie mit nassem Gesicht und tropfenden Haaren wieder ins Wohnzimmer. Sie nimmt den Hijab vom Stuhl, setzt ihn langsam auf. Rollt den Teppich Richtung Mekka aus, stellt sich davor, hebt die Hände an die Ohren.

«Allahu akbar», sagt sie.

Sie betet eine Minute lang mit gesenktem Kopf. Dann kniet sie sich hin, berührt mit der Stirn den Boden. «Allahu akbar.» Sie flüstert noch andere Gebete, ein leises Zischen.

Kurz darauf verändert sich das Flüstern. Jetzt klingt es wie ein Krächzen. Wie ein Vogel, der sich danach sehnt, hinauf zum Gipfel der Welt zu fliegen, und jedes Mal unterwegs abstürzt. Nicht Stürme drücken ihn nach unten, sondern der Aufruhr in seinem Herzen.

Dann schlägt sie plötzlich mit ihrer Hand auf den Boden ein. Steht auf. Sieht ihren Schuh. Nimmt ihn und schleudert ihn in die Ecke.

Als sie meinen entgeisterten Blick bemerkt, murmelt sie irgendwas in sich hinein, holt den Schuh und verschwindet mit dem Teppich in Zahrahs Zimmer. Mein Porridge ist halb aufgegessen, als sie wieder auftaucht.

Ich wollte, ich könnte aufstehen und sie drücken, aber ich bin wie festgeklebt. Sie setzt sich neben mich, als wäre nichts gewesen. Den Hijab hat sie wieder abgenommen. Sie riecht anders, hefig, irgendwie vergoren.

«Wo ist der Film?», sagt sie, bemüht, normal zu klingen.

«Was ist los, Fatee?», sage ich.

«Ich will nicht darüber reden.»

«Okay.»

Auch das ist nicht meine Fatee. Oder kenne ich sie gar nicht richtig, trotz der vielen Bücher, die wir getauscht haben, der gemeinsamen Spaziergänge und Diskussionen über Schwarze Löcher? Es ist traurig und peinlich, dass ich die ganze Zeit damit verdaddelt habe, den Klappentext zu ihrem Leben auswendig zu lernen, über ihre Figur und ihre Brüste nachzudenken. Nur ein Passant in ihrer Welt gewesen bin.

Ich lege die DVD ein.

«Welchen gucken wir zuerst?»

Beim Griff zur Fernbedienung sehe ich, dass sie von meinen Kochbananen nascht.

«Du hast doch nichts dagegen, oder?», sagt sie.

«Greif zu, Babe.»

Ich wünschte, sie würde mit mir reden. Nicht, dass ich es nicht genauso mache, wenn Haken mir Löcher in die Brust reißen. Ich sage zu niemandem ein Wort. Alle in unserem Alter sind so. Die meisten Erwachsenen glauben, dass es uns gut geht, dass alles relativ problemlos läuft, nur weil wir noch nie versucht haben, uns aufzuhängen.

«Danke», sagt sie. «Lass uns mit *Pi* anfangen.»

Der Film beginnt. Wir essen unsere Bananen, reden über die Schauspieler, lachen bei lustigen Szenen. Zur Information: Wenn man sich mit Fatee einen Film ansieht, herrscht sie über die Fernbedienung. Sie drückt eine Million Mal auf Pause. Spult zurück, um sich noch mal eine Szene anzusehen oder eine witzige Dialogzeile anzuhören (die sie dann mitspricht), und spult dann schnell wieder vor. Sie sagt, sie braucht das als Gedächtnishilfe, weil sie keine Lust hat, sich Filme zweimal anzusehen.

Ich gehe in die Küche, um mir Porridge und Bananen nachzunehmen. Als ich zurückkomme, fällt der Strom aus.

«Danke, NEPA», rufen wir gleichzeitig.

«Diese Arschlöcher», sage ich.

«Stimmt», sagt sie und schnappt sich noch ein Stück Banane.

Nach dem Essen verschwindet sie in Zahrahs Zimmer und kommt mit einem Springseil zurück.

«Du hast gerade erst gegessen», sage ich.

«Ich werde schon nicht sterben», sagt sie lachend.

Wir gehen in den Hinterhof, und sie springt im Sand. Anschließend geht sie auf alle viere und macht einen Kopfstand. Dann einen Unteramstand, dann einen Handstand. Ihre Hände und Füße hinterlassen Abdrücke im Sand. Sie lacht, und ich lache mit, während sie lauter Dinge macht, die ich mich nie trauen würde.

«Na los, Andy. Das kannst du auch!»

Und eine minikurze Sekunde lang wünsche ich mir wieder, ich könnte sie heiraten. Wir würden zusammen Yoga machen, Kochbananen essen, lachen, uns experimentelle Filme ansehen. Aber Musliminnen aus dem Norden heiraten keine Christen aus dem Süden. Eher stößt du im Hinterhof auf ein knutschendes Paar Aliens. So eine Ehe ist von Beginn an zum Scheitern verurteilt, weil, wo soll zum Beispiel die Trauung stattfinden? Und wären die Kinder dann muslimische Christen oder christliche Muslime, nordnigerianische Südnigerianer oder südnigerianische Nordnigerianer?

Aber hey, übers Heiraten sollte ich mir jetzt keine Gedanken machen – bis dahin dauert's noch Jahrhunderte. Falls es dazu kommt, lassen Fatee und ich uns schon irgendwas einfallen. Wir könnten zum Beispiel radikale Anifuturisten werden. Oder unsere eigene Religion gründen, die uns das Zusammensein erlaubt. Sprich, nichts kann uns daran hindern, uns aneinanderzuklammern, uns zu küssen, wenn niemand guckt, die Hand unter die Kleidung des anderen zu schieben.

Ich kaue an meiner Fingerkuppe, vergleiche Fatee mit Eileen. Wer ist klüger? Wer witziger? Während ich Fatee beim Yoga zusehe und meine Finger in den Abdrücken ihrer Hände und Füße versenken will, drängt sich mal wieder die Frage auf, was mich eigentlich zurückhält. Bisher dachte ich, die Sache wäre klar. Dass es so ist, weil sie Muslima ist und ich Christ. Weil sie aus dem Norden kommt und ich aus dem Süden. Dass es wegen diesem ES ist, wegen HXVX. Aber jetzt überlege ich, ob es in Wirklichkeit an mir selber liegt. Vielleicht habe ich mich einfach nicht genug angestrengt, sie zu lieben. Obwohl ich ständig das Gefühl habe, dass ich es später mal bereuen werde, nicht mit ihr zusammen zu sein. Denn: *Fatee – e = Fate. Schicksal.* Meine Fatee. Mein Schicksal.

Sie wechselt in den Seitenstütz, und ich bemühe mich, nicht auf ihre Brüste zu glotzen. Ich erzähle ihr von meinem Simulationsgedicht, das Zahrah beunruhigend, aber klug findet.

«Ich bin fest davon überzeugt, dass wir in einer Simulation leben, Fatee, wir und alles auf diesem Kontinent. Sie wird von einem Computer erzeugt, der von einem Schwarzen Loch oder so angetrieben wird. Diese Simulation ist so groß und so mächtig, dass wir darin sogar hinaus in die reale Welt außerhalb des Kontinents gelangen können.»

Sie antwortet nicht. Sie steht leicht schwankend in der Baumhaltung, legt die Hände vor der Brust zusammen.

«Da bin ich anderer Meinung, Andy.»

«Wieso?»

«Behauptest du, nur die Welt außerhalb des Kontinents ist real?»

«Fatee, ich rede hier von einem Supercomputer. Er wird von einem riesigen Schwarzen Loch mit Energie versorgt. Dem in der Mitte der Milchstraße.»

«Sagittarius A*?»

«Genau.»

«Nein, das glaube ich nicht. Mehr gibt's dazu nicht zu sagen.»

«Warum bist du dir da so sicher?»

Sie schweigt. Wie immer, wenn sie keine Antwort hat.

«Ich glaube, Sagans Leitsatz beantwortet dein Problem», sagt sie schließlich.

«Inwiefern?»

«Wer eine so gigantische Behauptung aufstellt, muss auch entsprechende Beweise liefern, und die hast du nicht. Und das ist, um mit Ockhams Rasiermesser zu sprechen, auch schon alles. Es gibt keine Simulation oder dergleichen. Außerdem lässt sich auf dem Kontinent alles mit dem Kausalitätsprinzip erklären. Eine Simulation wäre zwar möglich, aber aus empirischer Sicht und so weiter halte ich das für äußerst unwahrscheinlich, auch deshalb, weil das Bewusstsein so komplex ist, dass kein Programm es simulieren könnte.»

«Aber Fatee, Sagans Leitsatz und Ockhams Rasiermesser haben nichts mit Wissenschaft zu tun.»

«Ach, nein? Dann hat deine Hypothese auch nichts mit Wissenschaft zu tun. Sie lässt sich nicht verifizieren.»

«Ach komm, Fatee. Ein Computer mit unbegrenzter Eingabemenge und unbegrenzter Rechenleistung würde das problemlos hinkriegen. Warum verstehst du das nicht?»

«Kein Grund, dich aufzuregen, Andy.»

«Wir befinden uns in einer Simulation, Fatee.»

«Wenn das wirklich stimmen würde, wo kommen dann die Daten her? Wer hat diesen Computer entwickelt? Sind die Entwickler auch Teil der Simulation? Du kannst nicht mal beweisen, dass so ein Computer gebaut werden kann.»

«Aber Computer werden immer besser!»

«Natürlich werden sie das.»

«Warte noch tausend Jahre. Dann machen sie alles.»

«Jetzt reg dich doch nicht so auf. Warum nimmst du das Ganze so persönlich?»

Weicht sie einfach meinen Argumenten aus? Sonst diskutiert sie nie unfair.

Ich hole mein Telefon raus. Keine Nachrichten von Eileen. Ich frage mich, was sie gerade macht. Siesta vielleicht. Sie ist das einzig Reale in diesem Land der Simulationen.

Fatee kapiert einfach nicht, wie wichtig diese Sache ist. Wahrscheinlich sind wir nicht ineinander verliebt, weil wir in einer Simulation gefangen sind. Mein Drang, Meere zu überqueren, und mein Verlangen nach Eileens blondem Haar wurden bestimmt schon bei meiner Zeugung programmiert.

Als Fatee in die Meditationshaltung wechselt, springt der Strom wieder an.

«Es lebe NEPA», sagt sie.

Auch ich will NEPA feiern, aber ich halte mich zurück. Denn das mache ich schon mein ganzes Leben, und sie kappen trotzdem ständig den Strom. Wenn Fatee einen Beweis braucht, dass hier alles scheiße läuft, ist unsere Stromversorgung das beste Beispiel.

Wir gehen wieder ins Wohnzimmer, setzen uns auf den Fußboden, gucken den Film weiter. Fatee findet, er hätte eine Oscarnominierung verdient, wenn nicht für die Kamera, dann wenigstens fürs Drehbuch, weil es so locker eine Brücke zwischen Wissenschaft und Religion schlägt. Normalerweise würde ich ihr widersprechen, aber ich nicke bloß.

✛

Wir wechseln zu *Requiem for a Dream*. In der Auftaktszene streiten sich Mutter und Sohn. Während ich darüber nachdenke, wann Mama und ich das letzte Mal so heftig aneinandergeraten sind, merke ich, dass Fatee ganz starr wird. Sie steht auf, verschwindet in Zahrahs Zimmer. Bestimmt musste sie an die Zeit denken, als ihre Mutter sie mit der Hundeleine verprügelte und sie mit kochendem Wasser übergoss, und sie hat jede Misshandlung noch mal durchlebt. So ist das wohl mit Traumata. Ein Federstrich genügt, um einen Erdrutsch in dir auszulösen.

Dieses Mal stehe ich auf und folge ihr.

Sie liegt auf dem Bett, das Gesicht vergraben in einem Kissen. Ich mache die Tür hinter mir zu. Der surrende Ventilator verteilt den Geruch von Büchern im Zimmer. Sie stehen nach Themen geordnet in großen Regalen, Bücher über Permutationen, Voodoo, Frühgeschichte, Futurismus, Afrofeminismus, Pflanzenanatomie.

Ich setze mich aufs Bett, suche ihren Körper nach frischen Narben ab. Nichts. Die dünne Narbe an ihrem Hals ist noch schwach zu erkennen. Die an ihren Händen scheinen verschwunden zu sein.

Ich rücke näher. Lege ihr sanft die Hand auf die Schulter.

Ihr Körper erstarrt wieder. Sie dreht sich zur Seite, sieht mich feindselig an. Schlangen ringeln sich in ihren Augen, die Giftzähne bereit zum Biss.

Ich ziehe die Hand zurück, und sie drückt das Gesicht wieder ins Kissen. Ich weiß nicht, was ich sagen soll. Tierärzte müssen die schlausten Menschen auf dem Planeten sein. Wie soll man jemanden behandeln, der seinen Schmerz nicht beschreibt?

«Fatee», sage ich.

Sie antwortet nicht.

Ich lege die Hand auf ihren Rücken. «Fatima.»

«Fass mich nicht an. Verschwinde.»

Ich rühre mich nicht.

Sie dreht sich rasend schnell um, schlägt meine Hand weg und klatscht mir ins Gesicht.

«Nicht, Fatee.» Ich halte ihre Hände fest. Mein Gesicht brennt wie Feuer.

Sie wehrt sich, reißt sich los, schlägt noch mal zu.

Ich stehe auf. Gehe zur Tür. Öffne sie. Aber ich kann nicht gehen.

Sie vergräbt das Gesicht wieder im Kissen und klammert sich mit beiden Händen daran fest, als wollte sie sich ersticken. Die Adern an ihren Unterarmen treten hervor.

Mein Gesicht brennt noch immer. Ich mache die Tür wieder zu.

«Lass das, Fatima. Bitte. Du kriegst ja keine Luft mehr.»

Sie hebt den Kopf. Dreht sich in Embryostellung. Sie sieht aus wie eine alte Frau, die alte Frau, die sie einmal sein wird. Knochig, das Gesicht zerknittert, die Haare zerrupft und hässlich. Wo nimmt meine schlanke, lächelnde Fatee bloß die ganze Wut her? Wo hat sie die in ihrem zarten Körper versteckt? Damit ist bewiesen, dass es mehrere Fatees gibt. Fatee β, γ, δ ... χ, ψ, ω, und diese Fatee, die tobt und um sich schlägt, ist nur eine aus der langen Reihe.

Ich kehre um, stelle mich ans Fußende des Bettes,

schwöre mir, sofort zu gehen, wenn sie mich noch einmal schlägt.

«Was ist los, Fatee?»

Sie dreht mir mit geschlossenen Augen das Gesicht zu. «Du», flüstert sie.

«Ich? Wie meinst du das?»

Sie schüttelt den Kopf. «Ich vermisse Zahrah.»

«Das tun wir alle. Aber warum bist du so –»

«Sie ist meine einzige Freundin. Der einzige Mensch, dem ich vertraue. Der einzige, mit dem ich reden kann.»

«Ich bin doch auch dein Freund, Fatee.» Ich setze mich hin. «Wir sind Freunde seit der ersten Klasse, viel länger, als du Zahrah kennst.»

«Wir waren Freunde.»

«Was meinst du mit *waren*? Ich bin immer noch dein Freund.»

«Bist du nicht.»

«Doch, Fatee.»

«Du hast mich angelogen.»

«Jetzt hör aber auf. Was redest du denn da?»

«Du hast behauptet, etwas zu sein, das du nicht bist.»

«Was denn?»

«Mein Freund.»

«Fatee? Warum tust du das? Habe ich irgendwas falsch gemacht? Ich entschuldige mich dafür. Es tut mir leid.»

Sie streckt die Beine aus. Reibt sich mit dem Handrücken das Gesicht.

Ich lege mich zu ihr aufs Bett. Sage, dass es mir leidtut. Dass sie mir verzeihen soll. Dass sie mir endlich erzählen soll, was los ist.

«Gestern ist es wieder passiert», sagt sie.

«Was ist gestern passiert?»

«Ich vermisse Zahrah.»

«Warum?»

«Nur sie kann das verstehen.»

«Was verstehen?»

Sie erzählt, dass ihr Vater gestern Abend in ihr Zimmer kam, als sie schon schlief. Dass es lange nicht passiert sei, nicht mehr, seit ihre Mutter ihn – sie beide – vor Monaten fast erwischt hatte. Dass sie nachts wach im Bett liegt, wenn er da ist. Immer denselben Schatten an der Wand sieht, den Schatten mit dem großen Kopf, der sich langsam auf sie zubewegt. Dass er zum Glück die meiste Zeit in Abuja ist. Aber gestern Abend kam er überraschend nach Hause. Sie war nach einer anstrengenden Yogastunde früh ins Bett gegangen und schlief fest, als er in ihr Zimmer kam. Diesmal ging er nicht weit. Sie hatte laut geschrien. Ihm gedroht, ihrer Mutter alles zu erzählen. Er lachte nur, weil er wusste, dass sie sich das nicht trauen würde. Sie wussten beide, dass ihre Mutter ihr die Schuld geben, sie mit kochendem Wasser quälen würde, wenn sie sich ihr anvertraute. Schließlich hatte sie schon wegen Kleinigkeiten Schlimmeres mit ihr gemacht.

«Ich kann immer noch nicht glauben», sagt Fatee, «dass das der Mensch ist, der in unserer Moschee predigt. Er redet gern von Heiligkeit und Treue. Lamentiert darüber, dass Eltern ihren Kindern heutzutage kein gutes Vorbild mehr sind.»

Ich lege den Arm um sie. Sie schiebt ihn weg. Ich sehe sie an, sage, dass es mir leidtut, so unendlich leid, verspreche ihr aus tiefstem Herzen, dass das nie wieder passieren wird.

Wir wissen beide, dass meine Versprechungen Bullshit sind, die Worte einen kleinen Kindes. Dass ich viel zu machtlos bin, um ihr zu helfen. Sicher, ich könnte zur Polizei gehen, aber was würde das bringen? Sie würden Schmiergeld verlangen, meine Aussage aufnehmen und nichts tun, wie damals nach den Krawallen, als ich den Angriff auf Mama angezeigt hatte. «Bist du der einzige Junge, dessen Mutter verletzt wurde?», fragte der Polizist und tippte mir mit dem Schlagstock an den Kopf. «Die Mütter von anderen wurden getötet, und die haben uns nicht nachts aus dem Schlaf geholt.» Dazu kommt, dass Fatees Vater einen Minister in Abuja berät und über jede Menge politische Verbindungen verfügt. Die Polizei würde mich bei einer Anzeige wahrscheinlich verhaften, wegen Verleumdung eines unbescholtenen, fleißigen Staatsdieners.

Am schlimmsten sei, sagt Fatee, dass sie nur, wenn ihr Vater zu Hause sei, ihre Freiheit habe. Sie könnte aufhören zu beten, sich sogar weigern zu fasten, und ihr Vater würde ihrer Mutter den Mund verbieten, wenn sie sich deswegen beschwert. Sie könnte das neuste iPhone verlangen, und ihr Vater würde es ihr sofort kaufen. Wenn er zu Hause ist, verhöhnt sie ihre Mutter und widersetzt sich ihren Anweisungen, um sich für die Ohrfeigen und die Prügel zu rächen, die sie in seiner Abwesenheit bekommt, obwohl sie genau weiß, dass ihre Mutter es ihr später doppelt heimzahlt.

«Ich bin gemein gewesen», sagt sie, «richtig fies.»

Sie schnäuzt in ein Taschentuch.

«Lange Zeit habe ich geglaubt, alle Männer wären gleich. Lügner, Betrüger, böse. Nur darauf aus, mir wehzutun. Und dann kamst du. Du warst nett. Fürsorglich. Hast mir geholfen, meine Wunden zu behandeln. Mir immer zugehört. Ganz anders als die meisten Jungs an der Schule. Und ich fing an, dich zu mögen. Stellte mir eine Zukunft mit uns beiden darin vor. In der wir zusammen wären und du mich nie verletzen würdest. Und dann sah ich heute, was du in dein Tagebuch geschrieben hast. Blonde Mädchen? Zöpfe? Eileen? Ich verstehe das nicht. Was findest du an ihr? An weißen Mädchen? Was ist so besonders an ihrer Hautfarbe? Hörst du mir zu? Ich habe dich etwas gefragt, Andy. Sag etwas. Rede mit mir!»

✛

Mama, Aunty Lizzy und ich warten im Wohnzimmer auf Kelani. Draußen geht die Sonne unter. Das Licht ahmt den Morgen nach, aber es ist müde, schwebt kraftlos über allem. Kleine Mädchen in Hijabs ziehen von Haus zu Haus, auf den Köpfen Tabletts mit Zwiebeln und Tomaten. Zwei bleiben an unserem Tor stehen, preisen ihre Ware an. Aunty Lizzy ruft ihnen zu, dass wir nichts brauchen, dass sie sich das Wiederkommen sparen sollen, weil wir ihr Gemüse nicht haben wollen. Die Mädchen gehen stumm weiter. Sie sind solche Abfuhren gewohnt, obwohl sie erst fünf oder sechs sind. Morgen kommen sie wieder. Irgendwann, mit vierzehn oder fünfzehn, heiraten sie, geben das Hausieren auf und führen ein abgeschirmtes Leben in Parda.

Mama sitzt kauend in ihrem Rollstuhl. Ihr Blick wandert durchs Zimmer. Verweilt auf Kelanis Stuhl, der so weit weg wie möglich von uns steht, dann auf der Götterfigur mit den Afrika-Augen. Streift das *Guernica*-große Gemälde am Ende des Zimmers, die Formeln auf dem Boden, fällt auf die Schrödingergleichung zu ihren Füßen. Sie betrachtet sie mit zusammengekniffenen Augen, als würde sie sie endlich begreifen, ihre Macht spüren, erkennen, dass Physiker sie dazu verwenden, mit der Wellenfunktion das Verhalten von Teilchen zu beschreiben, das Unsichtbarste aller Dinge aufzuspüren.

Sie trägt ein grünes T-Shirt, darunter hängen ihre Brüste wie ein Paar Flip-Flops. Seit dem Überfall hängen sie noch mehr, und ich sehe sie wirklich nicht gerne. In den Millisekunden, in denen ich aus Versehen doch hingucke, robbt stachelige Scham durch mich hindurch. Ihre L-Form will mir einfach nicht mehr aus dem Kopf, und ihre wütenden Stimmen flüstern mir ins Ohr. *Du bist dafür verantwortlich, Andy Africa,* zischen sie. *Seit deiner beschissenen Geburt machst du alles kaputt, kostest sie all ihren Schweiß, all ihr Blut.*

Aunty Lizzy, heute in Cargoshorts, erschlägt eine Mücke auf ihrem Bein. Sie erzählt Mama, dass sie mich vor ein paar Stunden neben Fatee auf dem Bett erwischt hat. Dass ich mit Sicherheit böse Absichten habe, weil Fatee geweint hat. Mama soll ein ernstes Wort mit mir reden, weil ich ganz offensichtlich etwas sehr Wichtiges vor ihr geheim halte. Wenn Mama nicht durchgreift, würde ich möglicherweise einen Riesenfehler begehen und wie sie selbst den Rest meines Lebens damit verbringen, ihn wiedergutzumachen.

Mama sieht mich an, und ich wollte, sie würde etwas sagen. *Schimpf mit mir, Ma. Fordere mich auf zu beichten. Lass mich zur Strafe im ganzen Haus die Böden putzen.* Wenn sie fragt, erzähle ich ihr alles. Von Eileen. Von den Blonden-Pornos, die ich gucke. Von den Schuldgefühlen, die ich verspüre, wenn ich sie ansehe, sie mit Mama 2 vergleiche. Aber sie schweigt. Scheint nur still in sich hineinzulächeln, als wüsste sie längst von dem Geheimnis und hätte Wichtigeres zu tun. *Du weißt es nicht, Ma. Ernsthaft. Rede mit mir.*

Aunty Lizzy macht ein finsteres Gesicht. Sie hat mit einer Züchtigung, wenn nicht gar mit einer Teufelsaustreibung gerechnet. Als bei ihr ankommt, dass Mama nichts unternehmen wird, schnauzt sie mich an, ich solle Mama gefälligst ein Glas kaltes Wasser holen.

Ich latsche in die Küche. Später, wenn ich einen richtigen Bart habe und ein eigenes Haus, lasse ich mich von niemandem mehr herumkommandieren. Trotzdem wüsste ich gerne, welchen Fehler Aunty Lizzy gemeint hat. Mama hat ihn sicher mal erwähnt. Bestimmt ist Aunty Lizzy die Schwester, die auf den Erdkundelehrer reingefallen und mit ihm nach Hause gegangen ist ...

Ich hole das Wasser, bleibe in der Küchentür stehen, um zu lauschen. Aber Mama und Aunty Lizzy reden gar nicht über mich. Mama erzählt ihr von dem Traum, der immer wiederkehrt. Dass sie ihn erst vor einer Stunde wieder hatte, während ihres Nickerchens. Dass er diesmal realistischer gewesen sei.

Sie will fortfahren, aber sie sieht mich in der Tür und verstummt.

Ich gebe ihr das Glas. Sie nimmt es, ohne sich zu bedanken, trinkt, stellt es mit zitternder Hand auf das Tischchen.

Ich setzte mich hin, und sie schweigen eine Weile.

Seit Mama wieder bei Bewusstsein ist, redet sie ständig über ihre Träume. Natürlich nicht mit mir, aber mit Aunty Lizzy und Zahrah. Ich habe nur Bruchstücke aufgeschnappt. Mama behauptet, dass sie im Traum jemanden sieht, von dem sie nicht träumen sollte. Sie behauptet, dass sie das Gesicht der Person noch nicht gesehen hat und darum nicht weiß, wer sie ist.

Aunty Lizzy beugt sich zu Mama vor. «Erzähl weiter, Aunty mè», sagt sie.

«Diesmal war der Traum anders», sagt Mama.

«Inwiefern?»

«Er war klarer.»

«Hmm.»

«Ich glaube, ich weiß jetzt, was er bedeutet.»

«Wirklich? Hast du das Gesicht der Person gesehen?»

Mama nickt. Aunty Lizzy sieht mich an. Ich nehme mein Telefon, tue so, als würde ich eine wichtige Nachricht lesen.

Aunty Lizzy wendet sich an Mama. «Erzähl es mir, Aunty mè. Bitte.»

Mama schüttelt den Kopf.

Ich will auch wissen, wer diese Person ist. Also stehe ich auf, lasse die Ohren im Wohnzimmer, verziehe mich in die Küche. Klaue mir ein Stückchen Kuchen aus dem Kühlschrank. Kurz darauf verlasse ich die Küche, bleibe vor Zahrahs Zimmertür stehen, drehe den Knauf. Abgeschlossen. Kein Laut dringt durchs Schlüsselloch. Hoffentlich kommt Fatee später wenigstens zum Essen raus.

Wahnsinn, was sie durchgemacht hat. Alle Gedankensplitter des Abends stürzen sich auf mich – ich schließe sie weg. Trotzdem weiß ich, dass ich irgendwie die Ursache bin. Dass ich ein Mann bin, genügt, um mitschuldig zu sein. Hätte sie bloß nicht das verdammte Tagebuch gelesen!

Ich gehe wieder ins Wohnzimmer. Aunty Lizzy belagert Mama immer noch wegen der Person in ihrem Traum. Mama sagt nichts. Sie starrt auf den Boden, auf Schrödinger.

Die Person ist mein Ydna, da bin ich mir sicher. Er hat mich verlassen und ist zu ihr gegangen. Bestimmt lästert er über mich, verrät ihr all meine Geheimnisse. Vielleicht spricht sie deswegen nicht mehr mit mir.

«Ist es ein Mann oder eine Frau?», bohrt Aunty Lizzy.

«Ein Mann», sagt Mama bestimmt. Nichts und niemand auf der Welt wird sie dazu bringen, mehr preiszugeben.

Ich frage mich, wo in ihrem Inneren sie ihre vielen Geheimnisse aufbewahrt. Wenn sie diese Welt irgendwann verlässt (ich hasse mich für den Gedanken!), nimmt sie dann alle mit ins Grab? Die Kinder, die sie verloren hat. Ihre vielen Ehemänner. Den Vater ihres Sohns ... Wird ihr Schweigen ihr den Abschied nicht schwerer machen?

✚

Kelani sitzt kaum, als Mama ihm auf Ososo erklärt, dass er gleich wieder gehen kann, falls er die weite Reise nur gemacht hat, um zu behaupten, er sei der Vater ihres Sohns. Er trägt Anzug und Krawatte, als erwartete er, das würde der Sache helfen.

Er entschuldigt sich für die Verspätung. Sagt, dass er heute Morgen gleich nach der Kirche aufgebrochen sei und noch heute Abend wieder nach Abuja fahre, weil er morgen arbeiten müsse. Er guckt auf die unechte goldene Uhr, versucht, sie zu stellen.

Draußen verschwindet der letzte orangerote Sonnenschimmer. Alles wird trübe und grau.

Aunty Lizzy bittet mich, Kelani ein Glas Wasser zu holen. Als ich aufstehe, zeigt Mama auf meinen Stuhl. Ich setze mich kommentarlos wieder hin.

«Du bietest mir nicht mal Wasser an?», sagt er.

Mama guckt finster.

«Es ist ganz einfach», fährt er fort. «Fünf Minuten und die Sache ist erledigt. Zuerst muss Andy ein paar Dinge wissen.»

«Was für Dinge?», fragt sie.

«Die ganze Geschichte.»

«Und die wäre?»

«Andrew, vor achtzehn Jahren habe ich deine Mutter geheiratet.» Er lockert die Krawatte. «Wir hatten schöne Zeiten. Wir waren verliebt, wir waren glücklich, das kannst du mir glauben. Aber dann, im Oktober vor siebzehn Jahren, hatten wir eine Meinungsverschiedenheit.»

«Und worüber?», sagt Mama.

«Darauf gehe ich jetzt nicht ein.»

«Ich dachte, du willst die ganze Geschichte erzählen.»

«Mir liegt nichts an Schuldzuweisungen», sagt er. «Ich habe ein gutes Herz. Ich vergebe und vergesse. Lasse die Vergangenheit ruhen. Im Unterschied zu dir, Gloria.»

Mama kocht innerlich, aber sie schweigt.

«Wir hatten also eine Meinungsverschiedenheit», fährt Kelani fort. «Wie alle Paare. Ich wollte, dass wir die Sache aus der Welt schaffen und wieder glücklich miteinander sind. Aber deine Mutter wollte unsere Ehe aus irgendeinem Grund beenden. Sie hatte den Glauben an uns verloren. Und als ich sie schließlich gehen ließ, ahnte ich, dass sie mit unserem gemeinsamen Kind schwanger war, dass –»

«Sei still», faucht Mama. «Hör auf mit deinen dummen Lügen, du Monster. Du hast mir alles genommen. Sogar das wenige, was wir hatten, hast du kaputt gemacht. Du Teufel, du warst –»

Er beachtet Mama gar nicht. «Ich ahnte also, dass sie schwanger war. Meine Ahnung bestätigte sich, als ich ein Jahr später erfuhr, dass sie in den Norden geflohen war und einen Sohn geboren hatte, meinen Jungen.» Er sieht mich mit roten Augen an. «In den letzten fünfzehn Jahren habe ich dich überall gesucht, Andrew. Die Suche endete, als deine Großmutter und ich Gloria vor ein paar Monaten ausfindig machten. Ich kam nach Kantagora, um sie zu sehen, um dich zu sehen, um meinen rechtmäßigen Platz in deinem Leben einzunehmen.»

Er wischt sich mit einem dreckigen weißen Taschentuch übers Gesicht.

Dann erzählt er, dass er nach der Trennung von Mama noch mit zwei anderen Frauen verheiratet war. Dass ihm beide leider keine Kinder geschenkt haben.

«Wenn ich an dich denke, Andrew, bin ich überglücklich und danke Gott. Er hat mir einen wunderbaren Sohn gegeben. Ich kann es kaum erwarten, endlich an deinem Leben teilzuhaben, dir ein besseres Leben zu ermöglichen, dir all die großartigen Dinge in Abuja zu zeigen.»

Mamas Blick wird finster wie noch nie.

«Was sagst du dazu?», fragt er Aunty Lizzy.

«Für mich klingt das alles sehr glaubhaft», sagt sie. «Ich finde sogar, dass ihr beiden euch ähnlich seht.»

Einerseits will ich ihn, die Antwort auf alle meine nächtlichen Tränen, umarmen, andererseits will ich Aunty Lizzy dafür ohrfeigen, dass sie behauptet, ich würde ihm ähnlich sehen. Ich erkenne mich nicht in ihm, rieche mich nicht in ihm. Seine roten Augen sind wie die Augen eines wilden Tieres. Der blaue Anzug ist fake, das Taschentuch ekelhaft. Sein Lachen klingt, als wäre er jemand, der aus der Geschlossenen geflohen ist. Wie konnte Mama nur so einen Typen heiraten? War sie so verzweifelt? Hat die Gesellschaft sie dazu gezwungen?

Erstaunlicherweise lächelt Mama mich an.

Ein Glühwürmchen fliegt ins Zimmer. Schwirrt an mir vorbei, vorbei an Mama. Setzt sich auf den Griff des Rollstuhls.

«Moment», sagt Aunt Lizzy zu Kelani. «Du hast gesagt, ihr habt euch im Oktober getrennt. Das heißt, Gloria muss euer Kind höchstens acht Monate später bekommen haben, im Juni. Andy ist aber im November geboren ...»

«Sie lügt», sagt er. «Sie hat sein Geburtsdatum gefälscht, um ihn von mir fernzuhalten. Glaub mir, du kennst Gloria nicht. Sie kann so bösartig, so unversöhnlich sein. Sie hat mir meinen Sohn fünfzehn Jahre lang vorenthalten. Fünfzehn Jahre!»

Ich frage mich, ob man sein Alter fühlen kann. Ist Alter nicht nur ein Konstrukt, ein Näherungswert? Woher weiß ich, dass ich in Wirklichkeit nicht erst vierzehn oder sogar schon siebzehn bin?

Mama lacht, zum ersten Mal seit dem Überfall. Sie lacht lange und laut, und ich habe Angst, dass ihre Narben aufplatzen.

«Wie bitteschön soll eine Mutter über den Geburtstag ihres Sohns lügen können?», sagt sie.

«Das ist überhaupt nicht lustig, Schwester», sagt Aunty Lizzy.

Mama lacht noch lauter. Als würde sie alles Lachen herauslassen, das sie seit dem Angriff gehortet hat.

«Hör auf mit dem Quatsch, Gloria», sagt Aunty Lizzy. «Es ist vorbei. Wir wissen alle, wer Andys Vater ist.»

Jetzt starrt Mama Schrödinger zu ihren Füßen an.

«Gib es endlich zu», tönt Aunty Lizzy. «Du hast Andy all die Jahre hintergangen. Glaubst du vielleicht, du hilfst ihm damit? Du bist so verschlossen. Du hast ein Herz aus Stein. Du redest mit niemandem mehr. Nicht mit Mutter. Nicht mit deinem Zwillingsbruder. Deinem eigenen Zwilling! Seit so vielen Jahren! Jeden Tag ruft er bei mir an und fragt nach Andy. Und Andy weiß bestimmt nicht mal, dass es ihn gibt.»

Mamas Unterlippe schiebt sich vor, zittert, wird hässlich. Sie fängt an zu weinen.

«Sieh ihn dir an. Sieh dir den Jungen an, den du deinen

Sohn nennst. Es klafft eine Leere in ihm. Vielleicht ist die furchtbare Sache, die dir zugestoßen ist, die Strafe für all deine Taten.»

Das ist der Moment, in dem ich ausraste.
In dem ich aufspringe.
In dem ich Aunty Lizzy mit aller Kraft vom Stuhl stoße.
In dem ich zu Mama gehe.
In dem sie mich umarmt.
In dem sie mich bei meinem Namen nennt.
In dem ich weiß, ich bin sie, und sie ist ich.

9

Jemand stört meinen Schlaf. Sagt, ich soll aufwachen. Wie eine Stimme unter Wasser. Lass mich. Ich will nicht zurück. Wach auf, Andy. Ich bin's, Aunty Lizzy. Deiner Mama geht es schlecht. Sie weint schon die ganze Nacht. Wegen ihres Rückens, ihrer Hüften. Hast du nichts gehört? Sogar Fatima am anderen Ende des Hauses ist davon wach geworden. Ich habe Elder Paschal angerufen. Er bringt sie ins Krankenhaus. Er kommt gleich. Du musst deine Reise absagen.

«Andy? Hast du gehört, Andy? Deiner Mutter ...»

Ganz langsam strömt Leben zurück in meine schweren Glieder, und ich kann mich bewegen. «Wie spät ist es?» Ich setze mich auf.

«Fast fünf. Es ist noch dunkel draußen.»

Ich springe aus dem Bett, schlüpfe in meine Flip-Flops, und dann höre ich sie. Mama. Sie weint wie ein Kind. Ich eile über den Flur, Aunty Lizzy hinter mir her. Als ich am Wohnzimmer vorbeikomme, blitzen im Dunkeln Bilder von schwarz gekleideten Leuten auf. Sie stehen um eine lange Kiste, singen ein langsames Lied. Im Hintergrund Dünen.

Ein LED-Strahler scheint auf Mamas Bett. Sie liegt auf dem Bauch, Fatima sitzt bei ihr. Sie ist nackt bis auf den Wrapper über ihrem Hinterteil. Als Fatima mich sieht, bedeckt sie Mamas Rücken schnell mit einem zweiten Wrapper. Mama schreit auf, reißt sich die Tücher vom Leib, als wären es brennende Decken. Ihre Nacktheit, die tiefdunkle Haut ist wie eine Ohrfeige. Mir wird schlecht.

Sie ruft Gott an. Schreit: «Evesho mè! Evesho. Evesho. Evesho!»

Sie schlägt mit den Armen, aber ihre Beine sind tot.

«Mein Rücken. Mein Rücken. Mein Rücken!»

«Warum ich? Eni mi shi khè? Warum ich? Das ist zu viel. O kpini mè. O kpini mè!»

«Was – was – was habe ich getan?»

Fatima bedeckt Mamas Hintern, und ich komme näher. Ich starre auf ihren Rücken. Ein lebendiger Blitz ist darauf. Oder ist es ein Spinnennetz? Oder eine Peitsche? Eine ewige Peitsche?

Ich will so vieles sagen. Es tut mir leid, Ma. Bitte weine nicht. Es wird alles wieder gut. Elder Paschal ist gleich da. Bald ist es vorbei.

Aber nicht ein Wort kommt heraus.

Warum bin ich so?

Fatima sieht mich an. Tu etwas, sagt ihr Blick. Sie ist deine Mutter. Hilf ihr. Das bist du ihr schuldig.

Ich lege meine kalte Hand auf Mamas heiße Schulter. Sie erstarrt, dann entspannt sie sich langsam. Sie atmet tief und ruhig, die Augen geschlossen, als schliefe sie.

Bestimmt weiß sie, dass ich es bin. Sie füttert mich mit ihren Erinnerungen; sie strömen aus ihrer Schulter in meine Hand, hinauf in meine Brust. Ich setze mich zu ihr, um sie zu entpacken.

Draußen Halbmond an klarem Himmel. Insekten zirpen. Ein Auto hält hupend vor dem Haus.

✚

Um neun mache ich mich auf den halbstündigen Fußweg zu Morocca. Die Sonne brennt wie eine Fackel auf meiner Haut. Ich bleibe kurz stehen, verstelle den Gurt meiner Tasche mit den Abuja-Sachen, bis nichts mehr drückt. Gehe weiter, vorbei an Mädchen und Frauen mit großen Wasserschüsseln auf den Köpfen. Die Mädchen checken mich aus, die Frauen treiben sie zur Eile an, schimpfen, dass sie faul sind wie alle Kinder heutzutage. Ein Anruf von Morocca. Ich sage ihm, er soll sich entspannen, dass es Mama einigermaßen gut geht und wir die Reise nicht absagen müssen.

Mama und Aunty Lizzy sind noch in Dr. Raphas Klinik. Ich bin vor einer Stunde gegangen, nachdem der Arzt gesagt hatte, dass er nicht weiß, was Mama fehlt. Dass es wahrscheinlich nichts Ernstes ist und er in den nächsten Tagen zur Sicherheit ein paar Untersuchungen machen wird. Er gab ihr eine Spritze, und als ich ging, bekam sie die zweite Infusion. Elder Paschal wollte sie nicht ins General Hospital bringen, das einzige Krankenhaus in Kontagora, weil dort die Patienten in letzter Zeit wie die Fliegen an Windpocken, Blinddarmentzündung und anderen nicht lebensbedrohlichen Krankheiten sterben. Es heißt, die Ärzte dort seien Geheimkulten beigetreten. Angeblich verwenden sie Blut und Herzen der Patienten für Rituale, um Geld zu erbitten, weil sie seit Monaten kein Gehalt bekommen haben.

Beim Abschied von Mama zuckte mein Zeigefinger. Ich wollte sie unheimlich gerne anfassen. Den Finger auf die Stellen drücken, wo früher ihre Grübchen waren. Jeder Ader auf ihrer Brombeerhaut folgen. Ich rang mit mir, versuchte, diesen verrückten Impuls zu verstehen, die alte, moderige Falle, das Seil, das mich an diese Frau kettet. Ich verließ das Zimmer, wischte mir auf dem Weg hinaus die Tränen weg, stellte mich draußen unters Vordach. Nach einer Weile kam Aunty Lizzy zu mir, und wir sahen dem Schuster zu, der singend und winkend vorbeiging, auf dem Kopf einen Korb mit seinem Werkzeug. Aunty Lizzy schüttelte den Kopf und sagte, dass sie mir die Sache von gestern Abend noch nicht verziehen hätte. «Ich wollte nur helfen», sagte sie, als bräuchte ich ihre beschissene Hilfe. «Was du auch tust, Andy, ich werde immer für dich da sein. Das ist meine Pflicht als gute Christin. Du gehörst zu uns, auch wenn deine Mutter dich seit deiner Geburt von uns ferngehalten hat. Du bist Teil unserer großen, glücklichen Familie. Und da du nach Abuja fährst, sollst du unseren Bruder kennenlernen, den Zwilling deiner Mutter. Ich weiß, deine Mutter wird sehr wütend auf mich sein, aber besuche ihn. Er ist ein bedeutender Mann, und du musst ihn kennenlernen. Er wird dir sicher etwas Geld geben. Kennst du seinen Namen? Monsignore William Aziza? Und grüße bitte Zahrah von mir. Wir sind in vielem unterschiedlicher Meinung, aber ich wünsche ihr alles Gute.»

Ich gehe weiter, vorbei an einer Henne und ihren Küken, die weißes Futter von der Straße picken, an einem Mann im Kaftan, der Touch-and-Follow-Deo verkauft. Moroccas Bruder und Okey sind süchtig nach dem Zeug. Sie sprühen es sich unter die dreckigen Achseln und schwören, dass sie damit jedes Chick rumkriegen. Dass sie selbst das tollste Mädchen nur anzutippen brauchen, und es wird schwach, folgt ihnen willenlos, lacht über jeden ihrer Sprüche, leckt sie überall, wo sie wollen.

Ich gehe vorbei an der Model School, einer heruntergekommenen staatlichen Schule. Die meisten Fenster und Dachplatten wurden geklaut oder vom Sturm weggeblasen. In jedem Klassenraum sitzen zweihundert Schüler in löchrigen Shorts und T-Shirts auf dem Boden und lernen in den ein, zwei Unterrichtsstunden pro Tag stumpf das Alphabet und das kleine Einmaleins. Sie können nur lesen und ihren Namen schreiben. Wissen nicht, wer der erste nigerianische Präsident war oder auf welchem Kontinent sie leben. Haben noch nie von Lewis Carroll oder Lord Lugard gehört. Aus ihnen werden mal die Schuster, Hausfrauen und Drogendealer unserer Stadt. Früher war ich auch auf der Model School. Ich kritzelte Bruce Lee in meine Hefte und bastelte aus den geknickten Seiten Papierflieger, bis Father McMahon mir ein Stipendium für die St. Michael's gab, eine Schule mit echten Lehrern, echtem Unterricht, Tischen, Tafeln und zwanzig Schülern pro Klasse.

Vorbei an einer Fulani mit Perlenschmuck und Lippenstift, die auf dem Kopf eine abgedeckte Kalebasse mit Milch transportiert. Vorbei an einem alten Mann mit Schubkarre, der Alewa verkauft. Viele aus dem Süden stammende Leute in der Stadt kaufen keine Milch. Sie behaupten, dass sie von Kühen mit seltsamen Krankheiten stammt, dass die Fulani dreckige Leute sind, die Sheabutter als Sahne verticken und ihre Milch mit schmutzigem Wasser strecken. Alewa kaufen sie auch nicht, weil es praktisch aus reinem Zucker besteht, der nach dem Schmelzen getrocknet und in Stücke geschnitten wird.

Oga Oliver kommt mir entgegen, in einem grauen Anzug und Krawatte. Während der Krawalle haben die Randalierer seine Tochter als Schlampe des Viertels beschimpft und sie vor seinen Augen totgeschlagen. Seine Brille war mit ihrem Blut bespritzt. Durch den Schock ist offenbar der Verstand zu ihm zurückgekehrt, denn er ähnelt wieder dem Mann, der er war, bevor er sich durch die Sahara nach Europa aufmachte. Seitdem trägt er trotz der Hitze fast immer einen zerknitterten, altmodischen Anzug mit Krawatte, als wollte er den guten Ruf wiederherstellen, den er vor seiner Rückkehr genoss. Über alte Beziehungen hat er einen Job bei der städtischen Verwaltung bekommen und leitet jetzt die christliche Hilfsorganisation für Menschen, die bei den Krawallen Familienangehörige oder ihr Eigentum verloren haben. Ich war bei einem der Treffen, und letzte Woche habe ich gehört, dass es ein weiteres geben soll.

Er kommt direkt auf mich zu. Wir gehen langsamer, bleiben stehen.

«Guten Morgen, Sir», sage ich. Eine merkwürdige Begrüßung, nachdem meine Droogs und ich ihn jahrelang verspottet haben.

Er schweigt. Das ist das dritte Mal seit seiner Genesung, dass er meinen Gruß nicht erwidert. Er starrt mich durchdringend an, als könnte er in meine Schwarze Seele gucken, als erblickte er die steile Abwärtskurve meines Lebens und den tiefen Graben, in den ich bald stürze. Sein Blick ist so kalt, dass Ydna vor Schreck versucht, aus mir herauszuspringen.

Ich wünschte, ich könnte Oga Oliver sagen, wie leid es mir tut, dass meine Droogs und ich uns all die Jahre über ihn lustig gemacht haben. Ihn als Zombiepuppe verhöhnt haben, die nur «Wasser» sagen kann. Dass ich stolz auf ihn bin, weil er den Mut hatte, dieses verfluchte Land zu verlassen, das unsere Eltern uns aufgezwungen haben. Weil er das Schicksal und die Sahara herausgefordert hat und ehrenvoll gescheitert ist.

Ich wende den Blick ab und gehe weiter. Aber er scheint irgendetwas zu murmeln. Nur zwei Wörter. Es klingt wie «Lass es».

✢

Vor Moroccas Haus piept mein Telefon. Ein Chat von Ei-queen. Sie antwortet auf meine Frage, was sie heute vor-hat, dass sie hoffentlich endlich dazu kommt, *La vie en rose* zu gucken und *Aufzeichnungen aus dem Kellerloch* auszule-sen. Und das Tollste: Sie freut sich wahnsinnig auf unser Wiedersehen! Am Ende stehen xx und zwei supersweete Emojis. Ich kann nicht aufhören zu grinsen. Bestimmt sehe ich aus wie ein Vollidiot. Aber was ist mit xx gemeint? Heißt das, sie ... sie ... schickt mir – *sag es, Andy* – Küsse? Ich vermeide es möglichst, mir vorzustellen, dass sie mich küsst. Das ist gefühlsmäßig einfach too much. Ihre rosigen Lippen würden mich verbrennen, bis mein rotes Herz als schwarzer Ruß an ihren Handflächen klebt.

An Moroccas Tor bleibe ich wie angewurzelt stehen. Se-rena spielt vor dem Haus mit einer Puppe. Einer blonden Babypuppe. Sie hält sie in den Armen. Knöpft sich das Oberteil auf. Streicht der Puppe übers Haar. Führt ihre Lippen an ihre Brustwarze. Stillt sie.

Ich gucke weg. Konzentriere mich auf Theoreme. Gödel. Cayley. Euler. Gedanken machen in meinem Kopf Lie-gestütze. Ich schließe alle weg. *Weg. Weg. Weg.*

Haha, Andy.
Sei still, Ydna.
Hahaha.
Sei still.
Was glaubst du, wie lange du das durchhältst?
So lange, wie ich muss, Bro.

Serena sieht mich, aber sie lässt sich nicht bei ihrem Spiel stören. Sie nimmt einen Teelöffel aus einer Tasse, füttert ihr Baby mit Wasser. Ihr Haar ist zu drei Zöpfen gebunden.

Ich hocke mich zu ihr. Lege die Hand auf den vorderen Zopf. Tätschle ihre weiche, runde Wange. Ich bin ganz vernarrt in sie. Ein paarmal habe ich mir sogar gewünscht, sie wäre meins.

Sie lächelt. «Andy.»

Samtiges Stimmchen. Augen wie eine Katze.

«Wie geht es dir, Kleine?»

«Gut.»

Im Haus wird gestritten, eine Tür knallt. Morocca und Patience zoffen sich ständig. Über Ameisen, über Serenas verlorenen Ohrring, über irgendeinen Jungen, den Patience angelächelt hat, oder über das Mädchen, mit dem Morocca beim letzten Auftritt gefickt hat. Ich bin echt ein krankes Arschloch, weil ich, wenn ich Serena ansehe, automatisch an den Abend ihrer Zeugung denke. Die Erinnerung daran ist für alle Ewigkeit in ihrem Gesicht, in jeder Bewegung ihrer süßen Schokolippen, im Blinzeln ihrer Katzenaugen. Ernsthaft, ich habe keine Ahnung, warum ich so bin, warum ich das Unaussprechliche in anderen Leuten nicht aus meinem Hirn löschen kann.

Sie wurde vor drei Jahren gezeugt, bei einem von Moroccas Auftritten im Amsterdam Plaza in der Barracks Road. Das Plaza ist berühmt für den teuersten Alkohol und die jüngsten Nutten der Stadt. Dickbäuchige Männer kommen extra aus New Bussa und sogar aus Minna, der Hauptstadt des Bundesstaates, um Dreizehn- oder Vierzehnjährige zu ficken. Unsere Katechismuslehrer nennen das Plaza Sodom und Gomorrha. Sie ermahnen uns streng, einen «großen Bogen» um den Laden zu machen, ja, uns ihm nicht einmal im Traum zu nähern, weil selbst das eine furchtbare Todsünde wäre. Von den Königinnen des Plaza weiß man, dass sie ihre Babys in Plumpsklos und auf Mülldeponien entsorgen.

Der King Kong des Plaza zahlte Morocca ein paar Tausend Naira, damit er mit seinen Jungs vor ein paar hohen Regierungstieren auftrat, die den Abend in Kontagora verbrachten. Als Prämie bekam Morocca eine Stunde mit Aunty Christy, seiner billigsten Nutte, die mit ihren Ende dreißig seine Mutter hätte sein können. Als wir an dem Abend mit ein paar anderen Rappern dort aufschlugen, versprach Morocca, mir fünfzehn Minuten seiner Zeit mit Aunty Christy abzutreten, damit ich endlich meine Scheißunschuld loswerde. «Die bringt dir nichts», sagte er lachend. Auch er hatte, wie viele Jungs aus meiner Klasse, seine Unschuld bei Aunty Christy verloren. Okey und er behaupten, dass sie mit ihr den besten Sex ever hatten, dass sie eine Spitzenreiterin sei und eine Meisterin der hohen Kunst, schlaffe Schwänze wieder auf Touren zu bringen. Patience, die er kurz zuvor als Backgroundsängerin angeheuert hatte, gehörte zu seiner Entourage.

Vor dem Auftritt gab ihnen eine Kellnerin im Bikini einen Drink, den sie «was Süßes» nannte. Sie stürzten ihn hinunter und gingen auf die Bühne. Der DJ spielte den Beat, Morocca feuerte seine Lyrics ab, und Patience machte dazu «Yeah» und «Oh yeah». Zwischen Bühne und Publikum war ein Swimmingpool mit Discobeleuchtung, der dem Club ein *Blade-Runner*-Feeling verlieh. Die beiden wurden zunehmend hemmungsloser: Morocca sprang herum wie ein Superheld mit Nuklearantrieb, Patience ließ zwischen akrobatischen Verrenkungen verführerisch das Becken kreisen wie eine zwanzigjährige Video Vixen, obwohl sie gerade mal dreizehn war. Plötzlich riss sie sich das Oberteil runter und warf es in den Pool. Die Männer johlten. Sie tänzelte auf Morocca zu, rieb den großen Hintern an seinem Schritt, fingerte, angefeuert vom Publikum, an seinem Reißverschluss. Sekunden später holte sie seinen Schwanz heraus und blies ihm einen. Er rappte weiter, sie machte schlürfende Geräusche ins Mikro. Die Männer sprangen von den Sitzen, wieherten, röhrten, brüllten wie Dinosaurier, Hörner wuchsen aus ihren Köpfen, sie bespritzten einander mit Wodka, warfen Geldscheine in den Pool. Mitten im Lied warf Morocca das Mikro weg, packte Patience und fickte sie vor allen Leuten von hinten.

Hinterher hoben die beiden ihre Mikros auf und sangen weiter. Mein Gesicht juckte, und als ich den Schweiß wegwischte, merkte ich, dass ich geweint hatte. Meine Ohren taten weh, meine Kehle brannte. Ich hätte etwas unternehmen müssen. Diesen Kerlen in die fetten Bäuche boxen, meinen Droog von der Bühne zerren sollen. Stattdessen saß ich untätig da wie ein nasser Sack. Als ich darüber nachdachte, abzuhauen, flüsterte mir eine Frau ins Ohr. «Hello, Darling», sagte sie. «Your turn don come.» Es war Aunty Christy. Sie wiederholte ihre Einladung. Lächelte verlegen. Wackelte mit ihren Riesentitten. Legte meine Hand auf ihren Prachtarsch. Meine samtschwarze Schlange schnellte empor und sagte: «Los, Andy, los, los, los!»

In ihrem Zimmer zog sie BH und Höschen aus, ließ sich aufs Bett fallen. Sie lächelte. Winkte mich mit dem Mittelfinger zu sich. «Komm, Kleiner, komm zu mir. Bei mir kannst du was lernen.»

Ich stand vollständig angezogen an der Tür. Ich hatte noch nie eine nackte Frau gesehen. Sie schwitzte am Hals, räkelte sich auf dem Bett.

Auf einmal ähnelte sie einem wilden Tier. Einem Nashorn mit teerfarbener Haut. Einem Schwarzen Loch, das sogar das schnellste Licht verschlingt.

«Komm», sagte sie. «Steck deinen großen Schwanz in

meinen Mund. Ich mach ihn noch größer.» Sie griff kichernd ihre Brust, schob sich den Nippel in den Mund. Saugte daran.

Kurz darauf stützte sie das Kinn auf die Hände und zog ein finsteres Gesicht. «Wovor hast du Schiss, hä? Willst du gar nicht ficken?»

Ich öffnete die Tür und ging. Zurück zur Musik und dem Gejohle. Im tanzenden Licht sah ich Morocca und Patience beim Ficken im Gebüsch. Auf der Bühne rappte ein anderer Junge von unserer Schule. Ein Mädchen rieb sich an ihm. Ich lief zum Ausgang.

✦

«Andy.» Serena kratzt sich am Auge. «Ich hab Hunger!»

«Okay», sage ich. «Komm, wir gehen rein und holen dir was.»

Ich halte ihr die Hand hin. Sie ignoriert sie. Vielleicht sollte ich ihre nehmen, sie ins Haus tragen. Kinder mögen es nicht, wenn man sie vor die Wahl stellt.

Patience kommt in Minirock und Tank Top aus dem Haus. Sie sieht mich, winkt kurz, ruft auf Pidgin: «How far, Andy?»

So begrüßt sie mich immer, und ich bin jedes Mal versucht, meine geschätzte Entfernung von ihr mit vier Nachkommastellen anzugeben.

«Alles cool», sage ich. «Und bei dir?»

Sie antwortet nicht, hat nur Augen für ihre Tochter. Patience ist extrem dünn, und ihre Cornrows mit den Extensions reichen fast bis an den großen Hintern.

«Was machst du denn da, Süße? Oya, ab ins Haus mit dir.»

«Sie sagt, sie hat Hunger.»

«Hör nicht auf sie! Ich habe ihr gerade Nudeln gemacht, und sie hat den Teller nicht mal angerührt.»

«Ich will Mango!», sagt Serena bestimmt.

Patience kichert. «Wie willst du denn mit deinen Mäusezähnchen eine Mango essen, Seree?» Sie wendet sich an mich. «Und wenn du ihr eine Mango gibst, will sie im nächsten Moment eine Wassermelone.»

Ich lächle Serena an, halte ihr meine Hand hin. Wieder lässt sie mich abblitzen. Die Kleine weist mich ständig zurück. Wenn ich sie in die Arme nehme, weint sie. Als fühlte ihr winziger Körper, dass unter meiner Haut irgendeine Krankheit lauert. Als gäbe sie mir die Schuld an ihrer Existenz, weil ich Morocca in dem Moment, als es drauf ankam, im Stich gelassen habe. Vor Serenas Geburt leugnete Morocca die Vaterschaft. Doch als er sie zum ersten Mal sah, nannte er sie seine kleine Prinzessin und war so vernarrt in sie, dass niemand außer ihm sie anfassen durfte, nicht mal seine Mutter, die ihn heulend anflehte, ihre erste Enkelin in den Armen halten zu dürfen. Und weil er das Baby um keinen Preis wiederhergeben wollte, wurde Patience nach und nach zum inoffiziellen Familienmitglied. Er bestand auch auf den Namen Serena, nach Serena Williams, damit aus ihr mal ein Superstar wird, der seine Familie aus der Armut rettet. Nicht, dass seine Familie so arm wäre wie wir. Sein Vater fährt einen alten Benz, der Dampfwolken furzt und mindestens zweimal pro Woche verreckt. Seine Mama fährt einen Starlet, in den sie sich jeden Morgen mit ihren baumstammdicken Schenkeln und dem fallschirmgroßen Hintern unter größter Mühe hineinzwängt. Männer werden zu sabbernden Babys, wenn sie an ihnen vorbeigeht. Ihre Biologieschüler nennen sie wegen ihres Riesenhinterns Aunty Big Nyash oder Mrs Zygote, und sie rächt sich, indem sie sie durch die Prüfungen rasseln lässt.

Aus irgendeinem Grund mache ich mir manchmal Sorgen, dass Serena in ein paar Jahren trotz ihrer dürren Mama aussieht wie ihre Grandma.

«Oya, oya, komm.» Patience nimmt Serenas Hand. Ich folge ihnen.

Das Haus ist ein großer cremefarbener Bungalow mit einem grauen Schornstein, der noch nie geraucht hat. Die Tür öffnet sich in ein großes Wohnzimmer mit drei braunen Sofas und einem Plasmafernseher an der Wand. Slim liegt im *Jurassic-Park*-T-Shirt auf einem der Sofas, die Hand über dem Gesicht, als würde er schlafen, aber er ist eindeutig wach. Sein großer Zeh bewegt sich rhythmisch, aus seinem Telefon, das auf seiner Tasche liegt, tönt Adele. Moroccas Hund kommt herbeigelaufen, stellt die Rute auf und kläfft. Slim rührt sich nicht. Patience setzt sich auf das Sofa gegenüber, nimmt Serena auf den Schoß, scrollt mit der freien Hand auf ihrem Telefon.

Morocca stolziert freestylend ins Zimmer. Der Hund hört auf zu bellen, wedelt mit dem buschigen Schwanz.

«Was geht, Werdna!», sagt er. Er trägt ein Durag und ein Trikot von den Lakers.

Wir geben uns die Faust, dann die Hand.

«Nices Outfit», sage ich. «Seit wann hast du das?»

«Ewig. Ein Jahr oder so. Hat Razorboy für mich geklaut.» Er lacht.

Razorboy ist sein älterer Bruder, der viel zu viel Touch-and-Follow benutzt. Vor einer Weile hat er den E-Mail-Account einer rothaarigen Amerikanerin gehackt und mehrere tausend Dollar von ihr erpresst. Gerüchten zufolge hat er aber inzwischen ein neues Business. Er hat mit minderjährigen Mädchen aus der Nachbarschaft Live-Stream-Sex vor der Webcam und befolgt für fettes Geld die Anweisungen seiner weißen Zuschauer. Die Mädchen lassen sich darauf ein, weil er ihnen verspricht, ihre Gesichter nicht zu zeigen, und weil die zehn Dollar oder so, die er ihnen pro Session gibt, sofort für neue Unterwäsche oder Lebensmittel für die Familie draufgehen. Er hat schon fünfmal ein US-Visum beantragt. Jeder Antrag wurde abgelehnt. Seitdem prahlt er damit, ganz Amerika abzufackeln, falls die Botschaft so blöd ist, ihm doch noch ein Visum auszustellen. Ich hasse es, dem Typen zu begegnen. Er läuft mit nacktem Oberkörper durch die Gegend, um sein krasses Sixpack vorzuführen, mit zwei Telefonen in der einen Hand und einem Joint in der anderen. Bildet sich ein, er klingt mit seinem gefakten Südstaatenakzent wie Lil Wayne. Erklärt mir jedes Mal, dass es Zeitverschwendung sei, all die Bücher zu lesen und Zahrah hinterherzulaufen wie eine verdammte Pussy.

Morocca beugt sich vor und flüstert. «Unser Slim ist nicht gut drauf, Alter. Sein Homeboy hat heute Morgen mit ihm Schluss gemacht, und jetzt will er Priester werden. Also Vorsicht.»

Ich seufze. «Sad.»

«Ja.»

Slims Freund ist in der SS3, eine Jahrgangsstufe über uns. Sie sind seit zwei Jahren heimlich zusammen. So heimlich, dass nicht mal Morocca und ich Bescheid wussten, bis Bro Magnus sie vor ein paar Monaten aus einer nach seinen Worten «göttlichen Eingebung» heraus in der Pause beim Knutschen auf dem stinkenden Schulklo erwischte. Er zerrte die beiden zur Nachmittagsversammlung, wo Sister Lakefield eine endlose, mit Bibelzitaten

gespickte Moralpredigt über die «Todsünde der widerna-
türlichen Unzucht» hielt. Sie betete die traurige Geschichte
von Sodom und Gomorrha rauf und runter und beschrieb
mit ihrem britischen Akzent ausführlich die hintersten,
ewig finsteren Winkel der Hölle, in die Leute wie Slim und
Wisdom verbannt würden. Ein paar bescheuerte Jungs
und Mädchen fingen bei ihren Schilderungen an zu weinen. Sie bedankte sich überschwänglich bei Bro Magnus,
belohnte ihn sogar mit einer britischen Umarmung, weil er
das «Nest der Sünde» an ihrer Schule aufgespürt hatte, und
wies ihn an, jedem der «schamlosen» Jungs fünfzig Hiebe
zu geben. Dann überreichte sie den beiden die Briefe mit
ihrer Suspendierung. «Drei Wochen» stand in Fettschrift
darauf. Nur so nebenbei: Dieselbe Sister Lakefield erlaubte
Morocca, weiter am Unterricht teilzunehmen, nachdem sie
von Patience' Schwangerschaft erfahren hatte. Dieselbe
Sister Lakefield entschied auch, dass Patience, obwohl sie
ein ganzes Schuljahr verpasst hatte, mit uns in die nächste
Klasse versetzt wurde mit der Begründung: «Patience ist
eine mutige junge Frau, die zu ihrem Fehler steht und stolz
ihr Kind ausgetragen hat, anstatt es abzutreiben.»

Für Slim begann das eigentliche Drama allerdings erst
nach den Schlägen und der Suspendierung. Zuerst distan-
zierte sich Wisdom von ihm und fing an, mit einer Jeru-
salemer Bibel unterm Arm und einer großen Rosenkranz-
kette rumzulaufen. Dann schleifte Slims Vater ihn ins
Queens Palace Guest Inn und schloss ihn dort zwei Tage
und Nächte mit zwei Nutten ein. Als das nichts nützte,
brachten ihn seine Mutter, ihre Gebetskriegergang und der
Evangelist Okonkwo zum Berg bei Koko. Acht Tage blieben
sie auf dem Gipfel, fasteten bis zum Sonnenuntergang und
sprachen nonstop das Gebet Manasse. Bei seiner Rückkehr

war Slim dünn wie ein Wanderstab und erstarrte jedes Mal zur Salzsäule, wenn wir ihn darauf ansprachen. Am Ende erfuhren wir die ganze Geschichte von Mama Amebo, Okeys Mutter. Sie erzählte, dass Slim am ersten Tag auf die Knie gesunken war und die anderen angefleht hatte, alles zu tun, um einen normalen Jungen aus ihm zu machen. Er musste alles beichten: jeden Blick, den er einem anderen Jungen zugeworfen hatte, seine Zeichnungen von Männerärschen, die halbnackten Bodybuilder, die er sich auf dem Telefon angesehen hatte. Doch als sie die Novene / Teufelsaustreibung durchführten, als sie ihn mit Speichel, Weihwasser und Olivenöl wuschen, wurde Slim so «aufsässig», als wäre ein «böser Geist» in ihn gefahren. Er weigerte sich, ihre Gebete mit Amen zu beantworten, versuchte wegzulaufen, schmiss die Weihwasserkanne um, verfütterte die Vorräte an die Affen im Busch. Sie mussten die Novene vor Hunger abbrechen.

Nach seiner Rückkehr ging Slim sofort zu Morocca und blieb eine Woche dort. Ich frage mich, warum er nicht zu mir gekommen ist. Liegt es daran, dass unser Haus zu klein ist und Mama, um Geld zu sparen, meistens ohne Fleisch kocht? Oder ist er – nur ein winziges bisschen – scharf auf mich? Immerhin hat er schon oft gesagt, dass ich mit meinen braunen Augen jedes Mädchen haben kann. Außerdem sind viele der Bodybuilder, die er sich auf seinem Telefon ansieht, weiß, manche sogar blond. Bestimmt habe ich ihn angesteckt.

«Mo-roc-ca», ruft Serena. «Mo-roc-ca.» Die Kleine ist einfach zu schnuckelig.

«Ja, Mäuschen?», sagt er.

«Ich hab Hunger.»

«O Mann. Was willst 'n haben?»

«Wassermelone. Ich will Wassermelone!»

«Siehst du?», sagt Patience lachend in meine Richtung, den Blick immer noch aufs Telefon gerichtet.

«Kriegst du unterwegs.»

Ich wollte, er würde in ganzen Sätzen mit Serena reden. Sie ist so süß, so unschuldig mit ihren runden Bäckchen und den großen Augen. Ich will nicht, dass sie später mal so spricht wie wir. Dieser Gedanke macht mich richtig traurig.

«Wo ist der Wagen?», frage ich. «Ich hab ihn draußen nicht gesehen.»

«Ach so, den hat Razorboy. Er bringt seine Neue nach Hause. Ist gleich wieder da.»

«Ah, okay.»

«Setz dich, Bro. Ich will mir noch was Anständiges anziehen. Patience, holst du Werdna was zu trinken?»

Sie reagiert nicht.

«Ich rede mit dir», sagt er laut.

«Weiß ich», sagt Patience, ohne den Blick vom Telefon zu heben.

Morocca geht kopfschüttelnd in sein Zimmer.

Ich setze mich auf das freie Sofa. Ich will etwas zu Slim sagen, aber ich lasse es. Bestimmt geht es ihm richtig beschissen. Bestimmt wimmelt es in seiner Brust von Würmern, und die Erinnerungen an die glückliche Zeit mit Wisdom verursachen ihm jetzt Höllenqualen. Echt verrückt, dass sich das Plus der Liebe zu einer endlosen Minusrechnung umkehren kann.

Serena springt von Patience' Schoß und geht zu Slim. Sie starrt ihn an, als wollte sie feststellen, ob er noch lebt. Zieht ihm die Hand von den Augen. Er legt sie zurück. Sie zieht noch mal, er legt sie wieder zurück. Patience blickt vom Telefon auf, gibt Serena ein Zeichen, sich wieder auf ihren Schoß zu setzen. Die Kleine ist so mutig; sie macht einfach, was ich mich nicht mal im Traum trauen würde.

«Andy?» Patience beugt sich vor, gibt mir das Telefon. «Kennst du dieses Mädchen?»

Auf dem Telefon ist ein Foto auf Insta von meinen Droogs und einem fülligen Mädchen zu sehen. Sie steht mit bauchfreiem knallrosa Top und Minirock in der Mitte, beide haben den Arm um ihre Taille gelegt. Ich erkenne sie sofort. Aber ich sage Patience, dass ich sie noch nie gesehen habe.

«Sicher?», fragt sie.

«Ganz sicher.»

«Du hast sie noch nie mit Morocca gesehen?»

«Nein. Warum?»

«Eine Freundin hat sie beim Rummachen beobachtet.»

«Oh. Hast du ihn darauf angesprochen?»

«Nicht so richtig. Er lügt sowieso, wie alle Männer. Aber du bist anders, Andy. Manchmal wünsche ich mir, er wäre so wie du. Du würdest Fatee nicht so mies behandeln wie er mich.»

«Oh.» Mehr kommt nicht aus mir heraus. Schuldgefühle zucken in meiner Brust. Ich schließe sie weg.

Das Mädchen auf dem Foto heißt Kosi. Morocca hat sie letzten Dezember bei einer Party im Safara Motel gevögelt, auf einem Tisch im Konferenzraum. Hinterher erzählte er lachend, das wäre sein krassester One-Night-Stand ever gewesen. Einige Zeit später schloss Kosi Freundschaft mit Slim. Sie machten lange Spaziergänge, tauschten Bücher, malten zusammen. Eines Abends guckte ich spontan bei Slim vorbei und überraschte die beiden in seinem Zimmer. Sie saß rittlings auf ihm, er klammerte sich an ihren Hintern. Als ich das Haus verließ, rannte er mir nach und flehte mich stammelnd an, es niemandem zu erzählen, als hätte er eine Bank ausgeraubt. Er schob die Schuld auf Kosi, behauptete, es hätte ihm nicht mal Spaß gemacht, er hätte nur ein bisschen «herumexperimentiert».

Wenn ich an das James-Bond-Sexleben meiner Droogs denke, schäme ich mich, dass ich noch Jungfrau bin. Von den sechzehn Jungs in meiner Klasse haben es nur Jonaldo und ich noch nicht gemacht. Bei Jonaldo liegt es an seinem kolossalen Übergewicht. Alle Mädchen lachen ihn deswegen aus, sogar Funmi, die nonstop in der Bibel liest und keinem Jungen die Hand gibt. Warum ich noch Jungfrau bin, ist dagegen ein ungelöstes Rätsel. Oft habe ich Angst, dass ich sofort komme, wenn ich mich einer Vagina nähere, und das Mädchen – ein blondes? – mir eins mit dem Kissen überzieht, weil ich so ein Loser bin. Aber heute bin ich froh darüber, es noch nicht gemacht zu haben, und fühle mich sogar privilegiert. Warum? Keine Ahnung, und ich will auch nicht drüber nachdenken. Es herauszufinden, würde das coole Gefühl versauen, ein privilegierter Glückspilz zu sein.

10

Wir sind auf der Lagos Road, unterwegs zu Fatima. Sie wohnt in der Government Reserved Area, dem Reichen- und Politikerviertel unserer Stadt. Morocca der Sandgott nickt am Steuer im Takt von 2Pac. Neben ihm sitzen seine Fake-Ehefrau Patience und Serena, Sandgöttin und Liebe seines Lebens. Patience ist wie immer mit ihrem Telefon beschäftigt, beantwortet Chats, kichert gelegentlich. Zu meiner Linken sitzt Slim T, Kopf an die Stütze gelehnt, Augen geschlossen. Ich nicke ein bisschen mit Morocca mit, gucke aus dem Fenster. Auf die kleinen Läden links und rechts mit ihren vom sauren Regen rostigen Dächern, die Auto-teile und Generatoren, Zement und Matratzen, Schuhe und Stoffe, Zwiebeln und Gari, Fake-DVDs und Fake-Drogen verkaufen. Hunderte, nein, Tausende Leute in Shorts und T-Shirt, Dschallabijas und Tschadors tummeln sich auf der Straße, schieben Schubkarren, tragen kleine Kinder auf den Rücken, lachen, tätscheln einander, schreien, schimp-fen, drängeln, beten, hocken, schnarchen. Trotz des riesigen Getümmels, trotz der Spucke und des Schweißes gehen die meisten Händler heute Abend mit Nairas im Wert von einem oder zwei Dollar nach Hause.

Autos hupen. Mühlen kreischen. Aus Lautsprechern plärren Rezitationen aus dem Koran.

Wir nähern uns dem Kreisel bei Emir's Palace, biegen links ab, und eine Minute später fahren wir über die ruhigen Boulevards der GRA. Alle atmen auf, weil wir Chaos und Sonne los sind. Die GRA ist jedes Mal ein grandioser Anblick. Zu beiden Straßenseiten zwei- oder dreistöckige Häuser. Weiß gestrichen, mit roten oder blauen Aluminiumdächern, beschattet von hohen Dogonyaro- und Gmelinabäumen. Davor Gehwege, überall Mülltonnen und weit und breit nicht eine beschissene Plastiktüte oder -flasche, nur hübsches Laub und Besenspuren.

Fatima wohnt in einem zweistöckigen Haus mit großen Glasfenstern. Ein alter Pförtner sitzt zwischen gepflegten Büschen vor dem blauen Tor, mit einem Knüppel und einer Taschenlampe, als rechnete er mit einer Sonnenfinsternis. Sie steht mit Rucksack und Handtasche neben ihm, in einem cremefarbenem Kleid mit weißem Spitzenhijab, Gesicht gepudert, Wimpern getuscht, Lippen geschminkt. Morocca steigt aus, hilft ihr, den Rucksack im Kofferraum zu verstauen. Der Pförtner ermahnt ihn mehrfach, vorsichtig zu fahren. Fatee ist eine First Lady, sagt er, seine First Lady, und wir sollen uns unbedingt anschnallen. Zur Info: Niemand in unserer Stadt oder im ganzen Land fährt mit Gurt. Bis auf Leute wie Father McMahon und Okorie. Eine Gurtpflicht gibt es nur in Abuja, weil, tja, die Hauptstadt ist nun mal der Garten unseres Präsidenten und seiner Minister.

Fatee steigt auf der rechten Seite ein. Ich rücke zu Slim auf, um ihr Platz zu machen.

«Hi, ihr», sagt sie mit einem kleinen Lächeln.

«Hey, Fatee.» Patience blickt vom Telefon auf. Sogar Slim wacht kurz auf und begrüßt sie. Nur ich traue mich nicht.

Sie beugt sich vor, gibt Serena die Hand, streicht ihr übers Haar. «Hi, Seree!»

«Aunty Fatee!» Serena kichert.

Sie liebt Fatima. Fatima ist ihre Schoko- und Süßkramdealerin. Die paar Male, die ich ihr Schokolade mitgebracht habe, wollte sie sie nicht nehmen. Ihre Mama musste jedes Mal mit ihr schimpfen und sie zwingen, sich zu bedanken. Aber wenn Fatima ihr Schokolade oder Bonbons schenkt, hüpft sie herum und schlingt die Arme um ihre wohlgeformten Beine.

«Wie geht's dir, Kleine?»

«Gut.»

Fatima lehnt sich zurück, und wir fahren los. Sie spricht nicht mit mir. Würdigt mich keines Blickes. Sie trägt Parfum (es riecht sehr teuer!) und kaut seltsamerweise Kaugummi (meine Fatee hasst das Zeug eigentlich). Ihre Brüste drücken sich gegen den eng anliegenden Hijab, zwei hüpfende, große Halbkugeln. Ich kann mich nicht erinnern, wann ihre Titten so groß geworden sind. Schenke ich ihr keine Beachtung mehr? Trägt sie einen gepolsterten BH oder so? Will sie sich an mir rächen? À la: Hey, Andy, du stehst auf Platinblond, oder? Aber checkst du es nicht? Schau mich an! Ich bin superhot und superschlau. Beweis: Sieh dir meinen perfekten Körper an, denk an meine Medaillen. Tja, Pech gehabt, Loser.

Wir gucken in dieselbe Richtung, auf die Anzeigen am Armaturenbrett, aber wir sehen nicht dasselbe. Sie ist so was von konsequent. Sie kaut auf ihrem Kaugummi herum, fordert mich heraus, sie anzusprechen, wartet nur auf die Gelegenheit und das Vergnügen, mich zu ignorieren. Heute Morgen, als Aunty Lizzy, Elder Paschal und ich Mama in die Klinik fuhren, habe ich zum Abschied «Tschüss, bis später» gesagt, und sie hat mich angesehen, als wäre ich nicht ganz dicht, als würden Nacktschnecken aus meinen Ohren kriechen.

✛

Hinter der Stadtgrenze gibt Morocca Gas, fährt im Slalom um die vielen Schlaglöcher, die nur teils mit Lehm gefüllt sind. Die Straße ist ein beschissener Flickenteppich aus Kratern, und oft muss er auf den unbefestigten Seitenstreifen ausweichen. Wir passieren das erste Dorf, Farin-Shinge. Jungs und Männer in Lumpen sitzen unter Bäumen oder vor ihren Lehmhütten und halten ihr Vormittagsschwätzchen. Frauen transportieren Kalebassen auf den Köpfen, manche in Tschadors, ein paar wenige obenrum nackt mit Brüsten wie ausgeleierte Socken. Ein halbnackter Junge pumpt Wasser aus einem schmutzigen, von der Weltbank finanzierten Bohrloch. Wir fahren an Machanga, Beri, Mariga vorbei. An einem Bach kicken Kinder in Unterhosen lachend und schreiend einen Plastikkanister. Die Szenerie ist immer gleich: Mais- und Erdnussfelder, magere Bäume, Hütten mit gelb in der Sonne leuchtenden Glühbirnen.

Seit der Abfahrt hat niemand ein Wort gesagt.

Wir reden nicht über die Kombis, die mit fünf Leuten auf der Rückbank und zwei auf dem Beifahrersitz an uns vorbeibrausen. In manchen teilt sich der Fahrer den Sitz mit einer achten Person. Die zusammengequetschten Passagiere schwitzen sich gegenseitig voll, werden geschlossen vom Sitz gehoben, wenn der Wagen durch ein Schlagloch fährt. Aber nur so macht der Fahrer gute Gewinne.

Patience blickt vom Telefon auf, dreht sich zu Fatima und mir um. «Wieso seid ihr beide heute so still?»

«Glaubst du, alle sind wie du?», sagt Morocca.

Sie zischt und gähnt.

Stille. Laut. Unangenehm. Sie verstärkt die Geräusche unseres Atems.

Patience gähnt wieder laut. «Blöde, blöde Sonne.» Es klingt vorwurfsvoll, als könnte die Sonne sie hören.

«Ja», sagt Morocca.

«Warum hat die Kiste keine Klimaanlage?»

«Wer sagt, dass sie keine hat?»

«Siehst du nicht, dass ich schwitze wie eine Ratte?»

«Du bist immer nur am Meckern, Patience.»

«Ja, na und?»

«Mach doch einfach das Fenster ein bisschen auf.»

«Der Wind ist noch heißer. Wie der Atem eines Drachen.»

Morocca lacht. Fatima kichert. Slim bewegt sich. Unser Gerede reibt an den Wunden in seiner Brust. Er sieht so erbärmlich aus, dass ich weinen möchte.

«Eins wüsste ich gerne.» Patience sieht aus dem Fenster. «Warum haben diese winzigen Dörfer immer Strom?»

«Was stört dich daran?», sagt Morocca.

«Die haben zu viel. Und wir haben zu Hause keinen.»

Wir fahren um einen Hügel herum. Dahinter kommen wir auf eine gerade Straße. In mittlerer Entfernung stehen zwei Polizisten, einer auf jeder Fahrbahn.

Morocca zischt. Patience auch. Morocca gräbt in seiner Gesäßtasche. «Fuck, ich hab kein Kleingeld. Hat einer von euch was dabei?»

Die Polizisten schwitzen in den schwarzen Uniformen wie Schweine. Ihre rostigen Gewehre stammen aus dem 10. Jahrhundert, an den Läufen hängen rote Stofffetzen. Morocca hält vor dem Polizisten auf unserer Fahrbahn an.

«Officer!», sagt er mit extra tiefer Stimme und strahlendem Lächeln. «My oga, my oga», fährt er auf Pidgin fort. «I dey hail you o! How work?»

Typisch Morocca. Er weiß, wann er aufhören muss, auf Eminem zu machen.

Polizisten lieben es, wenn man sie Officer nennt, obwohl

die meisten keine Ausbildung haben und nicht mal lesen können. Wenn man versucht, Englisch, das sie «Grammar» nennen, mit ihnen zu reden, kann sich die Weiterfahrt um Stunden verzögern.

«Wie läuft's, Oga, Sir?», sagt Morocca und lächelt wie Eddie Murphy in *Dr. Doolittle*.

«Gut, gut», sagt der Polizist. Er steckt den schwitzenden, ledrigen Kopf durchs Fenster, wirft einen schnellen Blick auf unsere Gesichter.

«My oga, my oga.»

Er verlangt Moroccas Führerschein. Morocca gibt ihm den gefälschten Lappen mit der falschen Altersangabe. Der Polizist hält ihn weit von sich, als bräuchte er eine Brille. Er kann garantiert nicht lesen.

Er sagt, wir sollen aussteigen, dass er den Wagen durchsuchen muss. Das ist seine Taktik, um abzukassieren.

«Wir haben's eilig, Oga», sagt Morocca. «Ana jiran mu a kasuwa.»

Ich pruste beinahe los. Fatima lacht mir stumm ins Ohr, bestimmt, um mich indirekt zu verspotten.

Morocca greift in die Hosentasche. Er gibt dem Polizisten hundert Naira. Der Polizist knüllt den Schein zusammen.

«Guter Junge.» Er lacht wie das Schwein, das er ist. «Ku wuce. Allah ya kiyaye.»

«Amin», sagt Morocca, und wir fahren weiter. «Gieriger Motherfucker», zischt er.

Kurz darauf drosselt er plötzlich das Tempo. «What the fuck ... What the fuck ...», murmelt er.

«Was ist das», kreischt Patience und zeigt geradeaus.

Auf der Straße sitzen Frauen und Mädchen in unserem Alter. Ihre Kleider und BHs sind zerrissen, und sie weinen.

Eine Frau, umringt von drei Mädchen, stößt Klagelaute aus. Ein Mann liegt bewusstlos vor ihnen, Blut strömt aus seinem Arm. Links und rechts am Straßenrand stehen Leute neben ihren parkenden Autos, die Frauen weinend, die Männer mit fassungslosen Gesichtern. Ein paar tippen hektisch auf ihren Telefonen, um die Polizei zu verständigen. Als wir näher kommen, sehen wir einen abgeschlagenen Kopf im vertrockneten Gras und daneben den dazugehörigen Körper eines Mannes. Patience hält Serena die Augen zu.

Morocca hält an. Er steigt aus, erkundigt sich bei einem Mann, was passiert ist.

«Bewaffneter Raubüberfall», stammelt der Mann. Mehr will er nicht sagen.

Eine Stunde später kommen zwei rostige, verdreckte Krankenwagen. Ein Dutzend Frauen, einigen läuft Blut an den Beinen hinunter, steigen in den ersten. Der zweite nimmt die Leichen von vier Männern mit. Die Leute am Straßenrand steigen wieder in ihre Fahrzeuge.

Fatee tupft sich die Augen mit einem Taschentuch. Patience drückt Serena an sich, streicht ihr übers Haar, sagt, dass sie nicht weinen soll. Morocca steigt wieder ein, und wir fahren weiter. Patience bittet ihn umzukehren, weil vor uns vielleicht die Räuber lauern. Morocca erwidert, dass die Krankenwagen aus Minna gekommen sind und die Straße deshalb sicher sei.

«Eins kapiere ich nicht», sagt er. «Wie konnte das so nahe an einer Polizeikontrolle passieren? Woher weiß ich, ob die Polizisten und die Räuber nicht unter einer Decke stecken?

Ich meine, warum finden solche Überfälle hier überhaupt statt? Dieses Land ist einfach nur beschissen. Durch und durch beschissen. Keine Ahnung, wieso ich noch hier bin. Ich will nicht, dass Serena in so einem Land aufwächst.»

Stille.

Ich weiß, dass meine Droogs jetzt wie ich an Okey denken und sich wünschen, sie könnten mit ihm tauschen.

«Leute», sage ich, «wir müssen bei der erstbesten Gelegenheit abhauen.»

Patience schüttelt genervt den Kopf.

«Okay, Morocca», sagt sie. «Wenn du nicht umdrehen willst, müssen wir beten. Ich will nicht, dass meiner Kleinen etwas zustößt.»

«Hindert dich irgendwer daran?»

Sie holt einen Rosenkranz aus der Handtasche. Ich wusste gar nicht, dass sie gläubig ist. Auf einmal fühle ich mich mies, weil ich sie immer für oberflächlich gehalten habe.

«Kommt, wir beten. Du hast doch nichts dagegen, oder?», sagt sie zu Fatima, ohne ihre Antwort abzuwarten. «Lasst uns den Rosenkranz beten, die fünf schmerzhaften Geheimnisse, für eine gute Fahrt. Im Namen des Vaters, des Sohnes und des ...»

Andy?
Ja, Bro.
Warum schreibst du kein Gedicht über mich?
Mann, Ydna. Ich habe jede Menge Gedichte über dich geschrieben.
Nein, ich meine solche Gedichte.
Was meinst du mit ‹solche›?
Eine Gedicht über meinen Kampf ...

Kampf?

Ja.

Das ist verrückt, Ydna. Total bescheuert.

Stimmt. Willst du gar nicht wissen, gegen wen ich kämpfe?

Okay, gegen wen kämpfst du?

Dein HXVX.

HXVX?!

HXVX.

Aber – aber warum willst du gegen HXVX kämpfen?

Das weißt du doch.

Weiß ich nicht.

Denk mal scharf nach. Du hältst dich doch für ein Genie, oder?

Wegen Mama?

Genau.

Weil HXVX für alles verantwortlich ist, was sie durchgemacht hat?

Ja.

Hmm.

Und auch wegen dir.

Hmm. Weißt du, was Slim gestern gemacht hat?

Du wechselst das Thema, Andy.

Tue ich nicht.

Doch.

Nein, wirklich nicht.

Warum willst du, dass alles so bleibt, wie es ist?

Will ich doch gar nicht.

Doch, willst du.

Das stimmt nicht. Überhaupt nicht. Du weißt genau, dass ich ständig darüber nachdenke, alles durcheinanderzuwirbeln. Die Welt zu verändern. Mit Permutationen und so. Darum lese ich in letzter Zeit viel über das Klonen, über Flucht,

über Entfesselungskünstler wie Houdini. Flucht ist nämlich
die einzige Möglichkeit, um HXVX zu bezwingen. Alles an-
dere ist nur Aufschub des Unvermeidlichen.
Hmm.

...

Schreibst du das Gedicht jetzt oder nicht?
Wie willst du HXVX denn besiegen, Ydna? Es ist riesig. Ein
verdammter Planet. Und du, du bist nur, du bist ...
Ich bin was?
Sehr ...
Sehr was?
Ich kann's nicht sagen.
Da bin ich aber erstaunt, Andy.
Worüber?

...

Ydna?

...

Ydna!

...

...

✚

Patience ist noch am Beten. «Das dritte schmerzhafte Geheimnis: Die Dornenkrönung. Vater unser im Himmel ...»

Ich gucke zu Slim, dann aus dem Fenster, zu einer hage-
ren alten Frau mit einem Stapel Holz auf dem Rücken. Ich
wollte, ich könnte die schmerzhaften Geheimnisse für sie
sprechen, für mich, für jeden in diesem Land. Auf einmal
ist mir alles klar. Das Leben aller Menschen in diesem verfluchten Land ist ein Spiegel des Gebets: von den Qualen
unserer beschissenen Geburt über unsere Dornenkrönung

bis zu unserer noch beschisseneren Kreuzigung und unserem Tod.

Vater unser im Himmel ... Unser Vater HXVX?

Ich bin im Taxi, auf der Fahrt in den Central Business District, um mich mit Eileen zu treffen. Es ist vier Uhr. Um fünf sind wir im Foyer des Chelsea Hotels verabredet. Wegen der vielen Verzögerungen (kaputte Straßen, weitere Polizeikontrollen, Serena, der plötzlich schlecht wurde) kamen wir gestern erst am späten Abend bei Zahrah und Okorie an, sodass wir uns nicht mehr sehen konnten. Heute ist Dienstag, und Eileen sagt, dass sie Nigeria in genau einer Woche verlässt, einen Tag vor Zahrahs Hochzeit. Hoffentlich kann ich sie überreden, länger zu bleiben.

Abuja ist wie ein Traum. Die Straßen sind mehrspurig, asphaltiert und so glatt, dass man Billard darauf spielen könnte. Überall blitzsaubere Gehwege, supergepflegte Rasen und Hecken, jede Menge Bäume. Zu beiden Seiten coole Glastürme, als wäre man in NYC. Die Autofahrer sind angeschnallt, halten bei Rot, hupen nicht wie Psychos. Nirgendwo Plastiktüten, Hühner oder Mülldeponien. Es ist, als hätte man Nigeria, Westafrika, ganz Afrika verlassen.

Aber das ist nur die Oberfläche.

Weil auf der Straße Studenten von Universitäten im ganzen Land demonstrieren. Sie haben sich die Gesichter mit Kreide, Holzkohle oder im Grün-Weiß-Grün der nigerianischen Flagge geschminkt, hüpfen, tanzen, halten singend Protestschilder hoch. Sie sind überall. Blockieren den Verkehr. Skandieren: «A luta continua, vitória é certa.» Autofahrer rufen Beifall oder beschimpfen sie. Wir haben genug von den Streiks, rufen die Studenten. Genug von Korruption, Misswirtschaft, Spalterei und Vetternwirtschaft. Wir wollen Veränderung in diesem Land. V-E-R-Ä-N-D-E-R-U-N-G. Wir wollen eine Revolution. R-E-V-O-L-U-T-I-O-N.

Angeblich haben die Studenten schon Senatoren vor dem Gebäude der Nationalversammlung angegriffen. Sie mit Eiern und Wasserbomben beworfen. Lautstark ihren Rücktritt gefordert. Okorie gehört zu den Dozenten, die die Studierendenvertretung bei ihren Aktionen unterstützen. Gestern Abend hat Zahrah ihn beim Essen mehrfach ermahnt, aufzupassen, weil's sonst gefährlich werden könnte. «Du weißt schon, dass außergerichtliche Hinrichtungen in diesem Land ganz normal sind, oder?», sagte sie, besorgt, dass er durch die Studienjahre in England den Bezug zur Realität verloren haben könnte.

Seit unserer Ankunft beherrschen die Proteste die Schlagzeilen. Im Radio spricht gerade der Präsident der nationalen Studierendenvertretung. Das Gespräch führt Sowore, der führende Aktivist des Landes und Gründer von saharareporters.com, der einzigen Zeitung, der die Leute vertrauen. Der Präsident nimmt kein Blatt vor den Mund. Er prangert die Regierung an, weil sie die Presse zensiere. Erzählt, dass gestern, während einer Demonstration in der Nähe der nigerianischen Zentralbank, drei Studenten erschossen wurden. «Darum brauchen wir eine Revolution. Eine friedliche Revolution. Wir, die Studenten und Zukunft dieses Landes, sagen: Es reicht. Wir haben es satt, von senilen Kleptokraten regiert zu werden. Wir haben genug von dieser Democrazy.»

Der Taxifahrer seufzt. Ich blicke zur Seite, der Gurt scheuert an meinem Hals. Er schüttelt den Kopf, stellt das Radio leiser.

«Was halten Sie davon?», frage ich.

«Hmmm», macht er. «Hmmm, hmmm. Der Junge sollte sehr vorsichtig sein. Du hast ihn ja gehört. Weiß er eigentlich, was er da sagt?»

«Wie meinen Sie das?»

Er wischt sich den Schweiß von der Stirn, überholt schnell den Wagen vor uns.

«Ich glaube nicht, dass er noch lange unter uns sein wird», sagt er. «Seine Eltern tun mir leid, aufrichtig leid. Es ist furchtbar, wenn Eltern ihre Kinder begraben müssen.»

Aus irgendeinem Grund hätte ich Lust, ihm eine reinzuhauen. Sein Taxi, die glatte Straße, die ganze Stadt abzufackeln.

Ich nehme *Die Verwandlung* vom Schoß. Ich habe es mir aus Zahrahs und Okories Bücherregal genommen, damit ich mir im Foyer beim Warten auf Eileen die Zeit vertreiben kann. Außerdem habe ich es eingesteckt, weil wir uns auf ihrer Party so cool darüber unterhalten haben. Ich habe das Gefühl, dass das Buch uns zusammengebracht hat, uns verbindet, uns irgendwie sogar erklärt. Na ja, ich will ehrlich sein, ich habe es auch eingesteckt, weil es bestimmt die eine oder andere Schweigepause gibt, und das Buch ist definitiv ein Gesprächsthema, etwas, womit ich sie beeindrucken kann. Keine Ahnung, warum die Platinkönigin mich dazu bringt, mir was vorzumachen!

In der Ferne taucht das Chelsea Hotel auf. Der Fahrer sieht mich aus dem Augenwinkel an und sagt:

«Dann bist du anderer Meinung?»

«Bitte?»

«Findest du es richtig, dass er im Radio auftritt und all diese Dinge sagt?»

«Ich glaube –»

«Ich nehm's dir nicht übel.» Er schüttelt auf diese ätzende

Erwachsenenweise mitleidig den Kopf. «Du bist noch zu jung. Du weißt noch nicht, dass es Dinge gibt, die besser ungesagt bleiben.»

✛

Ich steige aus dem Taxi, checke auf dem Gehweg vor dem Chelsea mein Outfit. Mein weißes YSL-Shirt steckt ordentlich in der blauen D&G-Jeans, die schwarzen Nikes blitzen. Autos rauschen vorbei, auf der Billardstraße, auf Brücken in der Ferne. In allen Himmelsrichtungen Hoteltürme und Regierungsgebäude mit weißen oder cremefarbenen Fassaden, davor gestutzte Hecken. Nirgends hausieren Mädchen in Tschadors mit Erdnusskörben auf dem Kopf. Nirgends rösten alte Frauen Mais oder Yams über offenem Feuer. Nirgends spazieren Hühner, Ziegen oder Schafböcke herum wie Dämonen. Nur Männer und Frauen in Anzügen, teuren Kaftanen oder bunten Ankara-Kleidern.

Ich schreibe Eileen, dass ich da bin, und bewege mich auf den Eingang zu. Mein Gott, diese Hecken, glatt wie Tischtennisplatten. Ich will mich darauflegen, eine der tanzenden Bienen sein, aus den rotierenden Wassersprengern trinken, nie mehr Durst haben. Kurz vor der Glastür bekomme ich Angst, dass man mich aufhält und in das Drecksloch zurückschickt, wo ich hingehöre.

«Willkommen, Sir», sagt der Portier.

Ich bleibe erschrocken stehen. Noch nie in meinem verfluchten Leben hat mich jemand Sir genannt.

Ich antworte mit meinem gefakten britischen Akzent.

«Danke sehr.»

Hinter der Glastür gibt es einen Temperatursturz, als wäre ich in Norwegen. Meine Sohlen quietschen auf dem spiegelglatten Marmor, der Glanz von Metall, poliertem Holz, Aufzügen und Sofas lässt mich beinahe umkehren. Alles ist zu hell, das Licht der Kronleuchter, die Fluchtweganzeigen. Ich halte Ausschau nach Eileen. Sie ist nirgends zu sehen. Ich greife zum Telefon, fange an zu tippen.

«Andy!», ruft ein melodischer britischer Akzent hinter mir. «Ich freu mich so, dich wiederzusehen!»

Im ersten Augenblick glaube ich, ich bin am falschen Ort, dass ich die Stimme nur halluziniere. Aber sie ist es. Eileen. Komplett verändert. In einem Dashiki-Kleid. Die Haare gerafft und unter einem geblümten Kopftuch verborgen wie eine richtige nigerianische Dame. Sie trägt sogar eine Brille. Für einen ganz kurzen Moment befürchte ich, dass ihrem Platin etwas zugestoßen ist. Hat sie gezündelt oder so?

«Eileen», krächze ich. Meine Stimme klingt leicht enttäuscht. «Eileen! Ich hab dich gar nicht erkannt.»

Sie lacht, nimmt mich so fest in die Arme wie noch niemand in meinem erbärmlichen Leben.

Der Nasenring ist auch weg. Dafür weiß ich jetzt, dass ihrem Platin nichts passiert ist: Eine Strähne guckt unter dem Kopftuch hervor und sagt Hallo.

«Ich wollte dich überraschen», sagt sie. Ihr Funkeln ist unverändert. Der Geruch nach Mandeln, nach Datteln: auch unverändert. Der Schwarze Punkt in meiner Brust regt sich, schlägt mit den Flügeln.

Sie nimmt die Brille ab. «Oh.» Sie macht ein Gesicht, als wäre sie überrascht, dass sie sie aufhatte. «Das liegt bestimmt an der hier. Nicht mal Tante Joan hat mich damit erkannt.» Sie sieht mich lächelnd an. Zum Glück sind auch ihre Wiesenaugen unverändert. «Ich trage sie nur draußen, zum Schutz vor dem Staub und dem ganzen Zeug, das überall herumfliegt.»

Ich lächle so breit wie möglich. «Cool.»
«Komm.» Sie nimmt meine Hand.

rosa-weiß
   auf
schwarz-schwarz

Ich sterbe.

Obwohl sie nur einen kleinen Teil von mir hält, fühle ich mich ganz von ihr umschlossen. Ihre Finger kriechen in meine Brust, massieren meine Seele.

«Lass uns was essen gehen. Ich sterbe vor Hunger.»

Sie lacht. Sie lacht immer, diese sanfte, zarte, wiesenäugige Königin.

Ich zähle im Geist die toten Präsidenten in meinem beschissenen Portemonnaie, frage mich, ob meine Kohle hier überhaupt für eine Cola reicht. Und weil wir füreinander bestimmt sind, weil sie meine Gedanken lesen kann, sagt sie:

«Keine Sorge, Andy. Ich lad dich ein.»

Sie lächelt verlegen. Ich lächle verlegen zurück.

Wir gehen vorbei an Sofas, Pflanzenkübeln und durch die Glastür ins Restaurant. Sie: voran. Der Teppich: weich wie mein Bett bei Zahrah. Die Leute: gucken uns hinterher und fragen sich, was der kleine Schwarze Typ sich einbildet, mit diesem superhotten, afrikanisierten weißen Chick herumzuziehen.

«Sehr schön», sagt sie. «Komm ... wir nehmen ... den Tisch da drüben.» Der Stein an ihrer Kette unverändert, die rosigen Lippen ... fast unverändert.

Wir setzen uns hin. Mein Blick landet auf ihrem Kopftuch. Was ist nur in sie gefahren? Nur sieben Wochen. 1176 Stunden.

«Es gibt so viel zu erzählen.» Sie legt ihr Telefon weg, stellt die Handtasche neben den Stuhl. «Wo fangen wir an?»

Ein Kellner in schwarzer Weste und Fliege eilt herbei. «Hallo, Madam», sagt er mit einem breiten falschen Lächeln. Ich bekomme nur ein halbfreundliches «Hallo, Sir.» Er überreicht jedem ein schwarz gebundenes Buch. Keine Ahnung, was ich damit soll. Ich schlage es auf. Es ist die Speisekarte! Er fragt uns – das heißt, Eileen –, was wir trinken möchten, sagt ihr, dass wir uns mit dem Rest ruhig Zeit lassen sollen.

Eileen strahlt ihn an. «Vielen Dank!»

Ich blättere durch die Karte, entscheide mich für eine Limo. Eileen bestellt einen Apfelsaft und sagt dabei so oft «bitte», als wollte sie nachher die Zeche prellen. Er macht eine kleine Verbeugung und verschwindet.

«Ist er nicht reizend?»

«Joa, schon.»

Sie studiert die Karte. Ihre Hände haben dieselbe Farbe wie das Papier, ihre Wiesenaugen strahlen mit jedem Blinzeln heller. Mein Blick wandert wieder zu dem Kopftuch.

«Wow.»

«Was?»

«Dein Kleid, die Kopfbedeckung.»

«Ja?» Sie wirkt verunsichert, als hätte sie etwas falsch gemacht. «Gefällt es dir?»

«O klar, ja. Ich find's toll. Wirklich. Echt sehr gute Überraschung!»

Sie strahlt wie ein kleines Mädchen. «Danke, Andy. Wie lieb. Tante Joan hat die Sachen für mich besorgt. Mein Schrank hängt voll damit. Mum wird sich die Kugel geben!» Sie lacht.

Zum ersten Mal hat sie ihre Mutter erwähnt.

«Du siehst auch gut aus», sagt sie.

«Danke!», sage ich.

Eileen findet, ich sehe gut aus. Gloria! Gloria in excelsis!

Ich begreife trotzdem nicht, was sie geritten hat, ihr Märchenhaar, ihre platinblonden Strähnen der Macht zu verstecken. Dadurch hat sie einen Hauch ihrer Macht verloren. Was weiß sie schon über das weite Dashikikleid, das ihren schlanken Körper verhüllt? Sie hält das für ein «Experiment», glaubt, dass sie damit ein Statement abgibt, dass dieser Aufzug einen «besseren» Menschen aus ihr macht. Aber das ist völlig sinnlos. Das ist, als würde eine Königin beschließen, in Lumpen rumzulaufen, und gleichzeitig an ihrem Thron festhalten. Vielleicht krankt sie an derselben Sache, die ihren Onkel dazu getrieben hat, nach Afrika zu gehen und ein roter Golem zu werden. Vielleicht liegt das bei ihnen in der Familie oder so. Aber egal was sie tut, meine Eileen bleibt meine Eileen, meine Eiqueen, meine KEiserin radioEitiver Eikstase. Sie könnte in Lumpen rumlaufen wie der heilige Franziskus, und ich würde ihr immer noch die göttlichen ZEihen küssen.

«Warum sehen uns die Leute so an?», fragt sie.

«Oh. Tun sie das?», sage ich.

«Ja, schon.»

Ich blicke hinüber zu den anderen Tischen. Zwei fein gekleidete Damen werfen uns komische Blicke zu.

Ich lächle breit, um sie zu beruhigen.

«Ach», sage ich, «das ist nicht böse gemeint. Sie bewundern dich. Finden uns interessant. Sie wünschen sich, sie würden so was öfter sehen.»

«Ah. So was? Hmm. Cool.»

Ich will etwas Schlaues sagen, aber mein Hirn ist leer.

«Gleich gucken sie bestimmt wieder woandershin.»

«Okay.»

Der Kellner kommt mit einem Tablett, stellt uns die Getränke hin. In meiner Limo schwimmt eine Zitrone (oder eine Orange?). Wow.

«Danke», sagt sie.

«Danke», sage ich.

«Sehr gerne, Madam», sagt er. «Lassen Sie sich Zeit beim Auswählen.» Er verbeugt sich und geht. Wäre ich mit Fatima hier, hätte er garantiert nicht mal ein Nicken für uns übrig.

Ich warte, dass sie trinkt. Sie tut es. Ich trinke auch.

«Mmmm», sagt sie.

«Mmmm», sage ich.

11

Wir sind beim Dessert. Ich löffle Salzkaramelleis. Ich wünschte, ich könnte Eileen damit füttern; ich wünschte, sie könnte mich mit ihrer Ananas-Tarte-Tatin füttern. Schnell schiebe ich die Hände in die Hosentaschen, bevor sie rebellieren, lehne mich bewusst zurück.

Das marinierte Grillhühnchen macht in meinem Kopf noch Karate. Es war so unglaublich zart, so saftig, und die Aromen ließen mich alle Regenbogenfarben sehen, Gitarrenakkorde hören. Fast hätte das verdammte Besteck alles versaut. Außer Father McMahon und Okorie essen alle, die ich kenne, mit dem Löffel oder mit der Hand, nie mit Messer und Gabel. Tatsächlich habe ich diese Kombi bis heute nie ausprobiert. Aber weil ich vor ihr nicht wie ein Homo erectus dastehen wollte, spielte ich wie ein Kleinkind mit dem Fleisch herum. Sie tat so, als würde sie mein Katz-und-Maus-Spiel auf dem Teller nicht bemerken. Stattdessen fragte sie mehrmals: «Schmeckt es dir auch wirklich?» Für das Eis brauche ich nur den kleinen Löffel in meiner rechten Hand. Thank God.

Sie dagegen isst langsam, leise, mit geradem Rücken wie die Königin, die sie ist. Meine Eileen ist so cool, genau das, was mein todlangweiliges Leben braucht. Vielleicht ist dieses das erste von vielen gemeinsamen Essen, und mit der Zeit benehme ich mich bei Tisch so stilvoll wie sie. Mit der Zeit werde ich ein besserer Mensch, ein richtiger Mann.

Ihr Gericht war vegetarisch, Falafeln, Erbsen und anderes Zeug. Keine Ahnung, und ich wollte auch nicht probieren. Sie hat dauernd geblinzelt, genickt, von den Falafeln geschwärmt, dass es mit die besten seien, die sie je hatte, dass sie deswegen jeden Tag herkommt. Ich wünschte, sie hätte das nicht erwähnt, denn ihr Essen kostet fast zwanzigtausend, doppelt so viel wie meins. Von dem Geld könnten Mama, Aunty Lizzy und ich uns volle zwei Monate ernähren.

Sie isst den Kuchen auf, legt das Besteck auf den Teller, und plötzlich ist der Kellner da und räumt den Tisch ab. Er fragt nicht mal, ob ich fertig bin. Stellt einfach die Schale auf das Tablett, obwohl von meinem Eis noch ein Viertel übrig ist. Eileen scheint es nicht zu bemerken.

«Vielen, vielen Dank», sagt sie. «Das war köstlich.»

Er bedankt sich lächelnd. Verzieht sich wieder.

«Danke, Eileen», sage ich. «Für das Essen!»

Sie nickt, wird rot, trinkt von ihrem Wasser.

«So, Andy.» Sie sieht mich an, die Wiesen noch grüner von den Falafeln. «Erzähl. Ich will alles wissen. Über deine Mutter. Kontagora. Es tut mir so leid, dass ich nicht bleiben konnte.»

Ich erzähle, dass es Mama gut oder meistens gut geht, auch heute Morgen, bei meinem letzten Anruf. Dass Kontagora sich ziemlich verändert hat. Die Christen misstrauen den Muslimen und umgekehrt. Sie haben Angst vor neuen Angriffen beziehungsweise einem Vergeltungsschlag, und die meisten boykottieren die Läden der anderen Seite. Etwas Lustiges hat's aber auch: Seit den Krawallen herrscht Dürre, und viele in der Stadt glauben, dass die Ermordeten von Gott Gerechtigkeit verlangen und mit ihrem vergossenen Blut den Regen zurückhalten.

«Oh.» Sie lacht leise, verstummt abrupt, als sie merkt,

dass sie sich nicht darüber amüsieren sollte. Die Geschichte ist lustig, aber nicht lustig-lustig.

«Glaubst du, da ist was dran?», fragt sie.

«Nein», sage ich. «Ich halte es für ausgeschlossen, dass die Toten dazu in der Lage sind.»

«Schon klar. Trotzdem sollte man die Theorie nicht einfach abtun, finde ich.»

«Vielleicht.»

Ich staune ein bisschen, dass ich hier der Rationale bin. Hat sie den Atheismus aufgegeben? Oder will sie das Lachen wiedergutmachen?

Sie schlägt die Beine übereinander. Ein Knopf an ihrem Kleid geht auf, und ich erhasche einen Blick auf ihr Dekolleté. Der Bro zwischen meinen Schenkeln wird lebendig. Mein Puls schnellt in die Höhe.

Sieh ihr ins Gesicht, du sündiger Messdiener, zische ich mir im Geiste zu. Ins Gesicht, ins Gesicht. Na los! Oder soll sie dich ein zweites Mal wegschicken? Und als könnte ihr Kleid mich hören, geht noch ein Knopf auf, entblößt zwei Viertelorangen.

Ich sehe durch die Glastür zu einem Mann, der im Foyer auf einer Gurmi spielt. Als mein Blick zu ihr zurückkehrt, sind die Knöpfe wieder zu. Der Bro zwischen meinen Schenkeln schrumpft traurig zusammen.

«Das war sicher schwer», sagt sie. «Besonders für dich.»

«Ja», sage ich. «Und das Schlimmste weißt du noch gar nicht.»

«Was denn?»

«Meine Mutter. Sie ... sie sitzt jetzt im Rollstuhl.»

Sie schlägt erschrocken die Hand vor den Mund. Sagt immer wieder, wie leid es ihr tut. Aus irgendeinem Grund habe ich ihr das mit Mama in unseren Chats nie erzählt.

Wenn sie gefragt hat, habe ich gesagt, dass Mama gute Fortschritte macht.

«Danke, Eileen», sage ich.

Sie nimmt meine Hand. Drückt sie. Ihre Hand ist seidig,
wie warmes Wasser. Die Geste – oder etwas anderes – treibt
mir die Tränen in die Augen.

Ich wische sie weg, aber es kommen neue, schneller, heißer. Weine ich? Weine ich tatsächlich? Kann ich bitte damit
aufhören? Bitte, Andy, hör auf. Bitte!

Ja, Andy. Hör auf.
Ich kann nicht.
Du kannst.
Nein, es geht nicht.
...
Hilf mir, Ydna.

rollstuhl
glitzernde speichen

mama
starrt mich daraus an
stumm

grübchen tot
brüste entstellt

Eileen steht auf. Schiebt ihren Stuhl neben meinen. Setzt
sich. Legt den Arm um mich.

«Ach, Andy. Ach, Andy.»

✛

Wir sitzen nebeneinander. Noch nie sind wir uns so nah gewesen. Ihre Arme liegen auf dem Tisch, jeder ein langes, wohlgeformtes Nirwana. Ich wollte, ich könnte ihre rosa Hand nehmen, mit den Fingerspitzen jede blaue Ader entlangstreichen, sie küssen. Aber das würde ich mich nie trauen. Sie würde mich auf der Stelle davonjagen, mich in den finstersten Kerker der Hölle schicken. Bestimmt kennt ihre Tante Leute bei der Regierung, den obersten Polizeichef.

Ich kann immer noch nicht fassen, dass sie meine Hand gedrückt, den Arm um mich gelegt hat. Anscheinend hatte sie es gar nicht eilig, sich wieder von mir zu lösen. Hat sie keine Angst, ich könnte sie beschmutzen, dass meine Farbe auf sie springt wie ein Monster in einem Horrorfilm?

Sie sagt, dass sie mich hierher eingeladen hat, weil sie mir zwei Sachen zeigen will. «Nummer eins.» Sie holt das Telefon aus der Handtasche, scrollt zu einem Foto. Es ist ein Gedicht in einem Bilderrahmen, zwischen die Zeilen hat sie Blumen und Hügel gemalt. Das Gedicht kommt mir sehr bekannt vor.

«Das ist von mir!», sage ich.

Sie lacht, froh, dass sie es geschafft hat, mich aufzuheitern. «Ja!»

Sie liest es vor. Es hört sich viel besser an, bekommt neue Bedeutung, ihr Akzent, ihre Intonation verleihen ihm ein Leben, das es nie hatte. Es klingt wie ihre eigenen Worte, ihre eigenen Erfahrungen. Unglaublich, dass ein Kunstwerk außerhalb seines Schöpfers leben kann.

wegen mir
bist du fort
und verloren und

sand geworden
wie ich, der sandmann
geformt vom wind und leer

Sie wischt zum nächsten Foto. Noch ein gerahmtes Gedicht. Sie liest es vor:

ja, ich war, ich war, ich war es
aber du wirst mich befreien
wenn du bist, wer du bist
der bist, der
           ich sein werde

Die Gedichte sind alt. Ich habe sie für meinen Ydna-Blog geschrieben. Ich hatte sie schon fast vergessen, und der dilettantische Stil ist mir ein bisschen peinlich. Heute würde ich sie kaum noch Gedichte nennen.

Aber sie hat feuchte Augen. Sie wischt schnell drüber. Ein, zwei Tränen glitzern auf ihrer Hand.

«Das erste», sagt sie, «ist wie eine Mauer, aus der Sand rieselt. Das zweite ist wie ein Hinweisschild. Großartig!»

Ein paar Tränen kullern über ihre Wangen. Soll ich sie wegwischen? Ist das nicht zu viel?

«Andy.» Wiesen sanft und traurig. «Deine Gedichte haben mich tief berührt. Ich habe sie gelesen, als ich ein bisschen Trost brauchte, einen sanften Schubs. Vielen Dank dafür. Ich hätte nie gedacht, hier so tolle Lyrik zu finden. Echt erstaunlich, wenn man bedenkt, wie schwer du es hast.»

«Ich weiß gar nicht, was ich sagen soll. Danke, Eileen.»

Dass ich es schwer habe, hätte sie allerdings weglassen können. Und warum überrascht es sie so, dass es hier so tolle Lyrik gibt – traut sie uns so was nicht zu?

Trotzdem, noch nie hat jemand so persönlich auf meine Arbeiten reagiert. Zahrah, vielleicht mein größer Fan (und meine Plagiatorin?), nickt bloß tiefsinnig und klopft mir auf die Schulter. Ich frage mich, was Eileen durchgemacht hat, weshalb sie Trost brauchte.

«Du kannst dich gerne bei mir ausheulen, Eileen. Du weißt ja, ich habe selber eine beschissene Zeit hinter mir. Reden hilft. Immer.»

Sie lächelt schwach. «Danke, Andy.»

Einen Augenblick lang sieht sie mich schweigend an. «Du hast da etwas im Haar. Einen Fussel oder so. Soll ich ihn wegmachen?»

Schock. War der Fussel etwa die ganze Zeit da?

«Oh. Nett von dir. Danke.»

Sie kommt näher, streckt die Hand aus. Greift mir von oben ins Haar, zupft etwas heraus, schnipst es weg. Aber sie macht weiter. Fährt mir durch die Haare, geht mit den Fingern tiefer hinein, berührt einzelne Strähnen. Ich wollte, sie würde das lassen. Was sucht sie darin?

«Was passiert, wenn deine Haare nass werden?», fragt sie.

«Äh, nichts. Glaube ich.»

«Nichts?»

Jetzt ist sie an meinem Hinterkopf.

Ich verliere das Zeitgefühl. Ist ein Jahr vergangen?

«Wow.» Sie lehnt sich zurück.

Wow was?

Ich wollte, sie würde weiterreden, aber sie schweigt. Sag, du findest meine Haare schön, Eileen. Sag, ich habe eine coole Frisur. Sag, dass es dich an etwas erinnert. Immer noch kein Wort. Ich gucke auf den Boden. Eine eigenartige Scham kriecht in meine Brust. Sie sieht mich an, das weiß ich. Mein Herz schlägt schneller. Sie findet meine Haare strohig, schmutzig, fremdartig. Denkt an Fell, das Fell der wolligen Schafe, die man in ihrer Heimat züchtet. Also bin ich wie eine Katze, ein Hund oder ein Schaf, süß, aber irgendwie kurios. Ich sehe meine Haare selber nicht besonders gerne an, obwohl ich sie täglich wasche.

Sie lächelt.

Vielleicht hat das mit dem Fussel etwas zu bedeuten. Dass sie auf mich steht und will, dass ich perfekt aussehe. Obwohl, mir fällt kein Hollywoodfilm ein, in dem so etwas vorkommt. Ob das was typisch Britisches ist?

«Hast du Lust, dir ein paar Fotos anzusehen, Andy? Ich war ziemlich fleißig.»

Sie nimmt ihr Telefon, tippt auf ein Album, gibt es mir.

Sie hat tatsächlich viel fotografiert. Ich wische durch die Bilder von Abuja: Das ‹Welcome to Abuja›-Tor mit der nigerianischen Flagge obendrauf. Luftaufnahmen von der Stadt. Muskulöse Männer mit nacktem Oberkörper beim Kokuwa, dem traditionellen Ringkampf der Hausa. Reiter mit Turbanen. Ein Emir. Nackte Jungs, die in einen braungelben Tümpel springen. Tanzende, barbusige Mädchen mit Perlenschmuck. Eine Ananasfarm. Ich kommentiere jedes Foto – bis auf die mit den nackten Jungs und den Oben-ohne-Mädchen – mit «schön», «sehr schön» und «cool», obwohl ich sie langweilig finde.

Erstaunlich, dass sie sich nur für ganz alltägliche Dinge interessiert. Die prachtvollen Regierungsgebäude und Hoteltürme hat sie komplett übersehen. Nicht mal den Millennium Tower hat sie fotografiert, das höchste Gebäude Abujas und eines der höchsten des Landes.

Ich wische weiter, bis zu einem Foto von ihr. Sie sitzt in einem roten Kleid im Gras wie ein Supermodel: Haut wie Marmor, die nackten, langen Beine gekreuzt, die Arme unglaublich geschmeidig, ihr Platin ein wogender Wasserfall, der Blick nachdenklich in die Ferne gerichtet.

«Wow», sage ich.

Sie guckt auf das Foto. «Ah. Das ist im Park hinter unserem Haus in London. Gefällt es dir?»

«Sehr.»

Sosehr ich auch will, ich kann mich nicht davon losreißen.

«Danke», sagt sie.

«Tolles Kleid.»

«Findest du?»

«Total.»

«Ich hätte es fast heute angezogen. Würdest du mich gerne darin sehen?»

«Ja, ja! Wirklich gerne sogar.»

«Na, dann.»

Sie sagt, dass sie Geschenke für Mama und mich hat. Dass sie sie in der Eile zu Hause vergessen hat. Dass sie ganz in der Nähe wohnt und ich mit zu ihr kommen kann, um sie abzuholen, wenn es mir nichts ausmacht. Dann würde sie auch das Kleid für mich anziehen.

«Das macht mir überhaupt nichts aus. Danke!»

Ich frage mich, was sie für Mama hat, für Mama mè. Was Mama wohl gerade macht? Egal, sie nimmt mich mit nach Hause, um mit mir alleine zu sein. Das ist wie ein irrer LSD-Trip. Schmutzige Gedanken rauschen mir durch den Kopf – ich schließe sie weg. Mache mir klar, dass Tante Joan da ist und die Anstandsdame spielen wird, wie es sich für Tanten gehört.

✛

Wir stehen auf, um uns Eileens zweite Überraschung anzusehen. Ich hebe *Die Verwandlung* vom Boden auf. Sie hat gar nicht wahrgenommen, dass ich es dabeihabe. Auch jetzt nimmt sie keine Notiz davon.

Wir gehen durchs Foyer, vorbei an Leuten in den noblen Sofas. Sie folgen uns mit ihren Blicken, die Männer neidisch, die Frauen kopfschüttelnd. Wir bleiben bei dem Gurmispieler stehen, einem Mann mittleren Alters in einem sauberen weißen Kaftan. Auf dem Kopf trägt er eine Hula. Er sitzt auf einem niedrigen Hocker, zupft mit flinken Fingern eine komplizierte Melodie.

«Fantastisch!», sagt Eileen.

Eine andere Weiße stellt sich zu uns. Sie ist mollig, trägt ein knielanges, cremefarbenes Kleid und Ballerinas. Auch sie sagt «Fantastisch!» (mit amerikanischem Akzent), zückt ihr Telefon und filmt den Gurmispieler. Keine Ahnung, warum die beiden so begeistert sind. Unsere Städte sind voll mit diesen Typen. Sie sitzen in Gassen herum, vergeuden mit ihren Gurmis ihr Leben. Alle halten sie für Loser und geben ihnen höchstens fünf oder zehn Naira, damit sie nicht verhungern.

Er beendet sein Spiel. Eileen und die Amerikanerin klatschen. Am Ende klatsche ich widerwillig mit. Der Mann macht eine kleine Verbeugung. Jede der beiden legt einen glänzenden Tausendnairaschein in seine Schachtel. Ich beiße mir auf die Zunge.

«Na gode, na gode», sagt er, fassungslos über ihre Großzügigkeit. Er legt die Hände zusammen. «Na gode sosai.»

Heute Abend kriegen seine Kinder garantiert ein gutes Essen, und seine Frau lässt ihn ran.

«Ba komai», sagt Eileen in fehlerfreiem Hausa. «Sai anjima.»

Alle erstarren: die Amerikanerin, der Mann und ich.

«Wow, ich bin beeindruckt», sagt die Amerikanerin. «Das müssen Sie mir beibringen!»

«Mir auch», sage ich.

Eileen kichert. «Vielen Dank!»

Wir gehen weiter.

«Wann hast du so gut Hausa gelernt?»

«Siehst du gleich.»

Sie führt mich in die Hotelbibliothek. Wie erwartet, ist niemand dort. Die irrsinnig hellen Deckenstrahler beleuchten die langen, prall gefüllten Regalreihen.

«Ta-taa!», sagt sie.

Ist das die groß angepriesene Überraschung? Der Raum ist voll mit Hausa-Literatur, und in Glasvitrinen stehen ein paar Terrakotten aus der Nok-Kultur. Sie haben riesige Köpfe und schrille Frisuren, ihre Kinne ruhen auf den Knien, als zählten sie die Sterne oder entwickelten anifuturistische Ideen. Ich will ehrlich sein: Sie sind richtig cool. Unglaublich, dass die Nok-Bildhauer schon vor Tausenden Jahren über ausgereifte Techniken verfügten, um aus Ton diese traurigen, nachdenklichen Gesichter zu formen. Trotzdem bin ich irgendwie enttäuscht.

Sie erzählt, dass sie seit ein paar Wochen intensiv Hausa lernt, dass es eine einzigartige, außerordentlich klare Sprache sei, die so gesprochen wird, wie man sie schreibt, über eine lange Geschichte verfügt und erstaunlich viele arabische Elemente enthält. Sie führt mich durch die Regale, schwärmt von diesem und jenem Buch, zählt Autoren auf, von denen ich noch nie gehört habe, sagt, dass afrikanische Sprachen einen riesigen Schatz an Ausdrucksmöglichkeiten bergen, die der westlichen Literatur fehlen. Sie nimmt zwei Bücher aus dem Regal, liest die Titel so mühelos vor wie ein waschechtes Malu-Babe. Eines ist *Ruwan Bagaja* von Abubakar Imam, das andere ein Band mit Hausa-Volkssagen von Ismail Ahmed.

«Die musst du unbedingt lesen, Andy. Das ist große, vielschichtige Erzählkunst. Ich will sie ins Englische übersetzen. Dad kennt in London ein paar Verleger.»

Gott. Mir fehlen die Worte. Ich sterbe vor Bewunderung für diese Frau.

«Oh. Das klingt sehr aufregend», sage ich mit meinem falschen britischen Akzent.

«Machst du jetzt auf Engländer?»

«Wieso?»

Sie kriegt sich vor Lachen gar nicht wieder ein.

Ich weiß nicht, was ich tun soll. Ich zwinge mich zu einem kurzen Kichern.

«Mach das nicht», sagt sie.

«Warum nicht?»

«Keine Ahnung.» Sie zuckt die Achseln. Lacht wieder. Ich stehe komplett auf dem Schlauch.

Ich greife zu einem anderen Abubakar Imam: *Magana Jari Ce.* Starre auf den schrägen Papagei auf dem Einband. Blättere zur Titelseite.

«Du bist anders, weißt du», sagt sie.

«Wie meinst du das?»

«Ich habe in meiner Zeit hier jede Menge Leute kennengelernt. Und du bist in vielen Dingen anders.»

«Echt? Zum Beispiel?»

«Ich weiß gar nicht, wo ich anfangen soll. Ich dachte, das weißt du schon.»

«Dann – dann bin ich anders im positiven Sinne?»

«Klar. Die Leute hier sind sehr ... sind ziemlich ... aber du nicht. Du bist eher ruhig, zurückhaltend.»

Soll ich mir darauf jetzt etwas einbilden? Warum sagt sie, die Leute hier sind dies oder sonst was, als würde sie jeden von uns persönlich kennen? Glaubt sie etwa, wir sind ... – *Weg mit dem Gedanken, weg, weg, weg.*

«Danke, Eileen», sage ich.

Und im selben Moment bohrt sich ein Haken tief in meine Brust.

Eine Frau mit Weste betritt die Bibliothek mit einem Stapel Bücher. Sie strahlt Eileen an, ein gut einstudiertes, falsches Lächeln. Für mich hat sie keinen Blick übrig. Sie geht an uns vorbei, sortiert die Bücher ein.

Eileens Telefon piept zweimal. Sie holt es aus der Handtasche, liest die Nachricht.

«Von Tante Joan. Die Hauptstadtministerin hat eine Ausgangssperre verhängt, wegen der Demonstrationen. Sie beginnt in drei Stunden. Offenbar hat die Armee den Präsidenten der Studierendenvereinigung verhaftet.»

Fünf Minuten später, nachdem wir uns noch ein paar Bücher angesehen haben, verlassen wir die Bibliothek. Auf dem Weg zum Hotelausgang fragt Eileen, was ich von den Protesten halte.

Sofort fallen mir eine Million Dinge ein, aber ich finde einfach nicht die richtigen Worte oder Bilder, um sie zu vermitteln. Ich google hektisch in meinen Gefühlen, bis mir schlagartig bewusst wird, dass ich – wait for it! – Kafka in der Hand halte. Kafka! Fast rufe ich Heureka.

«Du wirst mir nicht glauben, was ich jetzt sage. Aber es ist wahr.»

«Schieß los», sagt sie.

«Kafka war Afrikaner.»

Sie guckt mich an, als würde ich aus den Ohren rauchen. «Meinst du das ernst, Andy?»

«Absolut.»

«Aber das ist Unsinn.»

«Alles, was Kafka geschrieben hat, handelt von Afrika, von uns.»

«Moment. Meinst du, das Leben in Afrika ist kafkaesk?»

«Genau. Die Demonstrationen. Die Krawalle. Die Hitze. Alles. Genauso hätte Kafka es sich ausgedacht. Die Verwandlung Nigerias in das Scheißland, das es heute ist. Unsere eigenen Verwandlungen, die Zahrah unsere Permutationen nennt. Kafka hat all das schon vor über hundert Jahren vorausgesehen. Kafka war Afrikaner.»

Sie schweigt. Glaubt mir nicht.

Fatima und ich sind zwar nicht immer einer Meinung, aber sie würde mir glauben, ganz sicher.

Während sie mir Tante Joans Kunstsammlung zeigt, erzählt Eileen, dass ihre Tante gar nicht in Abuja ist. Sie ist heute Morgen nach Lagos geflogen, zu einem Meeting mit dem britischen Außenministerium.

«Sie ist beim britischen Generalkonsulat», sagt sie. «Sie arbeitet ununterbrochen. Stöhnt ständig über ihren Job.»

Die Neuigkeit beschleunigt meine Atmung, meinen Herzschlag. Ich atme tief ein und aus, um das Pochen in meiner Brust zu bremsen, den Schleier zu vertreiben, der sich über mein Gesicht, um meinen Kopf legt. Auf einmal bin ich tieftraurig. Keine Ahnung, warum. Sie ist so nah – zu nah, als wäre sie in meiner Lunge. Ihr Geruch ist so intensiv. Meine Hände zittern. Jetzt, wo ihre Tante fort ist, besteht Gefahr, dass ich die Kontrolle verliere. Etwas richtig Schlimmes mache, wie auf ihrer Party.

Gott, ich will nichts machen, was ich später bereue. Gott, ich will gar nichts machen ...

Ich gehe zur Etagere, weg von ihr. Sie soll in die andere Richtung gehen. Aber sie folgt mir. Kommt näher.

Gott, ich will nichts machen ...

Ich zwinge mich, die Skulpturen anzusehen, die winzigen Masken. Fange an zu zählen, formuliere den Satz von Cayley neu. Sie kommt noch näher. Ganz nah. Ich könnte ihre Hand nehmen. Sie küssen. Vielleicht erwidert sie meinen Kuss. Vielleicht verlieben wir uns so, wie im Kino. Spürt sie denn nicht die elektrischen Funken unter meiner Haut?

Ihre Haut so makellos. Die Lippen so rot. Diese Augen.

Gott.

Gleich berühre ich sie.

Sie betrachtet fasziniert die Masken. Glaubt, dass ich dasselbe mache.

«Erstaunlich», sagt sie, «dass die Künstler es geschafft haben, so winzige Objekte zu machen, oder?»

Ich mache ein furchtbares Geräusch. Meine Kehle ist eine Schraubzwinge.

«Wie bitte?»

«Ja, ja», krächze ich.

Sie geht weiter. Seufzt.

«Schade, dass du nicht ein bisschen länger bleiben kannst. Willst du einen Tee?»

Ich nicke.

«Okay. Aber erst bekommst du deine Geschenke! Ach ja, und das Kleid! Moment, bin gleich wieder da.»

Sie geht die Wendeltreppe hinauf. Auf halber Höhe bleibt sie stehen, dreht sich um.

«Alles in Ordnung mit dir?»

Ich nicke. Nicke noch mal, kräftiger, damit sie es sieht.

Wie die Eidechse, die ich bin. Die Kreatur, die sie aus mir gemacht hat.

«Gut.» Sie geht weiter, verschwindet.

Ich stehe komplett neben mir, als wäre ich in einem Traum. Mein Verstand schaltet sich wieder ein, und ich gehe zu dem schwarzen Sofa gegenüber vom Plasmafernseher. Lasse mich hineinfallen. Blicke hinauf zu dem warm schimmernden Kronleuchter. Lege *Die Verwandlung* auf den Tisch.

Dort ist eine andere Eileen, in einem Bilderrahmen. Sie im Badeanzug. Hochgeschobene Sonnenbrille. Sie rennt, mit wehendem Platin. Im Hintergrund schäumende Wellen.

Jetzt zittern meine Hände richtig. Ein Schluchzen steckt in meiner Kehle, wartet auf einen winzigen Stups. Ich kämpfe dagegen an. Kämpfe.

Ich habe einen Fehler gemacht. Ich hätte nie in diese Stadt kommen dürfen, hätte zu Hause bei Mama bleiben sollen. Jetzt sitze ich in der Falle. Was kann ich tun, um dieses Mädchen dazu zu bringen, mich zu mögen? Sie wird mich rausschmeißen. Die Polizei rufen. Ihre Tante hat die nötigen Beziehungen.

Ich höre ihre Schritte. Ich sollte gehen, sofort.

Aber da ist dieses dumpfe Pochen in meiner Brust. Ich bekomme keine Luft. Bin wie betäubt.

Jetzt sehe ich sie. Es ist zu spät. Ich kann den Blick nicht von ihr lösen.

Sie trägt das rote Kleid.

Sie ist eine Göttin.

Ich sterbe.

Sie kommt die Treppe herunter. Lange Beine, nackte, perfekte Arme. Wallendes Platin. Zwinkerndes Dekolleté.

In der Hand hält sie eine kleine Tüte. Sie kommt näher und näher. Stellt die Tüte auf den Tisch. Bleibt vor mir stehen. Dreht sich im Kreis. Herum und herum. Lacht.

Sie verschwimmt vor meinen Augen. Irgendetwas stimmt nicht mit mir.

Meine Brust explodiert.
Meine Augen.
Mein Kopf.

Ist das eine Panikattacke?

Sie verstummt. Sieht mich an. Erschrocken, ängstlich.

«Andy. Alles in Ordnung?»

«Eileen», keuche ich. Ist das meine Stimme? «Eileen.»

Meine Hände zittern wie verrückt. Ich versuche sie stillzuhalten. Keine Chance.

«Was hast du denn, Andy? Fehlt dir etwas? Warum weinst du?»

Sieh mich an. Ich bin erbärmlich. Ich sollte aufstehen und gehen.

Aber meine Arme und Beine sind wie Gummi. Ich lande auf den Knien, ein Hund vor seinem Frauchen.

Ich versuche aufzustehen. Es geht nicht. Ich drehe mich zum Sofa. Drücke das Gesicht ins Polster.

«Andy, bitte. Bitte sag etwas. Soll ich den Krankenwagen rufen?»

Ich weine.

Sie steht direkt hinter mir. Ist das ihre Hand auf meinem Rücken? Warum ist sie so vorsichtig? Weiß sie denn nicht, dass sie allmächtig ist? Dass sie sogar Blitze heraufbeschwören kann?

«Andrew. Bitte. Habe ich etwas falsch gemacht?»

Ich antworte nicht.

«Bitte, Andrew. Bitte rede mit mir. Bitte hör auf zu weinen.»

«Es tut mir leid, Andrew. Es tut mir so leid. Was ich auch getan habe, bitte verzeih mir.»

Ich schüttele den Kopf.

«Was ist es dann? Hast du schlechte Nachrichten bekommen?»

Ich schüttele den Kopf.

«Bitte, Andrew. Du machst mir Angst. Sprich mit mir.»

Ich sage etwas. Sie reagiert nicht. Ich versuche es noch mal. Sie sagt, sie kann mich nicht verstehen.

«Es liegt an mir, Eileen. Es ist alles meine Schuld. Du kannst nichts dafür.»

«Schuld? Woran denn? Sieh mich an.»

«Es ist meine Schuld.»

«Was ist deine Schuld? Du hast nichts falsch gemacht.»

«Ich bin in dich verliebt!», platzt es aus mir heraus.

Obwohl sie mich nicht mehr berührt, fühle ich, dass sie erstarrt. Sie weicht zurück.

Langsam erlange ich die Kontrolle über meinen Körper zurück. Kraft strömt in meine Arme und Hände. Ich spüre den Boden unter meinen Knien. Bewege die Zehen.

Ich wische mir die Tränen weg. Sie kehrt mir den Rücken zu. Starrt die leere Wand an.

Ich weiß, was sie will. Ich soll verschwinden. Das ist das Ende. Wenn ich zur Tür hinausgehe, löscht sie meine Nummer, blockiert mich bei Facebook und WhatsApp. Was wir hatten, habe ich dadurch verraten, dass ich sie liebe.

Sie steht regungslos da, eine Statue ihrer selbst.

Ich wische noch ein paar Tränen weg. Nehme das Buch. Gehe zur Tür.

Das ist das Ende.

Ich mache die Tür hinter mir zu. Gehe durch den Vorgarten.

Am Himmel schimmert noch ein Streifen Blau. Wolkenflusen schleichen am fast vollen Mond vorbei.

Ich öffne das niedrige Tor. Die Straße ist menschenleer. Ich gehe ein Stück. Bleibe stehen, als sich ein Auto nähert. Ich winke. Es hält nicht an.

Ich will das Auto mit Steinen bewerfen, aber ich beherrsche mich. Wenn wir uns in einer Simulation befinden, müssen wir uns an die Regeln halten. Andernfalls verschlimmern wir nur unser Leiden, weil es kein Entkommen gibt.

Minuten vergehen.

Der Himmel ist jetzt fast schwarz. Die wenigen vorbeifahrenden Autos halten nicht an, aber ich habe es nicht eilig.

Eine Gestalt taucht aus dem Dunkel auf. Bleibt unter einer Straßenlaterne stehen.

Eileen.

Wir sehen uns lange an.

Wir gehen hinein. Sie macht die Tür zu, schließt ab.

Ich setze mich wieder aufs Sofa. Lege Kafka auf den Tisch.

Sie setzt sich zu mir, nur ein Kissen trennt uns.

Schweigen.

Wir starren den Fernsehbildschirm an. Unsere Spiegelbilder – unsere freieren digitalen Ichs – starren zurück. Eines Tages, wenn sich alles in Einsen und Nullen darstellen lässt, werden Herzenssachen einfacher.

Sie schlägt die Beine übereinander, verschränkt die Arme.

«Eileen», sage ich.

Sie antwortet nicht.

«Eileen. Ich mag dich wirklich gern.»

Keine Reaktion.

Ich rücke näher. Noch näher. In den Knochen eine eigenartige Zuversicht. Sie hat mich zurückgeholt. Das heißt, sie empfindet etwas für mich – ein Samen in einer Rosenknospe. Und wenn es nur Mitleid war? Mitleid für einen niedlichen, flauschigen, winselnden Hund?

Sie rückt nicht weg. Haut mich nicht.

Ich nehme ihre Hand. Sie lässt es zu. Sofort sind wir: schwarzweiß, weißschwarz.

«Du weißt gar nicht, wie viel du mir bedeutest, Eileen.»

Ich will ihre Hand küssen, aber ich habe Angst, das wäre zu viel.

«Andy», sagt sie, «du hast mich überhaupt nicht gefragt, ob ich einen Freund habe.»

Ich zucke zusammen. «Tut mir echt leid. Bitte sag es mir, hast du einen Freund?»

Sie antwortet nicht.

«Warum magst du mich?», sagt sie.

Komische Frage. Warum ich sie mag? Weil sie schön ist? Weil sie Wiesenaugen und Haare aus Platin hat? Weil ich jede Nacht von ihr träume?

«Keine Ahnung.»

Sie schüttelt den Kopf.

«Ich mag dich mehr als alles andere auf der Welt, Eileen. Seit ich dich zum ersten Mal gesehen habe, bin ich nicht mehr derselbe.»

«Du kennst mich doch gar nicht. Du weißt nicht das Geringste über mich.»

Ich erstarre.

«Ja, das stimmt. Aber eines weiß ich. Du bist alles. Alles. Das Einzige, was mir etwas bedeutet. Mein Leben war unbedeutend, bevor ich dir begegnet bin.»

Sie schüttelt wieder den Kopf. «Du weißt nichts über mich. Über mein wahres Ich. Glaub mir, ich bin ich nicht die, für die du mich hältst.»

«Nein, Eileen.»

«Das ist die Wahrheit. Es wäre besser, du hältst dich von mir fern.»

«Nein, nein, Eileen. Du irrst dich. Du irrst dich, weil das Böse sich nicht verstecken kann. Du hast meine Mutter im Krankenhaus besucht. Du hast mich vorhin zum Essen eingeladen. Du hast mich sogar mit hierhergenommen, um mir Geschenke für meine Mutter und mich zu geben. All das tust du, weil du ein guter Mensch bist.

Bevor ich dir begegnet bin, habe ich mich gehasst. Ich war ein Schatten. Ein Nichts. Aber jetzt kann ich träumen. Jetzt kann ich mich selber im Spiegel ansehen. Jetzt fühle ich mich wie ein richtiger Mensch.»

Ich rücke näher. Ihr Glanz hüllt mich ein. Ihr Geruch auch.

«Du hast keine Ahnung, was ich getan habe, Andy.»

«Ja, das stimmt. Aber ich weiß, dass du ein guter Mensch bist.»

«Weißt du nicht. Du willst nur nicht die Wahrheit hören. Lass uns das Ganze einfach beenden.»

«Ich mag dich wahnsinnig gerne.»

«Das geht aber nicht.»

«Bitte!»

«Ich bin böse. Ein abscheulicher Mensch.»

«Das bist du nicht.»

«Doch. Ich bin schuld. Ich!»

«Woran bist du schuld?»

«Ich bin schuld am Tod meiner Freundin Sophie! Ich wollte es dir im Restaurant sagen. Es war meine Schuld. Aber das willst du nicht hören.»

Ich nehme sie in die Arme.

«Ihre Eltern sagen, ich kann nichts dafür. Aber ich kenne die Wahrheit. Ich war der Auslöser. Ich war nie wirklich für sie da. Ich bin kein guter Mensch.»

Sie wischt sich mit dem Handrücken über die Augen. Einen Moment lang lauschen wir dem leisen Summen der Klimaanlage, dem Zirpen der Insekten draußen.

«Ich konnte wochenlang nicht schlafen», sagt sie. «Das war schrecklich. Danach hatte ich schlimme Albträume und Panikattacken. Ich bin so froh, dass ich hier bin. Onkel Pete sagt, die Sonne hier hat heilende Kräfte. Ich glaube, er hat recht. Es ging mir seit Ewigkeiten nicht mehr so gut.

Ich bringe bei anderen Menschen das Schlechteste zum Vorschein, Andy, und habe auch noch Spaß daran. Wirklich. Darum hasst mich Mum, gibt mir an allem die Schuld. Sie sagt, ich sei hässlich, faul, eine Nichtskönnerin. Wenn sie das sagt, wünsche ich mir jedes Mal, ich könnte in die Vergangenheit reisen und alles anders machen. Ich stelle mir mein anderes Ich vor, die Eileen, die alles richtig macht, die schön ist und die Mum liebt.»

Ich weiß nicht, was ich davon halten soll.

Sie legt den Kopf auf meine Brust wie ein kleines Mädchen.

«Alles wird gut, Eileen», sage ich. «Alles wird gut.»

✚

Wir küssen uns.
   Ich halte sie fest in den Armen. Als wäre sie mein.
   Ihre Hand ruht in meinem Nacken.
   Meine Hände zittern. Und zittern.

Ich küsse sie auf die Wange.
   Auf den Mund.

Sie erwidert den Kuss.

Wir wälzen uns auf dem Sofa. Ringen nach Atem.

Ich küsse sie wieder, meine Hand in ihrem Haar, auf ihrem
Rücken.
   Ich küsse ihren Hals. Ihr Schlüsselbein. Ihre Brüste.

Sie stöhnt. Fährt mit der Hand über meine Brust.

Wir küssen uns. Lange.

Meine Finger in ihrem BH. An ihrem Nippel.
   Meine Lippen am anderen Nippel.

Sie stöhnt auf.
   Legt die Hand auf meinen Schwanz.
   Stöhnt.

Wir küssen und küssen.

Meine Hand wandert zu ihrem Nabel. Zu ihrem Scham-
haar.
   Weiter, weiter.

Sie spannt den Körper an. Hält meine Hand fest.

«Nicht heute», flüstert sie mir ins Ohr. «Nicht heute. Ich bin noch nicht so weit. Tut mir leid.»

Meine Stimme ist ein Krächzen. «Okay. Natürlich. Lass uns einfach nur zusammen hier liegen.»

Sie küsst mich. Legt meine Hände auf ihre Brüste. Ihre Hände kehren zu meinem Schwanz zurück. Sie holt ihn raus.

«Wow», kichert sie. «Nicht schlecht.» Sie streichelt ihn. Lacht. «Ein richtiger Knüppel!»

Ich weiß nicht, ob ich mich darüber freuen soll.

Aber ihr Körper glüht in meinen Armen. Wahnsinn.

Wir spielen aneinander herum, bis ich in ihrer Hand komme.

Sie lacht. Hält sich die Hand an die Nase. Sagt, es riecht sehr intensiv.

Nach Sechslingen.

Wir lachen.

12

Ich bezahle den Fahrer. Steige aus dem Taxi.

«Danke», sagt er. «Schönen Tag wünsche ich, mein Freund.»

Ich warte, bis sich im Verkehr eine Lücke auftut, und wechsele auf die andere Straßenseite. Fünf schwitzende Demonstranten gehen mit gesenkten Plakaten an mir vorbei. Ihre Füße sind staubig, die Klamotten schmutzig, die Gesichter deprimiert. Ich wollte, ich könnte sie aufheitern, ihnen sagen, dass sie nicht aufgeben sollen.

Überall gepflegte Hecken und Büsche. Weiße Villen, geschützt von riesigen Metalltoren. Die Straße ist bekannt als Wohnort zahlreicher Nollywoodstars. Ausgeschlossen, dass Mamas Zwilling hier lebt. Aunty Lizzy hat mir die falsche Adresse gegeben oder so.

Ich bleibe stehen, checke die Adresse auf meinem Telefon. Ein SUV fährt von dem Grundstück zu meiner Linken. Ich trete zurück, um ihm Platz zu machen. Glotze gebannt auf die sexy Kurven, die Bling-Bling-Felgen. Und dann wird mir klar – jetzt kommt's –, es ist ein Porsche! Ernsthaft! Ein verdammter Porsche! Ich drehe fast durch. Nicht mal Gott sollte sich so einen Schlitten leisten. Noch nie habe ich einen Supersportwagen in echt gesehen. Auf einmal habe ich Schiss, dass aus dem Nichts ein Polizist auftaucht und mich verhaftet.

Wenn Onkel William wirklich hier wohnt, ist er der

schlechteste Onkel der Welt und ein krasser Geizhals. Wahrscheinlich will er mich gar nicht sehen. Vielleicht hat Mama ihn mir deswegen vorenthalten. Trotzdem, mein Onkel ist Priester, sogar ein Monsignore – geht's eigentlich noch cooler?

Das grüne Tor ist mit Sphinxen verziert. Ich klopfe, warte nur darauf, dass ich davongejagt werde.

Der Pförtner späht durch ein Loch, öffnet neben dem Tor eine Tür, fragt, was er für mich tun kann. Ein Mann mittleren Alters in einer blauen Uniform. Er fächelt sich mit einer Zeitung Luft zu.

Ich sage, dass ich Monsignore William Aziza besuchen will. «Er ist mein Onkel. Ich heiße Andrew Aziza.»

Es muss Onkel Williams Haus sein, denn der Pförtner mustert mich von Kopf bis Fuß, fragt sich bestimmt, wie dieser Junge in Jeans und Sneakers der Neffe eines so bedeutenden Mannes sein kann.

«Warte draußen.» Er macht mir die Tür vor der Nase zu.

Es ist einfach unfassbar krass, dass Onkel William hier wohnt. Ich überlege, was er wohl für ein Mensch ist, ob er wie Mama aussieht, warum die beiden sich nicht verstehen. Vielleicht ist er ein richtig cooler Typ, und die Schuld liegt allein bei Mama. Sie kann sehr hart und ungerecht sein. So ungern ich es zugebe, Aunty Lizzy hat recht: Mama hätte mich nicht von ihrer Familie trennen dürfen. Verrückt, dass sie so was tut und sich dann auch noch weigert, es zu erklären. Hätte Mama mich nicht von Onkel William ferngehalten, hätte ich hier Ferien mit jeder Menge Eiscreme verbracht, ginge auf eine von Abujas Superschulen und würde bei Wettbewerben im Ausland mitmachen. Ich könnte mit Messer und Gabel essen, und die Kluft zwischen Eileen und mir wäre kleiner.

Ich richte den Blick auf die Demonstranten in der Ferne. Eine hat ihr Schild schon zerrissen. Sie sind langsamer geworden, die Schritte schwerer, weil sie merken, dass sie sich längst, seit ihrer beschissenen Geburt, auf dem Weg in die Hoffnungslosigkeit befinden. Zwei gehen Hand in Hand. Lieber zu zweit scheitern als alleine.

Eines Tages klammere ich mich wie sie an eine Hoffnung, die nicht existiert. Die Frage ist nur, wessen Hand halte ich dabei?

Eileens Geruch kehrt zu mir zurück. Der Dattelduft ihrer Haut. Der Apfelgeschmack ihres Mundes. Die ganze Nacht habe ich wach im Bett gelegen, das Gefühl von meinen Lippen auf ihren, meinen Fingern in ihrem Platinhaar wiederbelebt. Trotz der Dunkelheit verströmten sämtliche Gegenstände im Zimmer ein sonderbares blondes Licht. Ich kann es kaum abwarten, sie heute Abend wiederzusehen, wieder ihren Mund zu schmecken.

Der Pförtner öffnet die Seitentür. «Bitte treten Sie ein, Mister Andrew», sagt er mit einer kleinen Verbeugung. «Verzeihen Sie. Es tut mir sehr leid, dass Sie draußen warten mussten.»

Das Grundstück: eine weiße Villa mit einem Dachgarten. Rasensprenger besprühen rote, gelbe, elfenbeinfarbene Rosen. Bronzeskulpturen von Zentauren, Harpyien und Satyrn. Eine kleine Kapelle mit einem riesigen Kreuz auf der Kuppel. Im Schuppen dösen zwei Rolls-Royce und ein Mercedes.

Hammer. Onkel Williams Palast ist tausendmal cooler als Okories Haus. Er muss Millionen auf dem Konto haben. Wenn ich wieder in Kontagora bin, knöpfe ich mir Mama vor, weil sie total egoistisch ist und mir wegen einer Meinungsverschiedenheit mit ihrer Familie Steine in den Weg legt. Wieder wünsche ich mir, sie wäre Mama 2. Hoffentlich ist sie bald wieder gesund – heute Morgen hat sie am Telefon gesagt, dass es ihr schon viel besser geht.

Der Pförtner führt mich zu einem Bürogebäude neben der Kapelle.

«Wie geht es Ihnen, Mister Andrew? Ich wusste gar nicht, dass der Monsignore einen Neffen hat. Der Monsignore ist ein bedeutender Mann.»

«Wirklich?»

«Ja. Sie kennen ihn nicht besonders gut?»

«Ich bin ihm noch nie begegnet.»

«Ach so? Er ist doch Ihr Onkel.»

«Ja, das stimmt.»

«Na ja, halb so schlimm. Sie werden ihn bestimmt mögen. Er ist wirklich ein bedeutender Mann, Mister Andrew. Er hat an Universitäten im Ausland gelehrt und viele Auszeichnungen erhalten.»

«Wow.»

«Ganz recht, Sir. Außerdem hat er sehr viele Bücher geschrieben.»

«Ernsthaft?»

«Im letzten werde ich sogar erwähnt. Es gibt nichts Schöneres, als den eigenen Namen in einem Buch zu lesen! Und er ist großzügig, sehr, sehr großzügig.» Er schüttelt den Kopf. «Gott vollbringt wahrlich Wunder. Sie sind der beste Beweis. Gepriesen sei der Herr!»

Er führt mich zu einem Büro, klopft an die glänzende Holztür, öffnet sie.

«Bitte treten Sie ein, Sir.»

Hinter dem Schreibtisch sitzt ein Mann. Er trägt ein schwarzes Hemd mit Priesterkragen.

Er sieht genauso aus wie ich!

Mein Doppelgänger.

Fast.

Bis auf die füllige Figur. Mamas Augen. Den graumelierten Bart. Er streichelt ihn, betrachtet mich mit aufgestütztem Kinn.

Wir sehen uns lange an.

Seine Augen sind tief und undurchdringlich, der Blick respekteinflößend. Hat seine Miene etwas Grimmiges? Zittern seine Hände?

«Mensch», sagt er leise. «Mein Gott.» Er bekreuzigt sich.

Er grinst. Das charmanteste Lächeln, das ich je gesehen habe. Ich merke, dass ich auch lächle.

Er steht auf, kommt auf mich zu. Er ist ein bisschen größer als ich, so groß, wie ich mal sein werde.

Er nimmt mich in die Arme. Drückt sich an mich.

Ich drücke mich an ihn – an mich.

Wir bleiben lange so stehen.

Ich öffne die Augen, will mich von ihm lösen. Er lässt mich nicht gehen. Er riecht wie Mama, nur ohne den Schweiß, das Muffige, die Armut. Im Regal stehen Philosophie- und Theologiebücher. Ein Roman ist auch dabei, *Die Leiden des jungen Werthers*. Ich habe es auf Listen mit den besten deutschen Romanen gesehen, aber noch nicht gelesen.

Ich finde Onkel William jetzt schon toll. Offensichtlich haben wir viel gemeinsam, viele Dinge, über die wir uns unterhalten können. Er trägt sogar den Namen eines Königs! Ob es Mama passt oder nicht, ich werde ihn ab jetzt öfter besuchen. Bald ziehe ich ganz zu ihm. Seine Bücher werden meine sein und seine Autos – teilweise – auch.

Wieder frage ich mich, warum Mama mich von William dem Eroberer ferngehalten hat, einem Mann, von dem ich jede Menge hätte lernen können. Vielleicht war er nicht einverstanden mit ihren Lebensentscheidungen (zum Beispiel, dass sie die Nacktschnecke Kelani geheiratet hat), und deswegen hat sie den Kontakt abgebrochen.

Als Onkel William der Eroberer mich endlich loslässt, laufen ihm Tränen über das Gesicht.

Wir gehen nach draußen. Er hat den Arm um mich gelegt. Der Mann, den ich nicht kennenlernen sollte. Ich kann es fühlen: Er ist ich, und ich bin er. Faszinierend, wie mächtig Zwillinge sind. Ich habe so viel von ihm: seine Stirn, seine Lippen, sein Lachen.

Wir gehen in den Garten hinter dem Bürogebäude, sein Arm auf meiner Schulter. Setzen uns auf eine Bank. Er stellt mir Fragen, nickt. Er ist ein mega Zuhörer!

Er sieht auf die Armbanduhr. Wir stehen auf, gehen zu der weißen Villa. Die ultracoole Einrichtung verschlägt mir den Atem: Engelskronleuchter, Mahagonivertäfelung, flauschiger roter Teppich. Ein Traum aus Glanz und Glitzer. Überall sehe ich mein Spiegelbild.

Wir gehen ins Esszimmer. Ein Mann mit Brille und weißer Schürze schiebt ein Wägelchen mit Essen herein.

«Willkommen, Sir», sagt er zu mir.

Er stellt eine Platte mit Bratreis, Hühnchen und Kochbananen auf den Tisch. Eine große Schüssel mit Kohlsalat. Einen Korb mit Äpfeln und Bananen. Eine Flasche Orangensaft. Er verbeugt sich vor dem Monsignore.

«Danke, Mr Okon», sagt Onkel William der Eroberer. Seine Stimme ist ein bisschen tiefer als meine, so tief, wie meine mal sein wird. Wahnsinn, wie viele kleine Dinge wir gemeinsam haben – die Art, wie er die Hände bewegt, nickt und blinzelt, seine Sitzhaltung –, als hätte ich all das von ihm gelernt, als wäre er die ganze Zeit da gewesen. Mr Okon geht wieder in die Küche.

Onkel William der Eroberer bittet mich, das Tischgebet zu sprechen.

Danach sieht er mich mit feuchten, geröteten Augen an.

«Andrew», sagt er, «du wirst es sicher nicht verstehen. Nicht verstehen, wie ich mich all die Jahre gefühlt habe. Ich habe dir großes Unrecht getan ... in einem Ausmaß, das deine Vorstellungskraft übersteigt. Ich ... Ich ...»

Er zückt sein Taschentuch. Putzt sich die Nase.

«Ich verdiene es nicht, an einem Tisch mit dir zu sitzen. Sag mir, soll ich gehen?»

Schweigen.

Bestimmt fühlt er sich richtig scheiße, weil er als Mamas Zwilling nichts zu meinem Leben beigesteuert hat, weder mein Schulgeld bezahlt noch Mama und mir Kleidung gekauft hat. Bestimmt hält er sich für einen ultraschlechten Onkel, weil er als Priester jeden Tag Selbstlosigkeit predigt. Aber die Sache scheint ihm sehr ernst zu sein, denn er geißelt sich mehr, als es ein normaler Mensch tun würde. Vielleicht ist er deshalb Priester geworden.

«Ich verstehe kein Wort», sage ich auf Ososo. Er hebt den Blick, erstaunt, dass ich die Sprache beherrsche. «Was gewesen ist, ist gewesen. Wollen wir nicht einfach zusammen essen?»

«In Ordnung, Andrew», sagt er auf Ososo. «In Ordnung.»

Wir unterhalten uns. Er erzählt, dass Mama und er vor vielen Jahren eine Meinungsverschiedenheit hatten. Anfangs schien die Sache harmlos, doch mit der Zeit wuchs daraus der Berg, der bis heute zwischen ihnen steht, und sie redeten nicht mehr miteinander. Aber es sei alles seine Schuld, sagt er, er sei unreif und dumm gewesen. Ich frage ihn, worum es bei dieser Meinungsverschiedenheit gegangen war.

«Ich schäme mich so, dass ich nicht einmal daran denken mag. Aber irgendwann werden deine Mutter und ich dir alles erzählen.»

Ich nicke. Hoffentlich ist das bald.

Ich würde ihn unheimlich gerne nach meinem Papa fragen, aber wahrscheinlich weiß er nichts über ihn, weil Mama und er schon so lange keinen Kontakt mehr haben. Wahrscheinlich glaubt er wie Aunty Lizzy und Grandma, dass ich Kelanis Sohn bin.

Mama und er wuchsen unter schwierigen Bedingungen auf, erzählt er weiter. Grandpa konnte nur für ein Kind Schuldgeld bezahlen, also nahm er Mama von der Schule und verlangte, dass sie Grandma bei der Feldarbeit half und die Ernte auf dem Markt verkaufte. William fand es ungerecht, dass er weiter zur Schule gehen durfte, während Mama auf der Farm arbeiten musste, und machte seinen Eltern Vorwürfe. Aber Mama hatte Freude an der Farmarbeit und lehnte es ab, mit ihm zu tauschen, obwohl sie der klügere Zwilling war. Wegen ihrer schlechten Schulbildung geriet sie immer wieder an die falschen Männer. Männer, die sie ausnutzten, um ihr Geld betrogen, sie auf die Straße setzten und sich eine Jüngere nahmen, wenn sie genug von ihr hatten, wenn sie eine Fehlgeburt erlitt oder ihnen kein Kind schenken konnte.

Ein Vorfall belastet ihn bis heute. Mit Ende zwanzig betrieb Mama einen erfolgreichen Stoffhandel in Oshodi. Eines Morgens, sie hatte gerade wieder eine Fehlgeburt erlitten, brachte ihr Mann Kelani ein minderjähriges Mädchen aus Ososo mit nach Hause und ging sofort mit ihr ins Bett. Er bezeichnete Mama als Kerl, sagte, sie sei nicht mehr seine Frau, dass das Mädchen ab jetzt ihren Platz einnehmen und den Stoffhandel führen würde. Er gab dem

Mädchen die Ladenschlüssel, und das Mädchen lachte Mama aus. Als Mama sich wehrte, um ihr Geschäft, ihre Ehe zu retten, rief Kelani die Polizei, und sie landete zwei Tage lang in einer Zelle mit Ratten und Eimern voll Pisse und Scheiße. Nach ihrer Entlassung ging sie zurück nach Hause, um sich ihr Geschäft, ihren Besitz zurückzuholen. Kelani verprügelte sie und warf sie zwei Kilometer vom Haus entfernt in einen von Fliegen übersäten Rinnstein. Einer ihrer Kunden fand sie dort am nächsten Tag zwischen stinkenden Essensresten und verständigte William, der in Ibadan das letzte Jahr der Priesterausbildung absolvierte. Er kratzte seine kümmerlichen Ersparnisse zusammen und fuhr sofort nach Oshodi. Mama war drei Tage lang bewusstlos. Als sie wieder auf den Beinen war, konnte er die Krankenhausrechnung nicht bezahlen und rief ein paar befreundete Priester an. Einige spendeten sehr großzügig, und er mietete eine Wohnung in Ibadan und half ihr dabei, neu anzufangen. Nach jahrelanger Distanz näherten sie sich einander wieder an. In dieser Zeit kam es aufgrund der wiedergewonnenen Nähe zu besagter Meinungsverschiedenheit, und der Berg wuchs zwischen ihnen. Eines Tages, als er sie besuchen wollte, stellte er fest, dass sie fort war, dass sie wieder geheiratet hatte, in den Norden gezogen war und nicht mehr mit ihm reden wollte. Etwa ein Jahr später erfuhr er bei seiner Priesterweihe, dass sie sich von ihrem Mann getrennt und einen Sohn bekommen hatte, ihr erstes Kind, mich.

«Deine Mutter ist die stärkste Frau, die ich kenne», sagt er. «Und die optimistischste. Sie hat nie aufgehört, an die Liebe zu glauben, obwohl sie oft enttäuscht wurde. Und vieles von ihr erkenne ich in dir wieder. Die unerschütterliche Stärke. Die Bereitschaft, das Unmögliche zu wagen, das Beste aus dem zu machen, was das Leben dir gegeben hat.»

+

Am Abend ziehe ich mein Ralph-Lauren-Polohemd und die neuen New Balance an und gehe zum Spiegel. Zupfe bis zur Wiederkunft Christi noch den winzigsten Fussel vom Polo, betaste die vier Barthaare an meinem Kinn. Jepp, ich sehe super aus. Jepp, ich bin meiner Eiqueen würdig. Hoffentlich sagt sie, dass ich heute gut aussehe. Die Chancen steigen mit jeder Minute vor dem Spiegel. Das Problem ist nur, je länger ich mich betrachte, desto mehr konzentriere ich mich auf die Dinge an mir, die ich nicht sehen will, nämlich: mein krauses Haar. Meine dicken Lippen. Meine nichtssagenden Augen. Warum sind meine Augen so dunkelbraun? Sie könnten doch genauso gut gelb sein, die Farbe meiner Lippeninnenseiten, meiner Handflächen oder irgendeine andere haben. Ich seufze. Stecke Telefon, Schlüssel und Taschentuch ein. Verlasse das Zimmer.

Vor der Tür bleibe ich wie angewurzelt stehen. Weil Fatima die Treppe hinaufkommt – ich rieche und höre sie. Mein geniales Babe mit den Spiegelaugen, in denen ich, noch vor Eiqueen, die Farben impressionistischer Gemälde sah, Gitarrenriffs hörte. Seit sie vorgestern meinen Abschiedsgruß ignoriert hat, herrscht Funkstille zwischen uns. Ich bin ihr erfolgreich aus dem Weg gegangen und habe sie nur bei den Mahlzeiten gesehen, mit meinen Droogs, Zahrah und Okorie als Schutzschilde.

Sie betritt den oberen Flur. Gleich ist sie bei mir. Ich habe wirklich Lust, mit ihr zu reden, aber sie wird mir die kalte Schulter zeigen, mich vielleicht sogar wieder schlagen. Sie trägt eine schwarze Abaya, ihr Haar ist zu glänzenden Cornrows geflochten. Hübsche Ohrringe. Ich trete einen Schritt zurück, um sie vorbeizulassen. Sie riecht nach Minze. Geht in ihr Zimmer, ohne mich anzusehen, macht die Tür hinter sich zu.

Ein paar Minuten lang bleibe ich unschlüssig auf dem Flur stehen.

Dann bewege ich mich langsam auf ihr Zimmer zu, zwei Schritte vor, einen zurück, vor, zurück, bis ich an der Tür bin. Ich zögere noch eine Weile, dann klopfe ich vorsichtig wie ein Dieb, gehe hinein.

Fatima liegt mit einem Buch auf dem Sofa. Als sie mich sieht, setzt sie sich auf. Sie mustert mich, schlägt die Beine übereinander, liest weiter. Buchdeckel und Buchrücken sind leer. Ich wüsste zu gerne, was sie zur Zeit so treibt.

Ich räuspere mich. Noch mal. Noch mal. Sie rührt sich nicht.

«Was liest du gerade?», frage ich.

Sie schweigt einige Augenblicke, dann sagt sie:

«*Die Leiden des jungen Werthers.*»

«Ach, echt?!»

Meine Stimme klingt zu begeistert. Ich zische innerlich, drohe mir eine Lobotomie an, wenn ich mich nicht auf der Stelle beruhige.

«Gefällt es dir?»

Sie antwortet nicht, blickt weiter ins Buch.

«Na gut. Ich geh dann mal wieder. Ich will dich nicht beim Lesen stören.»

Sie blickt auf.

«Hast du den *Werther* gelesen?», fragt sie leise.

«Nein, leider nicht.»

Sie legt das Buch auf den Schoß. Ihre Augen sind sanft, die hohen Wangenknochen bringen die Ohrringe toll zur Geltung. Trotz des anfänglichen Schweigens wirkt es nicht so, als wollte sie mich schlagen. Erstaunlicherweise scheint sie sogar Lust zu haben, ein bisschen zu quatschen. Aber wieso ist das erstaunlich? Was habe ich ihr getan? Darf ich in meinem Tagebuch nichts über nette blonde Mädchen schreiben? Egal, ich wollte, ich könnte mich wie früher zu ihr setzen.

«Also, wie gefällt dir das Buch?»

«Bis jetzt ganz gut.»

«Super.»

«Der Erzähler hat allerdings einen Hang zu Abschweifungen. Er ist ziemlich leidenschaftlich.»

«Hm ... klingt spannend.»

Ein Flugzeug fliegt vorbei, so tief, dass ich den Piloten sehe. In Kontagora sind Flugzeuge so selten, dass Kinder und sogar Erwachsene nach draußen laufen, um zu winken, wenn eins vorbeifliegt. Ich zeige auf die Maschine. «Kommst du mit raus?»

Sie muss lachen.

Das Zimmer kommt mir heller vor, Blumenduft breitet sich aus. Ich gehe ein paar Schritte auf sie zu.

«Irgendwie seltsam», sage ich.

«Was ist seltsam?»

«Du glaubst nicht an Schicksal, oder?»

«Stimmt, aber ...»

«Du sagst immer, Chaos und Zufall sind vernünftiger.»

Sie sieht mich argwöhnisch an. «Worauf willst du hinaus, Andy?»

Ich erzähle ihr, dass ich gerade bei Onkel William war und in seinem Regal den *Werther* entdeckt habe.

«Ach.» Sie nimmt das Bein vom Knie. «Du hast hier einen Onkel?»

«Ja. Er ist Priester. Sogar ein Monsignore. Er ist der Zwilling meiner Mutter.»

«Deine Mama hat einen Zwillingsbruder? Cool.»

Ich komme noch ein paar Schritte näher, richte den Blick auf den Platz neben ihr und beschließe, es zu wagen. Ich setze mich hin, nehme das Buch von ihrem Schoß, schlage es auf. Sie trägt einen dünnen Silberarmreif. Ich starre auf ihre Hand. Ihre Haut ist heller als meine, und doch sind sich unsere Hände unglaublich ähnlich. Rosa Nägel, dunkle Gelenke. Aber wenn ich sie mit Eileens Händen vergleiche, sind ihre ein Halbmond, unsere die Dunkelheit, in der er strahlt.

Plötzlich verspüre ich das Bedürfnis, Fatees Hand zu nehmen. Sie zu streicheln, vielleicht sogar zu küssen. Mit dem Armreif sieht sie ganz anders aus, hübsch, sogar sexy. Mir ist nie aufgefallen, dass meine Fatee so schöne Hände hat, obwohl ich sie schon unzählige Male gehalten habe.

«Und wie ist dein Onkel so?», fragt sie.

«Super. Er hat mir Geld gegeben und gesagt, ich soll bald wiederkommen. Und weißt du was?»

«Was?»

«Wir sehen uns total ähnlich.»

Sie lächelt. «Was hast du erwartet?»

«Keine Ahnung. Und sein Haus ist der Wahnsinn. Ich meine, super classy. Wie Hogwarts. Ich kam mir vor wie Harry Potter.»

Sie schweigt – lacht nicht mal über meinen Witz.

Ich weiß nicht, was ich sagen soll. Alle möglichen Themen – Zahrah, Mathematik – führen zurück in die Vorplatinzeit, unser Leben vor dem Tagebuch.

«Andy ...»

«Ja, Fatee?»

«Warum bist du hier?»

Schockfrage.

«Äh, ich – ich ... ich wollte nur Hallo sagen. Mal nach dir sehen.»

Sie nickt. «Nach mir sehen?»

«Genau.»

Schuldgefühle fluten meine Brust.

Ich will ihr sagen, dass mir das mit dem Tagebuch leidtut. Dass irgendwas mit mir nicht stimmt und dass nur sie mich retten kann, weil sie meine Fatee, mein Schicksal ist. Ich will vor ihr auf die Knie fallen und in ihre Hand weinen. Aber aus irgendeinem Grund bleibe ich sitzen.

Ihre Hand. Weich. Muttermal am kleinen Finger.

Ich bewege meine Hand darauf zu.

Ich nehme sie.

Glatt.

Etwas regt sich in mir. Bekomme ich etwa einen Ständer?

Plötzlich zieht Fatee die Hand weg.

«Ich lasse mich nicht verarschen, Andy.»

Meine Stimme wird zum Krächzen. «Wovon redest du, Fatee?»

«Kannst du nicht einmal ehrlich sein?»

«Wie meinst du das?»

«Wir wissen beide, wo du gleich hingehst.»

«Wohin denn? Ich weiß nicht, was du meinst.»

«Du gehst zu ihr.»

Eine Milliarde Lügen rennen auf mich zu. Ich spare mir die Mühe, eine zu packen.

«Ich weiß, dir ist es total egal, was ich sage. Aber ich hoffe, du findest heraus aus deinem Zickzackkurs und entscheidest dich. Bald. Ich bleibe trotzdem deine Freundin, Andy. Aber komm nicht bei mir angekrochen und tu so, als hätte sich zwischen uns nichts verändert. Und jetzt geh bitte. Ich bin beschäftigt.»

Ich stehe langsam auf. Verlasse das Zimmer. Das Haus. Felsbrocken hängen an meinem Hals.

Draußen blicke ich auf die Straße, aber ich sehe nichts, höre nichts. Ich kann nicht denken, mich nicht bewegen – mein Kopf ist leer.

Ein paar Minuten später kehren meine Sinne zurück. Ich spüre den Boden unter meinen Füßen, höre Kinder in der Ferne Fußball spielen. Die Straße ist leer. Der Himmel ist mit Gelb- und Brauntönen überzogen, in einer Stunde wird es stockfinster sein.

Ich hole mein Telefon raus. Eileen hat mir eine Nachricht mit lauter Emojis geschickt.

```
Hab aus Langeweile eine Flasche madegassischen
Wein aufgemacht.
Bin ein bisschen betrunken!!
Komm trotzdem, wenn's dich nicht stört, dass ich
leicht neben der Spur bin.
Vielleicht können wir uns einen Film ansehen.
Danach muss ich ins Bett.
```

✛

Ich klopfe. Sie macht sofort auf. Meine KEiserin. In einem Tank Top und ultrakurzen Shorts. Wogendes, funkelndes Platin. Meine Brust explodiert; der Schwarze Punkt in mir hüpft. Ein leichter Alkoholgeruch weht mir entgegen, aber sie wirkt nicht betrunken oder so. Einige Augenblicke lang sehen wir uns unsicher an, als hätten wir uns nicht erst gestern nackt gesehen, als müssten wir uns ins Gedächtnis rufen, wo wir aufgehört haben. Mustert sie meine Haare? Hat sie es sich anders überlegt? Will sich mich doch wieder loswerden? Auf einmal lacht sie und sagt:

«Komm rein.»

Wir umarmen uns. Soll ich sie küssen? Wie in britischen Filmen? Ich beschließe, das Risiko einzugehen. Ich nähere mich ihrem Gesicht. Küsse ihre linke Wange, die rechte. Sie rührt sich nicht. Ich wandere zu ihrem Kinn, ihrem Mund. Keine Reaktion. Ich halte inne. Weiche zurück.

«Tut mir leid», sage ich.

Sie lacht, unerwartet schrill. «Mach weiter. Das ist schön.»

Ich küsse ihre Wange. Dann ihren Hals, ihren Mund, wie im Kino. Ja, sie hat eindeutig eine Fahne. Ich wandere wieder zu ihrem Hals.

Sie erwidert meine Küsse, wird plötzlich leidenschaftlich und stürmischer, als ich sie kenne, kichert mir ins Ohr, bohrt mir die Fingernägel in den Rücken. Ja, sie ist ein bisschen betrunken. War die anfängliche Zurückhaltung eine Taktik, um es zu verbergen?

Sie flüstert mir etwas ins Ohr. Ich sage, dass ich kein Wort verstehe.

Sie lacht. «Lügner.»

«Ehrlich nicht!»

«Na gut, ich probier's noch mal.»

Sie drückt mich an sich, flüstert:

«Ich bin total y-n-r-o-h.»

«Oh. Wirklich?» Meine Brust ist kurz davor, erneut zu explodieren. «Ich – ich ...» Was antwortet man darauf? «Ich auch.»

Sie lacht. Fährt mit der Hand über meine Brust. Hinunter zu meinem Bauch. Weiter, noch weiter.

«Wow. Er wächst in meiner Hand! Wie ein Monster.»

Soll ich jetzt lachen? Ich lache. Ist er wirklich so groß wie ein Monster?

«Er ist total hart. Komm.»

Sie löst sich von mir, packt mich am T-Shirt wie einen Verbrecher, zieht mich ins Wohnzimmer, als wäre ich ihr Haustier. Sie lacht. Ich lache. Sie befiehlt mir, ihr die Shorts auszuziehen. Ich gehorche. Sie sagt, ich soll ihr einen Klaps auf den Hintern geben. Ich zögere, klopfe stattdessen sanft auf ihr grünes Höschen. Ihr Arsch ist ziemlich flach, aber trotzdem heiß.

«Nicht so zaghaft», sagt sie.

Ich versuche, das Thema zu wechseln. «Du hast einen tollen Hintern.»

«Hab ich nicht.»

«Doch, hast du.»

«Du weißt, dass das nicht stimmt. Die Frauen hier haben viel tollere Ärsche.»

Sie lacht, lässt sich aufs Sofa fallen.

«Komm her, küss mich.»

Wir küssen uns lange. Sie drückt mich hinunter zu ihrem Bauch, zwischen ihre Beine, schiebt das Höschen zur Seite.

«Küss mich da.»

Sie ist dort unten rasiert, riecht nach einem Mix aus Fisch und Sirup. Ich küsse. Lecke. Genieße den Fischsirup. Sie stöhnt, macht Laute wie der Singvogel, der sie ist. Nach ein paar Minuten brennt meine Zunge. Ich hebe den Kopf, aber sie stöhnt:

«Nicht aufhören. Das ist wahnsinnig geil.»

Ich mache mich wieder an die Arbeit. Lecke weiter, mit schmerzender Zunge und trockenem Mund. Ich weiß, wir machen kein BDSM, trotzdem fühle ich mich wie ein Sub. Um den Schmerz zu vergessen, um die Vergleiche mit Fatee zu verscheuchen, die mich nie zu so etwas zwingen würde, denke ich an etwas anderes. Wenn ich als kleiner Junge eine Sünde beging – z. B. Fleisch aus dem Kochtopf stibitzte –, hatte ich jedes Mal Angst, im Himmel würden Posaunen ertönen und ich würde auf direktem Weg zur Hölle fahren. Aus lauter Schiss vor dem ewigen Feuer, vor dem Heulen und Zähneklappern legte ich das Fleisch wieder zurück, meistens, nachdem ich ein, zwei winzige Stückchen abgebissen hatte. Ich frage mich, wo diese Angst geblieben ist.

Ich hebe wieder den Kopf. Sie beschwert sich, sagt, dass sie gleich so weit ist. «Bitte, hör nicht auf.»

Ich lecke weiter, ganz schwach.

«Macht's dir keinen Spaß?», fragt sie.

«Doch», sage ich.

Sie lacht, setzt sich hin, sagt, sie weiß, dass ich es kaum abwarten kann, ihn reinzustecken. Dass ich deshalb immer wieder aufhöre.

Sie zieht das Höschen aus, fordert mich auf, sie zu küssen. Ich mache es.

«Du küsst toll», sagt sie. «Deine Lippen sind unglaublich weich.»

Sie öffnet meinen Reißverschluss, holt ihn raus, leckt ihn.

«Wow», sagt sie. «Er ist so riesig. Der größte, den ich je gesehen habe. Das wolltest du die ganze Zeit, stimmt's? Ihn in mich reinstecken.»

Ich habe Angst, dass diese unzensierte Eileen die echte

Eileen ist. Als ich mich ihr nähere, macht er leicht schlapp. Ich beschwöre ihn, hart zu bleiben. Mich jetzt, wo es drauf ankommt, nicht zu blamieren.

✛

Ich wache vor ihr auf. Mein Schlaf war ziemlich unruhig. Meine Lider sind bleischwer, aber es gibt kein Zurück. Meine Zunge tut noch weh. Ein merkwürdiger Geruch hängt im Zimmer. Der Geruch meiner Sünde? Meiner verlorenen Reinheit?

Ich bin todtraurig. Warum? Kann ich nicht sagen. Aber ich muss dringend weinen. Das wird meine Lider leichter machen.

Ydna?
...
Ydna?
...
Ydna?
...
...

Stille. Bis auf ihre Atemgeräusche. Sie schnarcht sogar. Wusste gar nicht, dass weiße Mädchen schnarchen. Den Teil lassen sie im Kino offenbar aus.

Ich will sie nicht ansehen. Ich sollte einfach aufstehen und gehen. Weinen kann ich auch unterwegs.

Ich setze mich auf. Aber ich kann nicht aufstehen. Ihr höchstens den Rücken zudrehen. Mich von der Strahlungsquelle abwenden.

Ich versuche es wieder:

Ydna?

...

...

...

Ich fühle mich leerer als nach dem Kommen.
In mir klaffen Löcher.
Groß wie Wüsten.
Nur mit Schmerz und Scham zu füllen.

Licht scheint durch die Vorhänge, schwach, wie meine Muskeln. Die fühlen sich an, als wäre ich mit Schlägen und Tritten malträtiert worden, obwohl es keinerlei Spuren gibt. Ich greife zum Telefon, um alles zu vergessen, zu verdrängen.

Ich weiß, was ich jetzt tun sollte: Fatee texten, sie um Verzeihung bitten, mich mit ihr zu einem persönlichen Gespräch verabreden. Stattdessen öffne ich alle möglichen Apps, bis auf die, die mich zu ihr führen.

Was würde passieren, wenn ich mich bei ihr entschuldigte? Enden wir dann nicht wie alle Paare in diesem Land? In einem hoffnungslosen Leben, Tag für Tag gezwungen, unsere Liebe wieder zusammenzuflicken?

Sie hat behauptet, ich würde mich im Zickzack bewegen. Aber machen es das Universum, alle und ALLES nicht genauso? Als sie die Hand wegzog, war mir auf einmal alles klar. Ja, ihre Hände sind weich, aber nicht annähernd so weich wie Eileens. Und das werden sie auch nie sein. Stattdessen werden sie mit den Jahren rauer, dicker, dunkler werden. Wie Zahrahs. Wie Mamas. Wie die Hände aller Frauen in diesem Land. Aber vor allem: Fatee bringt mein Blut nicht zum Kochen wie Miss Platin. Bei ihr verharrt das Schwarze zwischen meinen Beinen ängstlich an der Kreuzung und sieht überall Stillstand. Bei Eileen hingegen schlägt es Purzelbäume, streift durch ihr Zauberland, erklimmt den höchsten Berg und erblickt im Nebel eine Zukunft.

Ich werfe das Telefon auf den Nachttisch. Eileen rührt sich.

«Hi, Andy», gähnt sie. «Ist schon Morgen? Irgendwie habe ich 'nen Schädel.»

Ich reagiere nicht, keine Ahnung warum.

«Andy, hörst du mich?» Sie setzt sich auf. «Was ist los? Warum antwortest du nicht?»

Ich weiß, dass der Schwarze Punkt mich besänftigt, wenn ich sie ansehe, mich dazu bringt, wieder vor ihr zu buckeln.

«Habe ich gestern irgendwas gesagt? Ich hatte dich gewarnt, dass ich betrunken bin, schon vergessen?»

Minuten vergehen. Warum fällt es ihr so schwer einzusehen, dass sie mich schlecht behandelt hat, und sich zu entschuldigen?

Sie seufzt. Rückt näher. Legt mir die Hand auf die Schulter. Massiert mir den Nacken.

«Bist du sauer auf mich?»

Langsam, widerwillig, schüttele ich den Kopf.

«Gut.»

Sie massiert mir die Schultern, die Oberarme.

«Küss mich.»

Ich küsse sie. Sie erwidert den Kuss. Kitzelt meine Seiten. Ich lache.

«Ah, du bist also auch kitzlig!»

Ich sehe sie an.

die

    poesie

        ihres

           körpers

＋

Es ist Tag. Wir sitzen noch im Bett. Ein Strang Sonnenlicht kriecht über unsere Beine, hebt unsere Gegensätzlichkeit hervor. Ihre Haut hat von den Lidern bis zu den Zehen denselben Marmorton – kein rosa Fleck, kein roter Punkt, fast irreal. Meine weist dagegen eine Fülle von Braunschattierungen auf: braun hier, dunkelbraun dort, ganz dunkles Braun dort. Und überall hat sie diese winzigen, durchsichtigen Härchen – ihren Halo. Ich wollte, ich könnte jedes einzelne berühren.

Als ich den Blick abwende, merke ich, dass sie mich anstarrt. Sie checkt mich nicht aus. Guckt einfach. Wahrscheinlich auf meine dicke Nase. Die Spiralen auf meinem Kopf. Bestimmt ist sie zur Besinnung gekommen, fragt sich, was sie eigentlich von mir will. Ich lächle. Sie hört nicht auf.

«Was denkst du?», frage ich.

«Nichts», sagt sie.

«Warum starrst du mich dann so an?»

«Ist es nicht umgekehrt?»

Ich muss lachen. Sie lacht auch. Lieber schnell das Thema wechseln.

Ich streichle ihr Gesicht, rieche an ihrem Dutt, löse ihn. Ihr Platin ergießt sich über uns.

«Unglaublich», sage ich.

«Was ist unglaublich?»

Ich will ihr sagen, dass Mamas, Zahrahs oder Fatimas

Haare aufrecht stehen wie der Eiffelturm, wenn sie ihre Zöpfe lösen. Aber die Erklärung wäre zu lahm, zu umständlich.

Ich streiche ihr das Haar aus dem Gesicht. Halte hinter ihrem Ohr inne und betrachte es, bis meine Gedanken so zahlreich sind wie die Strähnen in meiner Hand.

Ihre Haare sind einfach nur Haare – geschmeidig und glänzend natürlich, aber trotzdem nur Haare, nichts Besonderes, nichts, was die Vorstellungskraft sprengt, keine Leistung, kein Vibranium, kein Unobtanium. Trotzdem haben sie etwas Magisches, ein x in den Strähnen, das meine Finger vor Sehnsucht zittern lässt, sobald ich sie loslasse. Nicht mal, wenn ich unendlich viel Zeit zur Verfügung hätte, würde ich finden, was ich darin suche, könnte ich diese unergründliche Sehnsucht stillen.

«Zieh dein Shirt aus», sagt sie.

Will sie checken, ob ich ein Sixpack habe? Ob meine Brust so muskulös ist wie die von Elba und Foxx?

«Wow, hast du einen flachen Bauch.»

Ist das eine Anspielung auf meine Armut?

Sie bindet sich die Haare zusammen, drückt mich aufs Kissen, erkundet mit den Fingern meinen Körper. Meinen Bauch, meine Rippen, meine Brust. Sie küsst mich auf den Hals – warm, feucht –, fährt über meine Lippen, meine Nase, öffnet meine Lider. Jetzt ist sie bei meinen Haaren. Sie verbringt eine Ewigkeit damit, sie zu betrachten, sie anzufassen. Warum ist sie davon so besessen? Sucht sie nach einem originellen Beweis, warum ihre geschmeidiger sind und mehr glänzen? Ist das nicht deutlich genug?

«Was ist, Eileen?»

«Nichts.»

«Was machst du da?»

«Mir deinen Körper einprägen.»

Danach legt sie sich neben mich. Sagt, dass ihr übel und schwindelig ist, dass ihr immer noch der Schädel brummt.

«Es ist mir wirklich peinlich, Andy, aber wäre es möglich, dass du mir Frühstück machst? Bitte. Kaffee wäre toll. Und ein Avocadotoast. Ist superschnell erledigt.»

«Ja, kann ich machen, Eileen.»

«Es steht alles in der Küche. Bedien dich einfach.»

«Alles klar.»

«Danke, Andy. Ich bin einfach zu verkatert, um aufzustehen.»

Ich ziehe mein Hemd an, gehe zur Tür.

«Andy? Du hast einen süßen Hintern, weißt du das?»

Sie lacht.

«Oh. Danke.»

Unten lasse ich den Blick eine geschlagene Minute lang durch die superschicke Küche schweifen: Arbeitsplatte, Mikrowelle, Gasherd, Toaster, Spüle. Ich habe erst zweimal in meinem Leben eine Mikrowelle benutzt, beide Male bei Zahrah und Okorie hier in Abuja. Echt abgefahren, das Teil – wie kann man ohne Feuer und Wasser, ohne Rauch zu produzieren, kochen oder Essen aufwärmen? Ich sehe mir noch ein paar andere unbekannte Geräte an, dann hole ich Brot und Avocado aus dem Kühlschrank.

Ich habe noch nie Toast gemacht, erst recht keinen Avocadotoast. Im Süden wachsen zwar Avocados, aber zu Hause essen wir sie nur ganz selten. Mama findet sie viel zu teuer und gibt das Geld lieber für wichtige Lebensmittel wie Reis oder Gari aus. Avocados essen wir nur, wenn Leute aus der Kirche uns welche von Familienbesuchen im Süden mitbringen.

Ich starre die Sachen auf der Arbeitsplatte an, ohne einen Plan zu haben, was ich damit machen kann. Vielleicht hätte ich kleinlaut zugeben sollen, dass ich null Ahnung von gar nichts habe. Aber was hätte ich damit erreicht? Sie würde mich für einen Homo habilis oder so halten. Selbst Höhlenbewohner im Großbritannien der Steinzeit wussten, wie man Toast macht. Während ich in der Küche umherlaufe, wird mir bewusst, dass weder Fatima noch ein anderes Mädchen aus meiner Klasse von mir verlangen würde, ihr Frühstück zu machen. Und falls doch, dürfte ich deswegen beleidigt oder sogar sauer sein. Kochen gilt schließlich als «unmännlich», so bescheuert das auch ist.

Plötzlich kommt mir eine sensationelle Idee. Google! YouTube! Ich greife zum Telefon, checke, wie man einen Scheißavocadotoast macht. Mitten im Tutorial höre ich ihre Schritte auf der Treppe. Ich halte das Video auf der Stelle an. Ein Tsunami aus Scham überschwemmt mich – die gesamte Scham von Mama, ihrer Mutter und allen anderen in diesem Land. Ich kann sie nicht ansehen. Weiß nicht, wo ich hingucken soll. Alles in der Küche schreit mich an mit seinem makellosen Glanz, seiner Künstlichkeit. Sie drückt ein paar Tasten, macht Toaster und Kaffeemaschine an, zieht ein Messer aus dem Block, stellt zwei Teller hin. Ich wollte, sie würde etwas sagen, aber sie schweigt, als wäre sie nicht überrascht über mein Versagen. Bestimmt bin ich der dümmste Mensch, dem sie je begegnet ist. Wahrscheinlich glaubt sie, alle hier sind so dumm. Ich sehe es genau vor mir: Sie sitzt mit ihren britischen Freunden im Park auf der Wiese, und alle schlagen sich vor Lachen auf die Schenkel über ihre Geschichte von dem Jungen in Afrika, der nicht mal Toast machen konnte.

In zwei Minuten ist alles fertig: zwei Teller mit leckerem Avocadotoast, zwei dampfende Tassen Kaffee. Sie geht mit ihrem Teller und ihrer Tasse wieder nach oben. Ich trotte mit meinem Frühstück hinterher.

Sie setzt sich aufs Bett, kaut leise. Die Vorhänge sind offen. Sonnenlicht strömt ins Zimmer, in den Strahlen toben Staubpartikel. Draußen in der Ferne tanzen dunkelgrau geschminkte Jungs und Mädchen mit hoch erhobenen Plakaten. Ein paar sind ungefähr in meinem Alter. Ich gehe vom Fenster zu einem Stuhl unter der Klimaanlage. Sie greift zur Fernbedienung, stellt den Fernseher an.

«Sorry wegen eben», sage ich.

«Schon okay», sagt sie.

Ich wünschte, sie würde lächeln, aber sie verfolgt gebannt die Dokumentation im Fernsehen.

Wir gucken Eileens Lieblingsfilm, *Avant la lettre*. Darin geht es um zwei Biologen, Mann und Frau, die sich zufällig bei einer Ausstellung begegnen. Sie ziehen durch Paris, trinken in Bars, unterhalten sich über Außerirdische, das Multiversum, die Gründe, warum sie auf der Welt sind, ihre Fetische. Der Mann glaubt, das Universum habe sie nicht ohne Grund zusammengeführt, die Frau hält ihre Begegnung für rein zufällig. Sie gehen in ein Hotel und verbringen den Rest des Abends damit, lachend und trinkend alle Stellungen aus dem *Kamasutra* zu praktizieren.

Wir küssen uns. Schließen die Vorhänge, ziehen uns aus, lassen uns aufs Bett fallen. Sie geht auf alle viere wie die Frau in dem Film. Sagt, ich soll sie auf den Hintern schlagen und sie von hinten nehmen, ihre Lieblingsstellung. Ich frage, ob sie das mit dem Schlagen wirklich ernst meint. Sie antwortet, ich soll keine Hemmungen haben, dass es sie

296

mega antörnt, wenn sie geschlagen wird. Mit rotem Kopf, schwitzenden Achseln und zitternden Händen folge ich ihrem Wunsch. Härter, sagt sie, härter. Doch mit jedem Schlag wird er kleiner, und als es so weit ist, bekomme ich ihn nicht rein. Er macht rasend schnell schlapp, schrumpft auf die Größe eines Zehs zusammen und sieht auch so aus. Mein Flehen, mich jetzt bitte nicht im Stich zu lassen, bestärkt ihn nur in seinem Verrat. Tut mir leid, stammle ich, tut mir leid, tut mir leid. Sie sagt nichts. Ich setze mich hin. Starre ins Leere. Durch den Spalt im Vorhang sehe ich eine grün-weiß-grün geschminkte Demonstrantin mit einem Schild. Das schlechte Gewissen von vorhin erwacht, bildet Metastasten.

Wir ziehen uns an, setzen uns jeder auf eine Seite des Betts. Sie macht den Fernseher aus, greift zum Telefon, beantwortet ein paar Nachrichten. Ihre tippenden Finger sind das einzige Geräusch im Zimmer.

Vielleicht, um wiedergutzumachen, dass ich sie enttäuscht habe, sage ich, dass ich sie mag, wirklich, wirklich mag.

Sie schweigt lange.

«Bist du dir sicher?», sagt sie schließlich.

«Wie meinst du das?»

«Das hast du jetzt schon ein paarmal gesagt.»

«Weil es stimmt.»

«Nehmen wir mal an, du meinst es ernst. Warum magst du mich denn?»

«Keine Ahnung.»

«Und warum sagst du es dann ständig?»

«Weil es wahr ist.»

«Ist es nicht.»

«Ich mag dich wirklich, wirklich gern, Eileen.»

«Irgendwie habe ich immer ein komisches Gefühl, wenn du das sagst. Als würden wir uns was vormachen.»

«Heißt das, du magst mich nicht?»

«Das habe ich nicht gesagt, Andy.»

«Stimmt. Aber du magst mich trotzdem nicht.»

«Ich bin doch gerade erst dabei, dich kennenzulernen.»

«Und magst du das bisschen, was du schon kennst?»

«Sieht ganz so aus, oder?»

Langes Schweigen.

«Magst du meine Haut, Eileen?»

«Was?»

«Du hast mich schon verstanden.»

Sie wirft das Telefon aufs Bett. Verschränkt die Arme.

«Andy, warum stellst du mir all diese Fragen?»

Ich stehe auf. Nehme mein Telefon. Verlasse das Zimmer, das Haus.

Auf der Straße gehe ich einer Gruppe mit Kreide und Holzkohle geschminkten Demonstranten hinterher. Die drei Mädchen und vier Jungs sind ungepflegt und stinken, als hätten sie sich seit einer Woche nicht gewaschen. Ihre Kleidung starrt vor Dreck, Rotz läuft ihnen aus der Nase. Fliegen umschwärmen Achseln und Hose eines der Mädchen. Autos hupen, Fahrer brüllen, kleine Kinder bespucken sie aus SUVs, ihre Eltern lassen sie einfach machen. Bei einer Seitenstraße dreht sich eines der Mädchen plötzlich um und geht davon. Die anderen sechs ziehen mit ihren zerknickten Plakaten weiter, als hätten sie nichts bemerkt. Ich folge ihnen, bis nur noch einer übrig ist, bis mir die Füße wehtun.

Zu Hause bei Zahrah und Okorie treffe ich im Wohnzimmer auf Fatima. Sie hat sich schick gemacht: Ankara-Kleid, Goldkette, aber kein Make-up. Sie tippt im Schneidersitz auf ihrem Telefon. Die Wände hängen voll mit Zahrahs verrückten Götterfiguren. Viele kenne ich schon aus ihrem Haus in KNT. Ich frage mich, ob Fatima mit mir redet, nachdem sie mich gestern rausgeschmissen hat.

Sie blickt auf, lächelt.

«Hi, Andy, wie geht's?», sagt sie.

«Super, danke.» Ich gehe auf sie zu.

«Du bist ganz verschwitzt.»

«Wirklich?» Ich fasse mir ins Gesicht. «Oh, stimmt.»

«Warum sind deine Sachen so staubig?»

«Ich bin unterwegs ein paar Demonstranten begegnet und ihnen eine Weile hinterhergelaufen.»

«Echt jetzt?»

Sie zieht ein Taschentuch aus der Handtasche, gibt es mir.

«Danke, Fatee.»

Ich wische mir das Gesicht, Augen, Ohren. Sofort fühle ich mich besser. Ich rieche sogar ein bisschen wie sie. Minzig.

«Du bist ihnen gefolgt?»

«Ja.»

«Und warum hast du dich ihnen nicht angeschlossen?»

«Weiß ich auch nicht so genau.»

Sie steht auf, nimmt ihre Handtasche. Ich frage mich, wo sie hinwill. Wahrscheinlich besucht sie einen Verwandten in der Stadt oder geht für die Hochzeit shoppen. Unfassbar, dass Zahrah in sechs Tagen verheiratet ist.

Oben lachen meine Droogs. Fatee sagt, dass sie mit Okorie Xbox spielen.

«Na ja, ich gehe auch gleich aus», sagt sie.

«Ah, toll», sage ich. «Was hast du vor?»

«Kino.»

«Wirklich? Alleine?»

«Nein. Erinnerst du dich noch an Nicholas Oti? Vom Bundesmathewettbewerb? Letztes Jahr?»

«Na klar.»

«Wir sehen uns den neuen *Fast and Furious* an.»

Bevor ich etwas erwidern kann, klingelt ihr Telefon.

«Ich glaube, er ist da», sagt sie. «Ich muss los. Bis dann, Andy!»

Sie eilt davon, macht die Tür hinter sich zu.

Ich starre ein paar Minuten die Tür an. Benommen. Wie im Nebel.

Das Gelächter meiner Droogs rüttelt mich wach. Ich habe noch Fatimas Taschentuch. Es ist völlig verdreckt.

13

Ein Tag vergeht. Noch einer. Keine Nachricht von Eileen.

Ich schalte das Telefon aus. Schmeiße es in die Ecke.

Springe aufs Bett. Heule stundenlang.

Es hilft nichts.

Noch ein Tag, die Tür bleibt zu.

Ich esse nicht, schlafe nicht, wache nicht auf.

Auf dem Boden Zettel, dreckige Taschentücher, abgebrochene Bleistifte.

In der Ecke das Telefon. Aus. Display nach unten.

Es ist sowieso keine Nachricht da.

Auf dem Laken, auf dem Tisch ausgelaufene Stifte.

Tinte an meinen Händen, meinem Hals, in meinen Haaren.

Tinte in meinen Schamhaaren, an meinem Schwanz.

Tag und Nacht wälze ich mich im Bett.

Ignoriere die Droogs, Zahrahs Rufe zum Frühstück, zum Abendessen.

Einmal höre ich ein Geräusch an der Tür.

Ich weiß, wer das ist.

Ich will, dass sie klopft.

Fehlanzeige.

Weil sie nicht klopft, weil sie uns abgeschrieben hat, heule ich mir die Augen aus.

Ich sammle die Zettel auf.

Werfe sie in den Papierkorb, wische die Tinte weg.

Es hilft nichts.

«Das wird schon», sagt Zahrah.

«Bald geht's deiner Mama wieder besser. Und dir auch. Wart's ab.»

✚

Ich mache das Telefon an. Ihre Messages strömen herein.

✚

Wir sitzen uns im Chelsea gegenüber. Sie in einem weinroten Kleid. Ich lache laut über eine Bemerkung von ihr. Die Nacht, den Morgen neulich sparen wir aus, als wäre nichts gewesen. Ich lache wieder. Wir schweigen einen Augenblick, dann sagt sie: Ich mag deine Haut wahnsinnig gerne. Wirklich. Merkst du das denn nicht? Du musst mir glauben. Ich bedanke mich, obwohl ich ihr nicht glaube. Weil: *glauben* ≙ *believe. Believe – b – e – v – e = lie. Lüge.*

Wir gehen in einen Club. Alle glotzen uns an, aber das ist uns (d. h. mir) scheißegal. Wir essen Chickenwings vom Grill, schütten Drinks in uns rein, gehen auf die Tanzfläche. Sie fängt an zu twerken, und die Leute klatschen und klatschen, dabei tanzt sie nicht mal besonders gut. Wir halten uns so lange eng umschlungen im rotierenden Licht, dass ich ihrer Lüge glauben will.

Später, im Park, nimmt sie meine Hand. Ich greife nicht zu. Wir gehen spazieren, zeichnen Drachen und Einhörner in die Sterne. Unter einer Laterne bleiben wir stehen, machen tausendundein Selfie, lachen uns schlapp. Noch immer bemühe ich mich, ihrer Lüge zu glauben.

Wir sind in der National Gallery: Zahrah, Okorie, Fatima, meine Droogs und ich. Übermorgen ist die Hochzeit. Eileen ist noch nicht da. Sie hat gefragt, ob sie mitkommen darf, und ich habe «na klar» gesagt. Patience und Serena sind zu Hause geblieben, weil die Kleine Plasmodien hat. Es ist vier, und wir sitzen im Café in der Eingangshalle bei Milchshakes und Croissants. Jepp, ich esse zum ersten Mal in meinem Leben Croissants! Yay! Die halbmondförmigen Dinger sind echt cool. Ich liebe es, wenn beim Reinbeißen die Kruste blättert und das Markhirn einen krassen Schreck bekommt, liebe es, wenn man die Augen schließt und lauter buttrige Aromen Ballett auf der Zunge tanzen. Und dann diese perfekte Optik: die Außenhülle faltig-kross, die inneren Schichten fluffig-zart. Die Franzosen – oder wer auch immer das Zeug erfunden hat – kennen sich aus mit wahrem Genuss. Eigentlich gehöre ich zu ihnen, in ihre Städte aus Zauber und Magie, und nicht in dieses Drecksland, wo es nur Proteste gibt. Echt traurig, dass Eileen zu Hause in England jeden Tag welche zum Frühstück kriegt. Beneidenswert traurig.

Besucher wandeln durch die Halle, zu zweit oder zu dritt, in schicken Hemden, Anzügen und Kleidern. Kaum jemand ist traditionell angezogen. Zahrah am Kopf des Tisches trägt ihr übliches rotes Kleid, Okorie ein teures Hemd von Louis Vuitton und Jeans. In den letzten fünf Minuten haben sie sich leise über seine Beteiligung an den

Protesten unterhalten. Zahrah ermahnt ihn zum x-ten Mal, vorsichtig zu sein.

Ich sitze zwischen Slim und Morocca. Slim lehnt sich zu mir und sagt:

«Sicher, dass Eileen noch kommt?»

Links von ihm sitzt Fatima. Ich gucke kurz zu ihr rüber. Hoffentlich hat sie nichts gehört.

«Klar. Hundertpro», sage ich.

Morocca sagt von der Seite:

«Erzähl mal, Andy. Wie läuft's denn so mit ihr? Und sag jetzt nicht, ihr habt noch nicht ...»

«Ey, vergiss es!»

Zahrah mischt sich ein. «Worüber sprecht ihr gerade? Wollt ihr uns nicht einweihen?»

Meine Droogs und ich prusten los. Zahrah und Okorie werden noch neugieriger. Ich überlege, ihnen irgendeine Lüge aufzutischen. Erwachsene schlucken alles.

Fatima stiert in ihren Schokoshake. «Sie reden über Andrew und seine weiße Freundin Eileen. Anscheinend ist sie auf dem Weg hierher.»

«Moment mal», sagt Okorie mit seinem britischen Akzent. «Du hast also eine Freundin. Und sie ist ... sie ist ...»

Zahrahs Augen sind groß wie Golfbälle. Sie starrt mich an, als wäre ich ein Fremder, als hätte sie in diesem Augenblick in dem genialen Matheschüler aus Ososo den Darth Vader erkannt, der ich bin. Ihr Mund geht auf, zu. Auf, zu.

Langes, betretenes Schweigen. Ich weiß nicht, wo ich hingucken soll. Ich fühle mich extrem mies.

«Woah!» Okorie nimmt lachend Zahrahs Hand. «Erzähl uns von ihr, Andy Africa!» Den verhassten Namen kennt er von Zahrah. «Komm schon, Mann. Ignorier Zahrah einfach. Sie wird's sowieso nicht verstehen.»

Zahrah wirft ihm einen giftigen Blick zu. Zieht die Hand, ihr Afrikanischsein weg. Holt ihr Telefon aus der Handtasche.

Meine Droogs starren auf den Tisch, auf den Boden, wünschen sich, Fatima hätte den Mund gehalten.

In diesem Moment betritt Eileen das Museum. In einem Leopardenkleid und Gladiator-High-Heels. Ihr wogendes Platin wirft mir verstohlene Blicke zu.

Meine Leopardin.

Die gesamte Halle hält inne, um sie anzusehen. Hände und Tassen verharren in der Luft. Sätze bleiben unbeendet auf Zungen hängen.

Sie kommt auf uns zu. «Hallo zusammen», sagt sie.

Wir erwachen aus unserer Erstarrung.

Fatima murmelt «Entschuldigt mich» und verschwindet Richtung Toiletten, ohne sich umzudrehen.

Alle am Tisch stehen auf.

«Hi, Eileen», sagt Zahrah strahlend, als hätte sie nicht gerade die schockierendste Neuigkeit ihres Lebens gehört. «Schön, dich wiederzusehen.» Sie umarmt Eileen. Ich weiß von Eileen, dass die beiden sich auf ihrer Willkommensparty nett unterhalten haben.

«Hallo, Eileen.» Okorie gibt ihr die Hand, ist megacharmant. «Ich bin Okorie.»

«Ah», sagt Eileen, «dann bist du Zahrahs Verlobter? Freut mich sehr!»

«Ganz meinerseits.»

Meine Droogs sagen Hallo und Hey, geben ihr die Hand. Moroccas Hand verweilt einen Tick zu lange auf ihrer. Ich bin kurz davor, per Accio eine Axt herbeizuzaubern und sie ihm abzuhacken.

Eileen umarmt mich. «Hey, Andy.»

Ihr Geruch ist ein Nirwana.

Zahrah verdreht die großen Augen.

Wir gehen zu den Fahrstühlen. Morocca kehrt schnell um, um mein letztes Croissant zu klauen. Er schafft es, in letzter Sekunde in den Fahrstuhl zu springen.

Im zweiten Stock sehen wir uns Gemälde in Vitrinen an: Bäume mit Babys als Wurzeln. Wasserfälle, die aus der Erde in den Himmel stürzen. Wesen ohne Köpfe, ohne Schwänze. Nach und nach bilden sich drei Paare: vorne Zahrah und Okorie, in der Mitte Slim und Morocca, am Ende Eileen und ich.

«Alles okay, Andy?», sagt sie.

«Mir geht's gut. Und dir?»

«Super, danke.»

Wir bleiben vor einem abstrakten Gemälde von Bruce Onobrakpeya stehen: eine geisterhafte Gestalt mit einer Machete schwebt über einem Krokodil aus Feuer, darunter ein Meer aus Tintenfischen und Seeschlangen.

«Wow, echt beeindruckend», sagt sie.

«Total.»

«Wer von uns ist der Geist? Und wer das Feuer?»

Ich will nicht daran denken, dass sie morgen abreist. Seit ich in Abuja bin, bin ich an vielen Dingen gescheitert, am krachendsten daran, sie zu überreden, länger zu bleiben.

Wir sehen uns Gemälde mit mystischen Szenen von Yusuf Grillo an, ein paar Porträts von Frauen mit Geles von Ben Enwonwu. Eine der Frauen sieht aus wie Mama früher, kurz nachdem sie Ydna verloren hatte.

Wir sind alleine auf dem Gang. Rechts von mir ist eine Tür, darauf steht in verblassten Buchstaben *Magazin*. Ich öffne sie, spähe hinein. Irgendwo sickert Licht durch ein Fenster. Der Raum ist vollgestopft mit zerbrochener Töpferware und kaputten Büsten, an der Decke zittern Spinnweben. Ich rufe Eileen.

Sie geht hinein, hebt eine Tonscherbe auf, hält sie ins Licht, lässt sie fallen.

Ich schlinge von hinten die Arme um sie, streichle ihren Hals, ihre marmornen Arme. Sie dreht sich um. Unsere Münder finden sich. Wir küssen uns. Unsere Zungen spielen Wippe. Meine Hände fahren über ihren Rücken, ihren Hintern.

Wir küssen uns eine gefühlte Ewigkeit. Plötzlich klopft es an der Tür. Der Boden unter uns wird wieder fest, die Welt wacht auf und dreht sich weiter.

«Andy», flüstert Slim. «Zahrah sucht dich überall.»

Eileen und ich kommen heraus, Hand in Hand.

Fatima sieht uns. Sie wendet sich dem Onobrakpeya zu. Geist und Feuer.

Slim geht voraus, Fatima blickt starr auf das Gemälde.

Wir fahren in ein anderes Stockwerk, treffen dort die anderen drei.

«Wo hast du denn gesteckt, Andy Africa?», sagt Zahrah, aber sie ist nicht sauer. «Herzlichen Glückwunsch, Andy, ich bin so stolz auf dich.» Sie zeigt mir ihr Telefon.

Ich lese die E-Mail. Mein Gedicht, das über HXVX, hat beim westafrikanischen Lyrikwettbewerb für Jugendliche den ersten Preis gewonnen.

«Wie kann das sein?», sage ich.

«Ich habe es für dich eingereicht. Um nicht zu große Erwartungen in dir zu wecken.»

«Gratuliere, Andy Africa», sagt Okorie. Er versteckt irgendetwas hinter dem Rücken. Er zeigt seine Hände: Es ist eine Krone aus goldenem Papier und Bändern. Wahrscheinlich hat er sie aus dem Museumsshop. Er setzt sie mir lachend auf. «Du bist unser König, Andy. *King Andy Africa!*» Er verbeugt sich grinsend.

Meine Droogs klatschen. Leute drehen sich neugierig zu uns um.

Ich sehe zu Eileen. Sie klatscht auch.

✚

Dienstagabend. Als ich angezogen bin, rieche ich sie wieder. Mandeln, Datteln. Fühle ihr Haar zwischen meinen Fingern. Seidig, beruhigend. In ein paar Stunden fährt sie zum Flughafen. In ein paar Stunden sehe ich sie vielleicht nie wieder.

mandeln, datteln
datteln, mandeln
mandala
diamant

Ich stecke mein Telefon ein und verlasse das Zimmer. Im Zimmer gegenüber sehen sich meine Droogs mit Patience und Serena eine Komödie an. Ich frage mich, was Fatima nebenan wohl gerade macht. Wahrscheinlich chattet sie mit Nicholas, der ihr erzählt, dass sie das klügste und schönste Geschöpf auf der ganzen Welt ist. Haken bohren sich in meine Brust, weil ich sie verloren habe. Ich seufze, schließe alles weg.

Auf dem Weg nach unten höre ich Zahrah und ihre Freundinnen im Wohnzimmer. Sie feiern ihren Junggesellinnenabschied. Ich habe aus dem Fenster geguckt, als die Frauen ankamen, in weißen, teils trägerlosen Kleidern, jede mit einem hübsch verpackten Geschenk und einer

Kerze. Manche stiegen aus protzigen SUVs mit Chauffeur, der ihnen die Tür aufhielt. Zahrah begrüßte alle mit einer Umarmung und einem Kuss auf die Wange. Sie wirkte in ihrem Outfit ausgesprochen mütterlich: teurer roter Seidenwrapper mit Goldstickerei, dazu ein Oberteil aus glänzenden roten Perlen, ihr hoher, gepflegter Afro auf einer Seite rot gefärbt. Ich bin zwar kein Fan von diesem Look, aber sie sieht wirklich hübsch aus.

In der kurzen Zeit in Abuja hat sie schon einige prominente Leute zum Anifuturismus bekehrt. Sogar Shola Badmus und Mike Ighalo hat sie gekriegt. Sholas aktuelle Ausstellung haben wir uns gestern in der National Gallery angesehen, Mike ist als der neue Afrobeat-Star in aller Munde.

Ich bleibe im Flur stehen, um ein bisschen zu spannen. Ein Dutzend Frauen sitzt links und rechts neben Zahrah in zwei Halbkreisen auf dem Boden. Das Licht der mitgebrachten Kerzen wird von den verrückten Götterfiguren an den Wänden zurückgeworfen. Zahrah redet über sich und natürlich über Permutationen. Dass sie alles erklären: Wandel und Beständigkeit, Fluss und Stillstand, Geburt und Untergang eines jeden Systems. Dass sie das Thema nicht mehr loslässt, seit sie festgestellt hat, dass sich Permutationen auf die komplexen Systeme des Lebens – Wachstum, Geschichte, Klasse, Hautfarbe, Schuld und Vergebung – übertragen lassen. Tatsächlich sei die Permutationstheorie das Herzstück des Anifuturismus.

Um ihre Worte zu veranschaulichen, zeichnet sie mit weißer Kreide etwas auf den Boden:

Gegeben ist eine Menge aus drei Elementen, z. B. $\{\bullet, o, \Delta\}$:

Permutation	mathem. Darst.	Anm.
$\bullet$ o Δ	$\begin{pmatrix} 1 & 2 & 3 \\ 1 & 2 & 3 \end{pmatrix}$	Identität
$\bullet$ Δ o	$\begin{pmatrix} 1 & 2 & 3 \\ 1 & 3 & 2 \end{pmatrix}$	Involution
o $\bullet$ Δ	$\begin{pmatrix} 1 & 2 & 3 \\ 2 & 1 & 3 \end{pmatrix}$	Involution
o Δ $\bullet$	$\begin{pmatrix} 1 & 2 & 3 \\ 2 & 3 & 1 \end{pmatrix}$	Invers
Δ $\bullet$ o	$\begin{pmatrix} 1 & 2 & 3 \\ 3 & 1 & 2 \end{pmatrix}$	Invers
Δ o $\bullet$	$\begin{pmatrix} 1 & 2 & 3 \\ 3 & 2 & 1 \end{pmatrix}$	Involution

Mit derselben Tabelle hat sie Fatima und mich in die Permutationstheorie eingeführt.

«Und da die Mathematik uns Werkzeuge an die Hand gibt, um Theorien über komplexe abstrakte Strukturen zu formulieren», sagt sie, «sind Permutationen dazu prädestiniert, diese komplexen Systeme des Lebens genau zu analysieren und zu verstehen. Das gilt auch für unsere eigene Bewegung, den Anifuturismus.

Wie eingangs erwähnt, leben wir an einem geheiligten

Ort, den wir noch nicht verstanden haben. Eines Tages werden wir begreifen, warum wir hier sind, warum es physikalische Gesetze gibt, warum die Erde so geschaffen wurde, wie sie ist. Um dorthin zu gelangen, müssen wir als Spezies wahrlich intelligente Wesen, de facto Götter werden. Und das kann, wie ihr sicher schon erkannt habt, nur durch den Anifuturismus geschehen. Der Anifuturismus ist die Heilung für diesen Kontinent, für die ganze Welt.»

Sie guckt zur Seite, entdeckt mich. Starrt mich an. Ein wissender, anklagender Blick. Sie wendet sich wieder ihrem Publikum zu.

Ich haue schnell ab.

Gestern, als wir mit Okorie in seinem Jaguar nach Hause fuhren, bekam ich eine komische Message von ihr:

```
Denn wie durch den Ungehorsam des einen Menschen
die vielen zu Sündern gemacht worden sind, so
werden auch durch den Gehorsam des einen die
vielen zu Gerechten gemacht werden.
```

Ich erkannte die Stelle sofort, sie stammt aus Paulus' Brief an die Römer. Wir mussten sie im Katechismusunterricht auswendig lernen. Bro Magnus liest in seinen moralischen Unterweisungsstunden oft aus dem Römerbrief vor, um uns zu zeigen, dass der Prophet Jesaja den leidenden Knecht Jesus mit einem Lamm vergleicht, das jede Misshandlung stumm erduldet und sich gehorsam zur Schlachtung führen lässt. Ich las die Message immer wieder, rätselte, warum Zahrah, die seit ihrer Rückkehr aus der Sahara nicht mehr in die Kirche geht, ausgerechnet die Bibel zitiert. Ich konnte der Nachricht nur eine simple Botschaft entnehmen: dass ich gegenüber den Leuten meiner Hautfarbe «ungehorsam» bin oder so. Na und? Soll ich mich jetzt an einem Baum festbinden und mich selber auspeitschen? Gestern Abend spielte ich, vielleicht, um sie zu ärgern, ein bisschen mit dem Text herum:

```
Denn wie durch den Gehorsam der vielen Menschen
alle zu Sündern gemacht worden sind, so werden
auch durch den Ungehorsam des einen die vielen
zu Gerechten gemacht werden.
```

Sofort sah das Ganze viel besser aus.

Ich sehe Eileen im Wohnzimmer beim Packen zu. Helfe ihr, einen mit Büchern vollgestopften Koffer zuzumachen. Draußen ziehen im Licht der Straßenlaternen skandierende Demonstranten mit Stirnlampen und hochgehaltenen Plakaten vorbei. Was sie rufen, ist durch die geschlossenen Fenster nicht zu hören. Plötzlich stürmen aus dem Nichts Polizisten auf sie zu, schlagen mit Stöcken auf sie ein, jagen sie in die Dunkelheit. Sie gehen besonders brutal vor, weil in dieser Gegend Expats, Eileens Landsleute wohnen.

Tante Joan sagt am Telefon Bescheid, dass Eileens Fahrer in einer Stunde da ist. Sie entschuldigt sich für die lange Abwesenheit, verspricht ihr, sie in Niger zu besuchen.

Eileen trägt Bluse und Jeans, ihr Haar ist zum Pferdeschwanz gebunden. Sie sieht trotzdem aus wie eine Göttin, meine Eiqueen, das einzig Reale in diesem Land der Simulationen. Wir gehen nach oben, und ich helfe ihr, das restliche Gepäck nach unten zu tragen. Ich setze mich aufs

Sofa, sie nimmt das Sofa gegenüber, schlägt die Beine übereinander.

«Du musst nicht gehen, Eileen», sage ich.

«Doch», sagt sie.

«Nein.»

«Mum will nicht, dass ich noch länger bleibe.»

«Warum?»

«Wegen der Proteste und so.»

«Willst du denn bleiben?»

«Ich wünschte, ich könnte, aber mein Visum läuft nächste Woche ab. Wir bleiben noch ein paar Wochen in Niger, dann geht es zurück nach Hause.»

«Bleib, Eileen.»

«Ich muss irgendwann gehen, Andy. Ich muss nach Hause. Du weißt, dass ich nicht hierhergehöre.»

Sie lächelt, um mir zu zeigen, dass sie es nicht geringschätzig meint. In den letzten Tagen passt sie sehr genau darauf auf, was sie sagt, besonders wenn es um Nigeria geht. Das Übervorsichtige geht mir leicht auf den Sack. Es besteht die winzige Chance, dass es nur aufgesetzt ist, Theater.

«Und wann sehen wir uns wieder?», frage ich.

«Vielleicht besuchst du mich ja in Niger», sagt sie. «Das ist wirklich nicht besonders weit weg.»

Ich nicke. Auf dem Gemälde hinter ihr lassen zwei Fischer mit Strohhüten ein Kanu zu Wasser, am Horizont geht die Sonne unter. In fünfzig und auch in einer Million Jahren werden die beiden das Kanu immer noch zu Wasser lassen. Sie werden noch am Leben sein, lachend, unverändert. «Stillstand» und «Glück» müssen wohl dasselbe sein, perfekte Synonyme.

«Ist gut», sage ich. «Tust du mir dann einen Gefallen?»

«Okay.» Sie nimmt das Bein vom Knie und sieht mich an,

ängstlich, dass wieder eine schwierige Frage kommt, über mich, über uns. Meine Fragen sind mit ein Grund dafür, dass sie die Flucht ergreift, da bin ich mir sicher.

«Sag schon, Andy.»

«Nein. Vergiss es einfach.»

«Komm schon. Was hast du auf dem Herzen?»

«Du hältst mich bestimmt für einen Psycho oder so.»

«Nein, tu ich nicht.»

«Sicher?»

«Ganz sicher.» Sie blickt auf die Armbanduhr.

Ich traue mich trotzdem nicht.

«Bitte, jetzt sag schon. Ich muss in einer Stunde los. Wir werden uns vielleicht eine ganze Weile nicht sehen. Vielleicht nie wieder. Also, was soll ich tun?»

Ich gehe zu ihr. Flüstere es ihr ins Ohr. Sie sieht mich erstaunt an.

«Wow, du stehst *wirklich* auf meine Haare», sagt sie.

Sie steht auf, holt eine Schere, schneidet eine kleine Strähne ab, gibt sie mir.

«Pass gut drauf auf», sagt sie lachend.

Ich stecke sie in die Hosentasche. Das einzig Reale. Je tiefer ich sie nach unten schiebe, desto peinlicher ist mir das Ganze. Draußen sammeln sich die Demonstranten unter einer Straßenlaterne.

«Küss mich, Andy», sagt sie. «Küss mich ein letztes Mal.»

DAS
TRAGEN DES
KREUZES

Satz (Cayley):
Jede endliche Gruppe ist
isomorph zu einer Gruppe
von Permutationen.

14

Ich rieche sie wieder.
Ich wache auf.

Ich gucke aus dem Fenster. Im Garten tummeln sich mehrere hundert Gäste, die extra aus Ososo, Kaduna, Lagos und Kontagora angereist sind, um mit Zahrah und Okorie zu essen, zu trinken und zu tanzen. Alle sind weiß gekleidet – weiße Kaftane, Babanrigas, Bubas, Agbadas, Geles –, sogar die drei riesigen Maskentänzer, die mit ihren bescheuerten Pfeifen einen Höllenlärm veranstalten und mit den Schwänzen ihrer Kostüme schlagen, als wollten sie Fliegen verscheuchen. Zahrah hat darauf bestanden, dass alle – bis auf sie und ihr Liebster – Weiß tragen, denn eine anifuturistische Hochzeit sei ein «gemeinschaftliches Ereignis», bei dem die Gäste als Spiegel der «Transsubstantiation» des Brautpaars dienen, damit das «Konzept der Liebe» neu gedacht werden kann. Nur Braut und Bräutigam dürfen andere Farben tragen, um sich von den anderen abzuheben – am besten Rot, die Farbe des Anifuturismus. Am Tor ist ein rotes Transparent mit der Aufschrift *Erste anifuturistische Hochzeit* gespannt. Keine Ahnung, wer es aufgehängt hat. Ich frage mich auch, ob die Behauptung wirklich stimmt, denn sind Mütter nicht seit Urzeiten Anifuturistinnen?

Zwischen den vielen stehenden sitzenden lachenden plaudernden Leuten entdecke ich jemanden, den sonst niemand sieht: meine Eiqueen, sie schwebt als Wolke in den Bougainvilleen, blickt mich an, zwinkert mir zu.

Ich seufze.

Ich ziehe die weiße Sheda-Hose und das dazugehörige Hemd an. Nehme die Hula vom Bett, drücke sie auf meinen Kopf. Riskiere einen Blick in den Spiegel. Jepp. Ich sehe aus wie ein heißer Hausa-Dude. Ich lächele, kehre dem Spiegel schnell den Rücken zu. Ich habe mich für das Hausa-Outfit entschieden, weil mir nichts anderes einfiel. Ich bin zwar aus dem Süden, aus Ososo, habe aber keinen Plan, was Ososo-Männer so anziehen, weil ich – Achtung, Spoiler – noch nie dort gewesen bin.

Ich checke mein Telefon. Schade, Eiqueen hat nicht auf meine Nachrichten reagiert. Dafür hat Aunty Lizzy zurückgetextet. Sie schreibt, dass es Mama richtig gut geht, dass ich Zahrah Mamas Glückwünsche ausrichten soll.

Ich springe rüber in die Villa von Slim und Morocca. Beide ziehen sich noch an. Morocca macht sich über Slims weißen Spitzenkaftan lustig.

«Sieht er darin nicht aus wie der Moskito, der dich gestern Abend gestochen hat, Andy?», sagt er.

«Stimmt», sage ich, «ich erkenne ihn wieder.»

Wir lachen. Morocca streicht die Träger seines Unterhemds glatt und zieht die weiße Agbada an.

«Und er?», kontert Slim. «Sieht er nicht aus wie ein Gangster?»

«Du meinst, wie der Gangster, der er ist?»

Wir lachen.

«Nein, ehrlich, Jungs, ihr seht ultracool aus», sage ich.

«Besonders du», erwidert Morocca.

«Als du reinkamst, dachte ich, da kommt Ali Nuhu», sagt Slim.

«Jo, ich auch, Slim-Boy», stimmt Morocca ihm zu.

«Lasst den Scheiß», sage ich.

Sie lachen. Wahrscheinlich hat Slim gedacht, ich fühle mich geschmeichelt über den Vergleich mit dem berühmtesten Kannywood-Star.

«Und, Werdna?», sagt Morocca.

«Was gibt's, Bro?»

«Was macht dein Babe?»

«Oh.» Ich senke den Blick, rieche wieder ihre Haut.

«Wie geht es ihr?»

«Ist sie weg?»

Ich nicke.

«Eijaa», ruft Slim wie ein Marktweib.

Ich weiß, was jetzt kommt.

«Und, hast du sie ...», sagt Morocca mit großen Augen.

Ich spiele mit. «Ob ich was habe?»

«Du weißt schon, was ich meine.»

«Keine Ahnung, wovon du redest.»

Ich gucke aus dem Fenster, auf die peitschenden Schwänze der Maskentänzer.

«Jetzt sag schon, Alter. Hast du sie gefickt?»

«Kein Kommentar.»

Morocca hüpft lachend durchs Zimmer.

«Was hab ich dir gesagt, Slim? Auf meinen Boy Werdna ist Verlass! Wir können echt stolz auf ihn sein!»

Die beiden lachen sich halb tot. Ich versuche, böse zu gucken. *Böse böse böse.* Es scheint nicht zu klappen.

Sie kriegen sich gar nicht wieder ein. Patience kommt und fragt, worüber sie sich so amüsieren. Sie antworten nicht. «Idioten», zischt sie und knallt die Tür zu.

Morocca legt mir den Arm um die Schulter wie ein guter Bro.

«Gratuliere», sagt er in einem bescheuerten Cockney-Akzent. «Du bist aus den Kinderschlüpfern rausgewachsen. Wurde auch Zeit.»

«Ach, fuck off.»

«Und dann auch noch mit einem weißen Babe, Andy! Du hast so ein Scheißglück!»

«Halt die Klappe», sage ich grinsend.

«Ich hab's sofort gesehen», sagt Morocca. «‹Mensch!›, dachte ich, als unser Andy-Boy so breitschultrig reinspaziert kam.»

«Und was willst du jetzt machen», sagt Slim, «jetzt, wo sie weg ist?»

«Kein Plan, Bro.»

«Die wird sich schon bei ihm melden», sagt Morocca. «Das heißt, wenn er es ohne Gummi gemacht hat.»

«Hast du es ohne gemacht, Andy?», fragt Slim.

Was soll ich mit diesen beiden Honks nur machen? Ich will sie schlagen, aber ich muss einfach lachen.

«Verpisst euch», sage ich. «Und lasst mich in Ruhe!»

Sie lachen noch lauter.

Slims Telefon piept. Er zieht es aus der Tasche.

«O Mann, die Lage in der Stadt spitzt sich weiter zu», sagt er.

«Was ist passiert?»

«Die Polizei hat dreißig Studenten verhaftet.» Slim scrollt weiter. «Sie wollten mit Flammenwerfern und Sprengstoff irgendein Regierungsgebäude abfackeln. Aus Protest gegen den Tod ihres Präsidenten.»

«Präsident? Tot?», frage ich.

Die beiden sehen mich an, als wäre ich vom Pluto.

«Alter, bekommst du eigentlich gar nichts mehr mit? Der Präsident der Studierendenschaft wurde gestern Abend tot

aufgefunden. Laut Regierung hat er sich in seiner Zelle er-
hängt. Sie haben sogar einen Abschiedsbrief veröffentlicht.»

«What the fuck!»

«Die Studenten glauben, er wurde ermordet.»

«Wirklich?» Ich denke an das Gespräch mit dem Taxifahrer.

«So oder so, sein Tod zeigt eindeutig Wirkung.»

«Viele Studenten haben aufgegeben, weil ihr jetziger Anführer den Glauben an ihre Sache verloren hat.»

«Nur noch ein paar wenige demonstrieren weiter.»

«Genau.»

«Sieh dir das an, Morocca.» Slim zeigt ihm das Telefon.
«Bei Twitter sagen sie, dass die Polizei jetzt auch Lehr-
kräfte verhaftet.»

«Scheiße.»

Morocca und ich holen unsere Telefone raus und scrollen
durch Twitter. Nach einer Weile klingelt Moroccas Telefon.

«Oh», sagt er. «WALL-E. Es ist Okey!»

Er stellt auf Lautsprecher.

«Ich hab News für euch», sagt Okey.

«Was'n für News?», fragen wir im Chor.

«Mein Onkel und ich kriegen Asyl.»

«Ernsthaft?»

«Scheiße.»

«Fuck.»

«Ernsthaft», sagt Okey. «Ich sag's euch, Leute, das ist wie
ein beschissener Traum. Letzte Woche haben sie uns eine
Unterkunft in einem ultracoolen Viertel gegeben. Wir essen
jeden Tag Würstchen und schütten frische Milch in uns
rein wie Wasser. Sie haben uns sogar den Kühlschrank voll-
gepackt mit den leckersten Sachen, die ihr euch vorstellen
könnt. Die Hühnchenpizza schmeckt so geil, ich kann gar

nicht genug davon kriegen. Arbeit hab ich auch, in einem karibischen Restaurant. Richtig gut bezahlt. Ich verdien jetzt richtig Kohle. Ich hab sogar eine heiße Kollegin, sie ist Spanierin, mit roten Haaren. Vielleicht wird was aus uns, und wir heiraten, und ich werde Spanier. Sie gibt mir sicher bald ihre Nummer. Ihr wisst ja, die Frauen sind verrückt nach mir. Und wenn ich sie rumgekriegt hab, zeig ich ihr meinen fetten Lolli.» Er lacht.

Wir lachen auch. Unsere Augen sind groß wie Donuts.

Morocca und ich bitten ihn, uns mehr über sein neues Leben zu erzählen. Unsere Donut-Augen werden noch größer. «Checkt mein Facebook, ihr Mumus, da seht ihr alles.» Er will seiner Schwester und seinem Bruder seinen Lohn schicken und sie an den Mann in Niger vermitteln, der ihn und seinen Onkel auf der leichteren Sonderroute nach Europa gebracht hat. «Die Tour ist hart und sauanstrengend», sagt er. «Aber, Alter, es lohnt sich. Es lohnt sich.»

Wir bitten ihn, uns die Nummer vom Niger-Mann zu schicken, ihm von uns zu erzählen. Okey sagt, klar, kein Problem, der Niger-Mann sei total nett und immer heiß auf Kundschaft. «Die Mädchen hier sind mega sexy, ich sag's euch. Hier ist Sommer, und alle laufen in Bikinis und bauchfreien Tops rum. Gestern ist was Lustiges passiert. Ein Mädchen mit riesigen Möpsen kam zum Essen ins Restaurant. Die Bänder von ihrem Top waren irgendwie lose, und, o Mann, ihre Möpse sind rausgeflutscht wie ein Wasserfall.» Er lacht. Wir lachen mit wie dumme Dinosaurier. «Das Leben hier ist das krasse Gegenteil von Naija, ich sag's euch. Wisst ihr, dass diese Oyinbos hier total viel Essen verschwenden? Sie essen zwei Bissen, den Rest schmeißen sie weg. Sogar Eier und Orangen haben ein Verfallsdatum! Die Busse fahren immer, auch wenn nur ein

Mensch drin sitzt, weil der Fahrplan eingehalten werden muss. Was soll's, mein Onkel und ich denken drüber nach, ob wir nach Deutschland, Schweden oder England gehen. Angeblich soll das Leben da noch besser sein. Aber dafür müssen wir erst mal 'nen Haufen Kohle sparen.»

Als Morocca auflegt, sitzen wir stumm da. Ich weiß, wir denken alle dasselbe: Das Ganze ist total easy, Niger ist gleich nebenan. Was Okey kann, können wir auch. Und wenn wir es schaffen, sind wir weit weg von der Sonne, von Hunger, Blackouts, Protesten und Morden.

Ein Piepen von Moroccas Telefon reißt uns aus unseren Träumen. Okey hat die Nummer vom Niger-Mann und ein Foto geschickt. Ein Selfie, aufgenommen vor einem Restaurant. *Pollo del Tirón* steht auf der Glastür. Das Sonnenlicht in seinem Gesicht sieht anders aus als hier, nicht so gelb, und er hat vollere Wangen.

«What the fuck!», sagt Morocca.

«Dann sind seine Geschichten wirklich wahr?», sagt Slim.

Auf Okeys Facebookseite finden wir mehr Fotos: Okey und sein Onkel, lächelnd zwischen drei weißen Männern in Anzügen. Okey mit einer jungen Araberin in einer belebten Straße mit lauter Weißen, dahinter gemauerte Häuser. Okey und zwei Araberinnen beim Pizzaessen vor einem Restaurant. Okey, der lachend einen Einkaufswagen durch einen hell beleuchteten Supermarkt schiebt, mit lauter Weißen im Hintergrund.

«Verdammt, wir müssen den Niger-Mann anrufen», sage ich. «Dringend.»

Wir gehen nach draußen. Der Garten ist ein Meer aus Weiß: Unter Mandelbäumen und Partyzelten fächeln sich Gäste mit ihren Programmen Luft zu, kleine Kinder zeigen mit großen Augen auf die herumspringenden Maskentänzer mit den bimmelnden Glöckchen an den Kostümen. In der Mitte tanzen Zahrah und Okorie mit zwei Paaren mittleren Alters, ihren Eltern. Zahrah sieht wunderschön aus in dem roten Perlenoberteil und dem Seidenwrapper, Okorie trägt eine lange rote Tunika mit goldenen Tiermotiven. Die Gäste klatschen begeistert mit. Die Musiker steigern das Tempo, schlagen wie Psychos auf ihre Trommeln, Udus und Gongs ein. Zahrah und Okorie tanzen schneller, stampfen synchron mit den Füßen, drehen sich im Kreis, beugen die Knie, bis sie fast auf dem Boden kauern. Das Publikum kreischt. Es ist so cool, Zahrah beim Tanzen zuzusehen – sie bewegt sich wirklich verdammt gut. Die Leute rasten aus, sie johlen und pfeifen, und ich mache mit. Meine Droogs pfeifen auch, Morocca reißt das Maul auf wie der Hai, der er ist. Die Musiker drosseln das Tempo, und Brautpaar und Eltern gönnen sich eine Pause. Sie gehen zum Brauttisch: Zahrah und Okorie setzen sich auf ihre goldenen Throne, ihre Eltern auf Stühle dahinter.

Morocca zeigt auf einen Mann. «Seht ihr den Typen da? Im Designeranzug? Neben Okories Vater?»

«Was ist mit dem?», frage ich.

«Er ist nach Europa gegangen, durch die Sahara. Vorher war er ein Niemand. Jetzt ist er Designer bei VW.»

«Echt? Bist du sicher?»

«Ganz sicher, Bro.»

Fatima sitzt in einem hübschen Seidenkleid in der zweiten Reihe am Brauttisch. Neben ihr sitzt Nicholas Oti in einem protzigen Agbada. Er flüstert ihr etwas zu, sie lacht schüchtern. Er nimmt ihre Hand, drückt sie. Sie lässt es zu.

Wie hat der Typ es nur geschafft, eine Einladung und noch dazu einen Platz am Brauttisch zu bekommen? Wahrscheinlich kennt er Zahrah. Er ist einigermaßen berühmt, weil er bei mehreren Schülerwettbewerben Medaillen gewonnen und sogar schon einen Band mit Gedichten veröffentlicht hat. Am liebsten würde ich zum Tisch marschieren und ihm seine Scheißhand abhacken. Ihm Tausendfüßler ins Maul stopfen, damit er mit dem nervigen Lachen aufhört, und ihm dann den Agbada vom Leib reißen und ihn abfackeln.

Der MC steht auf und bedankt sich bei den Gästen dafür, dass sie das Brautpaar beim Eröffnungstanz so großartig unterstützt haben. «Bevor wir den Bund zwischen Zahrah Omowero Suleiman und Okorie Mark Osondu schließen», sagt er ins Mikro, «müssen wir Kolanüsse für die Ahnen brechen und sie um ihren Segen für das Brautpaar bitten. Ich bitte Hilfspriesterin Ronke Adewale-Johnson zu mir, um die erste Nuss zu brechen und danach das Trankopfer darzubringen.»

Eine Frau mit Brille tritt unter dem Applaus der Gäste nach vorne ans Mikro. Ich habe sie schon ein paarmal gesehen. Sie lehrt Anthropologie an der Universität Lagos und leitet die Gruppe Süd der Anifuturismusbewegung. Der Kameramann, der schon den Tanz und die Ansprache des MC gefilmt hat, folgt ihr, schwenkt über die Gesichter der Gäste. Auf der Kamera kleben die Logos von YouTube, Twitter und Facebook. Zahrahs internationale Fangemeinde kann sich die Hochzeit im Live-Stream ansehen.

Die Gäste erheben sich. Ronke schließt die Augen und

ruft die Ahnen auf Yoruba, Hausa, Igbo und Ososo an, sich zu zeigen, das Brautpaar zu segnen und den Anwesenden die Transzendenz der Liebe zu beweisen.

Als wir in verschiedenen Sprachen Amen sagen, ertönt Sirenengeheul. Alle gucken zum Tor, Richtung Stadt.

Das Geräusch kommt näher und näher. Eine Minute später wird das Tor aufgestoßen. Ein Dutzend Polizisten stürmen mit vorgehaltenen Gewehren in den Garten.

«Auf die Knie. Runter auf die Knie!», brüllen sie.

«Hinlegen.»

«Sofort hinlegen.»

«Gesichter nach unten.»

«Oya. Gesichter nach unten.»

«Schneller!»

Ein Mann versucht zu fliehen. Die Polizisten schießen in die Luft. Der Mann bleibt abrupt stehen, wirft sich lang hin. Kinder kreischen, Frauen weinen. Ein Polizist reißt dem Kameramann die Kamera aus den Händen und zerschmettert sie. Alle liegen auf dem Boden, meine Droogs und ich, Zahrah, Fatima, der MC und sein Mikro. Die Erde bebt unter den Stiefeln der Polizisten.

Sie packen Okorie, legen ihm Handschellen an. Nennen ihn Verräter, Terrorist. Zahrah fleht sie verzweifelt an: «Bitte lassen Sie ihn gehen, Sir. Bitte. Bitte, Sir. Er hat nichts getan. Er hat nichts Unrechtes getan!» Sie beachten sie gar nicht. Es ist schrecklich, Zahrah so machtlos zu sehen, die mutigste Frau auf der ganzen Welt, die Lehrerin, die Bro Magnus angewiesen hat, mir zwölf Hiebe zu geben.

Ein Polizist schlägt Okorie ins Gesicht. Zahrah schreit auf, als hätte sie den Schlag abbekommen.

«Du glaubst wohl, du kannst hierherkommen und unser Land kaputtmachen, hä?», sagt der Polizist. «Du Schwachkopf, du hättest im Ausland bleiben sollen. Was hast du hier überhaupt zu suchen? Du machst uns nur Arbeit.»

«Was wirft man mir vor?», sagt Okorie.

«Halt's Maul. Oder wir stopfen es dir.»

«Er redet wie ein Oyinbo.»

Okories Eltern bitten die Polizisten weinend, ihren Sohn gehen zu lassen.

«Seien Sie still, Oga! Ruhig, Madam. Legen Sie sich hin.»

«Wagen Sie es nicht, meine Eltern anzurühren!»

«Soll das eine Drohung sein?»

«Und wie willst du uns daran hindern?»

«Bringt ihn weg.»

Okorie wird abgeführt. Die Maskentänzer, die Geister unserer Ururahnen, schreiten nicht ein, um ihren Gastgeber zu retten. Sie sitzen auf den Knien, vielleicht, weil sie zu riesig sind, um sich wie alle anderen hinzulegen.

Ein Polizist fragt seinen Vorgesetzten: «Was machen wir mit den anderen Männern, Sir?»

«Was soll die Frage? Hast du deinen Befehl vergessen? Alle verhaften.»

Die ersten Männer werden vom Boden hochgezogen. Ein Musiker wehrt sich. Die Polizisten prügeln auf ihn ein, treten ihm mit den Stiefeln ins Gesicht. Blut läuft auf den Boden.

Minuten vergehen. Ein Mann nach dem anderen wird weggeschleppt.

«Und die hier, Sir?»

«Ich habe gesagt, alle verhaften. Wie sollen wir sonst feststellen, wer dazugehört?»

Sie reißen mich hoch. Schlagen mir ins Gesicht, auf den Kopf, mit dem Stock auf den Hintern. Ziehen mir die Hände auf den Rücken, lassen das Metall zuschnappen. Einer mit einer fetten Narbe am Hals zerrt mich am Kragen zum Tor. Ich höre Moroccas Schreie hinter mir, die dumpfen Geräusche von Stiefeln auf seinem Körper.

15

Andy. Andy. Wach auf.

Was ist, Bro?

Es geht um Mama.

Was ist mit ihr?

Steh auf. Tu etwas.

Und was?

Irgendwas. Bete. Bete für sie.

Ich weiß nicht mehr, wie man das macht.

Hä? Du weißt nicht, wie man betet?

Ich sitze in einer beschissenen dunklen Zelle, Ydna.

Ja, aber –

Ratten fressen mich auf, Mann.

Aber du musst –

*Sie nagen an meinen Zehen, meinen Fingern, meinen Lidern!
Ich habe seit Tagen keine Sonne gesehen. Alles ist voll mit
Scheiße! Und du verlangst von mir zu beten?*

Liebst du Mama?

Was?

Ob du Mama liebst.

Natürlich liebe ich sie!

Dann bete für sie. Du musst.

...

Andy? Jetzt mach schon.

...

Na los, Andy.

Ich habe einen Haufen Sünden begangen, Mann.

Tu etwas. Bete.

Ich habe das Beten satt.

Du hast das Beten satt?

Genau.

Warum?

Weil Gott nicht mehr da ist.

Ist er wohl.

Nein.

Doch!

Nein. Er ist alt. Müde. Im Ruhestand.

...

HXVX hat jetzt das Sagen.

Tu etwas, Andy.

...

Sprich das Gebet.

...

Nur dieses eine, für sie.

...

Jetzt mach endlich, Andy!

Polizisten mit Taschenlampen zerren Slim und mich aus der Zelle. Sonnenlicht. Wie ein Faustschlag. Sie schmeißen uns weg wie Müllsäcke. Ich bedecke meine Augen. Rund um mich explodiert Feuerwerk, zischende Geräusche bohren sich in meine Gehörgänge, in mein Hirn. Der eiskalte Boden nagt an meiner nackten Haut, jedes Zucken treibt mir Nägel in den Hals, den Rücken, die Waden. Ich rolle mich zusammen wie ein Tausendfüßler, wie ihr Tausendfüßler. Sie verhöhnen uns. Hahahaha. Verhöhnen mich.

Hahahahaha. Glauben, ich stelle mich tot. Sie wissen nicht, dass sterben leichter geht.

«Seht sie euch an. Diese Jammerlappen», sagt einer.

«Blind sind sie auch.»

«Mumu-Kinder.»

«Idioten.»

Ich öffne die Augen. Zwei Polizisten schleppen Morocca auf einer Trage zum Ausgang. Er ist stumm, rührt sich nicht, aber er scheint noch zu atmen. Sie haben ihn wirklich übel zugerichtet. Slim und ich haben in der ungeheuren, feuchten Leere nicht ein Wort aus ihm rausgekriegt. Er hat die ganze Zeit nur gestöhnt, geschlafen oder beides gemacht.

Ein Polizist kommt mit unseren Schuhen und Klamotten. Er wirft sie uns hin, befiehlt Slim und mir, uns schnell anzuziehen. Ich sehe meine Hände, Arme, Füße an. Überall Bissspuren und Blutergüsse. Von Ratten, Schaben, Schlagstöcken.

Waren es wirklich zwei Tage? Oder drei?

Wir ziehen uns an, und sie schleppen uns zum Empfangstresen. Hinter dem Gitter sitzen Onkel William und Zahrah auf einer Bank. Sie springen auf. Onkel William trägt eine schwarze Soutane mit violetter Schärpe, an seinem Hals hängt ein goldenes Kreuz. Ich sehe mich nach Fatima um. Sie ist nicht da. Aus irgendeinem Grund habe ich geglaubt, sie würde kommen, habe mir ihren Schmerz vorgestellt, wenn sie mich in diesem Zustand sieht.

Der Polizist am Tresen gibt jedem ein bedrucktes Blatt und einen Stift. Ich fange an zu lesen. Er faucht, ich solle einfach unterschreiben. Dann schließt er die Gittertür auf, sagt, wir können gehen.

«Dankt eurem Gott für Fada William», sagt er. «Ohne ihn

wärt ihr jetzt im Gefängnis. Glaubt ihr, ihr könnt einfach so in die Hauptstadt kommen und Regierungsgebäude anstecken?»

Zahrah umarmt uns schluchzend, dann kommt Onkel William. Er riecht so sehr wie Mama, dass ich fast glaube, ich würde sie an mich drücken.

Er trocknet mir mit seinem Taschentuch die Augen. Was habe ich doch für einen netten Onkel. Onkel William – mein Eroberer. Ich wollte, er wäre immer da gewesen. Als ich an Fatima denke, an ihre Abwesenheit, kommen mir wieder die Tränen.

Wir gehen nach draußen in die unbarmherzige Sonne. Meine Augen brennen, Blut pulsiert in meinen Schläfen. Niemand spricht ein Wort. Was gibt es auch zu sagen? Sie wissen, dass es uns beschissen geht.

Auf der Straße rauschen in beiden Richtungen hupende Autos und Dreiräder vorbei. Polizisten sitzen auf Bänken unter Bäumen, zeigen auf uns. Passanten bleiben stehen, gaffen auf die Hörner und Schwänze, die Slim und mir in der Zelle gewachsen sind. Die Polizisten haben recht. Wir sind Jammerlappen. Freiwild. Das muss ich in mein Ydna-Gedicht einbauen. Ich habe gestern damit angefangen.

Auf dem Parkplatz steht ein schwarzer Range Rover. Der Fahrer steigt aus, hält dem Monsignore die Beifahrertür auf, öffnet uns die Hintertüren. An der Ausfahrt warten wir, bis der Verkehr nachlässt, und fahren auf die Straße.

Onkel William dreht sich um. «Bist du hungrig, Andy?»

Ich schüttele den Kopf.

Er fragt Slim. Slim murmelt «nein, danke».

«Wollt ihr denn nicht wenigstens etwas trinken?»

Wir schütteln die Köpfe.

Er seufzt.

Links und rechts der glatten Straße unfertige Bauten und umgestürzte Strommasten, halb überwuchert von Gras. Ab und zu überholt der Fahrer geschickt einen Kombi oder qualmenden Sattelzug. Die geschlossenen Fenster und die Klimaanlage halten Abgaswolken, Hitze und Staub draußen.

Onkel William dreht sich wieder um. «Du musst etwas essen, Andrew. Wir haben eine lange Fahrt vor uns. Wenn wir Zahrah und deinen Freund abgesetzt haben, müssen wir sofort nach Kontagora.»

«Warum?»

«Wegen deiner Mutter. Sie ist sehr krank und wird noch heute Nachmittag operiert. Elizabeth sagt, sie hat nach dir gefragt.»

Im Wagen stinkt es plötzlich nach toter Ratte, nach Scheiße, nach einem Berg aus Tote-Ratten-Scheiße. Mir wird kotzübel. Alles will aus mir raus. Ich beuge mich zum Fenster. Zu spät. Schleim ergießt sich auf den Sitz und über die Fensterscheibe.

✛

Wir steigen aus. Aunty Lizzie empfängt uns vor dem Eingang der Hamdala-Klinik. Sie sagt, dass Mama in einer Stunde operiert wird; vorher gibt es noch ein Gespräch mit dem Arzt.

Der Himmel ist mit dichten schwarzen Wolken bedeckt, aber es fällt kein Regen. Der Wind wirbelt Plastiktüten und Papier auf, lässt Onkel Williams Schärpe flattern, schiebt ihm die Mütze ins Gesicht. Ein Blitz. Noch einer. Beide wie der Fluch auf Mamas Rücken. Wenn es heute regnet, ist es das erste Mal seit den Krawallen, das erste Mal seit acht

Wochen und das Ende der Dürre in der Regenzeit. Vielleicht ist Mamas Operation genug, um den Himmel zu besänftigen. Ein Tropfen ihres Blutes, und schon gibt es Gewitter.

Das Hamdala: ein cremefarbenes, zur Klinik umgebautes Zweifamilienhaus. Im Eingangsbereich: Alte Leute auf Stühlen glotzen in den Plasmafernseher, ein paar starren durch die Fenster auf die Wolken. In den Gängen: kaltes Licht, Schwestern in Weiß verschwinden hinter Türen, verschwitzte Patienten sitzen oder liegen auf Bänken, die Augen geschlossen, die schmerzverzerrten Gesichter düster und mutlos. Aunty Lizzy und Elder Paschal haben Mama hergebracht, nachdem Dr. Rapha nicht feststellen konnte, woher die erneuten Schmerzen kommen. Das Hamdala, vor drei Jahren von Dr. Farouk gegründet, der in Ghana studiert hat, ist die neuste und teuerste Klinik der Stadt. Es ist das erste Krankenhaus, das ich betrete, in dem es nicht nach Chlor, Desinfektionsmittel und Spritzen stinkt. Vielleicht nehme ich diese Gerüche einfach nicht mehr wahr, weil es überall nach Mama riecht und meine Sinne danach lechzen, sie wiederzusehen, ihren muffigen Duft einzuatmen, ihre Grübchen zu berühren.

Aunty Lizzy führt uns zu einer Tür und öffnet sie. Der Arzt ist noch nicht da. Wir setzen uns und warten.

Aunty Lizzy hat sich total verändert. Ihre Brombeerhaut hat den Glanz verloren, ihre Arme sind knochig und adrig, ihr Blick ist so entrückt, als könnte sie Wesen aus anderen Dimensionen sehen. Sie riecht, als hätte sie seit Wochen nicht geduscht.

Auf dem Gang beten ein Mann und eine Frau für Regen, weil sie die Hitze und den Hunger nicht mehr aushalten, und bitten Allah, uns unsere Sünden zu vergeben.

Eine junge Krankenschwester betritt das Zimmer und

sagt, dass der Arzt gleich Zeit für uns hat. Sie mustert Onkel William, offenbar erstaunt, jemanden in diesem Aufzug hier zu sehen, und gibt Aunty Lizzy ein Blatt Papier. «Die Rechnung», sagt sie. Aunty Lizzy verspricht, gleich nach dem Arztgespräch zum Geldautomaten zu gehen. Die Schwester bedankt sich und verschwindet.

Ich frage mich, wo Aunty Lizzy das Geld für Mamas Behandlung herhat – vielleicht von Elder Paschal?

«Danke, Aunty», sage ich.

Sie sieht mich abwesend an. «Wofür?»

«Für alles, was du für Mama getan hast.»

Immer noch dieser abwesende Blick. Sie scheint mich gar nicht zu hören. Ich wiederhole den Satz. Mein schlechtes Gewissen regt sich, obwohl ich sie seit der Abreise (außer, als ich in der versifften Arrestzelle saß) jeden Tag angerufen habe und sie jedes Mal gesagt hat, dass es Mama schon viel besser ginge.

«Ich habe dich schon beim ersten Mal gehört.» Sie guckt auf die Rechnung. «Bedank dich nicht bei mir, sondern bei deinem Onkel. Er hat sich um alles gekümmert.»

Er wendet mit einem stillen Lächeln den Blick ab, kratzt sich hinterm Ohr.

Ich bedanke mich bei ihm. Danke, Onkel, danke! Er nickt bloß, der Inbegriff von Bescheidenheit.

Ich finde Onkel William den Eroberer einfach toll. Er ist so belesen. Auf der Fahrt haben wir die meiste Zeit über die großen Fragen diskutiert. Warum ist überhaupt etwas und nicht vielmehr nichts? Warum sind die physikalischen Gesetze so, wie sie sind: Warum beträgt zum Beispiel die Lichtgeschwindigkeit 3×10^8 m/s und die Avogadro-Konstante $6{,}022 \times 10^{23}$ mol^{-1}? Wir haben sogar über Hilberts Hotel und das Fermi-Paradoxon geredet. Echt unglaublich, dass er während des ganzen Gesprächs nicht einmal Gott erwähnt hat oder mit irgendwelchen theologischen Deutungen gekommen ist. Richtig cool ist er auch. Er kennt zum Beispiel Taylor Swift und ist Fan von Lady Gaga. Wahnsinn! Lady Gaga ist seiner Meinung nach die zurzeit kreativste, talentierteste Musikerin überhaupt. Ich wollte ihm widersprechen, aber ich habe es mir verkniffen, weil er einfach so cool ist. Kurz vor der Ankunft in Kontagora habe ich ihn auf die *Leiden des jungen Werthers* angesprochen, weil es in seinem Regal mit den Philosophie- und Theologiebüchern stand. «Ach», sagte er lachend. «Ein Freund aus Deutschland hat es mir geschenkt, als ich dort studiert habe.» Ich wäre vor Neid fast gestorben! Er ist so verdammt cool: Er hat im Land von Beethoven, Einstein und Martin Luther gelebt, in dem Land, das Kafkas Sprache hervorgebracht hat! Er sagt, der *Werther* sei ein Briefroman über eine unerwiderte Liebe: Ein Maler verzehrt sich nach einer Frau, die schon mit einem mächtigen Mann aus der Oberschicht verlobt ist, und als er sie nicht dazu bringen kann, ihn zu heiraten, erschießt er sich. Onkel William findet das Buch gut, und obwohl er die *Buddenbrooks* für den besten deutschen Roman hält, holt er es immer wieder aus dem Regal. Er hat sogar einen Aufsatz darüber geschrieben, der unter all seinen theologischen Veröffentlichungen zu seinen liebsten zählt.

Eine Fliege schwirrt vor Aunty Lizzys Gesicht herum, als wollte sie ihre Geduld auf die Probe stellen. Aunty Lizzy stiert ins Leere, ohne etwas zu unternehmen. Der Wind draußen heult lauter, die Bäume kreischen vor Durst, aber es fällt nicht ein Tropfen vom Himmel.

Der Arzt kommt herein. Onkel William und ich stehen auf. Aunty Lizzy starrt weiter vor sich hin.

Onkel William gibt dem Arzt die Hand und stellt sich als Mamas Zwilling vor.

«Sehr erfreut, Sir», sagt der Arzt. Er wendet sich an mich. «Du bist bestimmt der Sohn.»

«Ja, Sir», sage ich. «Ich heiße Andrew.»

«Freut mich, Andrew.»

Er mustert mich durch seine Brillengläser. Er wirkt zu schmächtig für einen Arzt.

Wir setzen uns hin, er trinkt Tee aus einer kleinen Thermosflasche, räuspert sich.

«Wir haben einen Haufen Untersuchungen durchgeführt», sagt er, «und wir glauben, wir kennen jetzt das Problem. Viele Dinge bleiben jedoch ungeklärt. Sie alle liegen in Allahs Hand.»

Er sagt, sein Team hätte in Mamas Wirbelsäule zwei chirurgische Nadeln gefunden. Dass sie offenbar die Dura verletzt und eine großflächige Infektion verursacht haben. Wahrscheinlich, erklärt er, wurden die Nadeln bei der letzten OP in Mama vergessen, das komme leider hin und wieder vor. Außerdem habe sie innere Blutungen, und es hätten sich Gerinnsel gebildet. Er sagt, es sei bei all diesen Komplikationen ein Wunder, dass sie noch lebt, dass wir für Mama beten sollen, dass er zu den Ärzten gehört, die Medizin und Spiritualität miteinander verbinden.

«Bei einem so komplizierten Fall», sagt er, «liegen die Erfolgschancen einer Operation bei höchstens fünfzig Prozent. Es tut mir leid, dass ich Ihnen nichts Positiveres sagen kann.»

Aunty Lizzy steht auf und schlägt die Hände vors Gesicht. Beim Hinausgehen stößt sie sich den Kopf am Türrahmen. Sie verschwindet, ohne aufzustöhnen oder sich umzudrehen.

Onkel William stößt einen tiefen Seufzer aus. «Bitte, Doktor, in Gottes Namen, tun Sie alles, was in Ihrer Macht steht.»

«Das haben wir vor.»

Ich will weinen.
Ich will weinen.
Ich will weinen.

Ich kann nicht.

Onkel William und ich stehen auf. Der Arzt drückt die Klingel und bittet eine Schwester, uns zu Mama zu bringen. Wir folgen ihr in ein großes Zimmer. Mama liegt auf der Seite im Bett. Ihre Augen sind geschlossen, ein Schlauch hängt an ihrer Hand. Sie schwitzt, aber ich glaube, in ihrem Gesicht ein kleines Lächeln zu erkennen. Ich gehe auf sie zu. Onkel William bleibt in der Tür stehen.

Ich krame mein weißes Taschentuch aus der Hosentasche, tupfe ihr das Gesicht ab.

Sofort fühle ich mich besser. Sie sieht besser aus. Frischer. Jünger. Sie mag es, wenn ich sage, dass sie jung aussieht. Dann strahlt sie, zeigt ihre Grübchen und sieht tatsächlich jung aus. Jetzt ist ihr Lächeln klarer, leichter, unbefleckt von Schweiß.

Sie öffnet die Augen. «Andrew mè.»

Ich sterbe.

«Mama», sage ich.

«Andrew mè.»

Etwas in mir zerbricht.

«Mama.»

«Andrew mè.»

«Wie geht es dir, Mama?»

«Wie geht es dir, Andrew mè?»

Ich lege ihr die Hand auf die Schulter. Ihre Haut ist glitschig, aber es beruhigt sie. Ihr Atem wird tiefer. Meine Handfläche nimmt ihren Schweiß auf, leitet ihn in meinen Körper. Bilder blitzen auf, von ihr und mir beim Sandburgenbauen nach dem Regen, von ihren Grübchen, die mich einsaugen.

Eigentlich sieht sie gar nicht so schlecht aus für jemanden, der gleich operiert wird. Sie scheint auch nicht abgenommen zu haben wie Aunty Lizzy. Da ist nur diese tiefe, endlose Müdigkeit in ihren Augen.

Sie sieht mich an. «Wer ist das da in der Tür?»

Sie versucht, den Kopf zu heben, sich aufzurichten. Es geht nicht. Schmerz verzerrt ihr Gesicht.

«Ich habe dich etwas gefragt, Andrew mè.»

Ich drehe mich zur Tür um. Sie haben so vieles gemeinsam: das Kinn, den Mund, die Augen. Es ist fast zum Lachen.

«Das ist Onkel William», sage ich.

«Nein, nein», sagt sie.

«Doch.»

Sie hebt mühsam den Kopf, kneift die Augen zusammen, erkennt ihn.

Sie schreit.

Laut.

«Raus hier», sagt sie auf Ososo. «Verschwinde.»

Eine Schwester stürmt ins Zimmer. «Was ist los?»

«Verschwinde!»

«Hau ab!»

«Ki vèrà!»

«Ma choro mi minẹ!»

«Was haben Sie denn nur?», fragt die aufgeregte Schwester.

Onkel William verlässt das Zimmer. Mama beruhigt sich, sinkt erschöpft zurück aufs Kissen.

«Warum schreit sie so?», fragt die Schwester mich.

Ich antworte nicht. Die Schwester sieht uns entnervt an, dann verschwindet sie.

«Sag mir die Wahrheit, Andrew mè. Hat Elizabeth dir von ihm erzählt?»

«È, Mama.»

Sie knirscht mit den Zähnen. «Dieses Mädchen ... Dieses Mädchen ...»

Könnte sie die Beine bewegen, würde sie sich jetzt vom Laken befreien, aus dem Zimmer stürmen und sich auf die Verräterin Aunty Lizzy stürzen.

Sie erkundigt sich nach Zahrahs Hochzeit. Ich erzähle ihr, dass sie ausgefallen ist, weil Okorie von einem Polizeikommando verhaftet wurde. Meine eigene Festnahme und den Aufenthalt in der feuchten Zelle verschweige ich.

«Dieses Land ...», sagt sie.

Ich ziehe einen Stuhl heran. Halte ihre Hand. Atme ihren muffigen Geruch ein.

«Hast du für mich gebetet?», fragt sie.

Ich will sie anlügen. Ihr sagen: Ja, ich habe pausenlos für dich gebetet, Mama. Aber ich kann nicht, wenn sie vor mir liegt wie ein unschuldiges Baby. Ich gucke auf die Wanduhr gegenüber – gleich Viertel vor drei.

«Dann hast du nicht für mich gebetet, Andrew mè? Warum?»

Ich starre auf den Terrazzoboden. Ich will mich darin

auflösen, zu der Ameise werden, die um meine Füße krabbelt.

«Warum?»

«Es tut mir leid, Mama.»

Stille.

«Und was wirst du jetzt tun?», fragt sie.

«Was?»

«Was du jetzt vorhast.»

«Ich weiß nicht, was du meinst.»

«Ich bin kein Feigling, Andrew mè. Ich mache mir nichts vor. Es ist vorbei. Ich bin am Ende angekommen.»

«Nein, Mama! Nein!»

«Warum schreist du so?»

«Alles wird gut, Mama.»

«Hör auf zu schreien.»

«Das geht vorbei. Du wirst wieder gesund. Bald bist du wieder auf den Beinen.»

«Du sollst aufhören zu schreien. Halt einfach den Mund.»

Stille, gefüllt mit stummen Schreien. Die Bäume draußen schreien für uns, mit wirbelnden Ästen. Ein Sohnbaum streckt einen Ast nach seinem Mutterbaum aus. Die Mutter stößt ihn weg.

Ein paar Minuten später platzt Aunty Lizzy herein. Mama macht die Augen auf, sagt, dass sie Onkel William holen soll. Ist gut, sagt Aunty Lizzy und bittet mich, auf Mama aufzupassen, während sie zur Bank geht. Ich nicke, setze mich gerade hin. Sie verzieht sich.

Onkel William kommt mit gesenktem Blick herein. Mein großer, imposanter, cooler Onkel William der Eroberer wirkt so was von jämmerlich. Ich wollte, ich könnte seine Hand nehmen. Sie in ihre legen. Beider Superheld sein. Alles plattmachen, was zwischen ihnen steht. Aber ich bin wie immer schwach. Eine leere Hülle aus Fleisch. Zum Superhelden werde ich nur, wenn es um blonde Haare geht, wenn ich auf dieses Land spucke.

Eine gefühlte Ewigkeit lang sagt niemand ein Wort.

Dann geht Onkel William auf die Knie. Beugt sich vor, bis seine Stirn den Boden berührt. Er verweilt lange in dieser Haltung, als würde er ein feierliches katholisches Ritual vollziehen.

Mama zeigt keine Regung. Sie wirkt sogar gereizt, als wäre seine Geste ein alter Trick, den er schon tausendmal bei ihr abgezogen hat.

Draußen Spinnennetze aus Blitzen. Der Mutterbaum hat seinen Sohn erneut weggestoßen. Jetzt stößt er auch seinen Bruder, seinen Zwilling weg.

«Andrew mè», sagt Mama, «was ein Mensch dir auch antut, du musst ihm vergeben. Du musst ihm vergeben, selbst wenn er dich tötet. Das lehrt uns Gott. Aber sieh mich an. Ich bin nicht wie die anderen. Mein Leben ist nie wie das der anderen gewesen. Jede Sekunde darin war, als würde ich ertrinken. Halte mich nicht für einen schlechten Menschen. Aber ich kann ihm nicht vergeben, niemals. Er kann tun, was er will, sich von mir aus einen ganzen Berg um den Hals hängen, ich vergebe ihm trotzdem nicht. Ich kann nicht.»

Er hebt den Kopf. Sie sehen sich an.

«Ich bitte dich nur um einen einzigen Gefallen», sagt sie. «Ich weiß nicht mal, ob es ein Gefallen ist. Es ist ganz einfach: Kümmere dich um Andrew.»

«Das werde ich», sagt er. «Wir beide kümmern uns um ihn, du und ich, mit Gottes Segen.»

Er steht auf, geht zur Tür.

«Ich wollte dich immer etwas fragen», sagt sie. «Wie geht es Luisa? Wie alt ist sie jetzt?»

Er bleibt stehen. «Sie ist vor sechs Jahren gestorben.»

«Oh. Das tut mir leid», sagt sie.

Er verlässt, ohne etwas zu erwidern, das Zimmer, macht leise die Tür hinter sich zu.

Sie schließt die Augen. Kratzt die Stelle, an der die Nadel klebt.

«Wer ist Luisa?», frage ich.

Sie zuckt zusammen. Ich frage, ob alles in Ordnung ist, und ärgere mich über meine bescheuerte Frage. Natürlich wird sie mir nicht darauf antworten. Sondern wie immer das Thema wechseln.

«Luisa ist seine Tochter. War seine Tochter. Er hat sie während des Studiums in Deutschland gezeugt.»

«Ernsthaft? Ich dachte, er war damals schon Priester.»

«War er auch.»

«Echt?»

«Sie war wirklich wunderschön. Mit langen, welligen Haaren.»

«Goldene Haare? Waren sie golden?»

«Ja. Wieso? Warum fragst du?»

Drei Schwestern in Grün kommen, um Mama zu holen. Sie ziehen die Infusionsnadel, legen sie auf eine fahrbare Trage. Ich zücke das Taschentuch, tupfe ihr unnötigerweise noch mal das Gesicht ab. Tupf, tupf. Was ist das da in deiner Hosentasche, sagt sie. Ach, nichts, antworte ich. Nur mein Telefon. Sie will etwas erwidern, aber sie schweigt. Die

Schwestern bringen sie weg. Als ich das Taschentuch wieder einstecke, sehe ich, dass ein paar Platinsträhnen aus der Hosentasche gucken: meine dünnen, glänzenden, gelockten Lügen.

✚

Ich gehe nach draußen. Es ist dunkel, bewölkt und windig, aber der Regen lässt weiter auf sich warten. Gegenüber auf der anderen Straßenseite ist ein beleuchteter Kiosk. Ein Mann steht hinter dem Tresen. Vor vier Stunden haben sie Mama in den OP gerollt. Noch gibt es keine offiziellen Neuigkeiten, aber anscheinend ist alles in Ordnung. Die Schwestern, die aus dem Operationssaal kamen, sagten, es laufe alles nach Plan.

Mein Magen knurrt. Ich gehe über die Straße zum Kiosk, kaufe mir einen Keks und eine Cola. Als ich mich umdrehe, macht mich der Besitzer auf das vergessene Wechselgeld aufmerksam. «Na gode», sage ich und stecke es ein. Ein aufgewirbelter Papierschnipsel weht mir ins Gesicht. Der Wind macht seltsame Geräusche, mal hört er sich an wie eine alte Frau, mal wie ein Baby.

Ich reiße die Folie auf, schiebe mir den Keks in den Mund. Er schmeckt wie Schleifpapier. Ich kaue ein bisschen, aber mein Appetit ist futsch. Ich reiße die Coladose auf – vielleicht bringt ein bisschen Zucker meine Zunge zur Vernunft. Ich trinke einen Schluck. Keine Veränderung. Außer, dass mir kotzübel wird.

Ein greller Blitz. Noch einer. Donner wie ein Bombenschlag.

Ich kann einfach nicht fassen, was Mama über Onkel William gesagt hat. Ich laufe herum, versuche, jede Unbekannte in der Gleichung zu erfassen. Aber ich bin von tausend Gedanken umzingelt. Jeder beobachtet mich verstohlen. Guckt weg, wenn ich mich zu ihm umdrehe.

Mein Telefon klingelt. Ein Videoanruf von Eileen. Perfektes Timing.

«Hey, Eileen!» Ich halte das Telefon vors Gesicht, setze die Kopfhörer auf.

Sie ist hübsch wie immer. Marmorne Haut, flackernde Wiesen, ihr Platin zum Knoten gebunden. Sie sitzt mit einem Kissen im Rücken auf dem Bett.

«Hi, Andy!»

«Total schön, dich zu sehen, *cariad*.»

«War das gerade Walisisch?»

«Genau!»

«Nicht schlecht. Ich versuche seit Tagen, dich zu erreichen. Ich hab dir bestimmt zwanzig Nachrichten geschickt. Keine Reaktion.»

«Tut mir echt leid. Die letzten Tage waren absolut chaotisch.»

«Wo bist du denn? Ich kann dich kaum erkennen. Egal. Donnert es bei dir?»

«Und wie.»

Ich erzähle ihr, dass ich vor der Klinik stehe, dass Mama gerade operiert wird und dass die OP bis jetzt gut verläuft.

«O Gott, das tut mir wirklich leid, Andy. Hoffentlich geht alles gut aus.»

«Ja. Das hoffe ich auch. Danke.»

Wieder Donnerkrachen.

«Die letzten Tage waren echt total verrückt, Eileen.»

«Was ist denn passiert?»

«Die Polizei hat Zahrahs Hochzeit gestürmt und Okorie verhaftet. Und mich und meine Freunde auch.»

«Was? Bitte was?»

Ich erzähle ihr, dass ich drei Nächte lang in einer scheiß-
finsteren Zelle saß, nur Abfälle zu essen bekommen habe.
Sie fragt ständig nach, weil sie meine irre Story einfach
nicht glauben kann.

«Das tut mir so leid, Andy. Gott, ich hasse es, dass in
diesem Land solche Dinge passieren. Warum – warum ist
das so?»

«Keine Ahnung, Eiqueen. Ich weiß es wirklich nicht.»

«Hast du gerade ‹Eiqueen› gesagt?»

«Ja.»

Sie lacht. «Lustig. Und sehr cool. Ich freu mich so, dass
wir endlich reden.»

«Ich mich auch.»

«Wie schön.»

«Ich vermisse dich so, Eiqueen.»

«Wirklich?»

«Ich muss die ganze Zeit an dich denken.»

«Wow. Weißt du was?»

«Was?»

«Hmm. Nein, vergiss es.»

«Jetzt sag schon, Eileen.»

«Ich ...»

«Keine Hemmungen. Oder hast du Angst vor mir?»

Sie lacht.

«Na gut. Ich habe letzte Nacht von dir geträumt.»

«Ehrlich?» Es fällt mir schwer, ihr zu glauben.

«Ja. Sozusagen.»

«Bist du dir sicher?»

«Ganz sicher.»

Warum ziert sie sich dann so, mir davon zu erzählen?
Und was heißt «sozusagen»? Ich versuche, sie mir beim

Träumen vorzustellen. Jedes Detail. Ihren Kopf auf dem Kissen, die geschlossenen Augen, ihre Traumlandschaft. Aber das Bild bleibt unwirklich, science-fiction-mäßiger als meine Verhaftung. Ein Mädchen wie sie träumt nicht von einem Jungen wie mir.

«Du hast gesagt, du vermisst mich. Dann besuchst du mich hoffentlich in Niger, bevor ich abfliege.»

«Ja, Eileen, ich vermisse dich über alles.»

Sofort schäme ich mich, wünsche mir, ich könnte meine Worte revidieren. Wie kann ich so etwas sagen, während Mama auf dem OP-Tisch liegt und aufgeschnitten wird? Als hätte der Himmel meinen Verrat gehört, öffnet er seine Schleusen.

regen
      prasselt
herab

wie nadeln

jede geschickt
um mich aufzuspießen

«Weißt du was, Eileen?», sage ich, während ich mich schnell am Kiosk unterstelle. «Weißt du, dass ich ständig deine Haut rieche?»

«Wirklich?»

«Ja. Jeden Morgen weckt mich dein Geruch auf.»

Und wieder rieche ich sie. Im Regen. Im nassen Staub.

«Wow», sagt sie. «Und wie rieche ich?»

«Nach Datteln. Nach Mandeln.»

Der Regen wird immer heftiger, Kristallnadeln bohren

sich in die durstige Erde, die so lange auf Wasser gewartet hat.

Eine Gestalt tritt unter das Vordach der Klinik. Es ist Onkel William. Er guckt links und rechts in den Regen. Entdeckt mich am Kiosk. Winkt mir zu. Komm, Andy, sagt seine Hand, komm schnell. Lächelt er?

«Woah», sagt Eileen. «Mir fehlen die Worte.»

«Sorry, Eileen. Ich ruf dich gleich zurück.»

«Alles klar.»

Ich beende den Anruf, stecke Telefon und Kopfhörer ein. Trete hinaus in den Regen. Laufe über die Straße zu Onkel William.

«Ehe'o, Onkel», begrüße ich ihn.

Er kommt mit ausdrucksloser Miene auf mich zu. Umarmt mich. Eigenartig. Drückt mich ganz fest an sich. Flüstert. Sagt etwas, das ihm nicht zusteht.

«Andrew. Andrew. Es tut mir so leid. So leid.»

«Was tut dir leid?»

«So, so leid.»

«Was ist los? Sag es mir, Onkel. Sag es mir.»

«Deine Mutter. Sie ist von uns gegangen.»

Sein Körper zittert. Wie der Blitz am Himmel.

«Andrew? Andrew? Hast du mich gehört? Willst du dich setzen? Willst du dich hinsetzen? Soll ich dir irgendetwas bringen?»

«Andrew? Willst du sie sehen?

Willst du dich nicht doch lieber setzen?

Sie ist wieder auf der Station. Gleich dort drüben.»

Ich stoße ihn weg. Renne in die Klinik. Eine Frau liegt schreiend auf dem Boden. Tritt mit den Füßen. Schlägt wild um sich. Reißt sich an den Haaren. Männer und Frauen scharen sich um sie. Keiner fasst sie an, keiner hilft ihr. Als ich näher komme, erkenne ich sie. Es ist Aunty Lizzy.

Ich renne in Mamas Zimmer. Eine menschliche Gestalt liegt auf dem Bett. Ein weißes Tuch bedeckt sie von Kopf bis Fuß. Ein Zeh guckt heraus. Ihr Zeh, mein Zeh.

Ich ziehe das Tuch weg.
Du bist es, meine Mama.
Deine Grübchen fort.
Für immer.

«Sie schläft», sage ich. «Sie schläft nur.»

Ich rüttle sie sanft. «Mama. Mama. Wach auf.»

Sie hört mich nicht.

Ich klopfe ihr auf die Schulter. Hebe ihren Arm. Lasse los. Er fällt.

Ich öffne ihren Mund, ihre Augen. Sie bleiben offen.

Ich rüttle an ihrem Hals. Fester. Noch fester.

Sie wacht auf. Sagt, ich soll sie in Ruhe lassen. Ihren Mund, ihre Augen schließen. Das Tuch über sie legen, ganz, auch über die Zehen.

Leute in der Umgebung lachen rufen blöken wiehern. Zum Himmel. Zu Allah. Aus Dankbarkeit für den Regen.

16

Die 5 Kämpfe und Schmerzen Ydnas

(i)

Du siehst zu, wie deine Mutter gewaschen wird.
Sie säubern ihre Nase.
Ihre Ohren.
Ihren Hals.
Ihre Schlüsselbeine.
Ihre Brüste.

Der Schwamm.
Jedes Wischen ein Atemzug.
Sie wacht nicht auf.

(ii)

Zwei Männer graben in Grandmas Garten.
Du hast sie noch nie gesehen.
Ihr Schweiß tropft auf die frisch duftende Erde.
Sie graben tiefer, tiefer.
Tiefer. Tiefer. Tiefer.
Du sagst: Halt. Halt!
Sie graben tiefer, tiefer.
Tiefer. Tiefer. Tiefer.

Es ist so weit.

Die Männer springen in das Loch.

Es verschluckt sie.

Zwei andere lassen den Sarg zu ihnen herunter.

Halt, rufst du. Öffnet ihn. Ich muss sie noch einmal
  sehen.

Sie hören dich nicht.

Seid ihr taub, sagst du. Ich muss sie sehen, ein letztes
  Mal.

Und dann begreifst du, dass du gerade

«letztes Mal» gesagt hast.

Es ist so weit.

Alle warten darauf, dass du deinen Sand wirfst.

Nur zu, sagen sie.

Du hast Angst, dass du danebenwirfst.

Nur zu, sagen sie. Trau dich. Du wirfst nicht daneben.

Wenn du es tust, wird sie es verstehen.

Sie weiß, dass du noch kein Mann bist.

Du wirfst. Du –

(iii)

Am Abend kommt Onkel William ins Zimmer.

«Ich muss dir etwas sagen», sagt er.

«Was?», fragst du.

«Ich hoffe, du kannst mir verzeihen.»

«Was verzeihen?»

Und dann sagt er die vier Wörter.

351

Du stürzt dich auf ihn.
Du ohrfeigst ihn.
Du schlägst ihm aufs Kinn, auf die Brust.
Du reißt ihm die Knöpfe vom Hemd ab.

Er wirft sich auf die Knie. Stirn am Boden. Bittet dich
um Vergebung.

Du willst ihm die großen Augen ausstechen.
Du willst ihm die Schwarze Haut abkratzen.
Du willst ihm das Herz herausreißen, es zerfetzen.

«Ich bin dein Vater. Ich bin dein Vater.»

Vier Wörter. Deren Achse Unendlichkeit in sich trägt.
Vier Wörter. Die trotz ihrer planetarischen Dimensionen
    nur geflüstert werden können.

(iv)

und so wird ydnas feuerschwert geschmiedet
er fliegt auf dem großen schwarzen vogel zephyra nach
    null island
kreist darum siebenmal in sieben nächten
bis aus dem wind die alten götter auftauchen
adikoriko, amadioha, anansi und ala
ogun und osun und osai und odun
und auch die neuen götter
mansa musa, haile selassie, jaja von opobo, ken saro-
    wiwa
und ydna ruft ihnen zu
jetzt oder nie jetzt oder nie ich

352

gehe erst wenn ich jetzt höre
und saro-wiwa gibt ihm das schwert
musa verwandelt es in gold
und amadioha macht den himmel kristallklar
   und eine flamme wächst aus dem schwert
   dessen schönheit jedes auge blendet
und adikoriko, anansi und ala
ogun, osai und odin
selassi und opobo
   blasen mit vereinten kräften
   und aus der flamme werden eine million feuer
und osun sagt zu ydna
wir haben dir alles gegeben wonach du verlangt hast
jetzt eile dahin
jetzt ist keine zeit zu ruhen
jetzt musst du den sieg für uns erringen
und ydna wirbelt in feuer gehüllt durch die lüfte
direkt zum kilimandscharo
um es mit dem gott hxvx aufzunehmen

(v)

siebenundsiebzig mal
fliegt ydna um den kilimandscharo
ruft in den himmel
hxvx, hxvx
du schuldest mir einen kampf
zeige dich in deiner planetarischen größe
ich befehle es dir mit dem feuerschwert
der götter mit ihrem atem
und ihrem blut ihrem seufzen
und ihrem schweiß

und
siebenundsiebzig mal
bleibt hxvx fern

DIE
KREUZIGUNG

Satz: Die Verknüpfung
einer ungeraden und einer
geraden Permutation
ist ungerade.

17

Neun Tage.
  Und alles ist fertig.

  der sand
  aufgehäuft

  mein blick
  klar

Seltsam, dieser Sandhügel. Wie kann ein ganzer Mensch,
wie kannst du darunter liegen?
  Ich stehe neben ihrem Sand. Er ist übersät mit ihren
Grübchen. Hier. Dort. Überall. In ein paar Wochen tragen
Grandma und Mamas Geschwister den Hügel ab, und das
Grab wird zementiert. Bis dahin sehen sie sich Mama lie-
ber ungeschönt an. Das befriedigt die Sehnsüchte, die ihre
Fotos nicht stillen können.
  Eines hängt am Eingang von Urgroßvaters Haus, ein
anderes, großes steht im Wohnzimmer auf dem Fußboden.
Eigentlich wollten sie sie dort begraben, aber es war kein
Platz mehr. Sie haben gefragt, was mir lieber wäre, der Vor-
oder der Hintergarten, obwohl es auch dort schon ziemlich
voll sei. Ich bat sie, Mama neben Ydna zu legen. Wer ist
Ydna?, fragten sie. Das ist mein großer Bruder, sagte ich,
mein Bruder, der gegangen ist, bevor ich zur Welt kam.

Ach, du meinst den Namenlosen im Hintergarten? Bei uns heißt er der Namenlose. Wir wollten ihm keinen Namen geben, um es deiner Mutter leichter zu machen, aber sie hörte nicht auf uns. Sie sagte, es sei das Erste gewesen, das nicht als blutige Masse aus ihr herauskam. Dass er ein richtiger Jemand gewesen sei und dass er ihr gehöre. Was uns einfallen würde, ihm einen Namen zu verweigern. Also beschlossen wir, ihn den Namenlosen zu nennen.

Ich stehe an deinem Grab, du, der Namenlose, mein Namenloser, mein Ydna. Erstaunlich, wie klein du bist. Ein winziger Zementblock neben unserer Mama. Du hättest länger bleiben sollen, um so groß zu werden wie sie.

An der Gartenmauer hängt ein gerahmtes Foto von Mama. Sie ist jünger darauf, zeigt ihre tiefen Grübchen und die Zahnlücke. Sie hat es an dem Tag gemacht, als ich das Fahrrad bekam, in dem Jahr, bevor ich meine ersten Superheldenfilme sah, in dem Jahr, bevor Ydna mich verließ.

Mein Blick kehrt zurück zu Ydna, zu der eingemeißelten Inschrift *Der Namenlose*, der Jahreszahl darunter. Nur eine Jahresangabe, wo alle anderen doch zwei haben. Seit Mama fort ist, schreie ich pausenlos seinen Namen, aber auf der anderen Seite herrscht Stille. Sosehr ich mich auch anstrenge, ich fühle nicht mehr, wie er seine Kreise um mich zieht, wie sein Atem unter meiner Haut kleine Wellen schlägt. Da ist nur Leere. Als hätte er von ihrem Blut gelebt und nicht von meinem. Als wären er und ich nicht ein und dasselbe.

Grandma kommt aus dem Haus. Sie trägt einen schwarzen Wrapper, Hals und Schultern sind nackt. Seit neun Tagen, seit Mama hier im Garten liegt, tragen wir alle Schwarz. Weil Grandma und Mama sich so ähnlich sind – Hautton, Stimme, Geruch – verwechsle ich sie ständig. Ich habe sie sogar ein paarmal Mama genannt, zum Beispiel gestern Abend, als sie mit einer Petroleumlampe in mein Zimmer kam, weil ich im Schlaf geschrien hätte. Sie sah sich meine Zunge an, sagte, sie würde bluten. Wir gingen nach unten, und sie gab mir Wasser zum Mundausspülen und Kräuter zum Kauen. Bevor sie hereingekommen war, hatte ich mit Mama und Ydna Eba mit Egusi gegessen. Wir lachten, und Mama prahlte damit, dass sie viel schneller rennen könnte als wir, besonders als ich lahme Ente. Ydna bog sich vor Lachen und warf dabei aus Versehen seine Suppenschale um.

Heute ist Grandma ohne ihren Stock unterwegs. Stattdessen hat sie ein Telefon in der Hand. Die schlappenden Geräusche ihrer Flip-Flops sind zu laut, wie ein Klingeln in meinen Ohren. Alles ist in letzter Zeit zu laut, zu hell, zu verschwommen.

«Andrew», sagt sie.

Ich antworte nicht.

«Dein Onkel ist am Telefon. Er will mit dir sprechen. Onkel William.»

Ich rühre mich nicht.

Sie wiederholt sich. Ihre Stimme ist die Light-Version von Mama.

«Nein», sage ich. «Ich will nicht mit ihm sprechen.»

«Bitte.»

«Nein.»

«Bitte, Andrew mè.»

«Nein.»

Sie beendet den Anruf, stapft auf mich zu. Hebt die Hand, wischt mir die Augen. Habe ich etwa geweint?

Wir schauen gemeinsam auf Mama. Zu Ydna.

«Andrew», sagt sie.

«È, nyo?»

«Ich weiß, das ist schwer für dich. Die schwierigste Sache auf der Welt. Aber du musst es versuchen. Du musst versuchen, ihm zu verzeihen.»

Ich schweige.

«Du musst ihn akzeptieren.»

«Egal, was du von ihm hältst, es ändert nichts daran, wer er für dich ist. Es ändert nichts daran, wer er wirklich ist. Er ist ein guter Mensch. Menschen machen Fehler. Und weil sie Fehler machen, ist die Welt so, wie sie ist.»

Eine schwarze Ameise klettert an Mama hinauf. Ich will sie töten, sie in Stücke reißen, sie verbrennen.

«Andrew. Willst du nicht ein bisschen nach draußen gehen? Tu mir den Gefallen. Geh ins Touristenzentrum. Unternimm etwas mit deinen Freunden. Glaubst du, deine Mutter würde wollen, dass du die ganze Zeit an ihrem Grab stehst? Vielleicht wird es Zeit, dass wir es zementieren. Bitte, lass sie ruhen. Gönne ihr ihren Frieden. Sie hat ihn verdient.»

Sie eilt zurück ins Haus. Diesen Vortrag hat sie mir jetzt ungefähr zum zehnten Mal gehalten.

Jetzt spazieren drei schwarze Ameisen auf Mama herum. Vielleicht meinen sie es nur gut. Vielleicht wollen sie ihr etwas von mir ausrichten. Vielleicht spricht Mama durch sie zu mir. Aber was sagt sie?

Nachdem sie ihr Geheimnis all die Jahre gehütet hat, ist es jetzt mehr oder weniger öffentlich. Grandma, Aunty Lizzy und Onkel Odafe kennen es. Sogar Zahrah weiß Bescheid, weiß, dass Onkel William der Teufel persönlich ist.

An jenem Abend flehte er mich an, ihm zu verzeihen. Sagte, dass er mich liebt, Teil meines Lebens sein will. Dass alles ein Fehler war, ein riesengroßer, aber letztlich guter

Fehler. Ich begriff nicht, was ich ihm verzeihen sollte. Die ewige Schande und den Fluch, den er über mich gebracht hat? Dass er nie da war? Ich wusste nicht, was ich tun sollte. Als er winselnd vor mir auf den Knien lag, wollte ich ihn einfach nur töten. Ihn beim Nuntius und den Erzbischöfen anzeigen, bevor er zum Bischof von Sokoto geweiht wird. Gleichzeitig wollte ich ihn umarmen, den Kopf auf seine Brust legen, ihn auf die Wange küssen. Am Ende nahm ich mein Telefon und ging hinaus in die kühle, dunkle Nacht. Ich lauschte den Insekten. Oft geben ihre Stimmen Mamas Geheimnisse preis, leiten Wörter weiter, die sie nicht sagen konnte. Am nächsten Tag verließ er Ososo. Seitdem habe ich ihn nicht mehr gesehen. Wie kann das Leben deinen größten Wunsch vollkommen wertlos machen, sobald er in Erfüllung geht?

Ja, Onkel William der Eroberer ist der Teufel, ein Werkzeug des Fluchs von HXVX. Er geht als Heilung getarnt zu Mama, verspricht ihr, sie vor ihren gewalttätigen Ehemännern zu retten, ihr dabei zu helfen, ein neues Leben anzufangen. Stattdessen löst er wie Fatimas Vater den Fluch aus, macht ihn sogar noch schlimmer, mit seinen Händen, mit seinem verdammten Schwanz. Wie Father McMahon legt er sein Priestergewand und sein Lächeln an, in Wahrheit aber hetzt er uns gegeneinander auf, verursacht Krawalle, ist verantwortlich für Mamas Verletzung, ihren Rollstuhl, ihren Sandhügel, ihren Fluch. Er permutiert mich in Mamas Bauch, macht aus mir Andy statt Ydna, pflanzt mir das Verlangen nach blonden Mädchen ein und halst mir damit den Fluch auf. (Hinweis: *Fluch* ≙ *Curse. Curse – s = Cure. Heilung.)*

✚

Zahrah betritt den Garten, sieht mich bei Mama stehen. Sie trägt ein rotes Oberteil und einen schwarzen Rock. Ihr Haar ist zu einem Dutt gebunden. Es ist nicht eine rote Strähne darin.

«Hi, Andy», sagt sie. Das «Africa» lässt sie neuerdings weg.

«Aunty Zahrah», sage ich.

Sie nimmt meine Hand, zieht mich von Mama fort, vorbei an anderen Gräbern zu einem großen Stein zwischen einem Bananen- und einem Papayabaum. Wir setzen uns auf den Stein. Sie zieht einen Schokoriegel aus der Handtasche. Bricht ihn durch, gibt mir das größere Stück.

«Nein, danke», sage ich.

«Ich bestehe darauf», sagt sie.

Ich nehme es, drehe es in den Händen. In Kontagora wäre es jetzt klebrig von der Hitze. Aber in Ososo ist es viel kühler, die Sonne weniger bösartig, wegen der Hügel und Felsen, auf denen die Stadt gebaut wurde.

Sie beißt von ihrem Stück ab. Ihr Ehering glitzert.

«Na, Andy, wie geht es dir?»

«Gut. Es geht mir gut.»

Auf einem hohen Felsen im Nachbargarten steht eine Zwergziege mit einem Joch um den Hals. Sie guckt kauend zu uns herüber. Ososo-Ziegen sind super Kletterer; sie können sogar den Everest erklimmen, da bin ich mir sicher. Die Ziege blickt sich nach allen Seiten um. Was sucht sie? Was glaubt sie zu wissen? Sie meckert und steigt vom Felsen.

«Hast du in letzter Zeit etwas Schönes gemacht?», fragt Zahrah.

«Nein. Eigentlich nicht.»

«Auch nichts geschrieben?»

«Ein bisschen.»

«Erzähl mir davon.»

«Es ist ein Gedicht.»

«Worüber?»

«Den letzten Kampf.»

Sie sieht mich gespannt an. «Welchen letzten Kampf?»

Ich antworte mit dem unfehlbaren Mantra des Dichters: «Ist noch zu früh, um darüber zu reden.»

Wieder denke ich an Ydna. Wieder denke ich an Onkel William, Daddy William. Ich werde wohl nie ganz verstehen, was Mama wegen mir ausgestanden hat. Bestimmt ging sie jeden Abend mit dem Gedanken ins Bett, dass sie es vergessen hatte, ihren Zwilling endlich los war. Aber am Morgen, wenn sie mich sah, lebte alles wieder auf – seine gierigen Hände auf ihrem Körper, seine Bewegungen, als er sie mit dem Fluch belegte. Die Erinnerungen wanden sich in ihr Bewusstsein wie Schlangen, zischend, giftig. Denn ich war der Beweis für seine Existenz; mein Gesicht war sein Gesicht, mein Lächeln sein Lächeln, das Lächeln, das er trug, als er sie verfluchte. Jeder Tag muss für sie wie ein Ertrinken gewesen sein. Jedes Mal, wenn ich über ihr Essen meckerte, wenn ich sie nach meinem Papa fragte, sorgte ich dafür, dass sie noch tiefer versank. Keiner ihrer vier Ehemänner konnte ihr ein Kind schenken. Und dann, als er, Priester, Teufel und Zwilling, ihre Lage ausnutzte, bekam sie mich.

Zahrah sieht mich an. Sie seufzt. «Andy, du kannst nicht die ganze Zeit hier bei deiner Mutter sein. Vor dir liegt ein riesiges, aufregendes Leben.»

Ich antworte nicht.

«Ich kann ein bisschen nachempfinden, wie du dich jetzt fühlst. Glaub mir.»

«Nein. Das kannst du nicht, Aunty Zahrah.»

«Aus demselben Grund bin ich vor drei Jahren in die Sahara gefahren. Verlust. Weil ich verloren hatte, was ich über alles liebte, was ich geboren hatte. Nur das konnte mich davon abhalten, mir etwas anzutun. Mein anderes Ich – mein Ydna – hat mir das Leben gerettet. Sie schickte mich in die Wüste, um zu mir selbst zu finden. Ganz im Ernst, Andy, du kommst darüber hinweg. Du bist stark für dein Alter. Sehr stark sogar, stärker als ich. Ich glaube an dich.»

Aber mein Ydna hat mich im Stich gelassen. Oder ist es andersrum?

Vielleicht hat sie recht, vielleicht lässt sich HXVX mit dem Anifuturismus besiegen. Aber wie? Bestimmt weiß Zahrah das selber nicht. Andernfalls wäre HXVX schon Vergangenheit.

«Danke», sage ich.

«Ach, bedank dich nicht bei mir.»

Grandma kommt in den Garten, diesmal mit ihrem Stock. Sie schaut sich um. Entdeckt, was sie gesucht hat, eine Tomatenpflanze unter einem Orangenbaum. Sie begutachtet sie. Pflückt eine rote Frucht. Geht wieder ins Haus.

«Du trägst einen Ehering», sage ich.

«So ist es. Fällt dir das jetzt erst auf?»

«Ja.»

«Wirklich? Du hast ihn schon ein paarmal gesehen, Andy. Ich trage ihn schon seit zehn Tagen. Kurz bevor ich herkam, haben Okorie und ich im Gefängnis geheiratet.»

Ich ringe mir ein Lächeln ab. «Das ist wirklich toll. Gratuliere.»

«Danke schön.»

Okorie sitzt immer noch hinter Gittern. Die Regierung behauptet, dass er die Proteste und den Vandalismus in Abuja geplant hat, um den amtierenden Präsidenten zu stürzen, mit Unterstützung mehrerer europäischer Geheimdienste. Dass er den Studenten beigebracht hat, wie man Flammenwerfer, Waffen und Sprengstoff herstellt. Alle seine Konten, auch das britische, wurden eingefroren und seine Autos beschlagnahmt. Das Haus wollen sie ihm auch wegnehmen, aber Zahrah und sein Anwalt wehren sich. Der Prozess wurde schon mehrfach verschoben, angeblich aus Sicherheitsgründen.

«Ich freue mich wirklich sehr für euch», sage ich.

«Danke, Andy Africa.» Sie knufft mich in die Rippen.

Ich lächle. Keine Ahnung warum, aber zum ersten Mal bin ich wegen des Namens nicht genervt.

«Wie geht es deiner weißen Freundin Eileen?»

Auf dem Nachbargrundstück ist die Ziege wieder auf ihrem Felsen. Daneben schauen Mama und Ydna Hand in Hand zu mir rüber.

«Gut», sage ich.

«Um ehrlich zu sein, bin ich immer noch ziemlich überrascht.»

Ich sage nichts. Ich weiß, was jetzt kommt.

«Warum sie, Andy? Ausgerechnet du? Ich verstehe das nicht. Warum nicht Fatee?»

Ich senke den Blick, hebe ein gefallenes Papayablatt auf, stecke es in die dunkle Erde. Es fällt um.

«Vielleicht hast du ja recht, und dieser Kontinent ist wirklich nur eine Simulation», sagt sie. «Dann ergäbe alles einen Sinn, oder?

Was soll's, eigentlich will ich mit dir über Monsignore William sprechen. Elizabeth sagt, du spielst mit dem Gedanken, ihn beim Erzbischof anzuzeigen und seine Ordination zu verhindern.»

Sie sieht mich prüfend an.

«Ich bin nicht hier, um dich zu bitten, das Ganze noch mal zu überdenken. Aber du solltest akzeptieren, wer du bist. Dein Schicksal. Deine Geschichte.»

Fatima betritt in einer weißen Abaya den Garten. Sie bewegt sich auf uns zu, die hübschen Füße in Sandalen. Sie kommt zu mir. «Hi, Andy. Störe ich?»

«Überhaupt nicht», sage ich.

In den letzten neun Tagen war unser Umgang ziemlich verkrampft. Wir haben uns oberflächlich über Ososo unterhalten, darüber, dass es mit seinen Felsen, Hügeln und Wäldern ganz anders ist als Kontagora und seine Savannenlandschaft. Trotzdem bin ich wahnsinnig froh, dass sie hier ist.

Am späten Nachmittag tauchen meine Droogs auf und zerren mich nach draußen. Frische Luft, sagen sie. Ein bisschen Sightseeing. «Ososo ist mega, Werdna», sagt Slim. «Yeah», sagt Morocca, «ein echter Naturfreizeitpark.»

Ich drehe mich noch einmal um. Zu Urgroßvaters legendärem zweistöckigem Haus voller Gräber. Die Häuser darum sind im gleichen Stil gebaut, hohe, graue Quader mit rostigen Dächern. Unter dem grauen Putz verbergen sich roter Lehm, Stroh, Steine und Balken aus Okpakpaholz, die teils aus den Mauern ragen. Sie sind von einer eigenartigen Schönheit, formvollendet, der Materialmix genial. Sie wirken wie meisterliche Zeugnisse einer altertümlichen, futuristischen Kultur – Paradebeispiele des Anifuturismus. Hey, wieso klinge ich auf einmal wie Zahrah?

Felsen und Hügel unterschiedlichster Form und Größe ziehen sich bis in die Ferne: Granitblöcke, aufeinandergestapelt, wie spielende Dinosaurier. Zwanzig Stockwerke hohe Gesteinsplatten, die Nasen gen Himmel gerichtet wie Raumschiffe beim Start. Kuppelförmige Hügel mit glatten, gestreiften Hängen, die anmuten wie Habitate gestrandeter Außerirdischer. Dazwischen Haine mit Palmen, Bananen- und Papayabäumen. Wohin du auch blickst, überall Grün auf Grau.

Im Obergeschoss erscheint Aunty Lizzy an ihrem Fenster. Sie winkt mir zu. Ich winke zurück.

«Ernsthaft, Alter, Ososo ist der Hammer», sagt Slim. «Ein echtes Fantasyland.»

«*Herr der Ringe*?», sagt Morocca.

«*Herr der Ringe* hoch zehn.»

«Danke, Scads», sage ich.

«Ososo ist einfach fucking dope!», sagt Morocca.

Ich sehe ihn strafend an, will ihm in den Arsch treten. Keine Vulgärsprache in meinem Heimatort, bitte sehr! Er trägt ein Durag, an seinem Hals klebt noch ein Pflaster.

«Abmarsch, Jungs!»

«Wo gehen wir hin?»

«Ins Touristenzentrum?»

«Sehr geil», sagt Morocca. «Patience und Fatee sind mit Zahrah dort gewesen. Sie haben davon geschwärmt wie Giraffen.»

«Komm runter, Sandgott», sagt Slim. «Und red keinen Scheiß. Können Giraffen überhaupt schwärmen?»

«Wen interessiert das schon, Vollidiot. Das ist eine Metapher.»

«Ich weiß, was 'ne Metapher ist, und das war keine, du Honk.»

«Halt's Maul, Magerarsch. Ich bin Meister im Metaphern-schmieden.»

Wir lachen.

«Wartet mal, Scads», sage ich. «Wo ist eigentlich Patience? Ich habe sie voll lange nicht mehr gesehen.»

«Das hast du uns gestern schon gefragt», sagt Morocca. «Und wir haben dir gesagt, dass sie in den Osten zu ihrer Familie gefahren ist.»

«Echt?»

«Echt. Sie hat's dir sogar selber erzählt. Am Tag vor ihrer Abreise.»

«Oh. Da hab ich wohl nicht zugehört ...»

Die beiden sehen mich zweifelnd an, fragen sich wahrscheinlich, ob mit meinen Ohren irgendwas nicht stimmt. Sie wissen, dass ich nie etwas vergesse. In den letzten Tagen bin ich alleine durch eine sonnenlose Welt gelaufen. Heute nehme ich zum ersten Mal den Himmel und die Bäume außerhalb wahr.

Wir gehen schweigend die Straße zum Markt hinauf. Begegnen Frauen mit großen Schüsseln voll Gemüse, Maniok und gelbem Gari auf den Köpfen. Knatternden Motorrädern mit doppeltem Auspuff. Bärtigen Ziegen mit Stummelbeinen und Holzjochen um den Hals. Kommen vorbei an Getränkebuden mit gelben MTN-Sonnenschirmen, Plastikstühlen und blecherner Makossa-Musik. Männer chillen mit übergeschlagenen Beinen, Mädchen twerken wie Nicki Minaj.

An einem Kreisel bleiben wir stehen, um uns die Skulpturen von zwei nackten Mädchen aus rotem Kammholz anzusehen. Ihre Brüste sind spitz wie Eistüten, Perlenschnüre schmücken ihre Hälse. Aunty Lizzy nennt sie Oviko. Die Skulpturen, sagt sie, stellen ein Initiationsritual dar, das jedes Mädchen in Ososo im frühen Teenageralter durchlaufen muss. Die Geschichte dahinter geht so: Vor vielen hundert Jahren belegte eine mächtige Hexe alle Frauen in Ososo mit einem Fluch und machte sie unfruchtbar. Seitdem müssen sich alle Mädchen einer rituellen Reinigung unterziehen, damit sie nicht als kinderlose Ehefrauen enden. Ich habe in der vergangenen Woche Dutzende Oviko-Mädchen mit Perlenschmuck und rot gefärbter Haut gesehen. Sie sitzen, nur mit einem Wrapper bekleidet, den ganzen Tag auf niedrigen Hockern vor ihren Häusern, in der Hand einen Wanderstab. Sie sind von der Hausarbeit befreit, bekommen üppige Mahlzeiten und werden behandelt wie Königinnen. Angehörige und Freunde schenken ihnen Geld, Schuhe oder teure Wrapper. Viele der Mädchen sind ausgesprochen schüchtern und mögen es nicht, wenn man sie anstarrt. Nach einer Woche waschen sie sich die rote Farbe von der Haut und werden, mit einem oder zwei Kilo mehr auf den Rippen, wieder zu menschlichen Wesen. Das Lustige daran ist, dass Aunty Lizzy im Gegensatz zu ihrer Kirche nichts Heidnisches an dem Ritual findet. Vielleicht, weil so viel auf dem Spiel steht – lebenslange Unfruchtbarkeit? Eines wüsste ich gerne: Hätte Mama mich, wenn ich ein Mädchen wäre, zur rituellen Reinigung nach Ososo gebracht oder mich zur ewigen Unfruchtbarkeit im Norden verdammt?

Wir erklimmen Felsen und flache Hügel, überqueren eine unbefestigte Straße und gelangen zu einer Betontreppe. Sie windet sich spiralförmig um monsterhafte Granitblöcke hinauf zum Touristenzentrum. Das Zentrum befindet sich in einem Bungalow, den die Kolonialherren vor Jahrzehnten gebaut haben, um sich von Sonne, Staub und Wahnsinn zu erholen. Wir beginnen den langen Aufstieg, gucken nach links und rechts auf die großen vulkanischen Schönheiten, die so perfekt geformt und angeordnet sind, als hätte eine außerirdische Lebensform sie dort hingestellt. Schauen auf die Gräser, das winzige Leben, das darin krabbelt oder drum herumschwirrt.

«Was ist bitte mit dieser Scheißtreppe los?», stöhnt Slim. «Hört die denn nie auf?»

«Brav weitergehen, du fauler Hund», sagt Morocca. «Wenn du an deinem Bleistiftpimmel spielst, kann's dir gar nicht lang genug dauern.»

Etwa eine Minute später sind wir oben, auf einem Plateau mit einem herrlichen Blick über das leuchtende Grün und das Grau von Ososo. Weit, weit in der Ferne glitzert es silbern in der Sonne. Die Dächer des nächsten Orts – vielleicht Makeke, vielleicht Okene – inmitten von sich ewig wandelnden Grüntönen. Wir bleiben stehen.

«Fuck», sagen wir gleichzeitig.

«Fuck», wiederholt Morocca.

«Wir müssen hier oben drei Zelte aufstellen, Bros», sagt Slim. «Eins für dich, eins für mich und eins für Tausendfüßlerschwanz Morocca.»

Ich grinse. «Gute Idee.»

Plötzlich fängt Morocca wie verrückt an zu hüpfen. «Hey, Leute in Okene!», brüllt er. «Hört ihr mich? Ich bin Morocca der Sandgott!»

«Hast du einen an der Klatsche?»

«Bist du jetzt völlig durchgedreht?»

Zwei Mädchen lachen hinter uns. Sie sind etwa in unserem Alter, in Leggins und Jeansjacken, jede mit einem Eis in der Hand. Sie lachen über Morocca. Er guckt sie böse an. Sie hören nicht auf.

«Wieso versuchst du, wie ein Amerikaner zu klingen, hä?», fragt die Größere.

«Das funktioniert nicht», sagt die andere. «Glaub mir.»

«Verpisst euch und kümmert euch um euren eigenen Scheiß, Bitches», sagt Morocca.

Die beiden verschlucken sich fast an ihrem Eis. Sie murmeln geschockt irgendwas in sich hinein und verziehen sich zu einer ausgelassenen Gruppe von Jugendlichen, die vor dem Touristenzentrum mit Bier und Maltina auf Plastikstühlen sitzen. Meine Droogs und ich zücken unsere Telefone, machen Selfies, knipsen das monstergeile Panorama aus Palmen, Obstbäumen und Felsen, schießen Fotos von Oruku, dem höchsten Monolithen Ososos, und machen noch mehr Selfies mit ihm als Hintergrund.

Wir gehen zum Zentrum, betreten durch den Perlenvorhang die Bar. P-Square dröhnen aus den Boxen, kleine Nacktskulpturen säumen die Wände. Am Tresen bestellen wir gebratenes Hühnchen und Getränke: Slim ein Guinness, Morocca ein Heineken, ich ein Schweppes. Ich zücke mein Portemonnaie und zahle. Seit ich den Wettbewerb gewonnen habe, bin ich um ein Vielfaches flüssiger als meine Droogs zusammen. Draußen fläzen wir uns in Plastikstühle, stürzen uns auf die Brathühnchen, schlürfen unsere eiskalten Drinks, machen laut mmmh. Mädchen gucken zu uns rüber, besonders die beiden, die Morocca ausgelacht haben. Bilder von Mama und Ydna blitzen auf, sie starren mich an. Ich versuche, nicht hinzusehen.

Morocca sagt, er hätte netter zu den beiden Mädchen sein sollen. Dann hätte er jetzt ihre Nummern und würde heute Abend feuchte Ososopussy kosten. Ich werfe ihm einen strengen Blick zu. Er lacht. «An deine Mädchen lässt du niemanden ran, was?»

«Du hast es erfasst», sage ich.

«Und, wie läuft's mit Eileen, Andy?», fragt Slim.

«Der geht's gut.»

«Cool.»

«Ihre Eltern und sie fliegen bald zurück. Und lassen diesen Dreckskontinent für immer hinter sich.»

«Schade.»

«Ja.»

«Aber wir wollen uns vor ihrem Abflug noch mal treffen.»

«Dann kommt sie zurück nach Naija?»

«Nein.»

«Du fährst nach Niger?», fragt Morocca.

«So ist es.»

«Können wir mitkommen? Es wäre so cool, mal die Wüste zu sehen.»

«Klar könnt ihr mitkommen.»

«Wann fährst du?»

«Nächste Woche. Montag oder so. Ich mache einen Zwischenstopp in Sokoto, Mamas Zwilling besuchen. Keine Ahnung, wieso, aber ich will ihn sehen. Er wurde zum neuen Bischof von Sokoto ernannt. Nächsten Dienstag wird er geweiht. Von dort ist es nicht weit nach Niamey zu Eileen. Sollte also easy sein.»

«Perfekt.»

«Top Plan.»

Wieder starren Mama und Ydna mich an. Ich versuche verzweifelt, nicht hinzusehen. Zwinkere ihre ausdruckslosen Gesichter weg.

Obwohl ich seit Mamas Tod immer Menschen um mich habe, fühle ich mich auf merkwürdige Weise verstümmelt, wie ein Baum ohne Äste und Blätter. Jetzt ist es endgültig klar: Ich gehöre nicht hierher. Nicht nach Ososo und erst recht nicht nach Kontagora, das zur Müllkippe geworden ist. In der Nacht, in der Mama starb, kam es zu schweren Krawallen. Mehrere Leute aus unserer Kirche wurden getötet, darunter Mai Gemu und Oga Oliver. Unsere Schule und einer der Matratzenläden von Moroccas Vater wurden geplündert und niedergebrannt. Slims Ex Wisdom wurde vom Mob zusammengeschlagen, weil er «besessen» und ein «Jungenliebhaber» sei. Die Krankenhausärzte sind noch dabei, ihn wieder zusammenzuflicken. Slim hat erzählt, dass er sich nicht nach Hause traute, aus Angst, dass ihm dasselbe blüht wie Wisdom. Mir wird bewusst, dass ich in den letzten Tagen so tief in Mama versunken war, dass ich die Sorgen meiner Droogs vernachlässigt habe.

Moroccas Freundinnen zücken ihre Telefone, machen Duckface-Selfies, fotografieren die Bäume, die Hügel, die Orte in der Ferne.

Auf einmal bin ich unglaublich traurig.

Ich sage zu meinen Droogs, dass alles hier nur Fassade ist: die Felsen, die Hügel, das magische Grün. All das ist nur eine Maske, die verbirgt, was dieses Land wirklich ist, was aus ihm geworden ist: ein Gebetsort, an dem wir den Himmel um Essen und Strom, gute Straßen und funktionierende Krankenhäuser bitten müssen, an dem Mama an den Nadeln in ihrem Rücken stirbt.

«Selbst wenn wir Ososo eine Oase nennen, weil es cool aussieht, es lohnt sich nicht, dafür in der Wüste zu leben», sage ich. «Und das mit der Oase stimmt auch nicht. Lasst euch nicht vom schönen Schein täuschen. Ososo leidet unter demselben Fluch wie der ganze beschissene Kontinent.»

Ich rede wie ein Wasserfall. Von den Krawallen in KNT, dem bewaffneten Überfall auf der Fahrt nach Abuja, den Studentenprotesten, Zahrahs versauter Hochzeit, den Tagen in der feuchten Zelle. Erinnere Morocca an den zerstörten Laden seines Vaters und Slim an seinen halb totgeschlagenen Ex. Sage, dass alles schlimmer ist als in unserer Kindheit und noch viel, viel schlimmer wird, je älter wir werden. Wische mir zwischendurch mit dem Ärmel über die Augen.

«Wir sind verloren», sagt Slim. «Wir sind alle verloren.»

«Wir haben keine Zukunft», sagt Morocca.

«Genau», sage ich. «Keiner in diesem Land, auf diesem Kontinent.»

«Ich wünschte, wir wären Okey», sagt Slim. «Ehrlich, das ist mein allergrößter Wunsch.»

«Meiner auch.»

Wir reden über Okeys neues Leben. Dass es das Gegenteil von unserem Leben ist und immer sein wird. Slim sagt, dass er seit der Sache mit Wisdom jede Nacht in Schweiß gebadet aufwacht. Dass er in Europa nicht ständig auf der Hut sein muss. Morocca spricht von Serena. Dass sie mal ein anderes Leben führen soll. Dass er in Europa sofort einen Plattenvertrag an Land ziehen wird.

«Wir müssen den Niger-Mann anrufen», sage ich. «Wir fahren doch sowieso hin.»

«Ja! Ja!», rufen die Scads.

«Am besten, wir rufen ihn jetzt gleich an.»

Ich zücke mein Telefon, wähle die Nummer.

Ich lasse es eine halbe Minute klingeln. Er geht nicht ran. Ich versuche es noch mal. Dasselbe. Ich wähle und wähle, bis sich endlich eine Stimme meldet. Wir reden Hausa. Er sagt, er mache am Telefon keine Geschäfte, dass wir nach Niamey kommen müssen, wenn wir mit ihm reden wollen, damit er weiß, dass wir es ernst meinen und nicht die Polizei oder so sind. Bevor ich etwas erwidern kann, hat er aufgelegt.

«Dann treffen wir uns mit ihm in Niger», sage ich zu den

Scads. «Vielleicht hilft er uns, und wir kommen aus diesem Drecksloch raus.»

«Ja! Ja!», rufen sie.

✛

Ein Viertelmond scheint am Sternenhimmel. Wir sitzen im Kreis vor dem Haus: ich, meine Droogs, Fatima, Zahrah, jede Menge Cousins und Cousinen, grauhaarige Onkel, geschwätzige und seufzende Tanten, Grandma. Nur eine Person fehlt: Mamas Zwilling, mein Vater. Aber darüber will niemand sprechen. Seine Abwesenheit schreit uns entgegen wie ein gefangenes Tier, aber ich und die paar anderen, die Bescheid wissen, haben beschlossen, nicht hinzuhören, uns über andere Dinge zu unterhalten. Eine Glühbirne auf einer Stange spendet spärliches Licht. Ein paar Meter weiter versucht ein schwankender, dröhnender Generator abzuheben. Wir sind zusammengekommen, um Mama zu feiern, Geschichten über sie auszutauschen, zu tanzen, Abschied zu nehmen.

Vor neun Tagen kannte ich fast keinen dieser Leute. Aber Mama verbindet uns miteinander. Sie ist auch dabei. Ihr großes gerahmtes Foto steht an einen Stuhl gelehnt in unserer Mitte. Das Licht der Glühbirne spiegelt sich in ihren Grübchen.

Aunty Omotayo stimmt ein Lied an. Alle – außer mir, Fatima und meinen Droogs – kennen es. Sie klatschen, singen die langsame, eintönige Melodie mit. Es ist ein Lied über die Mutterschaft, mit lauter Wörtern, die ich nicht kenne. An dem Nachmittag, als ich mit Mama, die hinten im Bus lag, hier ankam, merkte ich sofort, dass mein Ososo sich von dem, was hier gesprochen wird, unterscheidet, dass ihres rauer, vielschichtiger und poetischer klingt als das, welches Mama mir beigebracht hat, dass meines fehlerhaft und voll mit Hausa-Wörtern ist. Als ich zum Beispiel Grandma um «ashana» für meine Petroleumlampe bat, verstand sie nicht, was ich wollte. Ich musste auf Englisch «matches» sagen. Das war ganz schön peinlich. Grandma war dennoch beeindruckt und freute sich riesig, dass Mama mir trotz allem ihre Sprache beigebracht hatte.

Wenn ich daran denke, dass Mama mich im Norden vor diesen Leuten versteckt hat, um ihr Geheimnis zu wahren, weiß ich nicht, ob ich ihr verzeihen oder ihr Vorwürfe machen soll. Sie glaubte, sie würde mich schützen. Aber hat sie in Wahrheit nicht sich selbst geschützt?

Grandma hat mir erzählt, dass Mama ihr kurz vor meiner Geburt anvertraut hat, wer mein wahrer Papa ist. Sie glaubte Mama nicht, weil sie William für den tadellosesten Sohn auf der Welt hielt. Um sich Gewissheit zu verschaffen, stellte sie ihn zur Rede. Er stritt alles ab, bezeichnete Mama als Lügnerin. Kurz darauf brach Mama den Kontakt zur Familie endgültig ab. Die anderen Verwandten erklärten sich die Feindseligkeit, die Mama der Familie (und vor allem William) entgegenbrachte, mit ihrer lebenslangen Verbitterung darüber, dass sie nie die gleichen Bildungschancen bekommen hatte wie ihr Zwilling. Und so war es, als Kelani bei Grandma auftauchte und behauptete, mein Papa zu sein, leichter, seiner Lüge zu glauben als Mamas Wahrheit. Also kam Grandma nach Kontagora, um Mama dazu zu bewegen, mich ihm vorzustellen. Als das nicht gelang, schrieb sie den Brief. Aber jetzt hasst sie sich dafür, dass sie ihrer mutigen Tochter nicht glauben wollte. «Jeden Tag», sagte sie, «bemühe ich mich, William nicht zu hassen. Wegen dir, Andrew. Ja, Fehler passieren. Und ich bin unendlich froh, dass du dabei herausgekommen bist.»

Onkel TJ und zwei Jungs schleppen Kisten mit Bier, Cola und Fanta aus dem Haus. Sie stellen sie vor Mamas Foto, als wollten sie ihr zeigen, wie groß wir sie feiern, ihr sagen, dass sie nie Durst leiden wird, wo immer sie jetzt auch ist. Ein Junge stapft mit einem Plastikkanister auf dem Kopf in die Mitte, ein zweiter hilft ihm, den Kanister abzusetzen. Darin ist Ato, ein heimischer Schnaps aus fermentierter Sorghumhirse. Ein starker, ekelerregender Geruch breitet sich aus. Ein anderer Junge kommt mit einem Haufen Kalebassen und stellt sie neben den Kanister. Einige Tanten und Cousinen stehen auf, um die anderen mit Getränken zu versorgen. Ich werde zuerst bedient. Ich entscheide mich für Cola, und eine meiner Cousinen macht mir die Flasche auf. Ich nehme sie, aber ich kann nicht trinken, obwohl ich am Verdursten bin.

Aunty Omotayo tritt in die Mitte und erzählt uns von Mama. Dass Mama ihr und Jahre später ihren Kindern bei den Hausaufgaben geholfen hat. Dass sie nach jeder Fehlgeburt zu Mama sagte, sie solle nicht die Hoffnung aufgeben, es weiter versuchen, dass sie eines Tages einen Sohn bekommen werde, der sie beerdigen kann. Sie wirft mir ein sanftes Lächeln zu. Aunty Lizzy schluchzt laut auf. Die knochige Aunty Lizzy. Sie schleudert ihre Fanta weg und fällt vom Stuhl. Eine Cousine kauert sich neben sie, flüstert ihr zu, dass sie nicht weinen soll, dass Mama jetzt an einem besseren Ort ist.

Mehrere Verwandte, die ich nicht kenne, stehen auf, um über Mama zu sprechen. Sie erzählen, dass Mama die Schule für ihre Kinder bezahlt oder ihnen Geld geliehen habe, das sie nicht zurückzahlen konnten, dass sie ihnen in schwierigen Lebenssituationen mit gutem Rat zur Seite stand. Bei jeder Geschichte bricht Aunty Lizzy in Tränen aus. Diese Frau. Sie scheint Mama am meisten zu vermissen. Ihre Trauer macht mich noch trauriger. Erinnert mich daran, dass dieses Land verflucht ist, dass ich asap hier wegmuss.

Aunty Omotayo fragt, ob ich auch etwas sagen möchte. Ich rutsche auf dem Stuhl herum. Meine Cola schwappt über – mein Trankopfer für Mama. Ich schüttele den Kopf. «Nein.» Sie bittet Grandma, die letzte Rede zu halten.

«Gloria ist das stärkste meiner acht Kinder», sagt Grandma. Sie räuspert sich. «Sie ist der stärkste Mensch, den ich kenne. Eine vorbildhafte Mutter, trotz allem, was ihr widerfahren ist. Sie war nicht vollkommen, das kann ich euch sagen. Aber seht euch ihre Schwächen heute an. Sie sind ihr Vermächtnis. Etwas Wunderbares ist daraus entstanden. Ich muss zugeben, dass ich trotz aller Mühe als ihre Mutter versagt habe. Ich habe sie nie verstanden. Jeden Tag starrte ihr größter Schmerz mir ins Gesicht, aber ich konnte, wollte ihn nicht sehen. Ich nehme die blutende Wunde meines Versagens mit ins Grab, meines Versagens, ihr nicht geglaubt, sie verkannt zu haben. Wenn eine Mutter ihr eigenes Kind nicht versteht, ist ihre Bindung zu ihm ein verdorrter Stamm. Ohne Puls. Ohne Sinn. Ohne Leidenschaft. Sie kann am Leben des Kindes nicht teilhaben. Jeder Atemzug der Mutter ist nutzlos. Die Zeit wird nichtig, eine Uhr ohne Zeiger. Selbst wenn sie und ihr Kind ewig leben, ist jede Sekunde dieses Lebens wertlos, Abfall. Und darum bin ich seit neun Tagen traurig. Nicht nur, weil Gloria uns verlassen hat. Sondern auch, weil ich sie nicht richtig kannte, weil ich nicht an ihrem kurzen Leben teilhatte, ihren Schmerz nicht geteilt habe.»

Sie sieht uns lange mit leerem Blick an. Dann nimmt sie ihren Stock und geht zum Haus.

Es ist Zeit zu tanzen, Abschied von Mama zu nehmen. Sie rufen mich in die Mitte und beginnen zu singen, zu klatschen, mit den Füßen zu stampfen. Fordern mich auf mitzumachen, laut zu singen, damit Mama es hört. Sie singen das Lied aus Grandmas Brief.

Ọmọ e werọ
Abi shi sugar
Osono yiwọ
Aki kunọ yin ugi
Oghọghọ ọgbọ kpọ sé

Ich weiß nicht, wie ich anfangen, wie ich mich bewegen soll. Mama lächelt mir aus dem Bilderrahmen zu. Alle Blicke sind auf mich gerichtet. Überall singende Münder, klatschende Hände, stampfende Füße.

Ich blicke hinauf zum Mond.
Zu seinen Kratern, seinen Grübchen.
Er zwinkert.
Hört meinen stummen Schrei.
Schickt meinen Schmerz zurück.

18

Schatten liegen über Kontagora. Schatten von Bäumen, von Unkraut, von patrouillierenden Humvees und Panzern der Armee. Jeden Tag verlassen Leute die Stadt Richtung Süden. Sie laden Sofas, Matten und Töpfe in Sattelzüge, nehmen den Weg, auf dem sie vor Jahrzehnten gekommen sind. Alles ist wie damals, nur die Straßen sind schlechter, und ihre Haut ist ledrig, schuppig und schlaff geworden. Nichts bleibt ihnen von all den Jahrzehnten voll Schweiß und Blut, in denen sie dafür verhöhnt wurden, Ososo oder Igbo zu sein, Holzkreuze und Plastikheilige anzubeten.

Ich stehe vor Zahrahs Haus, das mal unser Haus war, und sehe einer Igbo-Familie beim Einladen zu. Sie haben bei den letzten Krawallen ihre Zwillingssöhne verloren und ihr Autoteileladen wurde zerstört. Ab und zu blicken die Eltern hinauf zum Himmel, in der Hoffnung, dass der Regen ihnen keinen Strich durch die Rechnung macht.

Seit Mamas Tod schüttet es fast pausenlos. Die Stadt ist voll mit eingestürzten Häusern und riesigen Pfützen, und ein fischiger Geruch hängt in der Luft. Manche behaupten sogar, in der Nacht von Mamas Tod wären kleine Fische und Krebse vom Himmel gefallen.

An dem Abend, als wir mit ihrer Leiche nach Ososo aufbrachen, führten die Christen einen Vergeltungsschlag aus. Sie stürmten mit Gewehren und Macheten die große Moschee in Ungwan Nasarawa. Aber die Muslime waren vorbereitet. Ein Christ, angeblich ein treuer Anhänger von Jesus' Lehre, die andere Wange hinzuhalten, hatte sie gewarnt. Nach nur zehn Minuten war der Kampf vorbei, und die Muslime hatten nur ein paar Kratzer abbekommen. Später sammelte die Polizei die zwei Dutzend enthaupteten Toten und ihre Köpfe ein. Anschließend zogen die Muslime zur Lagos Road und brannten über viele Kilometer jedes christlich geführte Geschäft und alle großen Kirchen nieder, auch unsere Kathedrale. Zum Glück war Father McMahon bei Eileens Eltern in Niger. Von dort ist er direkt nach Great Yarmouth geflohen.

Der Mann schreit seine erwachsenen Töchter an, sich zu beeilen, dass sie nicht alles mitnehmen können, dass sie vor Mittag aufbrechen müssen, damit sie morgen früh in Onitsha sind. Hilflosigkeit klingt in seiner Stimme. Bestimmt verspürt er einen tiefen Selbsthass. Jahrzehntelang hat er geschuftet und sich Hoffnungen gemacht, um jetzt zu einer banalen Einsicht zu gelangen: dass die Endhaltestelle jedes Lebens Scheitern heißt.

Darum muss ich diese Müllkippe von einer Stadt, dieses Drecksloch von Kontinent verlassen. Mama war die einzige Kerzenflamme in dieser Finsternis. Jetzt ist sie fort und hat Ydna mitgenommen. Bald verschwindet auch Eileen, das einzig Reale. Wenn ich hierbleibe, wird es keine Ruhe für mich geben. Nur lebenslanges Bedauern, das mich schlussendlich dazu treiben wird, mich aufzuhängen.

Ich gehe zurück ins Haus und packe weiter. Werfe ein paar Bücher in meine Tasche, ziehe den Reißverschluss zu.

Meine Droogs und ich brechen heute Vormittag nach Niamey auf. Morgen treffen wir uns mit Eileen und anschließend mit dem Niger-Mann. Sollte es uns aus welchem Grund auch immer nicht gelingen, aus diesem Drecksloch rauszukommen, kehre ich ein letztes Mal in dieses Haus zurück, packe Mamas Sachen und ziehe zu Zahrah nach Abuja. Sie besteht darauf, dass ich bei ihr wohne, dass Kontagora mir nichts mehr zu bieten hat. Fatima wohnt schon bei ihr, und ich frage mich, was wohl aus uns beiden wird, wenn ich auch dort einziehe. Vielleicht verlieben wir uns endlich ineinander, vielleicht werden wir erbitterte Feinde. So oder so, nächstes Jahr machen wir unseren Schulabschluss und die Zulassungsprüfung, studieren an einer der beschissenen Unis in diesem Land und werden irgendwann wie Zahrah, Bro Magnus und Elder Paschal.

Als alles gepackt ist, hole ich das Platin hervor, betaste die Strähnen, halte sie mir an die Nase. Sie riechen noch frisch, riechen wie meine Eiqueen. Ich verabschiede mich nicht vom Haus. Spare mir einen letzten Blick auf das *Guernica*-große Gemälde von Afrika in 2*xyz*, die verrückten Figuren, die Formeln auf dem Fußboden. Ich schließe einfach die Tür hinter mir, gehe vorbei an der packenden Familie, meine Kompassnadel auf Moroccas Haus fixiert. Ein Militärhumvee rollt auf mich zu. Ich springe schnell von der Straße, falle fast in den Rinnstein, warte, bis er vorbei ist. Keinen Bock, wieder in einer stinkenden Zelle zu landen.

Patience besteht darauf, dass sie und Serena uns begleiten. Sie schimpft minutenlang, dass sie die Nase voll hat von dieser toten Stadt. Dass sie schließlich die Mutter seiner Tochter ist, ob Morocca das vergessen hat. Was für ein Vater er eigentlich ist.

«Ich denke immer an dich und unsere Zukunft», sagt sie,

«aber du scherst dich einen Dreck um mich. Stattdessen bist du hinter anderen Mädchen her, hältst dir eine andere Zukunft offen.»

Morocca guckt genervt. «Das ist zu gefährlich, Patience», sagt er. «Wenn ich erst mal in Europa bin, komme ich zurück und hole euch.»

«Von wegen zu gefährlich», sagt Patience. «Meine Cousine Amaka ist vor drei Jahren auch durch die Wüste gefahren, mit ihrem Sohn. Und jetzt sind sie italienische Staatsbürger.»

«Okay», sagt er. «Dann kommt halt mit. Aber beeilt euch.»

Er holt seine Tasche aus dem Wagen. Patience verzieht sich mit Serena in ihr Zimmer, um zu packen und sich umzuziehen. Slim sitzt auf dem Sofa. Er zeichnet abstrakte Figuren in seinen Block, mit Techniken, die er sich bei den Gemälden im Museum in Abuja abgeschaut hat. Ich hole mein Telefon raus und schreibe Eileen, dass unser Treffen morgen, Dienstag, steht. Ihr Flug nach Heathrow geht am Mittwochmorgen. Ich wünschte, wir könnten eine ganze Woche zusammen verbringen. Sie antwortet, dass sie für uns (d. h. uns beide plus meine Droogs) einen Tisch in einem abgefahrenen Restaurant mit mediterraner Küche reserviert hat, ganz in der Nähe des Hotels, in dem sie mit ihren Eltern abhängt.

Morocca stolziert rappend ins Wohnzimmer, wütet im Freestyle gegen die Regierung und die Polizistenarschlöcher, die ihn in Abuja fertiggemacht haben. Als er sich abgeregt hat, rufen wir WALL-E an und erzählen ihm von unserem Plan. Okey sagt, das sei der beste Plan ever, dann muss er auflegen, weil gerade neue Gäste reingekommen sind. In den nächsten Minuten scrollen wir uns durch Okeys Facebook-Seite und ersetzen ihn auf den Fotos durch uns, bis Patience uns in die beschissene Realität zurückholt. Sie zieht eine riesige Ghana-Must-Go-Tasche hinter sich her. Morocca ruft verdammte Scheiße und sagt, dass sie die Hälfte wieder auspacken soll, dass wir nur das Nötigste mitnehmen können.

«Wenn wir in Europa sind», sagt er, «sind Klamotten kein Problem mehr.»

✛

Unterwegs reden wir lange über Okey.

«Fuck, wie hat der Typ mit den Moskitobeinen es bloß vor uns nach Europa geschafft?», sagt Morocca. «Ich raff's einfach nicht.»

«Dabei ist er weder schlau noch in irgendwas begabt», sagt Slim.

Er sitzt auf dem Beifahrersitz, ich sitze mit Serena und Patience hinten. Serena guckt sich die Bilder in einer Kinderausgabe von *Die Schweizer Familie Robinson* an, Patience ist mit ihrem Telefon beschäftigt. Hin und wieder quakt Serena dazwischen, um uns mit Updates über die Reise der Robinsons zu versorgen. Ich wollte, ich könnte Morocca dazu bringen, ihr zuliebe seine Ausdrucksweise zu mäßigen.

«Das Leben ist beschissen ungerecht», sagt Morocca. «Wie kann es sein, dass der Fucker in Spanien ist, während wir immer noch hier sind, Eba fressen und in dieser heißen Sonne ersaufen?»

«Keine Ahnung, Alter», sagt Slim gähnend.

Morocca schließt sich ihm an, und auch Patience gibt ein lautes, nerviges Gähnen von sich. Ich versuche meins zu unterdrücken. Ohne Erfolg. Wir lachen. Morocca gähnt noch mal, laut, wie der Hai, der er ist. Nur Serena, die in ihr Buch vertieft ist, lässt sich nicht anstecken.

Wir sind kurz vor Yauri. In der Ferne sehen wir den Niger, ein langer, funkelnder Diamant, der sich durch die Stadt zieht. Lichtreflexe tanzen auf dem Wasser wie Pirouetten drehende Ballerinas. Ein cooler Anblick. Wieder muss ich an Eileen denken, an die Diamanten ihres Körpers, ihren Geruch.

In Yauri halten wir bei einem Mai-Shayi-Imbiss am Straßenrand. Es ist fast Mittagszeit, und ein paar Leute sitzen mit Tee und Omeletts auf den Bänken. Wir setzen uns auf eine lange Bank mit Blick auf den hohen Tisch, auf dem sich Brot, Eierkartons, Peak-Dosenmilch und Tüten mit Cowbell-Schokomilchpulver stapeln. Der Mai Shayi, ein Mann in ausgeblichenem T-Shirt und zerschlissener Hose, freut sich ein Loch in den Bauch. Er fragt, was er uns bringen darf. Ich bestelle Tee für alle, für uns vier je eine große Portion Indomie-Nudeln und ein großes Omelett und für Serena dasselbe in klein. Der Mann wirft lachend die beiden Petroleumkocher an und macht sich ein Soyayya-Lied pfeifend an die Arbeit. Er gießt heißes Wasser über Instantnudeln, gibt Öl in eine Pfanne, schneidet Tomaten und Paprika klein. Als er fertig ist, häuft er das Essen auf Plastikteller, bringt es mit Plastikgabeln an unseren Tisch, und wir stürzen uns auf die heißen, leckeren Nudeln, die in Tomaten und Zwiebelringen schwimmen. Die Indomie sind der Knaller. Tbh, Mai Shayis sind die besten Nudelköche im ganzen Sonnensystem! Schade, dass wir darauf verzichten müssen, wenn wir in Europa sind. Aber scheiß drauf, das ist es wert. Nach einer Minute sind die Teller meiner Droogs halb leer gegessen. Autos brausen an uns vorbei, Richtung Jega und Sokoto. Ich entschuldige mich, gehe zu dem Mai-Suya-Imbiss ein paar Meter weiter, kaufe für tausend Naira Suya-Spieße und bringe sie zu unserem Tisch. Patience bedankt sich begeistert, schiebt ihre Nudeln beiseite und macht sich über das gegrillte Fleisch her, ihr Lieblings-Hausa-Gericht. Sie lästert über Morocca, sagt, dass er sie vernachlässigt, ihr nie Suya mitbringt, wie es sich für einen Mann, der sein Babe liebt, gehört. Wir lachen. Serena schmeckt das Shuya nicht. Sie bekommt nicht mal den ersten Bissen runter und widmet sich wieder ihrem Buch. Keiner hält sie davon ab. Ich gebe einem vorbeigehenden Almajiri Geld, damit er uns Cola und Sprite holt, und als er zurückkommt, stecke ich ihm einen Schein zu. Wir essen und lachen und trinken und hoffen, dass es uns bald so gut geht wie Okey. Morocca sagt, dass er seiner Kleinen zuallererst einen fetten Schokoeisbecher spendiert, wenn wir in Spanien sind. Dass er schnell einen Job finden wird und sie mit Klamotten und Schuhen überhäuft. Mit ihr auf grüne Inseln und an den Strand fahren wird, sie mit ins Stadion zu Real Madrid nimmt. Er fragt Serena, ob ihr das gefallen würde. «Ja», ruft sie, «ich will Kleider und Schuhe und Bücher und Teddybären. Und ganz viel Geld!» Wir lachen.

Ich zahle, und wir gehen hinunter zum Niger, starren gebannt auf seine Unendlichkeit, auf die Kanus in der Ferne mit halbnackten, angelnden Jungs. Die Wasseroberfläche kräuselt sich im Wind, funkelnde Kristalle im Sonnenlicht. Ich gehe zu einem Fischer am Ufer und frage ihn nach dem Preis für eine kurze Bootsfahrt.

Slim, Patience und ich helfen ihm, das Kanu ins Wasser zu ziehen. Sanfte Wellen schwappen um meine Beine. Wir springen ins Boot, und der Fischer paddelt mit seinem großen Ruder hinaus auf den Fluss. Die Welt um uns schwankt; das ist unglaublich schön. Morocca steht mit Serena an der Hand am Ufer. Wir lachen ihn aus. «Ihr müsst sofort umkehren», ruft er mit panischem Gesicht. «Ihr werdet alle ertrinken!» Wir lachen noch lauter über den Schisser. Der Fischer lacht auch, verblüfft, dass ein großer Junge wie er sich so vor Wasser fürchtet. Der Wind singt mir ins Ohr. Er klingt wie Eileen. Ich lache und lache.

✦

Wir fahren vorbei an Jega, Tambuwal, an eingestürzten Brücken, Lehmhäusern, Marktständen. Plötzlich fängt der Motor an zu heulen und zu klappern, der Wagen schießt nach vorne, bleibt stehen, schießt nach vorne, bleibt wieder stehen. Dann gibt der Motor mit einem lauten Furz endgültig den Geist auf. Die Jungs steigen aus, Patience bleibt mit Serena sitzen, fächelt sich zischend Luft zu. Wir schieben den Wagen an den Straßenrand. «Fuck, fuck, fuck!», schimpft Morocca und kriecht unters Auto, als würde er ein Doppelleben als Mechaniker führen. Slim lehnt sich gegen das Heck und zückt sein Telefon. Ich laufe auf und ab, streichle das Platin in meiner Hosentasche, hole mein Telefon raus. Kurz vor fünf. Wir sind zu lange in Yauri geblieben. Fünf Minuten vergehen, zehn, fünfzehn. Morocca hämmert gegen das Fahrgestell.

Patience steigt aus. «Warum geht's nicht weiter?», fragt sie mit der Sonnenbrille in der Hand. «Was machst du da überhaupt, Morocca? Seit wann kennst du dich mit Autos aus? Ich will hier nicht die Nacht verbringen, okay? Komm raus und hol jemanden, der die Scheißkiste reparieren kann.»

Morocca kommt keuchend zum Vorschein. Er schwitzt wie eine Weihnachtsziege vor dem Schlachten. Seine Hände sind dunkler als Teer, Dornen, Blätter und Schmutz kleben an seinem Hemd.

Wir beschließen, Hilfe zu holen. In der folgenden Dreiviertelstunde fährt nicht ein Auto vorbei. «Das ist verrückt», sagt Morocca alle paar Minuten. «Total verrückt. Angeblich ist das eine der meistbefahrenen Straßen von ganz Naija.» Plötzlich, als wollten sie ihm recht geben, zischen jede Menge Autos vorbei. Ihr Fahrtwind lässt unsere T-Shirts flattern. Wir winken und rufen. Keines hält.

«Es liegt am Regen», sagt Slim. «Sie glauben, dass es gleich regnet. Die Straßen sind schlecht, und sie wollen asap an ihr Ziel.»

Wir blicken verblüfft hinauf zu den mascaraschwarzen, bauchigen Wolken, als sähen wir sie zum ersten Mal.

Es fängt an zu gießen. Wir quetschen uns ins Auto. Die Scheiben beschlagen von unserem feuchten Atem. Ab und zu wischt Morocca sie mit einem Lappen klar. Es donnert. Der Himmel leert nonstop Wassereimer über uns aus. Blitze schlagen uns entgegen, als wäre es die schlimmste aller Todsünden, dass wir zu dieser Reise aufgebrochen sind. Unsere Telefone haben kein Netz, und wir dösen einer nach dem anderen ein.

Ein Vibrieren in meiner Hosentasche weckt mich. Eine Nachricht von Eileen. Es ist kurz vor vier Uhr morgens. Ich wische über die Scheibe. Nur noch ein leichter Nieselregen. Ich reibe mir den Schlaf aus den Augen, lese die Nachricht. Eileen schreibt, dass ihr Flug um einen Tag vorverlegt wurde und sie heute Abend um sechs zum Flughafen fährt. Sie fragt, ob ich es trotzdem zu unserem großen Abschiedsessen schaffe.

Klar, kein Problem, antworte ich, obwohl ich null Ahnung habe, wie ich dieses Wunder bewerkstelligen soll. Laut

Google Maps dauert die Fahrt von Sokoto nach Niamey gut sieben Stunden, Hindernisse wie schlechte Straßen oder Polizeikontrollen nicht mitgerechnet. Dazu kommt, dass wir noch nicht mal in Sokoto sind und uns der verdammte Wagen unterm Hintern verreckt ist.

Mein lautes Zischen weckt die anderen auf. Sie fragen, was los ist. Ich bringe sie auf den neusten Stand.

«Jetzt bloß nicht aufgeben, Werdna», sagt Morocca.

«Ich glaube, das ist aussichtslos», sagt Slim.

«Halt die Klappe, Mann. Was verstehst du schon vom Autofahren?»

«Nichts, aber ich kann rechnen.»

«Das Problem ist, die Kiste wieder zum Laufen zu bringen.»

Ich trommle nervös mit den Fingern. «Okay. Wir streichen den Zwischenstopp in Sokoto. Dann besuche ich meinen ... den Zwilling meiner Mutter eben ein andermal.»

«Alles klar.»

«Du kennst doch bestimmt noch andere Fahrer in KNT, Morocca», fahre ich fort. «Ruf sie an und sag ihnen, sie sollen ihren Kontakten Bescheid geben. Wenigstens einer muss doch wissen, wie man einen Mechaniker auftreibt.»

«Gute Idee, Werdna.»

Morocca zieht sein Telefon aus der Tasche und fängt an zu telefonieren.

Ich gucke aus dem Fenster, auf die unzähligen feinen Nadeln, die vom Himmel herabfallen. Ich denke an Mama, an ihre fleckigen Zähne. Wenn es frühmorgens draußen goss, scheuchte sie den Schlaf fort und stand auf. Griff zur Taschenlampe, trug, während ich noch schlief, die Schüsseln nach draußen und stellte sie unter die Dachtraufe, um Regenwasser aufzufangen, das wir dann später zum Trinken und Kochen nahmen. Oft schmeckte es süß-säuerlich, wie ihre Finger, wenn sie mir Essen in den Mund schob. Ich will die Hand ausstrecken. Ein bisschen Regen auffangen. Mama darin schmecken. Aber ich halte mich zurück. Wäre sie noch da, hätte sie mir natürlich verboten, nach Niger zu fahren. Aber jetzt, wo sie in derselben unendlichen Dimension schwebt wie HXVX, jubelt sie mir ganz sicher zu, während ich seinem Machtradius entfliehe.

✚

Zwei Stunden später. Autos sausen im Nieselregen vorbei. Ein vollbesetzter Wagen hält vor uns am Straßenrand. Der Fahrer steigt mit einem Werkzeugkasten aus, kommt auf uns zu, fragt Morocca auf Hausa, ob er Morocca sei. «Na'am», sagt Morocca und steigt aus. Sie öffnen die Motorhaube, machen sich darunter zu schaffen. Zwischendurch fallen mir ein paarmal die Augen zu. Patience und Serena schlafen noch, die Kleine mit dem Kopf auf Mamas Schoß.

Draußen ist es hell. Aber das Licht ist matt. Wegen der dicken, wabernden, undichten Wolken.

Der Mann schließt die Motorhaube und versichert Morocca, dass das Problem behoben sei. Er verabschiedet sich, geht zu seinem Wagen und fährt davon.

Patience und Serena wachen gähnend auf. Morocca steigt ein, schimpft leise über den Mann und seine stümperhafte Arbeit. Er steckt den Schlüssel ins Zündschloss. Der Motor springt an. Er lächelt. Tiefes Seufzen.

Ich schlage lachend auf den Sitz. Wir fahren los, heizen durch den Regen, vorbei an Sokoto, das uns mit seinen mehrspurigen Straßen an Abuja erinnert, lassen Gidan Madi, Bamgi und Kafin Sarki hinter uns. An den Kontrollpunkten wirft Morocca den Polizisten Zwanzignairascheine hin. «Diese Polizisten», sagt er. «Nicht mal der Regen verdirbt ihnen die Lust.»

Hinter Satuka hört es auf zu regnen. An der nigrischen Grenze erheben sich zwei Polizisten in staubfarbener Tarnmontur von ihren Plastikstühlen am Straßenrand und schlurfen auf die Fahrbahn. Morocca erklärt ihnen auf Hausa, dass wir an der Fachhochschule in Sokoto studieren und auf der Heimfahrt zu unseren Familien in Bado in Niger sind. Seine Story interessiert sie null. «Kleine Spende für die Jungs?», sagen sie. Morocca zieht zwei Fünfzignairascheine aus der Gesäßtasche. Einer steckt sie gähnend ein, der andere öffnet die rostige Schranke.

«Arschlöcher», schimpft Morocca, als wir durchgefahren sind.

«Idioten», murmelt Slim.

Patience hält ihr Telefon hoch und zischt: «Kein Netz.»

Morocca gibt Gas. Eigenartig: Wir sind in einem anderen Land, und trotzdem fühle ich mich wie zu Hause. Der einzige Unterschied ist die karge Landschaft; die wenigen Bäume haben Dornen und dürre Blätter. Wir rasen weiter, wie in einer Staubwolke, die Leute am Straßenrand sehen verschwitzt und schmutzig aus in ihren zerschlissenen Kaftanen und Tschadors. Ich betaste das Platin in meiner Tasche.

Ich stelle mir unsere Zukunft in fünf Jahren vor, fern von Nigeria und Afrika. Ich bin einundzwanzig, meine Droogs und Patience sind ein Jahr älter. Alle drei und Serena sind spanische Staatsbürger. Heute Abend sind wir in einem Nobelrestaurant in Madrid verabredet. Morocca hat endlich seinen Plattenvertrag, und nach dem Essen rappt er in einem Club nicht weit vom Restaurant einige seiner Hits. Slim und sein spanischer Freund haben ihr Kunststudium abgeschlossen und hatten gerade ihre erste große Ausstellung. Patience arbeitet bei einer Versicherung, Serena hat erstklassige Schulnoten. Eileen und ich sind aus England hergeflogen, um sie zu besuchen, schlendern Hand in Hand zum Restaurant. Ich mache meinen Master in Oxford, und heute Abend wollen wir unsere Verlobung bekannt geben.

Ich seufze. Gucke nach draußen. Auf die Lehmhütten. Die Müllhalden. Die mageren, staubigen Bäume.

In Dosso haben wir die nächste Panne. Ich checke mein Telefon. Eileen fährt in drei Stunden zum Flughafen, und es sind noch ungefähr zweieinviertel Stunden bis Niamey. Das schaffen wir nie. Vielleicht ist das das Ende von allem, von Eileen und mir.

«Fuck», sage ich. «Fuck, fuck, fuck!»

Serena sieht mich traurig an. Ich wende den Blick ab. Scham frisst in meinem Inneren wie Maden.

Ich schließe die Augen. Je fester ich sie zukneife, desto klarer sehe ich. Überall, rund um den Wagen und vor uns auf der Strecke, streckt HXVX seine Tentakel aus. Um uns einzuschüchtern. Um uns zurück nach Hause zu drängen, in unsere Käfige.

Nachdem wir einen barmherzigen Mechaniker gefunden haben und der Wagen wieder läuft, rasen wir weiter, so schnell wie noch nie. Fahrer hupen und verwünschen uns. Leute am Straßenrand brüllen, dass wir zu schnell fahren. Ich trommele mit den Fingern, wippe hektisch mit den Füßen.

In Niamey textet Eileen, dass sie in dreißig Minuten

eincheckt, dass hier alles furchtbar langsam geht. Morocca hält an, um nach dem Weg zum Flughafen zu fragen.

✛

Ich stürme in die Abflughalle, mein weißes Hemd staubig und verdreckt, die Jeans mit rotem Matsch beschmiert, mein Spiegelbild in der Glasscheibe zum Kotzen. Aber ich bleibe nicht stehen. Folge der Wegbeschreibung auf dem Telefon, renne nach links, nach rechts.

Und da ist sie. Rotes Kleid, Stöckelschuhe, langes, wallendes Platin. Sie wischt auf ihrem Telefon. Ruft mich an. Mein Telefon vibriert. Etwa zehn Meter weiter steht ein weißes Paar mittleren Alters. Ihre Eltern. Sie hat das blonde Haar von ihrem Vater, aber seins ist viel dunkler, eher wie dunkles Gold. Trotzdem sieht er ausgesprochen gut aus, besser als seine Frau. Sie ist braunhaarig und so groß wie ihr Mann.

Plötzlich habe ich Schiss. Wie kann ich es wagen, zu diesem makellosen Engel zu gehen, wenn ich *so* aussehe? Sie wird aufschreien. Behaupten, mich nicht zu kennen. Dann werde ich von der Security abgeführt und lande wieder in einer Zelle.

Ich bewege mich auf sie zu.

«Eileen», rufe ich.

Sie dreht sich um. Betrachtet mich von oben bis unten. Schlägt entsetzt die Hand vor den Mund. Läuft auf mich zu, umarmt mich.

Ich rieche sie. Sie riecht mich.

Ihre Eltern sehen zu uns hinüber, fragen sich, wer zum Teufel der verdreckte Typ ist, der ihren engelsgleichen Liebling besudelt.

«Andy», sagt sie.

«Ich freu mich so!»

«Ich mich auch», sagt sie. «Du riechst toll.»

Lügt sie? Will sie bloß nett sein?

«Was ist passiert?»

Wir lösen uns langsam voneinander.

«Lange Geschichte», sage ich. «Sehr lange Geschichte.»

Ich will sie Babe nennen, mein pretty Baby. Ich traue mich nicht. Ihre Wiesen, die makellose Haut, das teure Kleid sind eine Nummer zu groß für mich, zu groß für dieses Land.

«Erzähl mir alles, wenn ich durch die Kontrolle bin.»

Ihre Eltern kommen. Ihr Vater trägt einen Blazer und Jeans, ihre Mutter ein cremefarbenes Kleid. Sie lächeln. Sehen Eileen an und dann mich, erwarten, dass sie mich ihnen vorstellt. Eileen wird rot. Sie öffnet eine App auf ihrem Telefon, schaltet es aus, steckt es ein.

«Hallo», sagt ihr Vater. Er mustert mich gründlich, starrt auf einen großen Matschfleck auf meiner Jeans. Glotzt er mir etwa auf den Schritt? Habe ich mich eingepinkelt?

«Hi», sage ich.

Eileen sagt immer noch kein Wort.

Sag, dass er Andy heißt, Eileen. Sag, er ist dein neuer Freund. Sag, er sieht nicht immer so vergammelt aus, dass dieses verfluchte Land, HXVX schuld daran ist.

Sind ihre Eltern superstreng? Bekommt sie Hausarrest, wenn sie erfahren, dass wir zusammen sind?

Ihre Mutter sieht mich wieder an, diesmal desinteressiert. Wahrscheinlich hält sie mich für einen Kofferträger oder so, der gerne weiße Chicks umarmt. Sie sagt zu ihrer Tochter, dass es Zeit wird, zum Gate zu gehen.

«Okay, Mum», sagt Eileen und geht mit den beiden mit.

Nach fünf Schritten dreht sie sich um, winkt, haucht mir einen Kuss zu. Ihre Eltern bemerken nichts. Ich will zurückwinken. Meine Hand bleibt auf halber Höhe hängen.

Sie gehen durch eine Glastür. Eileen dreht sich noch mal um. Sie winkt mir zu. Meine Hand hängt starr in der Luft.

Das wird mir allerdings erst bewusst, als ein Polizist auf mich zukommt und auf Hausa fragt, warum ich die Hand hebe und was zum Teufel ich hier eigentlich zu suchen habe. «Bist du Putzmann oder so? Verstehst du das unter Arbeit?»

Er begleitet mich aus der kalten Halle nach draußen in die sengende Hitze. «Lass dich hier nie wieder blicken. Verstanden?»

Eileen schämt sich für mich. Sie konnte mich nicht mal ihren Eltern vorstellen. Vielleicht empfindet sie einfach nur Mitleid für mich. Dasselbe Mitleid, das man für einen ausgesetzten Hund oder eine entlaufene Katze verspürt. Mitleid dafür, dass sie ein Hund, eine Katze sind.

Ich trotte wie ein Lamm die staubige Straße hinunter. Die Sonne brennt mir im Nacken, Männer in Anzügen und Kaftanen starren mich an. Ich will das Platin aus der Tasche ziehen und es wegwerfen. Ich bin zu schwach. Also rufe ich Ydna. Doch auf der anderen Seite ist nur Leere. Ich denke an Mama. Rufe mir ihren Geruch ins Gedächtnis. Sie würde wahrscheinlich noch leben, wenn Eileen nicht nach Kontagora gekommen wäre, wenn Father McMahon keine Party für sie gegeben hätte.

Jeder Augenblick in diesem Land ist ein Fluch. Mama ist an dem Fluch gestorben. Und ich werde auch daran sterben. Außer ich verschwinde.

✚

Wir stehen auf einem Parkplatz unter einem Mangobaum und handeln mit dem Niger-Mann. Unser Geld reicht nicht aus für den gepfefferten Preis, den er genannt hat. Der Parkplatz ist voll mit schmutzigen alten Bussen. Verschwitzte Passagiere lehnen dagegen, warten auf die Ankunft anderer Reisender. Mädchen in Tschadors laufen umher, preisen auf Hausa und Zabarma Bananen und Coca-Cola an. Der staubige Boden ist mit Erdnussschalen, Dattelkernen und Bananenschalen übersät. Über uns: klarer Himmel kurz vor Sonnenuntergang.

Der rotbraune Kaftan vom Niger-Mann ist ausgeblichen, die Knöpfe sind offen, die behaarte Brust bildet einen merkwürdigen Kontrast zu seinem kahlen Schädel. Er muss in Mekka gewesen sein, wegen des Goldzahns.

Er sagt, wir könnten in zwei Stunden aufbrechen, dass es im Pick-up nur noch vier freie Plätze gibt, dass sich sicher eine Möglichkeit finden lässt, uns alle mitzunehmen, wenn wir den geforderten Preis zahlen. Er deutet mit einem Nicken auf Serena, die sich an Patience klammert. «Ich muss unterwegs einen Haufen Leute bezahlen, na rantse», sagt er und verschlingt uns mit seinen roten, großen Augen. «Das Land des weißen Mannes ist sehr, sehr weit. Am Ende bleibt mir nur ein Viertel des Geldes, na rantse da Allah.»

Wir nennen ihn mai gida, bitten ihn, noch einmal in sich zu gehen. Erklären ihm, dass wir den geforderten Betrag auch dann nicht aufbringen können, wenn wir ihm all unsere Ersparnisse geben.

Plötzlich wird er sauer. «Ihr habt keine Ahnung, wovon ihr redet, oder? Wisst ihr überhaupt, wo ihr hinwollt? Und dass die Fahrt dorthin mindestens zwei Wochen dauert? Ihr meint es gar nicht ernst – ihr verschwendet nur meine Zeit. Viele Leute geben alles für diese Chance, für diese besondere Route. Wenn ich jetzt gehe, hört ihr nie wieder von mir.» Er geht auf den Pick-up zu. Wir folgen ihm, flehen ihn an. Er lässt den Motor an, fährt los. Morocca ruft ihm nach, dass er on top unser Auto haben kann. Der Niger-Mann hält an, verlangt, den Wagen zu sehen. Er geht drum herum, tritt gegen die Reifen, öffnet die Motorhaube, kontrolliert die Armaturen. Morocca gibt ihm den Schlüssel. Er macht eine Probefahrt am Straßenrand.

«Okay.» Er steigt aus, gibt Morocca den Schlüssel. «Okay. So könnte es gehen.»

Er schickt uns zum Geldautomaten die Straße runter. Wir sollen die Summe abheben und dort auf ihn warten. Er holt uns um acht Uhr dort ab.

«Mun gode, Alhaji.» Wir fallen fast vor ihm auf die Knie. «Mun gode. Alla ya bada lada.»

«Amin», sagt er und geht zurück zu seinem staubigen Pick-up.

Er steigt ein, startet den Motor, sieht uns durchs offene Fenster kopfschüttelnd an. «Nigerianer.» Er lässt den Gold-zahn aufblitzen. «Diese Nigerianer.»

Das ist die Sahara: Leere. Endlosigkeit. Wohin du auch blickst. Bis zum Horizont. Keine Pflanzen. Keine Autos. Keine Märkte.

Nur Sand. Sand und noch mehr Sand. Gelb. Oder ist er braun? Oder bernsteinfarben, flammendes Bernstein?

Sand überall. In deiner Nase. Deinen Haaren. Deinen Poren. An deinem Schwanz.

Sand.

Ab und zu ein Baum. Kahl.

Weit, weit in der Ferne sind Berge. Aus Sand. Aus Fels.

Die Luft ist ein Ofen. Geruchlos. Voll Staub. Staub!

Seit drei Tagen sind wir unterwegs. Wir fahren pausenlos. Nur gestern Nacht haben wir ein paar Stunden gehalten, um zu schlafen. Wir sind vierundzwanzig auf dem Pick-up. Wir, die zehn Jungs und Männer, sitzen an den Seiten auf Brettern. Unsere Beine hängen nach draußen, und wir halten uns an Stangen fest, die an die Bretter genagelt sind, damit wir nicht runterfallen. Die vierzehn Mädchen und Frauen sitzen in Tschadors gehüllt auf der Ladefläche. Der Niger-Mann und sein Beifahrer haben auf die Verschleierung bestanden, damit sie «keine Aufmerksamkeit auf sich ziehen». Die Frauen sind fast alle aus Nigeria. Meine Droogs und ich sind die einzigen männlichen Nigerianer. Drei Männer sind aus Ghana, die anderen sprechen Hausa, Französisch, Arabisch oder Sprachen, die ich nicht kenne. Wir tragen Beanies, haben uns Taschentücher um Mund und Nase gebunden. Reifen und Wind schleudern uns Staub entgegen. Das Atmen fällt uns schwer.

«Ich krepier gleich, Leute», sagt Morocca von links.

«Du hast keine Ahnung», sagt Slim von rechts. «Meine Beine tun scheißweh. Ich glaub, sie fallen gleich ab.»

Ihre Augen sind knallrot. Sie sehen aus wie Monster. Bestimmt sehe ich genauso aus.

Wir schütteln die Köpfe. Mir tut auch alles weh, besonders mein Nacken und das Kreuz. Die Frau hinter mir lehnt sich schon seit gestern gegen mich, die Frau daneben stößt mir dauernd den Ellbogen in die Seite. Ich habe ihn mehrmals weggeschoben, um ihr klarzumachen, dass sie mir wehtut. Ohne Erfolg. Ich muss ihr dringend sagen, dass sie damit aufhören soll.

Seit dem Aufbruch haben wir die meiste Zeit geschwiegen. Wenn wir reden, sprechen wir von unserem zukünftigen Leben. Von den Dingen, die wir bald essen, den Orten, die wir besuchen, den Jobs, die auf uns warten. Morocca erzählt, dass er in Spanien ein Rap-Superstar wird, ich rede von den Bibliotheken, Büchern und Schulen, zu denen ich bald Zugang habe, Slim spricht über Freiheit, davon, dass er in Europa jeden daten kann, ohne verprügelt oder gesteinigt zu werden. Am Abend vor der Abfahrt haben wir Okey angerufen, um ihn auf den neusten Stand zu bringen. Okey war total geflasht. Er sagte, wir hätten uns nicht besser entscheiden können, und versprach, uns im Lager in Spanien zu besuchen. «Ich freu mich riesig für euch, Leute», sagte er. «Das wird euer Leben für immer verändern. Ernsthaft. Ihr seht ja, wie ich hier lebe. Wie geil es hier ist. Unser Land ist scheiße, sag ich euch. Einfach nur scheiße.»

Ich sehe auf die Armbanduhr. Neun Uhr. Wir sind jetzt seit zweieinhalb Stunden unterwegs. Die Sonne brennt, als wäre schon Mittag, dreimal so heiß wie zur Mittagszeit in Kontagora.

«Hört diese Fahrt denn nie auf?», fragt Slim.

«Hmmm», machen Morocca und ich, unsere neue Allzweckwaffe, um das Gespräch abzuwürgen.

«Leute, seht euch das an!» Slim zeigt auf etwas, an dem wir gerade vorbeigefahren sind.

«Was ist das? Ein Skelett?»

«Fuck, das ist das Skelett eines Menschen!»

Der Ghanaer neben Morocca zischt: «Ist das dein erstes?»

«Ja.»

Er schüttelt den Kopf. «Für mich ist es das vierte.»

Es ist tatsächlich ein echtes menschliches Skelett. Grau, spitz, wie ein gellender Schrei. Gefangen im Sand. Das habe ich noch nie gesehen.

✛

Wir fahren.
Und fahren.
Und fahren.

die sonne ein ofen
der wind ein hexentanz

wir fahren.
und fahren.
und fahren.

wir begegnen
neuem sand
nur sand

✚

Ich denke an dich, Mama.
Ich denke jeden Tag an dich.
An die Witze, die du mir erzählt hast.
An die Lügen, die ich dir erzählt habe.
Ich denke an dein Lachen.
An deine strengen Blicke, deinen Geruch.
Ich denke an den Karton mit deinen Fotos.
Unter den Fotos stapeln sich Liedheftchen von Trauer-
feiern.
Du hast die Heftchen jeder Trauerfeier, die du besucht
hast, darin aufbewahrt.
Warum hast du das gemacht? Seit wann dachtest du
daran zu gehen?
Ich denke an dein Schweigen, wenn ich dir Fragen stellte.
Ich denke an deine Geheimnisse.

Ich denke an dich, den Namenlosen.
Das fällt mir leicht.
Denn ich bin Ydna.
Und du bist Andy.

Ich will auch an dich denken, Eileen.
Ich will herausfinden, was ich denken soll.

✚

Wir fahren an hohen Dünen vorbei. An gewaltigen Felsen, die uns an Ososo erinnern. Der größte weist an der Seite Einkerbungen auf, die aussehen wie Schrift.

Der Niger-Mann bremst, dann gibt er wieder Gas. Sein Kumpel und er lachen laut. Vor uns harter, steiniger Untergrund. Der Pick-up wird kräftig durchgeschüttelt. Das wenige Wasser in meinem Magen auch.

Morocca der Sandgott lehnt sich nach hinten zu Tschador-Patience und fragt, wie es Tschador-Serena geht. Patience schweigt eine Weile, dann sagt sie, dass Serena die Sandgöttin schläft.

In der Ferne taucht ein riesiges Dünenpaar auf. Als wir näher kommen, erkennen wir davor einen verdorrten Baum und darunter mehrere Leute.

Der Niger-Mann hält bei den Leuten an. Es sind zwei Männer in staubigen Hemden und Hosen und drei Frauen in verschwitzten Tschadors. Der Niger-Mann spricht Arabisch mit ihnen, lächelt, lacht. Sie unterhalten sich eine Weile, dann wird offenbar heftig diskutiert. Der Niger-Mann steigt aus, kommt zur Ladefläche, lässt den Blick über unsere Gesichter wandern, kratzt sich die Nase.

Er entblößt lächelnd seinen Goldzahn. Fordert erst meine Droogs und mich auf Hausa auf, auszusteigen, und dann Patience und Serena.

«Irgendwas ist schiefgelaufen», sagt er. «Eure Namen stehen nicht auf der Liste.»

«Welche Liste?», frage ich.

«Welche Liste?», fragen Slim und Morocca.

«Die Liste, die dafür sorgt, dass auf dieser Route niemand mitfährt, ohne zu bezahlen, und verhindert, dass die Polizei uns das Geschäft versaut. Ich wollte eure Namen auf die Liste setzen, aber meine Bosse haben anders entschieden. Deswegen sind diese Leute hier.» Er zeigt auf die anderen. «Ich bin nur der Fahrer, versteht ihr? Ich führe Anweisungen aus.»

Langes Schweigen.

Der Goldzahn blitzt wieder auf. «Bitte steigt aus und lasst uns die Sache klären, don Allah.»

«Wir steigen nicht aus!» Ich nehme die Mütze ab. Mein Gesicht juckt. «Wir haben für die Fahrt bezahlt. Sie werden Ihr Versprechen halten!»

Ich habe ihm mein ganzes Preisgeld gegeben, um meinen Anteil zu bezahlen.

«Nein, mai gida», sagt Morocca. «Das können Sie nicht mit uns machen. Sie verlangen ernsthaft, dass wir aussteigen? Und wie sollen wir von hier wegkommen?»

«Eben, das ist das Problem», sagt der Niger-Mann. «Diese Leute hier haben für eure Plätze bezahlt, früher als ihr und außerdem viel mehr. Darum stehen ihre Namen auf der Liste. Die Wahrheit ist, alle hier haben mehr bezahlt als ihr. Weil ihr so gebettelt habt, habe ich euch gütig Rabatt gegeben und versucht, euch auf die Liste zu bekommen. Ich habe mein Möglichstes getan, Ehrenwort. Aber meine Bosse waren dagegen und haben euch auf einen anderen Wagen gebucht. Er wird euch hier aufsammeln, in sha Allah. Wir sind eine große Organisation, versteht ihr das nicht? Wir sind gottesfürchtige Leute. Wir halten unsere Versprechen. Eure Namen stehen bestimmt auf der nächsten Liste, na rantse da Allah.»

Uns ist klar, dass er uns loswerden will, weil wir die jüngsten und unwichtigsten Passagiere sind.

Wir erklären ihm, dass wir auf keinen Fall aussteigen. Dass er uns nach Algerien bringen und uns dabei helfen muss, übers Meer zu kommen.

Er verschränkt wütend die Arme, wendet sich an die anderen Passagiere. «Ich schwöre bei Allah dem Allmächtigen», sagt er und tippt sich auf die Zunge, «wenn diese Leute nicht aussteigen, fahre ich nicht einen Zentimeter weiter.»

Er geht zum Baum. Setzt sich zu den fünf Leuten in den kleinen Schattenfleck daneben. Streckt die Beine aus, zieht eine Kolanuss aus der Tasche, summt kauend ein Lied.

Die anderen Mitfahrer reden auf uns ein.

«Bitte steigt aus», sagen sie.

«Ku sauka, don Allah.»

«Jetzt steigt schon aus», sagt eine ältere Nigerianerin. «Der Fahrer sagt doch, dass ein anderer Wagen unterwegs ist. Bitte steigt aus und lasst uns weiterfahren.»

Wir rühren uns nicht.

«Wollt ihr, dass wir sterben?», kreischt Patience. «Sieht das hier etwa nach einem Ort aus, wo Autos vorbeifahren?»

Serena fängt an zu weinen.

«Und wie sind die Leute da drüben dann hergekommen?», erwidert die Frau.

«Das interessiert uns nicht», sage ich. «Warum seid ihr so fies? Kapiert ihr nicht, dass der Fahrer lügt?»

«Steigt einfach erst mal aus», sagt eine andere Nigerianerin.

«Gehorcht gefälligst, beschweren könnt ihr euch hinterher», sagt ein Ghanaer.

«Tut einfach, was der Fahrer sagt», sagt ein anderer. «Er hat euch einen anderen Wagen versprochen.»

Die anderen Männer brabbeln auf Arabisch und Französisch auf uns ein, gestikulieren, dass wir aussteigen sollen.

«Ich verstehe sowieso nicht, warum ihr Kinder nach Europa wollt. Was habt ihr dort verloren? Was sucht ihr dort?»

«Halt's Maul!», brüllt Morocca. «Wir steigen nicht aus. Wir haben für die Fahrt bezahlt.»

«Was fällt dir ein, meine Schwester anzuschreien!», ruft der Ghanaer.

«Seit wann ist sie deine Schwester?», faucht Morocca.

Der Mann zischt und springt vom Wagen. Er ist groß und ziemlich muskulös. «Anscheinend ist es zwecklos, vernünftig mit euch zu reden.»

Die Ghanaer und die anderen Männer springen vom Wagen. Die Männer unter dem Baum stellen sich zu ihnen. Blitzschnell reißt der große Ghanaer Serena aus Patience' Armen und schmeißt sie in den Sand. Patience springt, ohne zu zögern, hinterher. Zwei Männer zerren Morocca von seinem Sitz; ein schlaksiger Ghanaer packt Slim am Kragen und schleudert ihn vom Wagen. Der Niger-Mann, der unter dem Baum geblieben ist, zeigt uns lachend seinen Goldzahn, HXVX' Schneidezahn. Ich klammere mich an die Stange auf dem Sitz.

Eine Faust trifft mich am Kopf. Ein Schlag. Noch einer. Als ich die Augen öffne, liege ich auf dem Boden.

Der Sand ist irrsinnig heiß, er verbrennt mir die Hände, den Nacken. Ich setzte mich schnell auf.

Slim und Morocca krümmen sich stöhnend neben mir. Patience schreit. Serena heult.

Die Männer steigen wieder auf, die neuen Passagiere nehmen unsere Plätze ein.

«Wartet hier», sagt der Niger-Mann. «Der Wagen kommt bald, in sha Allah. Glaubt mir.»

Er lässt den Motor an, und der Pick-up setzt sich in Bewegung. Ich stehe auf, renne hinterher. Ich renne und renne.

Der Wagen entfernt sich. Wird kleiner und kleiner. Lässt Staubwirbel zurück.

Ich gehe zu den anderen, falle keuchend in den Sand, springe sofort wieder auf. Der glühende Sand kläfft mich an. Verflucht mich. Befiehlt mir zu fliehen.

✚

Ich sage den anderen, dass wir die besten Überlebenschancen haben, wenn wir hierbleiben und warten. Dass der Niger-Mann vielleicht die Wahrheit gesagt hat, dass vielleicht bald ein anderer Pick-up kommt und uns aufsammelt. «Guckt euch doch mal um, hier ist weit und breit nichts!»

Wir blicken in alle Richtungen. Leere. Nur Sand. Gelber Sand. Vor uns die beiden Dünen und der abgestorbene Baum. Es gibt keine Wege, keine Spuren, denen wir folgen könnten. Wir sind im Nirgendwo. Hier findet uns nicht mal Gott.

«Wir können jetzt nicht aufgeben», sage ich. «Wir sind so nah am Ziel! Wenn wir von hier weggehen und der Pick-up kommt, verpassen wir ihn. Und das können wir uns nicht leisten!»

Eine Weile halten wir unentschlossen Ausschau.

«Lasst uns einfach hier warten», sage ich.

Eine Windböe von Norden spuckt uns Sand ins Gesicht. Wir reiben uns die Augen. Husten und husten.

Der Himmel ist eintönig und still. Nicht eine Wolkenfeder, nicht ein Flügelschlag. Nur Leere.

Serena jammert, dass sie Durst hat, schrecklichen Durst.

Uns wird bewusst, dass wir kein Wasser haben. Unsere Rucksäcke sind im Wagen geblieben. Wir haben nichts. Nur Sand. Sand, den wir weder essen noch trinken können.

«Fuck», sage ich. «Fuck!»

«Wir sind am Arsch», schimpfe ich weiter. «Komplett am Arsch!»

«Das kann nicht wahr sein. Das kann einfach nicht wahr sein!»

«Sei still!», sagt Morocca.

Er nimmt Serena in die Arme, tätschelt ihr den Kopf, dann hebt er sie auf seine Schultern, nimmt Patience' Hand.

«Wir gehen», sagt er. «Nach Hause.» Er zeigt in die Ferne. «In der Richtung, aus der wir gekommen sind, gibt es ein Dorf. Da gehen wir hin. Wir holen uns Wasser, dann gehen wir nach Hause.»

Das letzte Dorf haben wir in den frühen Morgenstunden gesehen. Wir haben dort zum Schlafen gehalten, Wasser aus dem Brunnen getrunken.

«Das ist zu weit», sage ich.

«Nein, ist es nicht», sagt Morocca.

«Wir schaffen es auf keinen Fall bis dorthin.»

«Wir gehen im Schatten der Felsen, an denen wir vorbeigefahren sind.»

«Und dann was?»

«Vielleicht gibt es da Wasser. Ich habe dort Kakteen gesehen.»

«Ich habe keine Scheißkakteen gesehen.»

«Wenn wir kein Wasser finden, bleiben wir dort, bis die Sonne untergeht. Dann gehen wir zum Dorf.»

«Was macht dich so sicher, dass wir den Weg finden?»

«Ich bin Autofahrer, schon vergessen? Und bei den Pfadfindern war ich auch.»

«Ich bin dafür, wir bleiben hier und warten.»

«Dann bleib hier. Wir gehen.» Er wendet sich an Slim. «Kommst du mit?»

Meine Droogs und Patience gehen nach Süden. Sie werden kleiner. Kleiner, kleiner, kleiner. Von Sekunde zu Sekunde vermisse ich sie mehr, fühle mich einsamer.

Ich laufe hin und her. Was bin ich eigentlich für ein Mensch? Warum trenne ich mich von meinen Droogs? Was, wenn sie mich brauchen?

Was, wenn das alles eine Lüge ist? Wenn ich stundenlang hier warte, irgendwann umkippe und niemand kommt?

Minuten vergehen. Auf einmal drehe ich mich um und renne. Ich renne, so schnell ich kann, jeder Atemzug versengt mir die Nasenlöcher. Wenn sie in den Tod gehen, gehe ich mit ihnen.

✛

Wir gehen und gehen und gehen.
Serena wimmert.
Unsere Poren lecken.
Die Sonne lodert.
Die Welt wächst vor unseren Augen.
Wir gehen und gehen und gehen.

    Und wieder denke ich an dich, Mama.
    Ich denke an dich, Namenloser.
    Ich will nicht an dich denken, ——.

Wir gehen und gehen und gehen.
Gehen und gehen und gehen.
Durch ein Meer aus Sand.
Unsere Füße brennen in den Sneakers.
Unsere Zungen trocken wie Borke.
Unser Atem heiß wie Schweißbrenner.

Morocca strauchelt. Serena fällt von seinen Schultern. Sie schreit auf.

Wir beschließen, Pause zu machen, setzen uns hin. Morocca hält Serena in den Armen, küsst sie. Die beiden wirken so herzzerreißend, dass ich heulen will.

Ich will ihnen sagen, dass es mir leidtut. Dass ich es hätte besser wissen müssen. Dass ich ein schlechter Mensch bin, ein schlechter Anführer. Ich mache den Mund auf. Es kommt nichts.

Und als ich Serena ansehe, die zu durstig ist, um auch nur eine Träne zu vergießen, erkenne ich, wie dumm, wie verblendet ich die ganze Zeit gewesen bin. Verblendet durch meine Träume von blauen Meeren, von grünen Augen, von blonden Haaren. Es wird kein Pick-up kommen. Alles war von Anfang an ein großer Schwindel: Mein Eintritt in diese finstere Welt. Die Hollywoodfilme. Der Niger-Mann, sein Lächeln, sein Goldzahn.

Vielleicht ist es noch nicht zu spät. Vielleicht kann ich etwas tun, irgendeinen Schalter drücken, um alles wiedergutzumachen. Ich greife in die Hosentasche. Das Platin ist der Schalter. Definitiv. Ich muss es nur rausholen und drücken.

Aber ich bin schwach.

Ich versuche es, kämpfe.

Ydna?

...

Bist du da, Bro?

...

Ich will es tun.

Ich will es wirklich.

...

Ich hab's kapiert.

...

Wirklich.

...

Hilf mir.

...

Hilf mir, Bro.

...

Hilf mir, Ydna.

...

«Ydna.»

...

«Ydna!», schreie ich.

Keiner zuckt wegen meines Schreis.

Ich ziehe das Platin aus der Hosentasche. Starre es an. Strecke die Hand aus. Lasse es los.

Der Wind nimmt es. Die Strähnen entwirren sich. Wehen nach oben. Tanzen in der Luft. Verschwinden im Staub.

Sofort geht es mir besser.

Ich wische mir den Schweiß vom Gesicht. Meine Droogs und Patience wirken mutlos. Hängende Köpfe, flache Atmung.

Ich räuspere mich.

«Alles wird gut», sage ich.

Keine Reaktion.

«Wir müssen nur Geduld haben.

Das ist wie in dem Traum, den ich vor Jahren hatte.

Bald sind wir bei den Felsen.

Ihr werdet sehen.

Wir ruhen uns noch ein bisschen aus, dann gehen wir weiter.

Es ist nicht mehr weit bis zu den Felsen.

Eine halbe Stunde oder so.

Morgen früh erreichen wir das Dorf.»

«Ja, Andy», sagt Slim. «Wir schaffen das. Alles wird gut.»

Serena wimmert, dass sie Durst hat.

«Nicht weinen, Süße», sagt Patience. «Wir finden bald Wasser.»

«Ja, Serena», sage ich. «Bald finden wir Wasser. Alles wird gut.»

Ich strecke die Hand aus, um ihr Gesicht zu streicheln. Morocca starrt mich wütend an. Ich ziehe die Hand nicht zurück. Als ich ihre Wange berühre, brüllt er mich an, übergibt Serena an Patience, und stürzt sich auf mich. Er schlägt mir mit der Faust ins Gesicht, auf den Mund, die Brust, in den Bauch. Ich wehre mich nicht. «Du bist schuld», brüllt er. «Du bist an allem schuld. Du allein! Wir sind nur wegen dir hier. Wegen dir und deiner Liebe zu Eileen. Du bist schuld. Du bist schuld. Was bildest du Arschloch dir eigentlich ein? Für wen hältst du dich?»

ich bin andy africa
größter aller superhelden
leidender knecht
bezwinger der wüste
ich bin der größte!

Danksagung

Ich danke folgenden Menschen und Institutionen:

Der Bücherei der St. Michael's International School, Kontagora; allen irischen Kindern / Familien für ihre Bücherspenden; den Priestern der Gesellschaft der Afrikamissionen und den Schwestern von Notre Dame; Bischof Bulus Dauwa Yohanna.

Joseph Kaufman, meinem persönlichen Dumbledore (oder Morpheus?): für die langen, langen E-Mails; für die Aha-Momente, die ich dank seiner Hilfe beim Blick in den Spiegel (d. h. beim Überarbeiten des Textes) erlebt habe.

Der Forschungsgruppe «Gamma-One Non-Deranged Permutations», insbesondere Dr. Kazeem Olalekan Aremu, Dr. Abdulkarim Hassan Ibrahim und Fatima Abdulwaheed Akinola: für die heißen, stickigen Nachmittage in dem winzigen Büro, an denen wir weiße Tafeln mit Gleichungen grün gefärbt haben.

Nick Herbert für den Begriff «Quantenanimismus» aus dem Aufsatz: «Holistic Physics – or – an Introduction to Quantum Tantra»; Anthony Burgess für *Clockwork Orange*; Arwa Damon und CNN für die Reportage über die verzweifelte Lage von Migrantinnen auf ihrem Weg durch die Sahara vom 4. Dezember 2017; den vielen, vielen Autor:innen und Journalist:innen, deren Arbeiten mein Wissen bereichert haben.

Der Booker Prize Foundation: dafür, dass sie meinen inneren Lazarus auferstehen ließen.

Der Abteilung Forschungsförderung der University of East Anglia; dem Fachbereich Geisteswissenschaften der UEA (für das tolle Stipendium).

Der LDC der UEA, insbesondere meinen Betreuern Prof. Andrew Cowan und Prof. Anshuman Mondal; ebenso: Prof. Giles Foden, Prof. Jean McNeil, Dr. Julianne Pachico.

Der Deborah Rogers Foundation.

Bloomsbury Publishing (UK und US), besonders meinen Lektor:innen Alexis Kirschbaum und Daniel Loedel; Ros Ellis, Maud Davies, Lauren Whybrow, Amanda Dissinger.

Silvia Crompton fürs Lektorieren; Saba Ahmed fürs Korrekturlesen.

Nicola Chang, meiner Agentin und persönlichen Zahrah. Ebenso: David Evans von David Higham Associates.

Troy Onyango und Jekwu Anyaegbuna: für die superlangen Gespräche über Gott und die Welt; für die Touren rund um Norwich.

Meiner Mutter, meinen Geschwistern: für die unendlich vielen Opfer.

Und ganz besonders Tina.